CHRISTIAN VON ASTER

Das abartige Artefakt

Christian von Aster

DAS ABARTIGE ARTEFAKT

Die große Erzferkelprophezeiung

2

Roman

LYX
EGMONT

Originalausgabe Oktober 2008 bei LYX
verlegt durch EGMONT Verlagsgesellschaften mbH,
Gertrudenstraße 30–36, 50667 Köln

1. Auflage
Redaktion: Sara Riffel
Satz: Greiner & Reichel, Köln
Druck: CPI – Clausen & Bosse, Leck
ISBN 978-3-8025-8158-8

www.egmont-lyx.de

PROLOG

Als das Tor seiner Höhle sich hinter ihm schloss, hatte der Alleroberpriesterlichste, der geistliche Führer der gesamten Zwergenheit und die Stimme der Götter, das Gefühl, dass das Eherne Imperium längst untergegangen war.

Hängenden Hauptes zog er sein rituelles Gewand aus und legte es auf die marmorne Kommode. An den darüber befindlichen Haken hängte er seinen ausladenden Zeremonienhelm, an dem zwei Dutzend stählerne, auf Hochglanz polierte Wurzeln funkelten, welche die Verbundenheit des Ehernen Volkes mit den Felsen symbolisierten. Außerdem waren auf dem Helm die Stammeszeichen der vier ehrbaren Häuser zu erkennen: Feuer, Erde, Fels und Stahl und das Zeichen des Großen Verwalters, das Hammerzepter. Der Höchste der Hohen griff nach einem schlichteren Helm und schlurfte im matten Licht der leise summenden Leuchtkäfer zu seinem weichen Lager hinüber.

Die Zwerge hatten geglaubt, dass ihr glorreiches Volk das Schlimmste überstanden hätte, dass sie dem Schicksal ein Schnippchen geschlagen, das Übel abgewendet und die große Erzferkelprophezeiung Lügen gestraft hätten. Ihnen war das Ende von allem, jedem und dem Rest vorausgesagt worden. Eine Prophezeiung aus alten Tagen, düster und allgegenwärtig, der zufolge das Zusammentreffen des Zwerges, der kein Bier trinkt, mit jenem, der das Licht der Gänge mit goldenen Zähnen im Mund erblickt hatte, und die Wiederkehr der tot geglaubten schwarzen Splitterspinne das unwiederbringliche Ende des Ehernen Imperiums verheißen sollte.

Das Eherne Volk hatte dieser Bedrohung ins Auge gesehen, und es hatte sie überstanden. Mit Hilfe des Schicksalszwergs hatten die Zwerge eine Verschwörung gigantischen Ausmaßes und die Machtergreifung des Überzwergs vereitelt. Gemeinsam hatten sie den Untrunkenen und den Goldbezahnten überwunden.

Der Preis aber war hoch gewesen: Seit dem Tod ihrer Frauen vor vielen hundert Jahren gab es ohnehin nur noch wenige zwergische Nachkommen, doch durch die Verschwörung der Sektierer waren sie noch weiter dezimiert worden. Die Zahl der stählernen Eier, aus denen die Zwerge zu schlüpfen pflegten und die in einer fernen Eishöhle gelagert wurden, war inzwischen auf jämmerliche vierhundert geschrumpft. Und nach diesen letzten Schlüpflingen würde das glorreiche Eherne Imperium seinem unausweichlichen und endgültigen Ende gegenüberstehen.

So viel Wahrheit hatten die Worte des Großen Erzferkels tatsächlich enthalten. Der Untergang war zwar nicht gekommen, aber dafür hatte er angefangen.

Das Erbe der Zwerge war jedoch nur ein Teil des Preises gewesen, den sie hatten zahlen müssen. Ein anderer hatte den Höchsten der Hohen ungleich härter getroffen: Stets war er die Verbindung der Zwerge zu ihren Göttern gewesen. Mit Hilfe des heiligen Olms und des Orakels hatte er den Willen der Gottzwerge ergründet und ihn dem Ehernen Volk zum Ende jeder Audienz des Großen Verwalters kundgetan. In der Halle der Helme hatten die Zwerge vor ihm gekniet und ehrfürchtig gelauscht, waren willige Werkzeuge in den Händen der Götter gewesen …

Doch der heilige Olm war, wie alle anderen seiner Art, der Verschwörung des Neuen Stahls zum Opfer gefallen und hatte sein Ende zwischen den Kiefern einer schwarzen Splitterspinne gefunden. Seitdem schwieg das Orakel. Die Götter waren von ihren Kindern getrennt worden. Sie waren verstummt. Und der Allerhöchste vernahm nicht länger ihre Botschaft …

Seitdem beherrschten Zweifel sein Leben. Schicht um Schicht hatte er ins Dunkel gelauscht und auf ein Zeichen der Gottzwerge gehofft.

Vergeblich.

Die Götter hatten ihn verlassen.

Das Orakel war verstummt, und er selbst war nutzlos geworden. Sein Erscheinen am Ende der Audienz des Verwalters, zu der sich das gesamte Eherne Volk am Fuß des schwarzen Thrones versammelte, war ein bloßer Abglanz dessen, was einst gewesen war. Noch immer trug er die rituellen Gewänder und den Zeremonienhelm, und sein zweibeiniges Gedächtnis folgte ihm wie eh und je, um sich alles einzuprägen, was seinem Herrn von Nutzen sein konnte. Das Eherne Volk pries und verehrte den Höchsten der Hohen nach wie vor. Für sie war er die Stimme der Gottzwerge. In ihren Ohren waren seine Worte noch immer die der Götter. Ihm selbst jedoch war schmerzhaft bewusst, dass er inzwischen keine andere Aufgabe mehr hatte, als die Entscheidungen des Großen Verwalters abzunicken.

Einst hatten der Verwalter und er Seite an Seite über das Eherne Volk geherrscht, waren zusammen die Faust und die Stimme der Götter gewesen.

Nun aber war es bloß noch die Faust, die sprach.

Und die Stimme musste sich ihr beugen.

Und darum hatte der Alleroberpriesterlichste, als er von der Audienz in seine Höhle zurückkehrte, das Gefühl, als sei das Eherne Imperium längst untergegangen …

Er hatte seinen Sinn und seine Bestimmung verloren, war wertlos geworden, ein leerer Stollen, ein nacktes Stück Fels, aus dem alles Bedeutsame herausgebrochen zu sein schien.

„Herr?"

Der Höchste schrak aus seinen Gedanken hoch.

Hinter ihm stand sein zweibeiniges Gedächtnis und reichte ihm demütig seinen Tabaksbeutel und die Pfeife.

Ein Lächeln stahl sich unter seinen Bart. Doch es war ein bitteres Lächeln. Der letzte Trost eines Nutzlosen.

Seit dem Verstummen der Götter hatte der höchste der Priester begonnen, in den dunklen Stunden eine Mischung aus Bleichbrand, Schattenknorpel und Käferkopf zu rauchen, die gemeinhin als *Steinschmauch* bekannt war. Während Bleichbrand in der zwergischen Medizin Verwendung fand, war Schattenknorpel ein Rauschkraut und Käferkopf das beste Mittel, um ein Tier mittlerer Größe einzuschläfern. Der Mischung sagte man nach, dass sie einen Zwerg die Seele des Steines lehrte. Schlussendlich bedeutete das nichts anderes, als dass einer, der sie rauchte, in der Ecke lag und nichts mehr tat, dachte oder wollte.

Der Große Verwalter duldete nicht nur, dass sein höchster Priester regelmäßig unter diesem Rauch versteinerte, sondern *schickte* ihm diesen Tabak sogar. Der Steinschmauch war ein Geschenk. Gemischt im Auftrag des Verwalters von keinem Geringeren als Staubboldt Stockbruch, dem obersten Rauchmeister der Zwerge. Der Allerüberhöchste war seinem Herrn dankbar für diese Ahnung steinernen Friedens, die ihn vergessen ließ, was aus ihm geworden war: der Schoßkäfer des Großen Verwalters …

Die Drogen waren das Einzige, was den alten Priester noch aufrecht hielt.

Schweigend nahm er seinem Gedächtnis Pfeife und Tabak aus der Hand. Er spürte das Alter, wie nur ein Tausendjähriger es konnte. Den Gram, den nur einer kannte, der die Götter sprechen und verstummen gehört hatte.

Mit zitternden Fingern versuchte der Priester, den Steinschmauch in die Pfeife zu stopfen, doch sie entglitt ihm, fiel zu Boden und zersplitterte in tausend Stücke.

Die Augen des Alten füllten sich mit Tränen.

Sein Gedächtnis eilte zu einem steinernen Regal, holte eine neue Pfeife hervor, stopfte sie und reichte sie seinem Herrn mit gesenktem Bart.

„Ich habe mir erlaubt, Herr, Euch heute für den Geschmack noch ein wenig Gottkraut in den Tabak zu mischen."

Der Hohepriester war tief gerührt. Gottkraut war überaus selten und wuchs schon lange nicht mehr in den Grenzen des Imperiums. Man sagte ihm sogar geheimnisvolle göttliche Kräfte nach. Das Gedächtnis war wahrlich der treueste Zwerg, den ein Hohepriester sich wünschen konnte. Mit tränennassen Augen griff der Alte nach der Pfeife und nahm einen dankbaren Zug.

Sein Gedächtnis verneigte sich, wandte sich ab und kehrte die Reste der geborstenen Pfeife zusammen. Dann schüttete es sie in einen nahen Unratschacht* und zog sich schweigend in seine Ecke zurück.

Der Allerpriesterlichste sog den bitteren Rauch tief in seine Lungen. Wahrhaft, das Gottkraut gab der Mischung einen noch angenehmeren Geschmack. Ein dünner Schleier legte sich über seine Augen, als der Bleichbrand den Weg in sein Blut fand.

Den Rest Rauch blies er in die Luft hinaus, und im Licht der Käfer schien es für einen Moment, als würde sich der Rauch

* Unratschächte waren eine Einrichtung, die der Große Verwalter im basaltenen Zeitalter infolge übermäßiger Verunreinigung der Gänge anlegen ließ. Dabei handelte es sich um enge Schächte, speziell zur Müllentsorgung, die senkrecht hinab in die Magmakavernen führten. Nach einigen tragischen Vorfällen wurde kleineren Zwergen davon abgeraten, sich während einer Schlägerei in der Nähe eines Unratschachtes aufzuhalten.

mit seinem weißen Bart mischen. Träge wankte der Höchste zu seinem Lager hinüber, ließ sich in die dunkelbraunen Käferlederkissen sinken, um die wilden Visionen zu genießen, die der Schattenknorpel hervorrief, danach den schweren Schlaf des Käferkopfes und schließlich das Wesen des Steins selbst.

Er lehnte sich in die Kissen und schloss die faltigen Augen. Der herbe Duft gegerbter Käferhaut mischte sich mit dem strengen Geruch des Steinschmauchs, und der Höchste war nur allzu bereit, ein weiteres Mal Stein zu werden.

Oder besser, er glaubte, es zu sein.

Denn was folgte, waren keineswegs die wirren bunten Bilder des Schattenknorpels. Und auch nicht die Allmachts- und Gewaltfantasien, die manchmal mit dem Konsum von Bleichbrand einhergingen.

Zumindest nicht nur.

Das, was folgte, war etwas, wofür der Alleroberpriesterlichste keineswegs bereit war. Kurz bevor der von Rauschkraut durchdrungene Schlaf ihn mit samtener Schaufel vom Boden heben konnte, glaubte er plötzlich eine leise Stimme zu vernehmen.

„Na, das wurde ja auch Zeit, verdammte Axt noch eins!“

Ohne die Augen zu öffnen, runzelte der Priester die Stirn. Gesehen hatte er während seiner Pfeifenstunden inzwischen so ziemlich alles. Tanzende Felsen, schwimmende Steine, sogar fliegende Käferlederkissen. Akustische Halluzinationen aber waren etwas Neues. Die Stimme räusperte sich.

„Mach die Augen auf, Alter! Denn wenn du mich für eine Halluzination hältst, dann muss ich womöglich noch mal hundert Jahre warten! War schwer genug, bis hierher zu kommen. Jetzt versau es nicht!“

Verstört öffnete der Höchste der Hohen seine schweren Lider und blinzelte ins Zwielicht der Höhle. Leise summten die

Käferleuchten an der Wand. In ihrem sanften grünen Licht konnte er nichts erkennen. Gerade wollte er die Augen wieder schließen, als die Stimme von Neuem ertönte.

„Hervorragend. Das ist doch mal ein Anfang. Nun steh auf und komm her, Alter. Muss ja nicht jeder wissen, was wir zu bereden haben. Eins sag ich dir, wenn du jetzt einschläfst, dann werde ich echt sauer!"

Der Höchste erhob sich vorsichtig. Ungläubig blickte er sich um. Sein Gedächtnis hockte auf seinem angestammten Platz in der Ecke, wo es sich alle bedeutsamen Ereignisse der vorangegangenen Schicht einprägte, die der Höchste sich würde merken müssen.

Der Alte musterte sein Gedächtnis eingehend. Aber es schien nichts gehört zu haben. Konnte es tatsächlich sein, dass nur er diese Stimme zu hören vermochte?

Mit zittrigen Knien stand der Priester von seinem Lager auf.

„Hier drüben. Ach verdammt, es hätte doch weniger Bleichbrand sein sollen. Wenn du jetzt umkippst, bekommst du Ärger, das kannst du mir glauben!"

Der Ursprung der Stimme befand sich direkt vor ihm.

Aber da war nichts. Er sah nur die massive, marmorne Ablage seines Zeremoniengewandes. Darüber hing, an einem eisernen Haken, so wie er ihn dorthin gehängt hatte, sein Zeremonienhelm, den er jedoch nur undeutlich erkennen konnte. Er rieb sich die Augen, um besser sehen zu können, doch die Stimme kam von anderswoher.

„Hallo? Hier, direkt vor dir. Jetzt mach die Augen auf, du bröselblöder Weichbart! Oh, verdammt, bist du zugedröhnt, schau dir bloß mal deine Pupillen an …"

Und dann sah er es

Oder besser gesagt, *ihn*.

Einen unscheinbaren, viereckigen roten Stein mit eigentümlich rauer Oberfläche, der sich in der Kapuze seines Zeremonienumhangs befand. Verwundert beugte sich der Hohepriester darüber.

„Nun schau nicht so. Ich weiß, ich bin bloß ein Stein. Für mehr hat es eben nicht gereicht. War auch so schon schwer genug. Aber ich habe dich ja trotzdem gefunden. Also, hör mir zu, denn wenn dein Rausch verfliegt, wirst du mich gar nicht mehr verstehen …"

Einen Moment lang betrachtete der Höchste der Hohen den steinernen Würfel ungläubig. Dann schaute er noch einmal zu seinem Lager hinüber, um sich zu vergewissern, dass all das kein Irrtum war und er nicht vielleicht doch noch dort lag.

Das war jedoch nicht der Fall, weshalb er sich schließlich dazu durchrang, den Stein anzusprechen.

„Wer … wer bist du?"

Der Stein stöhnte leise auf.

„Zwerg, wir haben keine Zeit für so etwas. Ich bin das, was war und was sein wird. Ich bin die Essenz des Steines und der Felsen, jener, der über dem steht, der über allen steht. Ich bin das Sein und das Werden, der Hammer, der Amboss und die Wahrheit. Fertig."

Ein eisiger Schauer lief dem Höchsten der Hohen über seinen haarigen Rücken. Innerlich frohlockte er. Die bunten Schleier des Rauschkrauts rissen auf und machten einer klaren Gewissheit Platz. Einer wohligen, wahrhaftigen Gewissheit. Denn die Worte des Steins waren eindeutig. Es war das Marmorne Mantra gewesen!

Und das ließ nur einen Schluss zu …

Er sprach mit dem Ewigen Schmied selbst!

Dass er den Stein verstand, konnte nur an einem liegen: dem Gottkraut! Es war das Einzige, was heute anders war als sonst.

Das Einzige, was diese Pfeife von zahllosen vorangegangenen unterschied. Er musste so viel wie möglich davon beschaffen. Denn wenn es ihn tatsächlich mit dem Ewigen Schmied sprechen ließ … Der Stein wurde ungeduldig.

„Reicht das? Können wir endlich anfangen?“

Zitternd sank der Priester vor dem Stein auf die Knie, während dieser fortfuhr: „Gut. Als Erstes brauchen wir eine Prise Fieskies. Dann müssen wir einen Zwerg namens Lehmstich warnen, um einen Meisterdieb in den Kerker zu bringen. Und dann werden wir etwas Hilfe benötigen, um ihn dort wieder herauszuholen.“

Der Höchste der Hohen rang die Hände, und nun waren es Tränen der Dankbarkeit, die ihm in die Augen traten. Er hatte die Worte des Steins vernommen, auch wenn er sie nicht verstanden hatte. Doch ungleich wichtiger war, dass der Stein das Mantra gesprochen hatte! Das Marmorne Mantra. Die einzigen überlieferten Worte des Ewigen Schmieds, des ältesten aller zwergischen Ahnherren.

Die Götter waren zurückgekehrt.

Und sie sprachen zu ihm!

KAPITEL 1

IN DEM EINIGE STEINSCHLINGER DEN GEIST AUFGEBEN, ALLES ETWAS TEURER WIRD ALS ERWARTET UND AUSSERDEM EIN PAAR FALLEN AUSGETRICKST WERDEN

Bragk Nattergriff drehte den Kopf und warf einen Blick auf die kleine Sanduhr, die in einem Metallgestell an seinem Handschuh hing. Während die letzten Körnchen durch die Verengung in ihrer Mitte rieselten, hielt er den Atem an und drückte sich, nur von vier Steinschlingern gehalten, enger an die kalte Decke des Ganges. Die Mäuler der augenlosen Käfer hafteten fest am Fels.

Dann, genau in dem Moment, als die Sanduhr abgelaufen war, tauchten unter ihm zwei bewaffnete Zwerge auf. Sie durchschritten den Gang und verschwanden wenig später hinter der nächsten Biegung, ohne ihn bemerkt zu haben.

Der Meisterdieb atmete auf und drehte die Sanduhr um. Die Wachen waren Mitglieder der freiwilligen Felswehr. Seit die Stählerne Garde, ihre ehrenvollen und ruhmreichen Vorgänger, im Zuge einer heimtückischen Verschwörung ausnahmslos ums Leben gekommen war, hatte sich einiges geändert. Nun patrouillierte die freiwillige Felswehr in den Gängen des Ehernen Imperiums. Die neue Leibgarde des Großen Verwalters. Verbissene Zwerge, Angehörige aller ehrbaren Stämme, bereit, alles zu tun, um jede erdenkliche Bedrohung vom Ehernen Imperium und seinem Herrn abzuwenden. Zumindest theoretisch. Sie waren auf der Suche nach Möglichkeiten, um sich zu beweisen. Und da wäre ihnen ein diebischer Zwerg gerade recht gekommen.

Es würde nicht leicht werden, sie zu umgehen.

Unter den Stählernen Garden hatte Nattergriff Helfer

gehabt. Er hatte sein erbeutetes Gold stets vorausschauend angelegt und jahrelang Informanten, Schlüsselschmiede und Wachtposten gleichermaßen gut bezahlt. Hier ein paar Kiesel Gold, dort ein Fässchen Feiertagsbier. Am Ende hatte mehr als die Hälfte der Gardisten in seiner Schuld gestanden. Ohne dass sie voneinander gewusst hätten. Und dann, mit einem Schlag, war alles vorbei gewesen. Mit einem Schlag waren sie alle in die Hohe Höhle eingezogen*, um dort fortan ihr Bier mit den Göttern zu trinken**.

Kürzlich hatte er noch einmal nachgerechnet, was ihn dieser Spaß über die Jahre gekostet hatte. Das Ergebnis war alles andere als vergnüglich gewesen. Vor allem für einen Zwerg, der es gewohnt war, Kosten und Nutzen gegeneinander abzuwägen.

Er hatte geflucht. Laut und viel. Und schließlich war er zu einem Schluss gekommen: Wenn er selbst einmal den Weg alles Zwergischen beschritt und in die Hohe Höhle einging, dann würde er bei den Stählernen Garden jeden Gefallen einfordern, den er ihnen einmal getan hatte. Mit Zins und Zinseszins. In welcher Währung auch immer.

Inzwischen hatte Nattergriff sich wieder auf seine eigentlichen Fähigkeiten besonnen. Denn im Leben eines Meisterdiebes war Bestechung allenfalls das Gewürz in der Pilzsuppe.

Das eherne Stemmeisen der Bestechung hatte ihm so viele Türen und Truhen geöffnet, dass er darüber beinahe die Handhabung seiner Nachschlüssel verlernt hatte. Dabei dauerte es verdammt lange, bis man eine Schlüsselschrecke so weit trainiert hatte, dass sie mit ihren Beinchen ein Schloss zu knacken

* Die gesamte Stählerne Garde erlag bei einem tückischen Pfeifenrauchanschlag der Niedertracht des Neuen Stahls. (s. Bd. 1 *Zwerg und Überzwerg*)

** Die Hohe Höhle, auch Bartparadies oder Nachtodtrinkhalle genannt, ist der Ort, an den die Seele eines Zwerges nach seinem Tod gelangt, und der einzige, an dem das Bier der Götter aus einem unerschöpflichen Fass fließt.

vermochte. Aber als er sie jetzt, nach langer Zeit, wieder einmal hervorgeholt hatte, war die Hälfte seiner Schlüsselschrecken verhungert gewesen, und die restlichen hatten versucht, ihn zu beißen.

Vielleicht war es gut, dass er sich wieder einmal auf seine Fingerfertigkeit verlassen musste. Denn tatsächlich war er sogar ein wenig fett geworden. Einige seiner meisterhaften Verkleidungen waren ihm inzwischen zu eng geworden, und das Kissen, das er für das Kostüm *Fetter Zwerg* gebraucht hatte, musste bloß noch halb so groß sein. Den Rest übernahm sein eigener Bauch.

Zumindest sein Felsnesselumhang passte noch. Der grobe Stoff war im Zwielicht der Gänge die bestmögliche Tarnung. Er wirkte wie grober, unbehauener Fels und gestattete es seinem Träger, zu einem Teil der Wände zu werden.

Der Meisterdieb schaute auf die Sanduhr. Bis zur Rückkehr der Patrouille blieben ihm noch ein paar Schläge Zeit. Er schloss die linke Faust fester um den kalten Körper des Steinschlingers. Mit einem leisen Ploppen löste sich dessen rundes, zahnloses Maul von der Felsdecke. Nattergriff schob den Arm nach vorn und drückte den dunkelblauen Käfer wieder an die Decke, wo dieser sich erneut festsaugte. An der Stelle, wo der Speichel des Tiers den Stein angelöst hatte, blieb nur ein leicht verfärbter Abdruck seines Mauls zurück.

Der Dieb bewegte zunächst den Steinschlinger in seiner rechten Faust, dann nacheinander die an seinen Füßen. Er hatte die Beine der Tiere mit dünnen, starken Lederschnüren sorgfältig an Handschuhen und Stiefeln festgeknotet, sodass sie sicher saßen. Der Meisterdieb hätte sich in jeder Höhe auf sie verlassen können. Zumindest auf die abgerichteten Steinschlinger, die er einstmals besessen hatte. Aber die waren fort gewesen, als er nach all der Zeit wieder ihren Käfig geöffnet hatte. Sie hatten sich durch die Rückwand gefressen und waren einfach abgehauen.

Die ganze Bestecherei hatte ihn ziemlich aus der Übung gebracht. Er hatte die Leute immer nur bezahlt, anstatt sie auszutricksen. Dabei war er der Beste. Das sagte man jedenfalls allenthalben. Und wahrscheinlich stimmte es auch. Die Legenden zwergischer Meisterdiebe waren allerdings dünn gesät. Und von den wenigen, die kursierten, handelte der größte Teil eben vom großartigen Nattergriff, der sein Handwerk von keinem Geringeren als Schnappsagk Silberkies gelernt hatte, seinem Oheim, dem Vater aller Gauner, dem Ahnherrn des Zwergischen Zwielichts*. Silberkies zufolge unterschied ein Dieb sich kaum von einem ehrlichen Schürfbruder. Statt aus Felswänden baute er das Gold lediglich aus den Taschen seiner Mitzwerge ab, wofür es aber mindestens ebenso gutes Werkzeug, Talent, Geduld und Meisterschaft wie für ein ehrliches Handwerk brauchte. Sein Antrag, deshalb alle Gauner des Imperiums in einer ehrbaren Gilde zu vereinen, war beim Großen Verwalter allerdings auf taube Ohren gestoßen. Nicht zuletzt, weil Silberkies und seine Leute ihm kurz zuvor, während des smaragdenen Zeitalters, als Beweis ihrer Kunstfertigkeit die Insignien seiner Macht – die Krone vom Anfang der Zeiten, das Hammerzepter der Altvorderen und den Humpen der Götter – aus der innersten Schatzkammer gestohlen hatten.

Der Große Verwalter war davon so beeindruckt gewesen, dass er die Stählerne Garde ausgeschickt hatte, um den be-

* Das Zwergische Zwielicht ist die Vereinigung, in der Schnappsagk Silberkies ursprünglich alle zwergischen Halunken organisierte, um mit ihnen ein höheres Ziel zu erreichen. Dazu gehörten Fälscher, Diebe und Schutzgolderpresser. Zum Zeitpunkt der hier aufgezeichneten Vorfälle unterstand die Vereinigung jedoch einem von Silberkies' Zöglingen, der einige Veränderungen vorgenommen hatte.

dingt geheimen Unterschlupf der Diebe zu stürmen und das gesamte ehrbare Diebespack samt Silberkies in die Felsverliese von Vorrngarth zu werfen. Dort war Schnappsagk Silberkies irgendwann am graugrünen Bartspliss gestorben, und die restlichen Diebe, die noch am Leben waren, beschäftigten sich seit fünfhundert Jahren damit, die Schlösser ihrer Fußfesseln zu knacken.

Bragk Nattergriff war damals nicht unter den Verdammten von Vorrngarth gewesen. Ebenso wenig wie sein Bruder Felsigk Klammgluth. Und das hatte nicht nur etwas mit Glück zu tun gehabt. Nattergriff war ein vorausschauender Zwerg. Und war es immer gewesen. Ebenso wie Klammgluth hatte er gewusst, was Silberkies und seinen Leuten drohte. Darüber aber sprach er nur ungern.

Zumal er ohnehin nur selten sprach. Und seltener noch ohne Verkleidung. Die meisten seiner wenigen Gespräche führte er als ein anderer. Denn er war der Zwerg mit den tausend Bärten, der Erste Erhabene Entwender, der beste Dieb des Ehernen Imperiums, eine lebende Legende.

Und er war fett geworden …

Das merkten auch die Steinschlinger. Diese hier waren nicht ausreichend trainiert. Er hatte sie erst vor wenigen Schichten gefangen und sie noch nicht an sein Gewicht gewöhnen können. Ohne dass der Dieb ihn gedrückt hätte, löste sich einer der Käfer plötzlich mit leisem Schmatzen von der Decke und hing nunmehr leblos in der Hand des Meisterdiebes. Nattergriff presste einen kaum hörbaren Fluch zwischen den Zähnen hervor.

Aus dem angrenzenden Gang hörte er bereits die energischen Schritte der zurückkehrenden Felswehrgardisten. Er drückte sich eng an die Decke und versuchte sich so leicht wie möglich zu machen. Doch es nutzte nichts. Im nächsten

Moment hörte er ein schmatzendes Geräusch an seinem linken Fuß. Der zweite Steinschlinger hing schlaff von seinem Stiefel herab, sodass Nattergriffs Gewicht jetzt bloß noch von den beiden übrig gebliebenen Tiere gehalten wurde.

Verzweifelt blickte sich der Dieb um, auf der Suche nach Halt.

Mit einem leisen Ploppen löste sich der nächste Käfer. Nattergriff schloss die Augen. Dann folgte der letzte Steinschlinger dem Beispiel seiner Artgenossen, und der Meisterdieb stürzte in den Gang hinab.

Als die beiden Felswehrgardisten hinter der Biegung ein lautes Rumpeln vernahmen, packten sie ihre Äxte fester und beschleunigten ihren Schritt.

Dies war womöglich der erste Ernstfall ihrer jungen Karriere, eine einmalige Möglichkeit, ihre Loyalität gegenüber dem Verwalter zu beweisen und sich ihren ersten Hammer zu verdienen. Und dafür waren sie nur allzu bereit. Die Felswehr war jung, und die Aufstiegschancen waren immens. Es brauchte Helden, Hauptmänner und Generäle. Da konnte es nicht schaden, sich ein wenig hervorzutun. Zumindest, solange es nicht allzu gefährlich war.

Als die beiden Zwerge nun in voller Rüstung und mit erhobenen Stahlschleudern* um die Ecke bogen, hätten sie es sogar mit einer kleineren Übermacht von Trollen aufgenommen.

* Zwergische Schusswaffen, durch deren stählernen Lauf mit Hilfe von gasgefüllten Käfern Stahlkugeln auf den Gegner abgefeuert werden konnten. Stahlschleudern wurden ursprünglich in den Waffenkammern der Stählernen Garde aufbewahrt, durften nicht von volltrunkenen Zwergen und darüber hinaus nur im Kriegsfall benutzt werden. Erhob ein Zwerg eine dieser Waffen gegen einen Zwergenartigen, drohte ihm die sofortige Entzwergung.

Wenn die Trolle nicht allzu groß waren, jedenfalls. Die aber sollte ihnen nicht vergönnt sein.

Stattdessen fanden sie am Boden des Ganges den Kadaver eines riesigen geplatzten Rumpelkäfers. Das erklärte den Lärm freilich. Die Tiere brüteten ihre Nachkommenschaft im Inneren ihres Körpers aus und platzten, wenn diese schließlich schlüpfte, mit einem lauten Knall.

Das sah also nicht nach einem Karriereschub aus.

Die beiden Gardisten verfluchten das Käferpack, schulterten ihre Äxte und setzten ihren Rundgang fort.

Eng an die Wand gepresst atmete Bragk Nattergriff unter seinem Felsnesselumhang auf. Der Trick mit dem toten Rumpelkäfer war einer der ersten, die er von Silberkies gelernt hatte.

Und da die Gardisten das tote Tier nicht weiter beachtet hatten, konnte er es nun wieder einsammeln und zurück in seinen Beutel stopfen. Über kurz oder lang würde er allerdings einen neuen Käfer brauchen. Der hier hatte bloß noch vier Beine. Und wenn jemand genauer hinsah, konnte das schon gewaltige Probleme bereiten.

Hastig band der Meisterdieb die toten Steinschlinger von seinen Stiefeln und Handschuhen los und verstaute sie zusammen mit dem Rumpelkäferkadaver in seinem Rucksack.

Diebstahl bedeutete Investition. Da ließ sich nichts machen. Das war eines der ältesten Gesetze überhaupt.

Aber das, was ihn am Ende dieses Raubzugs erwartete, war jeden erdenklichen Aufwand wert. Der große Borngroll. Der Kriegshammer des ersten Verwalters der Zwergenheit.

Sicher, im Vergleich zum Undenkbaren war es kaum mehr als eine Fingerübung. Das Undenkbare wartete auf ihn am Grunde des Imperiums, am Ende des gemeinen Ganges, in der kryptischen Kammer. Niemand außer ihm würde es wagen, dorthin vorzudringen. Denn er war der letzte wahre Meisterdieb des Imperiums. Doch für die Herausforderung des Undenkbaren war er noch nicht bereit.

Heute würde er erst einmal den großen Borngroll stehlen, das vielleicht bedeutendste „Nachschlagewerk“ der Zwergengeschichte. Hunderte Jahre hatte der Hammer als verschollen gegolten und war in Vergessenheit geraten, und nun hatte Nattergriff erfahren, wer ihn besaß: Khnarff Lehmstich, einer der drei Erzfürsten des Stahls, ein Sammler zwergischer Antiquitäten*, der in seiner Schließhöhle allerlei Schätze vom Anbeginn der Zeiten aufbewahrte. Er tauschte gutes Gold gegen altes Gerümpel und galt bei den meisten Zwergen als verrückt.

Für einen Dieb wie Nattergriff aber war ein solcher Sammler vor allem praktisch. Man konnte bei ihm einen ganzen Haufen Zeug auf einmal mitnehmen. Wenn man erst einmal drin war.

Und das war wiederum alles andere als einfach. Denn aufgrund seiner guten Verbindungen zum Großen Verwalter wurde Lehmstichs Schatzkammer nicht nur von der freien Felswehr bewacht, sondern war darüber hinaus mit einigen der besten bekannten Fallen gesichert.

Aber Bragk Nattergriff hatte im Laufe seines Lebens beinahe jede bekannte Falle kennengelernt. Sein Körper war eine Bibliothek der Narben, und auf seine verbliebenen acht Finger achtete er beinahe genauso gut wie auf sein Gold. Beinahe. Der große Borngroll wäre ihm unter Umständen noch einmal zwei Finger wert gewesen. Oder zumindest einen …

Nachdenklich betrachtete er seinen dreifingrigen rechten

* Um im zwergischen Sinne als Antiquität zu gelten, musste ein Gegenstand nicht bloß alt oder uralt sein, sondern tatsächlich unvorstellbar alt, was angesichts des Gedächtnisses und der hohen Lebenserwartung der Zwerge in den Begriffen von Nichtzwergen am treffendsten mit vollkommen unvorstellbar alt zu bezeichnen wäre.

Handschuh, drehte dann die Sanduhr um, schulterte seinen Lederrucksack und schlich im Schutz der Felsnessel an der Wand entlang weiter.

Hinter der nächsten Biegung verjüngte sich der Gang und endete kurz darauf vor einer massiven, mit zwei Schlössern gesicherten Tür. Der Zugang zu Lehmstichs Schließhöhle …

Nattergriff eilte zur Tür hinüber und betrachtete die Schlösser. Hervorragend. Es war eine Schließvorrichtung aus dem porphyrenen Zeitalter, mindestens sechshundert Jahre alt. Der Verarbeitung nach wahrscheinlich von Eisengerbern hergestellt, den traditionellen Schlüsselschmieden des Großen Verwalters. Seit Generationen schmiedeten sie die Schlösser seiner Truhen, Türen und Schränke. Die Ungilde der Diebe hatte also genügend Zeit gehabt, ihre Schwächen herauszufinden. Nattergriff öffnete eine kleine Gürteltasche und zog eine graugrüne Schlüsselschrecke* hervor. Die Tiere waren schwer zu bekommen und noch schwerer abzurichten. Diese hier hatte ihn zwei Brocken Gold und ein gutes Dutzend Schichten Arbeit gekostet. Aber Diebstahl war eben Investition. Als das Insekt ans Licht kam, hob es zwei seiner sechs dünnen Panzerglieder an die tiefschwarzen Facettenaugen und streckte seinen langen, harten Körper zu voller Länge aus. Schlüsselschrecken waren die besten Nachschlüssel, die man sich vorstellen konnte. Sie erledigten die meiste Arbeit allein, vermochten ein Schloss innerhalb kürzester Zeit zu knacken und lebten überwiegend von Maden. Zumindest, solange man sie fütterte …

Bragk Nattergriff schob das Insekt vorsichtig in das obere

* Die Schlüsselschrecke wurde im Allgemeinen Zahnstocherschrecke genannt und von den Zwergen zum Entfernen von Essensresten aus den Zähnen benutzt. Die wenigsten wussten von der Möglichkeit, sie als Nachschlüssel zu verwenden.

Schlüsselloch. Kaum dass sein glänzender Hinterleib darin verschwunden war, begann es im Inneren des Schlosses leise zu klicken. Die Schlüsselschrecke begann den Mechanismus abzulaufen. Bolzen um Bolzen. Schließlich schoben sich zwei Fühler aus dem Schlüsselloch. Das Tier steckte seinen Kopf heraus und glotzte ihn an.

Nattergriff lächelte zufrieden. Er zog die Schrecke heraus, führte ihren Körper in das darunterliegende Schloss ein und hörte, wie sie sich in seinem Inneren zu bewegen begann.

Und dann hörte er noch etwas anderes.

Die Wachen!

Aber das konnte doch nicht sein …

Er warf einen Blick auf die Sanduhr. Die Wachen müssten eigentlich noch gut einen halben Gang entfernt sein! Ein Schweißtropfen lief unter seinem Helm hervor, als er sich zu dem Schlüsselloch hinabbeugte und im Inneren etwas zu erkennen versuchte. Er sah die Beine der Schlüsselschrecke rotieren und hörte ein leises Klicken. Einmal. Ein weiteres Mal. Die Stimmen der Wachen kamen näher. Ein klassisches Eisengerberschloss hatte vier Schließbolzen. Es klickte ein drittes Mal. Nattergriff sah die Schatten der Wachen um die Biegung herum auftauchen.

Mit einem stummen Fluch eilte er zur Wand und zog sich den Tarnmantel über den Helm. *Sie kamen tatsächlich zu früh!* Bei der Stählernen Garde hätte es so etwas nicht gegeben.

Und dann sah er sie. Durch die grobe Struktur des Stoffes konnte er sie deutlich erkennen. Zwei junge Kurzbärte, die beinahe noch Schale im Bart hatten*. Beide trugen die martialische

* „Schale im Bart haben" ist, genauso wie „noch nicht ganz geschlüpft sein", eine Bezeichnung der Unreife, die auf die Tatsache Bezug nimmt, dass Zwerge voll bebartet aus stählernen Eiern zu schlüpfen pflegten.

schwarz-rote Uniform der Felswehr, Helme mit Visier und zwei geladene Stahlschleudern unter dem Arm. Es war noch nicht lange her, dass diese Waffen geächtet gewesen waren und dem obersten zwergischen Gesetz* zufolge nur gegen Trolle oder Echsen eingesetzt werden durften. Nun aber, da sich durch die Verschwörung des Neuen Stahls Zwerge gegen Zwerge gewendet hatten, war der Große Verwalter vorsichtig geworden. Er wollte Macht demonstrieren. Einschüchtern. Jeden etwaigen Aufruhr im Keim ersticken. Und dafür schickte er nun Kurzbärte mit Schusswaffen durch die Gänge. Für einen anständigen Dieb war das kein Vergnügen. Vor einer Axt lief es sich weit besser davon als vor stählernen Kugeln. Zumal diese beiden mit einer Axt nicht den Hauch einer Chance gegen ihn gehabt hätten.

Doch stattdessen trugen sie Stahlschleudern. Ein weiteres Mal hielt Bragk Nattergriff den Atem an.

Sie kamen tatsächlich bis an die Tür. Einer der beiden war keinen Bart von ihm entfernt. *Nur nicht atmen*, dachte Nattergriff, *nur nicht atmen*. Ein zweiter Schweißtropfen lief ihm über die Stirn. Der Wachtposten zog eine Pfeife hervor, stopfte sie gemächlich und wandte sich dann an seinen Kollegen.

„Sag mal, hast du eigentlich auch gewettet?"

„Natürlich! Dieser Fazzgadt ist schließlich Teil des Schicksalszwergs**. Es wäre idiotisch, nicht auf ihn zu setzen. Schließlich sind die Götter selbst auf seiner Seite …"

* Das oberste zwergische Gesetz besagte, dass kein Zwergenartiger einen anderen Zwergenartigen angreifen durfte, solange nicht beide sturztrunken oder in einen Bierzwist verstrickt waren.

** Der Schicksalszwerg war Inhalt einer improvisierten Prophezeiung des einstmals höchsten Priesters der Zwergenheit, der damals fünf zufällig versammelte Zwerge dazu ernannte, die gemäß einer angeblich uralten Weissagung fortan als ein Zwerg denken, handeln und das Imperium retten sollten. (s. Bd. 1 *Zwerg und Überzwerg*)

Nattergriff verdrehte die Augen. Die Arena. Wenn Zwerge ihr Gold nicht mit ehrlicher Arbeit verdienen wollten, dann wetteten sie. Im Gegensatz zu anständigem Diebstahl war das allerdings wirklich ein schmutziges Geschäft. Er war oft genug selbst in der Arena angetreten. Dort wurde dreckiges Gold gewaschen, wurden verbotene Substanzen genommen und Wettkämpfe manipuliert. Und dabei hatte das Zwergische Zwielicht oder besser das, was aus ihm geworden war, die Finger im Spiel.

Sollten sie nur wetten. Irgendwann gewannen sie, konnten sich eine Zeit lang besseren Tabak und besseres Bier leisten, und dann war der Zauber auch schon wieder vorbei. Nattergriff hatte höhere Ziele.

Der Wachzwerg hatte etwas Zunder und einen Feuerstein hervorgezogen, und der Meisterdieb schluckte, als die Wache ausholte, um den Stein gegen die Wand zu schlagen. Er konnte gerade noch die Hand zurückziehen, um nicht vom Feuerstein getroffen zu werden. Drei Schläge später hatte sich der Zwerg die Pfeife angesteckt und blies den Rauch in Richtung des Meisterdiebs. Er drang durch den Felsnesselstoff und kitzelte ihm in der Nase. *Rauchen! Während eines Rundgangs! Niemals hätte es das bei der Stählernen Garde gegeben!*

„Hast schon recht. Ich habe auch auf ihn gesetzt. Das dürfte ein sicherer Stein sein. Wenn doch die Götter im Spiel sind."

Jetzt holte der andere Wachzwerg ebenfalls seine Pfeife heraus. Nattergriff fluchte innerlich. Das waren keine Gardisten, das war ein Haufen undisziplinierter Pfeifenlutscher. Kein Wunder, dass die Patrouillenabläufe nicht stimmten.

„Aber die Quote wird mit Sicherheit nicht allzu gut sein. Man müsste verdammt blöd sein, nicht auf diesen Fazzgadt zu setzen, wenn du mich fragst."

Die beiden wollten sich gerade wieder in Bewegung setzen,

als unvermittelt die Schlüsselschrecke ihren dünnen Kopf aus dem Schloss steckte. Durch den Umhang konnte der Meisterdieb deutlich erkennen, wie dem Kopf erst ein Bein und dann ein weiteres folgten. Ein dritter Schweißtropfen rann von seiner Stirn, seine Augenbraue hinab und in seinen Bart.

Wenn nur die Wachen das Tier nicht bemerkten …

„Ach du große Kieselfäule! Was ist das denn?", rief der eine der Wachzwerge.

„Das ist ja widerlich!", sagte der andere. Und mit diesen Worten hieb er den Kolben seiner Stahlschleuder auf das Insekt. Während die Überreste der Schlüsselschrecke an der eisernen Tür hinabliefen, ergänzte Nattergriff im Kopf seine Verlustliste.

Der zweite Wachzwerg grinste seinen Kollegen an.

„Vermaledeite Insekten", sagte er. „Erst dieser fette Käfer im Gang und dann das hier. Wir sollten mal einen Käferfresser* kommen lassen."

„Ich glaube kaum, dass wir den alten Lehmstich davon überzeugen können", erwiderte der andere. „Der tut sich doch schon schwer genug damit, uns zu bezahlen. Weißt du, wenn ich nicht ab und an mal was beim Wetten gewinnen würde, müsste ich nüchtern schlafen gehen."

„Oh ja, und für diesen Durstleiderlohn bewahren wir seine Schatzkammer auch noch vor den Insekten des Imperiums …" Der Wachzwerg wischte seine Waffe am Felsen sauber, dann verschwanden die beiden wieder um die Biegung des Ganges. Nattergriff ließ seinen Umhang sinken und trat an die Tür. Es

* Eine überaus gefräßige Höhlenhundart mit einer Vorliebe für Käfer und Spinnen, die bereits seit dem kristallenen Zeitalter zur Insektenvernichtung eingesetzt wurde. Die Tiere waren allerdings stark kurzsichtig, und man musste ihnen deshalb als Erstes den Unterschied zwischen achtbeinigen Knorpelkriechern und zwergischen Ohren beibringen.

war unglaublich. Diese Bengel wussten nicht einmal, was sie da vor sich gehabt hatten! Dieses Insekt hatte mehr gekostet, als sie im Laufe von zehn Schichten verdienten. Kopfschüttelnd kratzte der Meisterdieb die Überreste der Schlüsselschrecke aus dem Schloss. Dies versprach der teuerste Raubzug zu werden, den er je unternommen hatte. Vorsichtig betätigte er die Klinke und stellte zufrieden fest, dass sich die schwere Tür langsam öffnete. Bis in die Schatzkammer hatte er es also geschafft.

Er huschte hinein und schloss die Tür von innen.

Die Schließhöhle lag in völliger Finsternis. Der Dieb schnürte ein Lederröhrchen an seinem Oberschenkel auf, zog zwei Glimmpilze daraus hervor und blickte sich um. Ihr farbloses Licht erhellte eine mittelgroße Schatzkammer der Sicherheitsstufe drei, wie der versierte Dieb sofort erkannte. Die Felswände der Kammer waren sogar mit Stahlplatten verkleidet, um einen Durchbruch mit Steinschmelzern oder Marmormaden zu verhindern.

Zwergenschatzkammern dieser Größenordnung hatte Nattergriff bereits mehr als einmal geleert. Und diese hier würde auch kein allzu großes Problem darstellen. Eine Gewissheit, die sich ganz klar aus den beiden Faktoren Sicherheit und Geiz errechnete. Khnarff Lehmstich war reich. Doch er war mindestens ebenso geizig. Er verdünnte sogar sein Feiertagsbier und würde für den Schutz seiner Schätze lediglich einen Bruchteil ihres Wertes investiert haben.

Zwei Eisengerberschlösser waren seiner Ansicht nach gewiss schon eine teure Anschaffung, was bedeutete, dass er in der Höhle selbst vermutlich allenfalls noch ein oder zwei weitere Fallen verborgen hatte. So wie Nattergriff ihn einschätzte, gab es eine allgemeine Falle für den Raum und eine spezielle für seinen wertvollsten Besitz.

Eingedenk seines Geizes würden beides Fallen der mittleren Preisklasse sein, womit sowohl Helmspalter, Biergrube als auch die Schnetzelpresse ausschieden. Allein um Letztere nach erfolgreichem Einsatz zu säubern, brauchte man nämlich einen starken Magen und zwei Zwerge.

Und die hätte Lehmstich bezahlen müssen.

Also Wachratten. Aber die musste man füttern …

Womöglich auch eine mechanische Pfeilschleuder oder ein Stiefelfeger. Beides waren jedoch Vorrichtungen, die gewartet werden mussten …

Für die Sicherung des Raumes blieb also letztlich nur eine Vorrichtung, die einem Zwerg wie Lehmstich in seinem Geiz entgegenkam. Lächelnd nahm Nattergriff die Glimmpilze in eine Hand und öffnete mit der anderen einen kleinen ledernen Behälter an seinem Unterarm. Er war das alles bereits durchgegangen, bevor er sich auf den Weg gemacht hatte. Aus dem geöffneten Behälter ließ er einige Scheiben Knorpelknolle auf seinen Handschuh gleiten, bückte sich und warf sie in die Mitte des Raumes.

Im nächsten Moment kamen unter den Bodenplatten einige zwergenfaustgroße Kreaturen hervorgeschossen.

Brüllbauchlinge! Lächelnd beobachtete der Dieb, wie die verfilzten Fellknäuel sich gierig auf die Knollen stürzten. Brüllbauchlinge. Was sonst. Sie reagierten empfindlich auf Druck, lebten unter dem Fußboden, und wenn man auf sie drauftrat, waren ihre Schreie so laut, dass man damit Löcher in den Fels sprengen konnte. Davon abgesehen waren sie die einzigen Wachtiere, die man über längere Zeit ohne Futter lassen konnte. Ein Umstand, der nicht nur Lehmstichs Geiz, sondern auch Nattergriffs Raubzug entgegenkam. Satten Brüllbauchlingen hätte er nach dem Tod der Steinschlinger, mit denen er sich sonst über die Decke hätte hangeln können, kaum etwas entgegenzusetzen gehabt. So aber tat die dünn aufgetragene Schnarchfarrn-Essenz auf den Knollen ihren Dienst.

Drei Schläge später kullerten die Brüllbauchlinge bewusstlos auf die Seite.

So viel zur allgemeinen Falle. Blieb die spezielle. Für Nattergriff bestand kein Zweifel daran, was diese spezielle Falle schützen würde: den großen Borngroll. Er hob noch einmal die Glimmpilze und leuchtete in die Höhle hinein. Er sah ein halbes Dutzend Kisten verschiedener Größen, von denen nur wenige mit einem guten Schloss versehen waren. Die meisten hätte er vermutlich mit einem angefeuchteten Barthaar knacken können. Aber um diese Kisten ging es nicht. Es ging um den Schrank am Ende des Raumes. Er war gut einen Zwerg groß, schwarz und glänzend lackiert. Da musste er drin sein. Der große Borngroll, der Vater aller Hämmer, der Hammer des ersten Verwalters, ein Symbol. Nein, nicht eines, er war *das* Symbol der Zwergenheit. Dieser Hammer hatte das Eherne Imperium begründet, auf ihn hatten die ersten Zwerge geschworen. Wer diesen Hammer besaß, besaß die Geschichte des Ehernen Volkes.

Gold konnte jeder stehlen.

Geschichte hingegen nur die Besten.

Nun also zu der speziellen Falle. Nattergriff hielt die Glimmpilze über den Schrank und betrachtete ihn eingehend. Glatte Oberfläche. Poliert. Zweiflügelige Tür. Außen liegende Scharniere. Wenig Platz für klassische Fallen. Dafür ein sehr kleines, erhabenes, stählernes Kastenschloss. Um es zu knacken, musste man sich dicht darüberbeugen. Er überlegte einen Moment. Das sprach für einen Bartschnapper. Eine einfache, aber zutiefst demütigende mechanische Falle. Einmal geölt, blieb sie gut fünfzig Jahre einsatzbereit. Wenn man seinen Nachschlüssel ansetzen wollte, musste man so nah an das Schloss herangehen, dass sich der Bart zwischen zwei seitlich herausschnellenden und aufeinanderprallenden Stahlwalzen verfing, die sich so lange weiterdrehten, bis der Bartansatz erreicht war. Die einzige Chance, dem Bartschnapper im Nachhinein zu entgehen, war, sich von seinem Bart zu trennen. Da das aber für einen anständigen Zwerg nicht in Frage kam – nicht zuletzt war der Bart der Sitz der zwergischen Seele –, warteten die meisten Opfer darauf, erwischt und in eines der Verliese des Ehernen Imperiums geworfen zu werden.

Bragk Nattergriff hatte das nicht vor.

Behände öffnete er einen weiteren Lederzylinder, der an seinem rechten Oberarm festgezurrt war, und zog zwei dünne Metallstäbe hervor, die er gleich darauf unterhalb der Türscharniere ansetzte und sie mit einem kräftigen Ruck aushebelte. Dann griff er nach den Türen, hob beide, ohne das fallenbewehrte Schloss eines genaueren Blickes zu würdigen, aus den Angeln und legte sie auf einer Kiste in der Nähe ab.

Dann wandte er sich dem Inhalt des Schrankes zu.

Er stand wahrhaftig dem großen Borngroll gegenüber. Dem prächtigsten Hammer, den je ein Zwerg in der Hand gehalten hatte. Mit ihm waren die Nägel eingeschlagen worden, die die Welt zusammenhielten. Von ihm kündeten die ältesten Legenden. Er war der Einzige, der Wahre!

Nattergriff war von Ehrfurcht erfüllt.

Und noch von etwas anderem.

Übelkeit.

Übelkeit?

Aber wieso, weshalb, wie konnte …

Und dann roch er den unverwechselbaren stechenden Geruch. Und während ihm schummrig vor Augen wurde, erkannte er auch die dünne Schicht Fieskiespulver, mit der irgendjemand den Hammer bestäubt hatte.

Aber das war unmöglich! Wer konnte das getan haben?

Nattergriff spürte, wie ihm die Sinne schwanden. *Kein Zwerg wusste von seiner Allergie. Als Schlüpfling wäre er beinahe daran gestorben, als er in eine Fieskiesgrube gestolpert war. Aber er hatte nie darüber gesprochen. Zu niemandem. Das Ganze war vollkommen unmöglich. Es konnte nicht sein … Wer hätte …?*

Der Meisterdieb streckte die zitternden Arme nach dem Hammer aus. Dann wurde es um ihn herum dunkel. Die Glimmpilze glitten ihm aus der Hand, und er taumelte zwei Schritte nach hinten, stolperte, verlor das Gleichgewicht und stürzte zu Boden.

Direkt auf die beiden ausgehebelten Türen.

Mit einem lauten Knall schnellten die beiden Walzen des Bartschnappers nach vorn, erwischten seinen Bart und begannen ihn unbarmherzig einzudrehen.

Zu diesem Zeitpunkt aber hatte der Erhabene Entwender bereits das Bewusstsein verloren …

INTERMEZZO

Der Große Verwalter saß an der steinernen Tafel und starrte stumm in seinen Krisenkrug. Es gab nicht wirklich einen Grund dafür. Es gab keine Krise. Obwohl noch immer die Schatten der schlimmen Verheißungen vom nahenden Ende der Zwergenheit über den Gängen lagen, wurde das Imperium gegenwärtig von niemandem bedroht. Mit vereinten Kräften und mit Hilfe des Schicksalszwergs hatten sie das Verderben abgewendet.

Doch dabei hatte sich in den Gängen vieles verändert. Das Imperium war nicht mehr das, was es einmal gewesen war. Vor einigen Schichten noch hatten er und der Hohepriester die Geschicke des Ehernen Volkes gemeinsam und im Namen der Götter gelenkt. Doch das war ein für alle Mal vorbei. Denn die Götter hatten den Hohepriester verlassen.

Davon aber wusste das Volk nichts. Und es war besser, wenn es auch nichts davon erfuhr. Nun lastete die gesamte Verantwortung für das Imperium auf den Schultern des Großen Verwalters. Und sie lastete schwer. Denn einst hatten die Götter den Verwalter dazu bestimmt, in ihrem Namen über das Eherne Volk zu herrschen. Und wenn sie irgendwann wiederkehrten, würden sie von ihm Rechenschaft verlangen.

Und darum würde er alles Nötige tun, um die Sicherheit des Imperiums zu gewährleisten.

Notfalls auch gegen den Willen seines Volkes.

Er hatte längst begriffen, dass er niemandem trauen konnte. Dass der Verrat in dunklen Stollen lauerte. Man zweifelte an seinen Entscheidungen, flüsterte hinter vorgehaltener Hand, und mancher Zwerg hätte lieber dem Schicksalszwerg als seinem rechtmäßigen Herrn gedient.

Doch der Verwalter war nicht dumm. Er wusste, von wem die größte Gefahr ausging. Darum hatte er dafür gesorgt, dass der ehemalige Hohepriester ruhig gestellt wurde. Seit einigen Schichten schon hing der Höchste der Hohen in seinen Gemächern an einer Pfeife Steinschmauch, die nie verlöschen würde, solange der Verwalter es nicht wollte. Er hatte den Priester betäubt und ihn in den schillernden Abgrund der Sucht hinabgestoßen.

Nun würde niemand mehr dem Großen Verwalter seine Macht streitig machen. Das Imperium gehörte ihm. Sein Wille formte die Gänge. So, wie die Götter es einst verfügt hatten …

Im Dunkeln aber wuchs unterdessen eine neue Bedrohung heran. Ungehorsam, Verrat und Aufsässigkeit. Unsichtbar, aber doch allgegenwärtig. Und darum würde er die Augen offen halten und trank aus dem Krisenkrug.

Auf dem Bier trieb dünner Schaum, der immer wieder neue Formen und Zeichen bildete, und der Verwalter wusste sie zu deuten.

Es waren ausnehmend schlechte Zeichen.

Was ihn allerdings nicht weiter verwunderte.

Er hob den Blick und betrachtete mit leeren, teilnahmslosen Augen den Steinhauer, der in diesem Moment vor der gegenüberliegenden Wand auf eine Leiter stieg, um sich den Siegeln der ehrbaren Stämme zuzuwenden, die dort über dem niemals verlöschenden Kamin in den Stein geschlagen waren.

Fels, Erde, Feuer und Stahl. Die letzten vier ehrbaren Stämme, seit Erz und Sand in Ungnade gefallen waren.* An der

* Der Stamm des Sandes war einst geächtet worden, weil sein Häuptling seinen Stamm die Magie gelehrt hatte. Der Stamm des Erzes deswegen, weil

Felswand prangten ihre Symbole: der Menhir, der Hügel, die Flamme und der Amboss. Dazwischen gähnten zwei leere Flächen, von denen vor Zeitaltern schon Sandkörner und Axtblatt, die Zeichen von Erz und Sand, getilgt worden waren.

Der Verwalter musste an die vergangenen Zeitalter denken, damals, als das Eherne Imperium noch auf sechs unzerrüttbaren Säulen, den kräftigen Schultern der sechs Stämme, geruht hatte. Als er selbst das Hammerzepter ergriffen hatte, waren zwei jener Säulen bereits geborsten gewesen. Und nun war unter seiner Herrschaft noch eine weitere gefallen.

Der Steinhauer setzte den Meißel an und hob den Hammer. Als er begann, die Flamme aus dem Stein zu schlagen und das Zeichen des Feuerclans auszulöschen, schloss der Verwalter die Augen und verbarg sein Gesicht tief in seinem Krug.

Das Eherne Volk mochte seinen Untergang abgewendet haben. Doch um welchen Preis? Ein weiterer Stamm war geächtet worden, eine weitere Säule geborsten. Krass Breitbart, der Häuptling des Feuers, hatte die Verschwörung des Neuen Stahls gegen die alte Ordnung angeführt. Er hatte das Volk der Zwerge verraten, die Herrschaft an sich reißen und sie alle unterjochen wollen.

Doch er war gescheitert. Weil die Götter auf Seiten der Gerechten gewesen waren. Und weil der Hohepriester dem Großen Verwalter die Ankunft des Schicksalszwergs prophezeit hatte. Eine uralte Prophezeiung von der Art, wie der Verwalter sie sich gelegentlich von seinem obersten Priester erbat. Genau genommen war sie nicht älter gewesen als das Bier in seinem Krug. Aber im Mund des Hohepriesters reiften Worte schnell

sein Häuptling den Großen Verwalter hatte stürzen wollen. Sie waren die geächteten und entzwergten Stämme, die vom Verwalter hinter den Abgrund des Vergessens verbannt worden waren.

zu einem unglaublichen Alter heran. Seine Worte hatten fünf Zwerge zum Schicksalszwerg geformt, der das Eherne Volk retten sollte. Und es hatte funktioniert.

Zumindest überwiegend.

Denn im Zuge seiner Rettung hatte das Eherne Volk nunmehr einen weiteren seiner Stämme eingebüßt. Und nachdem der Häuptling des Feuers in seinem Wahn den Tod gefunden hatte, war sein gesamter Stamm hinter den Abgrund des Vergessens verbannt worden, an jenen Ort, wo die entzwergten Stämme ihr Dasein fristeten.

Ein Häuptling trug die Verantwortung für seinen Stamm und ein Stamm die Verantwortung für seinen Häuptling. Das war nur eines der unumstößlichen Gesetze des Ehernen Imperiums.

Das Bier des Großen Verwalters schmeckte schal. Und niemand sah das bittere Lächeln unter seinem Bart. Oh ja, er herrschte über das Eherne Volk, doch was war dieses Volk jetzt noch? Die Hälfte dessen, was es einst gewesen war. Früher einmal war es vollkommen gewesen, ein Abbild der Gottzwerge, ein Hammer, der die Welt und den Felsen formen sollte. Doch sein Stiel war zerbrochen und sein Kopf zerfressen vom Rost. Die Vollkommenheit war tiefer in die Erde gezogen und hatte die Zwerge in ihren Gängen zurückgelassen. Drei jämmerliche Stämme waren geblieben, während die anderen drei jenseits des Abgrunds lebten.

In der Überlieferung der Zwerge kamen die Verwalter, unter denen Erz und Sand verbannt worden waren, nicht wirklich gut weg. So schlecht, dass er gar nicht wissen wollte, wie *er* in die Geschichte eingehen würde.

Aber er würde nicht noch eine Niederlage erleben.

Unter seiner Herrschaft würde das Eherne Volk nicht einen weiteren Zwerg einbüßen.

Und wenn er sie alle festketten musste.

Er würde das Eherne Volk in eine strahlende Zukunft führen.

Notfalls auch gegen dessen Willen.

Was immer irgendwelche Prophezeiungen auch sagen mochten. *Hier wurde, verdammt noch eins, nicht untergegangen!*

Er schmetterte den Krug derart heftig auf den Tisch, dass der Steinhauer vor Schreck fast von der Leiter gefallen wäre.

Das Bier spritzte über die Tischplatte, wo der Schaum alsgleich noch wirrere Bilder zu formen begann. Bilder, die den Blick des Verwalters sofort fesselten. Er stieß seinen Stuhl nach hinten und erhob sich, schritt mit funkelnden Augen um den Tisch herum und betrachtete den Schaum. Die Bilder, die der Schaum formte, hatten sich verändert.

Und er vermochte sie zu deuten!

Die Gottzwerge versicherten ihn ihrer Gunst!

Der Große Verwalter lachte leise auf. Die Götter, die den Hohepriester verlassen hatten, wandten sich nun ihm zu, dem Großen Verwalter! Sie hatten ihn die Sprache des Schaums gelehrt!

Er beugte sich weiter über den Tisch und drang tiefer in die Mysterien der Schaumdeutung ein.

Dem Steinhauer war das, was er von seiner Leiter aus zu sehen bekam, sichtlich unangenehm: Direkt unter seinen Augen kroch der Herr aller Zwerge über einen Tisch und verteilte darauf leise murmelnd Bierschaum mit seinem Bart. Der Steinhauer hatte wohl das Gefühl, dass Herrscher derlei nicht tun sollten. Oder zumindest nicht, wenn ihnen jemand dabei zusah. Also hämmerte er den Rest der Flamme sehr zügig aus dem Stein, um die Steinerne Tafel so schnell wie möglich wieder verlassen zu können.

Der Große Verwalter bemerkte das aus den Augenwinkeln, ließ sich in seinem Tun jedoch nicht beirren. Unruhig huschten seine Augen über den sich langsam auflösenden Schaum. Die Bilder sagten ihm, dass einzig er, der Große Verwalter, das Eherne Volk retten konnte. Außerdem durfte er niemandem trauen. Und darum würde die ganze leidige Retterei auch nicht leicht werden.

Der Schaum hatte recht.

In Zeiten wie diesen war Loyalität ein runder Stein in einem abschüssigen Gang. Sie lag immer woanders.

Der Große Verwalter wusste nicht, wer ihm gehorchte und wer seine wirklichen Getreuen waren. Weder unter den verbliebenen Stämmen noch unter ihren Häuptlingen.

Das galt es herauszufinden.

Versonnen starrte der Verwalter auf die steinerne Tischplatte, wo der Schaum sich inzwischen beinahe aufgelöst hatte.

Die Götter waren zurückgekehrt. Und sie waren zu *ihm* gekommen, hatten *ihn* erwählt, ihrer Stimme zu lauschen. Fürwahr, von diesem Augenblick an würde er den Schaum mehr als das Bier zu schätzen wissen …

„Herr?" Der Steinhauer hatte seine Arbeit beendet und war von der Leiter gestiegen. „Es ist vollbracht. Ich habe sowohl hier als auch in der Halle der Helme die Flamme aus dem Fels getilgt. So, wie Ihr es befohlen habt."

Der Verwalter fuhr herum und musterte ihn mit durchdringendem Blick. Schaum schimmerte in seinem Bart.

„Sehr gut, Steinhauer." Er schaute zu der Wand und dem leeren Wappen hinüber. Der Zwerg hatte seine Arbeit gut gemacht. Aber konnte er ihm trauen? Er war schließlich Zeuge geworden, wie die Götter dem Verwalter das Geheimnis des Schaums offenbart hatten. Und das durfte er auf keinen Fall den falschen Zwergen erzählen …

Der Herr aller Zwerge sann kurz nach und trieb die Spitzhacke tief in die Wände seiner Vorstellungskraft. Für das Wohl des Imperiums würde er womöglich auch in Zukunft noch den ein oder anderen Zwerg zum Schweigen bringen müssen. Doch wie? Sie umzubringen wäre vollkommen undenkbar, da das höchste Gesetz des Ehernen Imperiums einem Zwerg verbot, andere Zwergenartige in die Hohe Höhle emporzuschicken. Er würde ihn also zum Schweigen bringen müssen, ohne ihn zu töten ...

„Geradezu vorbildlich", fuhr er fort. „Sag, Steinhauer, bist du ein treuer Diener deines Herrn?"

Der Steinhauer, dem es schwerfiel, den Blick von dem schaumstrotzenden Bart des Verwalters abzuwenden, nickte eifrig.

„Einer der treuesten, Herr", erwiderte er.

Der Verwalter musterte ihn und fuhr sich nachdenklich mit einer Hand durch den Bart. Als er sie hob, war ein kleiner Schaumfleck darauf zu erkennen, den er sich ganz nahe vor die Augen hielt. Und selbst darin erkannte er eine Botschaft. Die Götter sagten ihm, was zu tun war. Und schon war ihm eine Lösung in den Sinn gekommen. Er würde den Steinhauer zu seinem Vertrauten und zum Anführer einer neuen Organisation machen, die so geheim war, dass der Zwerg sich geehrt fühlen und ihm mit Freuden dienen würde.

„Denkst du, du kannst ein Geheimnis bewahren, Steinhauer?", fragte er.

„So viele Ihr wünscht, Herr", entgegnete der Steinhauer.

„Das klingt nach einem Zwerg, den ich brauchen kann. Was würdest du davon halten, der erste der Begnadeten Bewahrer zu werden?", fragte der Große Verwalter mit einem seltsamen Unterton.

„Oh Herr, das ist ja wie Goldstaub in meinen Ohren. Es klingt vortrefflich. Was immer es auch bedeuten mag."

Der Verwalter nickte gewichtig.

„Es ist eine geheime Gemeinschaft von Geheimnisträgern, die gebildet wurde, um die bedeutendsten aller Geheimnisse zu bewahren, und du sollst fortan ihr Anführer sein!“ Mit einer feierlichen Geste legte er dem Steinhauer eine Hand auf die Schulter.

„Knie nieder, Steinhauer, schwöre auf den Schaum und sei der Erste derer, die auserwählt sind, die Geheimnisse der Gottzwerge zu erfahren und zu bewahren!“

Der Steinhauer schob sich den Helm in den Nacken und kratzte sich an der Stirn, bevor er sich langsam niederkniete. Er fragte sich, ob der Herr aller Zwerge bloß betrunken oder womöglich verrückt geworden war.

Obwohl erster Begnadeter Bewahrer wahrlich nicht schlecht klang …

KAPITEL 2

IN DEM SICH ERZFERKEL TUMMELN, BÄRTE WACHSEN, STEINE FLIEGEN UND EINIGE ZWERGE SICH FEINDE MACHEN

Zufrieden betrachtete Farrnwart Blechboldt die Erzferkel, die in ihrem steinernen Koben umhertollten. Laut grunzend kugelten sie vergnügt übereinander, wälzten sich auf dem rauen Untergrund und schubberten ihre braune, verfilzte Wolle daran.

Mit nacktem Oberkörper stand er dort, die Pfeife im Mund, ein zufriedenes Lächeln unter dem Bart. Schrecken und Abenteuer lagen hinter ihm, er war in das friedliche Leben eines Ferkelbändigers zurückgekehrt. Mit Schaudern erinnerte er sich daran, wie er Teil des Schicksalszwergs gewesen war und sich dem Neuen Stahl entgegengestellt hatte. Blechboldt schätzte sein eigenes Volk nicht besonders. Er verbrachte seine Zeit lieber mit den Erzferkeln. Nicht zuletzt seines Geheimnisses wegen. Farrnwart Blechboldt vertrug nämlich kein Bier. Unter Zwergen machte ihn das zu einem Exoten. Unter Erzferkeln nicht. Die wussten nicht einmal, was Bier war.

Er warf den Tieren eine Handvoll Knorpelknollen hin und beobachtete zufrieden, wie die kleinen, runzeligen Rüsselschnauzen sich darüber hermachten.

Diese Tiere waren seine Bestimmung. Wann immer eines von ihnen geboren wurde, blühte sein Gemüt auf wie ein Glimmpilz, und wenn eines von ihnen starb, war ihm, als ob es ihm den Herzstein spaltete …

Es war noch nicht lange her, dass er ein paar hatte sterben sehen. Für Dinge, die es nicht wert gewesen waren, dafür zu sterben.

Aber nun war er zurückgekehrt. Zurück in sein Reich. Und

zu seinen Tieren. Von nun an würde er auf sie aufpassen. Er wandte sich von dem Koben ab und blickte sich um. Dies war die Höhle der Ferkel. Drei weitere Zwerge eilten geschäftig umher, schafften Knorpelknollen und Ferkelmist von einem Ort zum anderen. Inzwischen gehorchten die Ferkelknechte seinem Befehl. Nach seiner Zeit als Teil des Schicksalszwergs war Blechboldt zum Ersten der Ferkelbändiger befördert worden. Ihm unterstanden somit jetzt drei Zwerge und sechs Koben mit je vier Ferkeln.

Seine Welt war überschaubar, und das Zähmen der Ferkel eine vergleichsweise einfache Aufgabe. Wenn sie in den Koben geboren wurden, dann war es meist nicht schwierig, sie zu zähmen. Von Zeit zu Zeit wurde freilich ein besonders wildes Exemplar, ein sogenannter Zwergenbeißer, geboren. Einen solchen zu zähmen, erforderte die ganze Kunst des Ferkelbändigers. Dafür hingen an den Wänden lederne Leinen und Maulkörbe und die gefährlich anmutenden, mit Zacken besetzten Ferkelspieße. Blechboldt hatte bisher noch jedes Erzferkel zu zähmen vermocht. Selbst die wilden, die sie immer wieder in den Sumpfhöhlen fingen.

Die Zwerge brauchten die Tiere, da sie Metall im Fels wittern konnten. Und aus diesem Grund ließ man Blechboldt als Ersten Ferkelbändiger und Einzigen, der seine Kunst annähernd vollkommen beherrschte, in seiner Eigenart gewähren. Er durfte tun, was ihm beliebte. Niemand runzelte die Stirn, wenn er mit seinen Ferkeln sprach oder gar bei ihnen schlief. Womöglich hätte man sogar darüber hinweggesehen, dass er kein Bier trank. Aber darauf wollte er es nicht ankommen lassen. Noch nicht, jedenfalls.

Im hinteren Teil der Höhle befanden sich die Gatter der älteren Tiere, die zu groß geworden waren, um in engen Gängen Erz zu wittern. Sie wurden vor allem für die Räumung von Stollen eingesetzt. Die Erzschweine fütterte Blechboldt lediglich, an den Ferkeln aber hing sein Herz.

Zufrieden betrachtete er die umhertollenden Tiere, nahm einen Zug von seiner Pfeife und blies den Rauch in die Luft. Dann legte er die Pfeife in einer Steinschale ab, kletterte zu den Ferkeln in den Koben und ließ sich auf alle viere hinab. Sofort drängten sich die kleinen Rüsselschnauzen an ihn heran und sprangen freudig grunzend an ihm empor. Farrnwart Blechboldt fühlte sich gut. Er war zu Hause.

Wenige Schläge später fiel vom Eingang der Höhle her plötzlich ein Schatten über die Ferkelbuchten.

In der Türöffnung stand ein erschöpfter, nach Atem ringender Zwerg, der augenscheinlich eine größere Strecke Ganges gerannt war. Er nahm den Helm vom Kopf, wischte sich den Schweiß von der Stirn und ließ die Blicke durch die Höhle schweifen. Er trug das Stammeszeichen des Stahls, außerdem eine leichte Höhlenläuferrüstung, auf der Brust eine hartlederne Tasche und einen Reisehammer am Gürtel. Sonst hatte er nichts weiter bei sich.

Einen Moment lang stützte er sich am Eingang der Ferkelhöhle ab, atmete tief durch, nahm den Helm vom Kopf und wischte sich den Schweiß von der Stirn. Dann schaute er sich kurz um, ging schließlich ein paar Schritte ins Innere der Höhle und sprach einen der Ferkelbändiger an, um in Erfahrung zu bringen, wo sich ihr Vorgesetzter befand.

Kurz darauf beugte er sich über den Rand des Ferkelkobens und erblickte den ersten Ferkelbändiger auf allen vieren inmitten seiner Tiere. Die Augen des Zwergs leuchteten kurz auf. Dann breitete er feierlich die Arme aus und sagte: „Meine Verehrung, Zwerg. Sag, bist du Farrnwart Blechboldt, Erster der Ferkelbändiger, der ein Teil des Schicksalszwergs ist?“

Blechboldts erster Impuls war zu verneinen. Boten wie dieser brachten selten Nachrichten, die man hören wollte.

Er richtete sich langsam auf, schüttelte vorsichtig die Ferkel ab und kletterte aus dem Koben. Dann nickte er langsam.

„Der bin ich. Obwohl ich ahne, dass ich es in ebendiesem Moment besser nicht sein sollte."

Sein Gegenüber verstand augenscheinlich nicht, was er damit meinte. Vielleicht wollte er es auch nicht verstehen. Jedenfalls fuhr er im nächsten Moment schon mit der ihm aufgetragenen Botschaft fort.

„Der Höchste der Hohen, der Allereinzigartigste, Wisser des Wissens, Finder unter den Suchenden, Wachender unter den Schlafenden …"

„Ich weiß, wer gemeint ist!", schnitt Blechboldt dem Boten barsch das Wort ab. Die Tatsache, dass die Botschaft vom Allerüberhöchsten kam, verhieß nichts Gutes. Davon abgesehen hätte das Aufzählen aller seiner Titel mehr Zeit in Anspruch genommen, als er hatte.

Der Bote senkte betreten den Kopf.

„Er sendet dir dies." Er holte aus seiner Gürteltasche einen funkelnden Kristall von der Größe einer Zwergenfaust hervor und reichte ihn schnaufend dem Ferkelbändiger. Ein Prisma. Stirnrunzelnd nahm Blechboldt den Kristall entgegen und wendete ihn prüfend in den Händen. Geschliffenes Glas. Beinahe wertlos. Ein Zwerg erkannte so etwas auf den ersten Blick.

„Gut. Und was soll ich damit? Die Ferkel werden es jedenfalls kaum fressen können", herrschte er den Boten an.

Der Bote schaute sich kurz um, versicherte sich, dass niemand lauschte, und beugte sich dann verschwörerisch zu Blechboldt hinüber: „Der Hohepriester sagt, du sollst es, sobald du allein bist, über eine Käferlaterne halten. Ach ja, und wenn du fertig bist, sollst du es mit einem Hammer zerschlagen."

Stirnrunzelnd ließ der Ferkelbändiger das Prisma in seine Tasche gleiten.

„Bist du schon bezahlt worden, oder soll ich ...?", fragte er.

„Herr, dem Schicksal des Ehernen Volkes dienen zu dürfen, ist mir Lohn genug." Der Bote neigte kurz den Kopf, dann drehte er sich um und verschwand aus der Ferkelhöhle.

Blechboldt starrte ihm versonnen nach.

Dem Schicksal des Ehernen Volkes dienen zu dürfen.

Eigentlich hatte er angenommen, dass dieser Fels schon gehämmert war.

Kaum dass der Bote fort war, nahm sich Blechboldt eine Käferlaterne und kletterte in den hinteren Ferkelkoben. Grunzend drängten sich die Tiere um ihn, während er die Laterne aufstellte, das Prisma darüberhielt und sich ernsthaft fragte, was das alles für einen Sinn haben mochte.

Und dann sah er es. Kaum dass das Licht des summenden Käfers aus der Laterne drang, schien das Prisma es einzufangen, es beinahe aufzusaugen. Staunend beobachtete Blechboldt, was weiter geschah, während die Ferkel furchtsam zurückwichen. Im Inneren des Kristalls spaltete sich das Licht auf und formte einen Schlag später ein ihm wohlbekanntes Gesicht. Das Gesicht des Zwergs, der ihm den größten Ärger eingebrockt hatte, den er je hatte erdulden müssen. Der Höchste der Hohen und Prophezeier alles zu Prophezeienden.

Blechboldt graute bei dem Gedanken an das, was der Alte wohl diesmal wieder zu prophezeien hatte, und er hoffte inständig, dass diese Vision, wie immer sie auch zustande kam, stumm bleiben und im nächsten Augenblick vorüber sein würde, damit der ganze Ärger nicht von vorn begann.

Doch dann hob die Vision an zu sprechen: „Farrnwart Blechboldt, Erster Ferkelbändiger des Ehernen Imperiums und Teil des Schicksalszwergs, der zur Rettung des Ehernen Volkes prophezeit wurde. Deine Arbeit ist noch nicht getan. Die Götter bedürfen deiner und fordern dich auf, das Undenkbare zu vollbringen. Der Ewige Schmied hat zu mir gesprochen. Der Schicksalszwerg hat einen schweren Weg zu gehen. Doch die Gunst der Götter ist uns gewiss. Sprich zu niemandem von dieser Botschaft, Blechboldt, achte darauf, dass niemand dich beobachtet, und finde dich zum Ende der Schicht im Feuerloch ein. Sei bereit, dem Schmied zu lauschen!"

Das Lichtgesicht im Inneren des Kristalls erstarrte mit bedeutsamer Miene. Dann verschwand es, und der Ferkelbändiger hielt bloß noch einen farblosen Kristall in Händen.

Was zum Dreck noch eins sollte er mit der Gunst der Götter? Ihm reichte die Gunst seiner Ferkel.

Andererseits wäre es gewiss nicht gut, sich dem Willen des Hohepriesters zu widersetzen. Auch als Erster Ferkelbändiger nicht.

Schweren Herzens kletterte er aus dem Koben und warf einen wehmütigen Blick auf die Ferkel, die ihm aus großen Augen entgegenglotzten.

Nachdenklich betrachtete er das Prisma. Er hatte schon einmal von solchen Kristallen gehört. Irgendwann, als er noch ein kleiner Schlüpfling gewesen war. Aber er kam nicht darauf, in welchem Zusammenhang. Schließlich griff er nach seinem Hammer und zerschlug das Prisma, dass es in tausend Splitter zerbarst.

Dann streifte er missmutig seine Rüstung über, um sich auf den Weg zum Feuerloch zu machen.

Fazzgadt Eisenbart stützte sich auf den Stiel seiner Axt. Er saß in der Arena zwischen Krash Langstiel, Horrkfodt Gerngroll und Klammdrik Hammerstein und kam ganz allmählich ins Schwitzen.

Sie waren harte Gegner und allesamt länger dabei als er. Sie waren es gewohnt, in der Arena anzutreten. Für ihn war es jedoch der erste Wettkampf überhaupt.

Das Bartwettwachsen war eine Wissenschaft für sich. Er war ein Anfänger, sie waren Profis. Gerngroll sogar zweimaliger Meister. Sie alle hatten viele Jahre auf die Vervollkommnung ihrer Fähigkeiten verwendet. Dennoch lautete ein Großteil der Wetten auf Fazzgadt, was nicht zuletzt daran lag, dass er Teil des Schicksalszwergs war und kürzlich das gesamte Eherne Imperium gerettet hatte. Wem, wenn nicht ihm, hätten die Götter ihre Gunst erweisen sollen?

So dachte zumindest der größte Teil der Zuschauer, der davon ausging, dass Fazzgadts Bartwuchs im Laufe des Wettkampfes einen göttlichen Schub erfahren und er den Wettstreit für sich entscheiden würde.

Die Regeln waren ebenso klar wie einfach: Die Teilnehmer saßen im Kreis, und ihr Bart wuchs. Schlaf hatte vor Ort stattzufinden, und die Notdurft musste, um jeden potenziellen Betrug schon von vornherein auszuschließen, von einem Schiedsrichter begleitet werden.

Der Wettstreit endete nach zwei Wochen, dann wurde nachgemessen.

Fazzgadt nahm eigentlich nur teil, um den Sohn seines besten Freundes Hrodborrk zu beeindrucken – Lunt Glimmboldt, sein Zögling, der unter seinen Augen geschlüpft und an der Seite des Schicksalszwergs herangewachsen war. Auch er war einst von Breitbarts Fluch* getroffen worden und, kaum geschlüpft, um zweihundert Jahre gealtert und um alle Wonnen der Jugend

* Krass Breitbart, der Anführer des Neuen Stahls, hatte den Schicksalszwerg mit einem magischen Fluch belegt, der jeden Einzelnen von ihnen innerhalb kürzester Zeit um zweihundert Jahre hatte altern lassen. (s. Bd. 1 *Zwerg und Überzwerg*)

betrogen worden. Und nicht nur das. Aufgrund einer Verkettung unglücklicher Umstände hatte der junge Zwerg auch noch alle seine Zähne eingebüßt. Das lag vor allem daran, dass sie aus Gold und die vorangegangenen Abenteuer für Fazzgadt recht kostspielig gewesen waren. Er hatte sie ihm eigenhändig herausgebrochen. Einen nach dem anderen. Und da die meisten Zwerge abergläubisch waren, hatte er niemandem davon erzählt. Schließlich kannte er die albernen Prophezeiungen, vor denen sie zitterten und von denen sie ihr Leben bestimmen ließen. Allein die Prophezeiung des Großen Erzferkels, die das Ende von allem, jedem und dem Rest verhieß und die überall in den Gängen zu spüren war. Abergläubische Wirrbärte. Nicht einmal sein Zögling selbst wusste von diesem Geheimnis seines Oheims …

Fazzgadt hatte den Bart seines Schlüpflings wachsen sehen, hatte den jungen Glimmboldt alles gelehrt, was ein Zwerg wissen musste. Zumindest hatte er es versucht. Glimmboldt war ein wenig begriffsstutziger als die meisten Zwerge. Dennoch hoffte Fazzgadt, dass er bald seinen eigenen Stollen würde graben können, um sich seine Hämmer selbst zu verdienen. Und dabei sollten ihm die wirren Prophezeiungen kleiner Schweine oder alter Priester nicht im Weg sein. Fazzgadt hatte viel Mühe darauf verwendet, ihm beizubringen, derlei nicht zu ernst zu nehmen …

Fazzgadt schaute kurz auf. Ihm gegenüber auf der Tribüne saß der Kleine, feuerte ihn an und schwenkte zwei gefärbte Käferlederwimpel. Beim Ewigen Schmied, er liebte diesen Schlüpfling. Auch wenn er ein wenig zurückgeblieben war und wohl zeitlebens einen Hammer nicht von einer Axt würde unterscheiden können. Fazzgadt würde tun, was in seiner Macht stand, um ihn vor den dunklen Seiten des Schicksals, den Narreteien des Aberglaubens und schlechtem Bier zu bewahren.

Der junge Glimmboldt winkte ihm begeistert zu. Fazzgadt musste lächeln.

Neben seinem Zögling erkannte Fazzgadt den Zwerg, der ihn in die Arena gebracht hatte: Felsigk Klammgluth. Ein zwergischer Kunstbartschneider. Fazzgadt hatte ihn erst nach den turbulenten Ereignissen um den Schicksalszwerg kennengelernt, aber inzwischen war er der beste Freund, den er hatte. Es war Klammgluths Idee gewesen, Fazzgadt bei diesem Wettkampf antreten zu lassen. Er nickte seinem Freund kurz zu, dann senkte er den Kopf und konzentrierte sich, ebenso wie seine Gegner, wieder ganz auf seinen Bart.

Als Wettkämpfer konnte man auch ohne die Gunst der Götter einiges für seinen Bartwuchs tun: Gerngroll trainierte mit Bartgewichten, und Hammerstein düngte in gleichem Maß von innen wie von außen mit Bartbier. (Eine spezielle Rezeptur, die seit Generationen in seiner Familie kursierte und die ganze Generationen von Bartwettwachsathleten zum Verzweifeln gebracht hatte.) Langstiel schließlich flocht sich einige Schichten vor den Wettkämpfen Blitzkäfer in den Bart, um das Wachstum mit Stromschlägen zu stimulieren.

Bartwettwachsen war eine ernste Angelegenheit. Es war mehr als bloß Sport, es entschied Konflikte und begeisterte die Massen. Und die Bartathleten hatten nicht nur eine Vorbildfunktion, sondern durften am Tage der Bartweihe sogar neben dem Großen Verwalter sitzen und mit ihm aus dem Humpen der Götter trinken.

Fazzgadts letztes Treffen mit dem Großen Verwalter lag noch nicht lange zurück und hatte nichts mit Sport zu tun gehabt. Er hatte an der Steinernen Tafel inmitten der fünf Zwerge gesessen, die von einer bedingt alten Prophezeiung zum Schicksalszwerg ernannt worden waren, der zur Rettung aller Zwergenartigen ausersehen gewesen war. Nachdem sie das hinter sich gebracht hatten, hatte der Mächtigste aller Zwerge sich bei ihnen bedankt.

Wenn man bedachte, dass jeder von ihnen mehr als zweihundert Jahre seines Lebens dafür geopfert hatte, war das allerdings etwas spärlich.

Fazzgadt war von einem Schlag auf den anderen ein alter Zwerg geworden. Zu alt, um in den Schächten zu schürfen, zu alt für den Hammer, zu alt für den Amboss.

Aber alt genug für das Bartwettwachsen. Es war ein Veteranensport. Unter fünfhundert Jahren ließen die Bartrichter einen Zwerg gar nicht erst teilnehmen. Ein junger Zwerg hatte sich um seinen Hammer zu kümmern und in den Gängen zu arbeiten. Alle paar Schichten durfte er auf den Steinbänken der Arena sitzen, einen gut gewürzten Stein lecken und seinen Favoriten anfeuern. Vielleicht auch noch ein wenig wetten. Sein Gold und seinen Respekt aber hatte er sich in den Gängen zu verdienen.

Obwohl auch die Wettkämpfer verdammt gut verdienten. Die Preisgelder waren beachtlich, es gab gutes Gold zu gewinnen. Führende Bartathleten wurden wie Helden verehrt. Ihre Bartfrisuren wurden kopiert, und es kursierten kleine Statuetten von ihnen.

Natürlich wurde auch betrogen. Ob es sich um heimlich eingeflochtene Barthaare, Wettmanipulation oder künstlich hervorgerufenen Haarausfall handelte, die Palette war groß. Und die meisten Manipulationen hatte kein Geringerer als Felsigk Klammgluth erfunden, der in Wirklichkeit alles andere als ein Kunstbartschneider war.

Das hatte er lediglich Fazzgadt erzählt. Denn Klammgluth war, ebenso wie sein Bruder, der legendäre Meisterdieb Bragk Nattergriff, von Schnappsagk Silberkies, dem Ahnherrn des Zwergischen Zwielichts, großgezogen worden. Wie Nattergriff war er unter den Augen jenes begnadeten Halunken geschlüpft und zu einem vorbildlichen Schurken herangewachsen. Statt mit Steinen zu spielen, hatte er Schlösser geknackt, und während die anderen Schlüpflinge ihre Glasmurmeln hatten gewinnen müssen, hatte er sich seine geklaut.

Er hatte freilich auch gelernt, wozu ein Hammer gut war. Ein solcher ließ sich schwingen oder stehlen. Klammgluth hatte sich inzwischen vorgenommen, irgendwann auch noch einmal herauszufinden, wie sich das Schwingen anfühlte. Bisher war er neben all dem Stehlen gar nicht dazu gekommen.

Seit sein Oheim in den Verliesen von Vorrngarth gestorben war, hatte Klammgluth das Zwergische Zwielicht nach seinen eigenen Vorstellungen geformt. Er sprach nur ungern über die Umstände der Verhaftung seines Ziehvaters, und wenn ihn einer fragte, dann musste er damit rechnen, dass Klammgluth die Antwort mit seinen Fäusten gab. Das Zwielicht hatte sich unter seiner Ägide in eine Bruderschaft verwandelt, die ein matter Abglanz der von Silberkies angestrebten Halunkengilde war. Sie war jedoch zum gleichen Zweck gegründet worden, nämlich um alle zwergischen Halunken zu vereinen und mit den Besten von ihnen irgendwann das Undenkbare* zu vollbringen. Genau wie es Silberkies einst gewollt hatte, der nach seinem traurigen Ableben inzwischen in den Köpfen der Zwerge kaum mehr als eine Erinnerung war. Heute war Felsigk Klammgluth der uneingeschränkte Genius des Zwergischen Zwielichts, und seine Stimme war den Schurken der Gänge Gesetz. Das allein war, was zählte.

* Aufgrund seiner Undenkbarkeit deuten die zwergischen Legenden das Undenkbare lediglich an. Was aber aus all diesen Andeutungen hervorgeht, ist, dass es sich dabei um das größte aller erdenklichen Geheimnisse der Zwergenheit handelt, das angeblich mehr zu verändern vermag, als innerhalb des Imperiums überhaupt existiert.

Falsches Gold, falsche Gänge, falsches Bier – Schnappsagk Silberkies hatte das Verbrechen im Inneren des Ehernen Imperiums erfunden, und Klammgluth hatte es perfektioniert.

Doch da das Zwielicht im Geheimen erstrahlte, wussten die wenigsten etwas davon. Ebenso wenig wie von jener geheimen Gemeinschaft der ehrbarsten aller zwergischen Schurken, die er ins Leben gerufen hatte: der bedingt ehrbaren Bruderschaft des behände entwendeten Beutels. Es kursierten Gerüchte über sie. Man raunte sich Dinge zu, ahnte von ihrer Existenz. Einige wenige nur wussten davon. Diejenigen, die ihnen Schutzgold zahlten, Schulden bei ihnen hatten oder die hohen Talente des Zwielichts erlernen wollten. Doch selbst denen war der Name jener Gemeinschaft zu lang, weshalb man sie gemeinhin die Beutelbrüder nannte. Und die, denen selbst das noch zu lang war, bezeichneten sie schlicht als Beutler.

Fazzgadt wusste nichts von Klammgluths führender Rolle im Zwergischen Zwielicht. Sonst hätte er sich womöglich auch nicht mit ihm angefreundet. Für Fazzgadt war es Freundschaft, was sie verband. Für Klammgluth jedoch war es ein Geschäft.

Seit Fazzgadt Eisenbart aus den geheimen Gängen des Neuen Stahls, wo er mit dem Rest des Schicksalszwergs die Verschwörer in die Knie gezwungen hatte, zurückgekehrt war, hatte Klammgluth ihn beobachtet. Er hatte auch die anderen Teile des Schicksalszwergs beobachtet. Aber Fazzgadt war derjenige, der ihm für sein Vorhaben am besten geeignet schien. Mit wem sonst, wenn nicht mit einem Auserwählten der Götter, würde sich beim Bartwettwachsen betrügen lassen? Er hatte ihm geschmeichelt, mit ihm getrunken und seinen Bartwuchs beobachtet. Und dann, als er sich ganz sicher gewesen war, dass die Gunst der Götter Fazzgadt nicht einmal einen Hauch mehr Bartwuchs verlieh als jedem anderen Zwerg des Ehernen Imperiums, hatte er ihm den Vorschlag unterbreitet, in der

Arena anzutreten, um seinen Zögling zu beeindrucken. Gegen die Besten der Besten. Die Bartathleten, die die größte Bewunderung des Ehernen Volkes genossen.

Bei den Felsmachern, die die Wetten annahmen, konnte ein Zwerg gemäß der Tradition der Arena auf den besten oder den schlechtesten Athleten setzen. Fazzgadt Eisenbart war Felsigk Klammgluths Chance, innerhalb kürzester Zeit reich zu werden. Denn keiner der Wettenden wäre je auf den Gedanken gekommen, dass ein Athlet, der Teil des Schicksalszwergs war, bei einem Wettkampf verlieren könnte. Keiner außer Klammgluth, der es besser wusste und darum mit sechzig Brocken Gold beinahe sein gesamtes ergaunertes Vermögen auf Fazzgadts Niederlage gesetzt hatte.

Klammgluth hatte immer geahnt, dass die Götter einem im Bartwettwachsgeschäft nicht weiterhalfen. Vor langer Zeit war er sogar selbst in der Arena angetreten. Seine bevorzugte Trainingsmethode war immer das Beten gewesen. Zum Ewigen Schmied, dem Ahnherrn aller Ahnherren, der einst den Hammer erfunden hatte, und zum wirrbärtigen Wucherwurz, der wachsen ließ, was immer in den Gängen überhaupt zu wachsen vermochte. Und mit ihrer Hilfe hatte Klammgluth sich bei jedem seiner Wettkämpfe einen respektablen letzten Platz erbetet.

Aber er hatte sich in den Kopf gesetzt, mit dem Bartwettwachsen reich zu werden. Und da war Fazzgadt Eisenbart ihm gerade recht gekommen. Klammgluth hatte ihn in der sicheren Gewissheit überredet, dass sich die meisten Zwerge von der Schicksalszwerggeschichte beeindrucken lassen und darum auf ihn setzen würden. Er wäre der Einzige, der es nicht täte. Und so würde er im Verlauf des Wettstreits schließlich säckeweise Gold verdienen, ohne einen Hammer zu heben oder einem Zwerg auch nur einen Finger brechen zu müssen, wie es das Zwielicht mitunter auch zu tun pflegte.

Vor ihnen lagen zwei entspannte Wochen. Die Wetten waren abgeschlossen. Am Ende würde er ein gemachter Zwerg sein.

Und alles, was Klammgluth tun musste, war stillsitzen und abwarten.

Bei dem Gedanken daran musste er lächeln.

Es war das Lächeln eines Zwergs, dessen Herzstein so kalt war, dass ihm beinahe das Bier im Bauch gefror …

Das Gold, das er bei diesem Wettkampf gewinnen würde, würde ihm gute Dienste leisten. Mit ihm würden er und die Bruderschaft dem Undenkbaren noch näher kommen. Innerlich rieb er sich bereits die Hände. Ganz langsam rückte es in greifbare Nähe. Nach und nach begann das Undenkbare denkbar zu werden. Auch wenn der wichtigste Teil seines Planes, der legendäre Bragk Nattergriff, gerade in Vorrngarth eingewandert war. Da er sich mit der Fallenmacherkunst auskannte wie kein anderer, würden sie ihn brauchen, um den gemeinen Gang zu überwinden. Aber dieser Kieskopf hatte sich vor kurzem bei einem seiner Raubzüge im Keller eines Erzfürsten erwischen lassen. Gerade das jedoch war für die Bruderschaft womöglich von Vorteil. Nachdem sich Nattergriff jahrelang vor ihnen versteckt gehalten hatte, wussten sie nun wenigstens genau, wo er sich befand. Außerdem wäre er, wenn Klammgluth und seine Leute ihn aus dem Verlies befreiten, womöglich etwas zugänglicher. Das war nämlich das Problem mit dem wichtigsten Teil des Planes bezüglich des Undenkbaren. Bragk Nattergriff hasste Felsigk Klammgluth. Freiwillig hätte er dem Zwielicht niemals geholfen, das Undenkbare zu vollbringen.

Aber ein Stein nach dem anderen. Klammgluth war geduldig. Erst reich werden, dann Nattergriff befreien und dann das Undenkbare denkbar machen. Lächelnd lehnte der Herr des Zwergischen Zwielichts sich auf seinem Stein zurück und beobachtete gelassen die Großmeister des Bartwuchses.

Währenddessen hämmerten die Felsmacher die aktuellen Wettquoten in die Steintafeln* und sortierten in den angrenzenden Tresorhöhlen die Wetteinsätze.

Zwischen Krash Langstiel, Horrkfodt Gerngroll und Klammdrik Hammerstein legte Fazzgadt Eisenbart sich mächtig ins Zeug, damit sein Zögling stolz auf ihn sein konnte.

Sein Bart war kaum wesentlich gewachsen, genau genommen nicht nur kaum, sondern sogar noch etwas weniger als die Bärte seiner Gegner, als plötzlich ein Bote in die Arena gestürmt kam.

Nachdem die Schiedsrichter ihn durchsucht und festgestellt hatten, dass er keinerlei verbotene Bartstimulanzen bei sich trug, ließen sie ihn passieren.

Er eilte direkt auf Fazzgadt zu, beugte sich zu ihm hinab und flüsterte ihm etwas zu, das so bedeutsam zu sein schien, dass es augenscheinlich nicht bis zum Ende des Wettkampfes warten konnte.

Klammgluth runzelte die Stirn, als er sah, wie der Bote seinem falschen Champion eine Hand auf die Schulter legte, ihm einen kleinen Kristall reichte, ihm zunickte und dann wortlos wieder verschwand.

Felsigk Klammgluth, der Herr des Zwergischen Zwielichts, wusste zwar nicht, was genau hier vor sich ging, aber er hatte kein gutes Gefühl bei der Sache.

Fazzgadt schaute von einem Bartathleten zum anderen. Mit verbissener Miene saßen sie um ihn herum und pressten mühsam den Bart aus ihrem Kinn. Dann sah er zu Glimmboldt hinüber, und unter seinem Bart breitete sich ein kaum sichtba-

* Auf den Steintafeln der Felsmacher wurden in einer komplizierten Mischung aus Strichen und Häkchen, die niemand außer ihnen selbst verstand, mit Hilfe eines Ritzgriffels und eines Tafelhammers die Wetteinsätze und Quoten der Bartwettkämpfe festgehalten.

res Lächeln aus. Schließlich bedachte er Klammgluth noch mit einem kurzen Blick und zuckte bedauernd mit den Schultern.

Dann erhob er sich inmitten von Krash Langstiel, Horrkfodt Gerngroll und Klammdrik Hammerstein, nahm seinen Zögling bei der Hand und verließ die Arena.

Als er aus dem Kampfplatz heraustrat, wurde er augenblicklich disqualifiziert. Alle auf ihn abgegebenen Wetten wurden dadurch ungültig und traditionsgemäß ein Drittel aller auf ihn lautenden Einsätze von den Felsmachern als Aufwandsentschädigung zurückbehalten.

Einen kurzen Moment lang starrte Felsigk Klammgluth Fazzgadt fassungslos hinterher. Dann wurde ihm klar, dass er mit zwanzig Brocken Gold soeben ein Drittel seines mühsam ergaunerten Vermögens verloren hatte.

Wutschnaubend sprang er auf und stampfte aus der Arena. Schicksalszwerg hin oder her. Fazzgadt Eisenbart würde bluten. Niemand legte sich mit Felsigk Klammgluth, dem Herrn des Zwergischen Zwielichts und dem Anführer der bedingt ehrbaren Bruderschaft des behände entwendeten Beutels, an. Beim heiligen Hammer, er würde sich das Gold von Fazzgadt zurückholen. Kiesel um Kiesel. Und am Ende seinen Bart!

Garstholm Flammrank war von einem guten Dutzend Rekruten umringt, die sich für den Dienst bei der freiwilligen Felswehr gemeldet hatten und mit ihren durchschnittlich zweihundertfünfzig Jahren guten Gewissens als jung bezeichnet werden konnten.

Vor allem im Gegensatz zu ihm, der kürzlich erst mit seinen Schicksalszwergkameraden innerhalb weniger Schläge um zweihundert Jahre gealtert war und am eigenen Leib erfahren hatte, weshalb die Magie in den Grenzen des Imperiums einst geächtet worden war*. Mit Hilfe jener Magie hatte das Alter ihn hinterrücks überwältigt. Das flammende Rot seines Bartes war blass geworden und nunmehr von lichtem Weiß durchdrungen, und auch sein Augenlicht hatte er im Kampf gegen die Verschwörer verloren.

Doch Garstholm Flammrank grämte sich nicht. Denn er hatte im Gegenzug mehr bekommen, als er sich zu erträumen gewagt hätte: Mit seinem letzten Blick hatte er eines der größten Wunder geschaut, das die Welt zu bieten hatte, den legendären Immerflamm**. Sein ganzes Leben lang hatte er Drachen gejagt, und dann hatte er am Ende doch noch den Immerflamm aus der Nähe sehen dürfen. Es hatte sich gelohnt …

Was ihm geblieben war, waren Muskeln, die für zwei Zwerge gereicht hätten, einige der furchteinflößendsten Tätowierungen, die das Eherne Volk je gesehen hatte, und der Posten eines Generals der freiwilligen Felswehr, den der Große Verwalter ihm für seine Verdienste für Fels und Vaterland verliehen hatte. Als einziger Angehöriger der geächteten Stämme hatte er in seinen gesunden Tagen Achtung und Ansehen der ehrbaren Stämme genossen, und als er nun blind und alt geworden war,

* Die Magie wurde innerhalb des Imperiums infolge der Magierkriege geächtet. Die Formulierung „Magierkriege“ entstammt dem letzten Zeitalter und wurde erst nach der Aufkunft geprägt, vor allem, um nichtzwergische Völker zu beeindrucken. Tatsächlich handelte es sich bei besagten Geschehnissen um magische Experimente zum Schutz des Ehernen Imperiums und um sportliche Wettstreite magischer Dilettanten mit unvorgesehenen katastrophalen Folgen für das gesamte Eherne Volk.

** Die Legende vom Immerflamm ist eine der ältesten des Ehernen Imperiums. Angeblich ist er ein Drache, den die Götter erschufen, um dem Feuer eine Form zu geben. Garstholm Flammrank erblindete beim Anblick eines Immerflamms. (s. Bd. 1 *Zwerg und Überzwerg*) hatten sie ihn zu einem General der persönlichen Leibwache des Großen Verwalters gemacht.

Mit nacktem Oberkörper stand der General vor seinen Rekruten, und die verschlungenen tätowierten Muster auf seiner Brust glänzten im Widerschein der Leuchtkäfer. Über seine Schultern verliefen zwei lederne Gurte, in denen auf seinem Rücken zwei Äxte mittlerer Größe steckten. Seine grobe rote Wurzelhanfhose war mit Lederflicken verstärkt, und unter seinem Helm trug der ehemalige Drachenjäger eine rote Augenbinde, die seine verbrannten Augenhöhlen verdeckte.

Als General und besonderer militärischer Berater spielte er eine wichtige Rolle bei der Ausbildung der neuen Felswehrgardisten.

Die Rekruten saßen in einem Halbkreis in drei Reihen auf den steinernen Stufen, die das Halbrund der Trainingshöhle säumten. Über ihnen summten die Leuchtkäfer. Die meisten von ihnen hingen mit den Augen an seinem Bart, bestrebt, nicht eines seiner Worte zu verpassen. Flammrank war ein Drachenjäger gewesen. Er hatte jenseits der großen Barriere gejagt, wo keine Magie die Drachen im Zaum hielt. Er hatte in seinem Leben mehr Trollen und Echsen gegenübergestanden, als sie sich überhaupt vorstellen konnten.

Und er hatte überlebt.

Sie konnten von ihm lernen.

Einige der jungen Rekruten aber sahen das anders.

Von einem blinden, alten Zwerg zu lernen, dessen große Tage längst vorbei waren, empfanden sie als Zeitverschwendung. Tatsächlich hätten sie es als sinnvoller erachtet, Steine zu schälen oder Kiesel zu sortieren, als einem blinden Greis zu lauschen.

Sie wollten sich im Kampf beweisen, wollten sich mit Kriegsbier in den Bäuchen auf alles stürzen, was sich ihnen in den Weg stellte! Was immer das auch sein mochte.

Bei der Hammer- und Axtgymnastik waren sie ganz vorne mit dabei, doch wenn Flammrank seine Vorträge hielt, frönten sie dem Glücksspiel, schmissen Steine in den angrenzenden Höhlen oder rauchten ein entspanntes Pfeifchen …

Bhrom Steinkeim lehnte am Eingang zur Trainingshöhle, sog an seiner Moostabakpfeife und beobachtete die anderen jungen Rekruten, die an den Lippen des alten, blinden Dünnbartes hingen. Flammrank mochte ein Held gewesen sein, Teil des Schicksalszwergs, Bewahrer der Ehernen Ordnung, Drachenjäger und was auch immer. Aber jetzt war er bloß noch ein greiser Schwätzer, der von der dünnen Suppe seiner Erinnerung zehrte und jenen Zwergen, denen die Zukunft gehörte, von seiner Vergangenheit erzählte.

Das eine hatte mit dem anderen nichts zu tun.

Wie immer dieser alte Zwerg Trolle, Echsen und dergleichen überwunden haben mochte – wenn er es überhaupt je wirklich getan hatte –, es war vorbei.

Steinkeim bückte sich und hob einen Kiesel vom Boden auf. Grinsend wog er ihn in der Hand. Alternde Helden hatten etwas Jämmerliches an sich. Der Rekrut nahm einen tiefen Zug von seiner Pfeife, spürte, wie der bittere Rauch in seine Lungen drang, und holte aus.

Leise zischend sauste der Stein durch die Luft. Doch bevor er den Helm des blinden Generals treffen konnte, tat dieser einen Schritt zur Seite, sodass das Wurfgeschoss gegen die hintere Höhlenwand prallte und einen der Leuchtkäfer in seinem Käfig aufscheuchte.

Steinkeim schüttelte den Kopf. Der Alte hatte verdammtes Glück gehabt!

Im Gegensatz zu Flammrank hatten einige der neuen Rekruten den Steinwurf mitbekommen. Sie schauten in Steinkeims Richtung und schüttelten empört die Köpfe, um ihr Missfallen zum Ausdruck zu bringen. Steinkeim aber spornte das bloß noch mehr an. Er machte einen Schritt auf den blinden General zu und bückte sich, um einen weiteren Stein aufzuheben. Dieses Mal einen etwas größeren.

Flammrank drehte unterdessen den Kopf in Richtung des wild flatternden Leuchtkäfers und bat seine Schüler um Ruhe.

Dann flog der zweite Stein.

Dass auch dieser den blinden General verfehlte, lag daran, dass der Alte unvermittelt stolperte und zu Boden fiel. Der Stein schlug weit hinter ihm auf den Stufen auf, und einer der Rekruten half dem General beim Aufstehen.

Steinkeim schüttelte verächtlich den Kopf und machte einen weiteren Schritt auf sein Opfer zu.

Inzwischen hatte gut die Hälfte der Rekruten sein Vorhaben bemerkt. Doch sie wollten die Ausführungen ihres Lehrers nicht stören und warfen Steinkeim daher nur entrüstete Blicke zu und bedeuteten ihm stumm, dass er aufhören solle.

Er spie leise aus und suchte den Boden nach einem weiteren geeigneten Stein ab. Da fiel sein Blick auf einen flachen, scharfkantigen. Seine Augen blitzten auf. Im nächsten Moment hatte er ihn in der Hand.

Die Rekruten sahen den Stein und erschraken. Steinkeim wusste, dass einige von ihnen mit dem Gedanken spielten, sich ihm in den Weg zu werfen, bevor der Stein ihren Lehrer verletzen konnte. Er grinste böse, nahm einen gemächlichen Zug von seiner Pfeife und machte noch einen Schritt auf den General zu. Inzwischen war er kaum mehr als sechs Zwerg von ihm entfernt. Es war beinahe unmöglich, ihn aus dieser Entfernung zu verfehlen.

Gemächlich ließ Steinkeim seine Pfeife sinken und holte aus. Er blickte kurz in die Runde, um sich zu vergewissern, dass alle Anwesenden Zeugen seines Triumphes werden würden. Er würde den Alten verletzen, ihn demütigen, und zwar unter den Augen seiner Schüler. Und es würde ihm auch noch Freude machen … Er lächelte böse, als er sich wieder seinem Opfer zuwandte.

Flammrank aber stand nicht mehr an seinem Platz. Vielmehr sprintete er auf den Rekruten zu. Er machte zwei gewaltige Sätze, dann sprang er. Sein Stiefel traf die Brust des Steineschmeißers mit aller Wucht und riss ihn von den Füßen. Flammrank setzte sich auf ihn, Steinkeims Hand mit dem Stein hielt er mühelos mit der Rechten fest, während er mit der Linken nach der Pfeife griff, die dieser im Fallen verloren hatte. Fassungslos starrte der Rekrut dem Alten ins Gesicht, als dieser seine Pfeife an den Bart hob, einen Zug nahm und angewidert den Kopf schüttelte.

„Moostabak … Na ja, für einen räudigen Kieselkacker wie dich ist das wahrscheinlich das Richtige, hm?“

Steinkeim schwieg beschämt. Nicht zuletzt deshalb, weil sich die anderen Rekruten inzwischen um ihn herum versammelt hatten und mitleidig auf ihn hinabstarrten.

„Ich gehe davon aus, dass dir das gerade keine Freude macht, Kleiner“, sagte Flammrank. „Also werde ich es kurz machen. Wenn du nicht willst, dass man dich bemerkt, bewege dich vorsichtiger, wisse, wann du deine Pfeife ausmachen musst, und nimm Steine, die leise fliegen.“

Steinkeim errötete unter seinem schwarzen Bart. Und er ahnte, dass man es sehen konnte.

„Und wenn dir jemand zweimal die Möglichkeit gibt, eine Dummheit noch einmal zu überdenken, solltest du vielleicht ein wenig dankbarer sein.“

Flammrank entwand den Stein der Hand des Rekruten.

„Dieser Stein ist spitz und scharfkantig, was kaum etwas mit Dankbarkeit zu tun hat“, fuhr er fort. „Hättest du einen anderen gewählt, dann, und das sollte dir wirklich zu denken geben, könnte ich das hier nicht tun ...“

Daraufhin hob der Alte den Stein und schnitt dem Rekruten mit einer raschen Bewegung direkt unter dem Kinn den Bart ab.

Dann stand er auf, klopfte sich den Staub von den Kleidern und begab sich zurück auf seinen Platz.

„Wenn ich meine geschätzten Zuhörer bitten dürfte, sich wieder zu setzen, damit wir diese Lektion noch während dieser Schicht beenden können?“, sagte Flammrank an die übrigen Rekruten gewandt. Die ewige Finsternis jenseits der großen Barriere war ein guter Lehrer gewesen. Dort, in der Welt der Drachen, hatte Flammrank seine Sinne trainiert. Er hatte einmal eine ausgewachsene Glimmschwinge in völliger Finsternis bezwungen. Ganz zu schweigen von den Felsen, die er erklommen, und den Nestern, die er geplündert hatte. Ohren und Nase zu verlieren, hätte er als weit schlimmer empfunden. Augen logen und verloren ohnehin weitgehend ihren Sinn, wenn das Licht ausging.

Seit er das erste Mal hinunter zu den Drachen gestiegen war und die große Barriere hinter sich gelassen hatte, war die Finsternis sein Verbündeter gewesen. Und jetzt war sie immer da ...

Die Rekruten fanden sich wieder auf den Stufen ein und wandten Flammrank erneut ihre Aufmerksamkeit zu. Steinkeim trollte sich gesenkten Hauptes von dannen und wagte es nicht, einem von ihnen ins Gesicht zu blicken.

Welch eine Schmach, welch eine Demütigung! Der Alte hatte ihm den Bart genommen, den Bart, in dem der Stolz und die Seele eines Zwerges ruhten! Wie ein geprügelter Hund drückte er sich, den Blick auf den Boden gerichtet, im Widerschein der Käfer an den Felsen vorbei und eilte Richtung Ausgang, bemüht, sein nacktes Kinn zu verbergen.

Fast hätte er dabei den Boten umgerannt, der gerade von einem sichtlich erschöpften Schieferspringer abstieg und eiligen Schritts in die Trainingshöhle der freiwilligen Felswehr lief.

INTERMEZZO

Der Große Verwalter fühlte sich alles andere als sicher. Sie sahen ihn alle an. Mit finsteren Blicken. Und er konnte ihre Stimmen hören. Selbst wenn sie nicht sprachen. Sie hämmerten an seinem Thron. Und er konnte es hören. Deswegen hatte er auch noch einmal die Götter befragt. Sie hatten seine Weisheit gelobt und ihm den Gang gezeigt, den er gehen musste. Das Wohl des Imperiums sollte im Geheimen gesichert werden. Und nur die Besten durften in diese Geheimnisse eingeweiht werden und im Dunkeln nach Verrat und Aufruhr spähen, um dem Verwalter Meldung zu erstatten. Der Verwalter würde eine geheime Organisation begründen, die seinem Volk über die Schultern, in die Börsen und auf die Schippe schauen sollte. Der Schaum hatte sich klar und deutlich ausgedrückt, und darum hatte sich der Große Verwalter verkleidet und seine Wohnhöhle verlassen. Er trug eine große Kapuze über dem Helm und das Lederwams eines einfachen Schürfbruders und wäre im Licht der Gänge auch nicht von einem solchen zu unterscheiden gewesen, wäre er nicht von einem Dutzend Felswehrgardisten begleitet worden. Die waren zwar ebenfalls wie einfache Schürfbrüder gekleidet, erfüllten zugleich jedoch dienstbeflissen ihre Aufgabe, niemanden zu nahe an den Herrn aller Zwerge heranzulassen.

Und da in den Gängen des Ehernen Imperiums für gewöhnlich ein wüstes Gedränge herrschte, gerempelt und geschubst wurde und man auf einer Strecke von drei Gängen mindestens einen beherzten Faustschlag kassierte, fiel dieser gewöhnliche

Zwerg inmitten eines Dutzends anderer gewöhnlicher Zwerge, der dem Rempeln und Stoßen so gänzlich entging, durchaus auf.

Es dauerte nicht lange, bis sich herumgesprochen hatte, dass der Große Verwalter in Verkleidung in den Gängen unterwegs war. Bei den meisten Zwergen weckte das jedoch weniger das Bedürfnis, ihm aufzulauern, sondern vielmehr, ihm aus dem Weg zu gehen.

Seit er sich wie ein rasender Torfbold verhielt, war der Herr der Zwerge bei seinen Untertanen nicht mehr sonderlich beliebt. Dieser Tage war es einfacher, in Vorrngarth zu landen, als sich in den Gängen einen Erzstaubhusten einzufangen.

Um also dem Kerker zu entgehen, wechselten die Zwerge, kaum, dass sie von dem verkleideten Verwalter erfuhren, den Gang und gingen ihm geflissentlich aus dem Weg. Und diejenigen, die übrig blieben, drückten sich so eng an die Wände, dass er sie nicht wahrnahm, weswegen der Herr aller Zwerge bald zu dem Schluss kam, dass recht viel Platz in den Gängen war.

In den anderen Gängen sah es indessen anders aus. Während die Bruderschaft des behände entwendeten Beutels inmitten des Gedränges wahre Triumphe feierte, holte man sich hier blutige Nasen, blaue Flecken und zerschundene Knie, sodass ein unbeteiligter Betrachter sich gefragt hätte, wieso, in aller Höhlen Namen, der Große Verwalter auf die kiesblöde Idee gekommen war, sich zu verkleiden und sich unter das gemeine Eherne Volk zu begeben.

Der Grund dafür lag in seiner Sicherheit.

Der Verwalter war auf dem Weg, sich einen Verbündeten zu schaffen. Einen Zwerg, der sein Auge und sein Ohr sein sollte inmitten seines Volkes. Ein Fels mit Augen und Ohren, die ganz im Dienste seines Herrn stehen sollten, ohne dass die Zwerge um ihn herum es auch nur ahnten.

Er hatte den Schaum gelesen.

Es hatte einige Humpen gedauert, aber dann hatten die Götter zu ihm gesprochen. Klar und deutlich hatten ihre Worte im Schaum seines Bieres gestanden. Der Schaum hatte die Arena gezeigt, dann eine der Trinkhöhlen unweit davon. Und deshalb hatte sich der Verwalter verkleidet, seine Leibwächter um sich geschart und war aufgebrochen. Er wusste, was zu tun war. Er war der Arm der Götter, und er würde sich eine Waffe schmieden, mit der er gegen alles und jeden würde bestehen können. Er würde einen gewöhnlichen Zwerg nehmen und ihn mit dem kräftigen Schlag der Treue schmieden, ihn härten im Feuer des Schweigens und ihn im Wasser des Geheimnisses auskühlen lassen. Der Große Verwalter stand im Begriff, den ersten zwergischen Geheimdienst der Geschichte zu begründen, unter der Führung desjenigen, den der Schaum dazu ausersehen hatte. Und er würde ihn den schwarzen Menhir nennen.

Über den genauen Aufenthaltsort des Anführers jenes neuen Geheimdienstes hatte sich der Schaum jedoch nicht ganz klar ausgedrückt, weshalb der Große Verwalter in seiner Verkleidung zunächst eine gute Schicht lang durch sämtliche Schankhöhlen in der näheren Umgebung der Arena gezogen war und auf ein Zeichen der Götter gewartet hatte.

Dann war er in das *Lustige Lehmloch* eingekehrt, um des Schaumes wegen noch einmal tief in den Humpen zu schauen.

Inzwischen hockte er mit glasigen Augen am Schanktisch, stocherte im Schaum seines Biers herum und lauschte beiläufig den Gerüchten, die gerade in den Gängen kursierten. Er vernahm, dass an diesem Tag ein Mitglied des Schicksalszwergs in der Arena gegen Bartgrößen wie Langstiel, Gerngroll und Hammerstein antrat.

Der Schicksalszwerg ... Oh ja, er entsann sich. Fünf Zwerge, die einer gewesen waren. Doch war seine Zeit nicht vorüber?

Und konnte man einem Helden trauen, dessen Zeit vorüber war? Der Schicksalszwerg mochte das Eherne Volk gerettet haben, doch nun war es an seinem Herrscher, es weiter zu retten! Mit Hilfe des schwarzen Menhirs würde er die Wurzeln allen Übels, wie tief sie auch im Felsen oder den Herzen seiner Untertanen stecken mochten, aufspüren und ausmerzen. Ein für alle Mal. Zum ewigen Ruhm des Ehernen Volkes!

Umringt von seinen Leibwächtern wankte der Große Verwalter wenig später aus dem *Lustigen Lehmloch* heraus, um im *Eisernen Eimer* noch ein paar Biere zu deuten, als plötzlich Unruhe aufkam.

Da es sich herumgesprochen hatte, wer dort im Geheimen das Imperium durchstreifte, waren kaum noch Zwerge in den Gängen.

In dem Moment jedoch, da die kleine Gruppe einen der Ausgänge der Arena passierte, kam ein wütender Zwerg aus einem der Tore herausgepoltert, dessen Augen vor Zorn schier zu glühen schienen.

Er rempelte den vordersten Zwerg der Leibwache an, der sofort nach seinem Hammer greifen wollte. Doch bevor er ihn ziehen konnte, hatte der zornige Zwerg ihm bereits mit seinem Helm eine derartige Kopfnuss verpasst, dass die Wände davon widerhallten. Dann schlug der Fremde den zweiten und den dritten Leibwächter nieder, die versuchten, sich ihm in den Weg zu stellen. Der vierte vermochte zwar seinen Hammer zu ziehen, bekam ihn jedoch, kaum dass es ihm gelungen war, so beherzt in den eigenen Bart gedrückt, dass seine Zähne lustig durch den Gang sprangen.

Der fünfte Leibwächter entschloss sich zur Flucht, sodass der wütende Zwerg bloß noch dem Großen Verwalter in seiner Verkleidung gegenüberstand. Und sein Zorn schien bei Weitem nicht abgekühlt, als er mit erhobener Faust auf ihn zutrat.

„Und du? Suchst du auch Streit? Ich weiß nicht, ob ihr zu enge Helme tragt oder den falschen Stein gelutscht habt, aber ich weiß, dass dies nicht die richtige Schicht ist, um sich mit mir anzulegen! Ich habe gerade zwanzig Brocken Gold verloren! Zwanzig vermaledeite Brocken! Wenn du also darauf bestehst, schicke ich dein Gebiss auf Wanderschaft oder verpasse dir eine solche Beule, dass du dich in zweihundert Jahren noch daran erinnern wirst!"

Obwohl es ihm schwerfiel, wich der Große Verwalter nicht zurück. Im nächsten Moment hatte ihn der zornige Zwerg erreicht, sodass er unter seine Kapuze blicken konnte. Der Zwerg stutzte und ließ die Faust etwas sinken. Verwirrung machte sich auf seinem Gesicht breit. Er runzelte die Stirn, sodass sich sein Helm kurz hob.

Dann streifte der Große Verwalter seine Verkleidung ab und stand im nächsten Moment deutlich erkennbar vor dem Wutschnaubenden.

„Du bist der, den ich suche!", rief er. „Dich zu finden, bin ich aufgebrochen! Sag, Zwerg, bist du bereit, deinem Herrn und seinem Volk zu dienen?"

Felsigk Klammgluth schaute sich verwirrt um. War das ein Scherz? Dass man für das Verprügeln von Zwergen in öffentlichen Gängen vom Großen Verwalter selbst belobigt wurde, hatte er bisher noch nicht gehört.

„Ein Zwerg wirst du den deinen scheinen, doch du wirst mein Auge sein im Fels, mein Ohr im Stein und mein Wille im Dunkeln", fuhr der Große Verwalter in feierlichem Tonfall fort. „Du wirst der schwarze Menhir sein und tun, was niemand wissen wird!"

„Euer Helm scheint mir tatsächlich etwas eng zu sein …", erwiderte Klammgluth zweifelnd.

Der Große Verwalter hörte nicht einmal hin. Stattdessen ergriff er seine Hand, trat näher an ihn heran und raunte ihm verschwörerisch zu: „Oh nein, Zwerg. Denn ich bin der Große Verwalter, der Herr aller Zwerge, und du wirst mein Siegel tragen. Was immer du brauchst, wirst du bekommen. Was immer du willst, wird dir gewährt. Du bist das geheime Werkzeug meines Willens. Und niemand darf davon wissen. Bist du bereit, Zwerg?"

Alles, was er brauchte, was er wollte … Bei den Worten seines Gegenübers kräuselte sich Klammgluth schier der Bart vor Vergnügen. Wenn dieser Zwerg tatsächlich der Große Verwalter war, dann hatte er einen Glückstreffer gelandet. Denn das Siegel des Verwalters öffnete seinem Besitzer nahezu alle Höhlen. Nach der Wettniederlage mit diesem verwanzten Fazzgadt hätte Klammgluth nichts Besseres passieren können. Als Anführer einer Geheimorganisation im Auftrag des Verwalters würde er den Einfluss der bedingt ehrbaren Bruderschaft des behände entwendeten Beutels in einem unvorstellbaren Maße ausbauen können. Womöglich würde er auf diese Art sogar Bragk Nattergriff aus dem Verlies befreien können. Und damit rückte das Undenkbare beinahe in Reichweite. Dieser Gedanke gefiel ihm. Obwohl die Bezeichnung *schwarzer Menhir* für seinen Geschmack etwas kurz war.

Mit einem gewinnenden Lächeln streckte ihm der Große Verwalter die Hand entgegen. Und Felsigk Klammgluth ergriff sie, ohne zu zögern. Während die ersten Leibwächter sich stöhnend wieder aufrappelten, schenkte er dem Herrn aller Zwerge ein breites Lächeln und schüttelte beherzt seine Hand.

Der Verwalter war zufrieden. Er hatte den Anführer des schwarzen Menhirs gefunden, wie es ihm der Schaum prophezeit hatte. Allerdings kam ihm in diesem Moment ein nicht unwichtiger Gedanke unter den Helm: Der schwarze Menhir würde eine Geheimorganisation sein. Letzten Endes aber vermochten nur Geheimnisträger Geheimnisse zu bewahren. Deswegen würde er die Leibwächter, die ihn auf dieser Schicht begleitet und alles mit angesehen hatten, zu Offizieren der Begnadeten Bewahrer ernennen müssen, damit sie das Wissen um den schwarzen Menhir fortan geflissentlich hüteten. Erst dann konnte der Große Verwalter wahrhaftig zufrieden sein …

KAPITEL 3

IN DEM SICH GHLIMM FUNKENSPRUNGK ETWAS DAZUVERDIENT, DER SCHICKSALSZWERG HINTER DEM TOTENTOR ZUSAMMENKOMMT UND DIE GÖTTER WIEDER EINMAL ETWAS UNMÖGLICHES VERLANGEN

Hinter dem Totentor, jener schmalen, doppelflügeligen Tür aus schwarzem Stahl, die gerade so breit war, dass eine Totenbahre mit vier Trägern hindurchpasste, lag das Feuerloch. Die Höhle war rund und hatte einen Durchmesser von einem halben Gang. Direkt hinter dem Eingang befand sich eine umlaufende Empore von vielleicht vier Zwerg Breite. Dahinter gähnte hinter einer Balustrade aus Stahlstreben der Abgrund, der tief ins glühende Herz der Welt hinabführte, wo das Urblut der Zwerge brodelte. Über allem wölbte sich eine glatt polierte Decke aus weißem Marmor, auf der stets ein Abbild der ungeheuren Glut in den Tiefen zu erahnen war.

Das unruhige Licht weniger Fackeln mischte sich mit dem diffusen roten Leuchten vom Grunde des Feuerlochs, und im Zentrum der Höhle erhob sich über der tosenden Magma majestätisch eine riesige Felssäule.

Das Plateau, in dem sie endete, war über eine breite Hängebrücke aus geschwärzten Eisengliedern mit dem Rand der Höhle verbunden.

Dies war die Höhle, in der die Toten ihren letzten Weg antraten. Hinab, in das zähflüssige Feuer des Ursprungs, wo sie sich mit der ewigen Magma vereinten, um, kaum dass ihr Körper Glut geworden war, in die Hohe Höhle einzugehen.

Ohne die Arbeitsmannschaften, die sie für gewöhnlich bedienten, wirkten die mechanischen Apparaturen auf dem Plateau, mit denen die Totensenker die Toten in die Magma hinabließen, geradezu verwaist. An stählernen Kränen mit monströsen Flaschenzügen hingen die eisernen Totenbahren, auf denen die Zwerge ihre letzte Reise antraten.

Von riesigen Haken in der Decke hingen zahllose Ketten herab, mit Gliedern groß wie Zwergenfäuste, die über mächtige stählerne Rollen liefen und ein undurchschaubares Kettengewirr bildeten, dessen Ordnung allein die Totensenker zu durchschauen vermochten. Die Ketten bestanden aus gehärtetem Funkenschlägerstahl, der sogar der Hitze des Magmas widerstand.

Das Feuerloch war ein heiliger Ort, ein ursprünglicher Ort, wo die Seele des Zwergentums in ewigem Feuer ruhte. Hier begann das Leben und hier endete es.

Von tief unten drangen die leisen Geräusche des brodelnden Magmas herauf.

Es war spät. Die letzte Schicht war gerade vorüber. Die nächste würde erst nach tausend Schlägen der Ruhe beginnen, und überall im Ehernen Imperium kehrten die Schürfbrüder in ihre Clansstädte heim, um dort über ihrem Feierabendbier einzuschlafen oder sich hingebungsvoll mit ihrem Nachbarn zu streiten.

Selbst die Totensenker schliefen in ihren kleinen Kammern oberhalb der Empore.

Aber sie hatten sich ihren Schlaf auch redlich verdient.

In den Grenzen des Ehernen Imperiums war schon lange nicht mehr so viel gestorben worden wie in letzter Zeit. Während der vergangenen Schichten hatten sie Dutzende Zwerge in die Hohe Höhle geschickt. Die gesamte Stählerne Garde und manch ehrbaren Zwerg obendrein.

Die Kurbeln hatten sich gedreht, und die Ketten im Feuerloch hatten gar nicht mehr stillstehen wollen, während Zwerg um Zwerg durch das niemals endende Feuer in die Hohe Höhle eingegangen war.

Ghlimm Funkensprungk wartete am schweren Tor zum Feuerloch. Er war der Erste der Totensenker, jene Zwerge, die berufen waren, die Angehörigen ihres Volkes auf ihre letzte Reise zu den Göttern zu schicken. Über seinem Helm trug er die traditionelle weiße Spitzkappe, durch deren schmale Augenschlitze er neugierig in den Gang hinausblinzelte.

Funkensprungk wurde von seinem Gewissen gequält. Er glaubte nämlich, für die furchtbaren Vorkommnisse der jüngeren Vergangenheit mitverantwortlich zu sein.

Totensenker war, wenn man die normale Lebenserwartung eines Zwerges bedachte, eine äußerst triste Aufgabe. Wenn nichts Unvorhergesehenes geschah, dann starben im Verlauf von hundert Jahren höchstens drei Zwerge, was das zwergische Feuerbegräbnisgewerbe zu einem nicht besonders ausgelasteten Berufszweig machte.

Tatsächlich waren die Totensenker die meiste Zeit über damit beschäftigt, ihre Gerätschaften zu warten und zu pflegen, die sie so gut wie niemals brauchten.

Sicher, sie genossen hohes Ansehen, wurden gut bezahlt, unterstanden direkt dem höchsten aller Priester und bekamen bei der Totensenkung von den Bartbrüdern der meisten Verblichenen auch noch ein Fässchen Totentrunk geschenkt. Aber das konnte nicht darüber hinwegtrösten, dass sie die meiste Zeit über einfach nichts zu tun hatten.

Zumal die Würde ihres Standes ihnen nicht erlaubte, dem Glücksspiel zu frönen oder Geschichtenerzählern zu lauschen. Außerdem trugen sie keine Rüstungen, sondern weiße Kutten und darüber hinaus auch noch diese albernen Spitzkappen mit Gucklöchern über den Helmen. Es hieß, dass es Unglück brachte, einem Totensenker ins Gesicht zu sehen. Aus diesem Grund blieben sie in der Regel unter sich und verbrachten ihr ganzes Leben hier unten im Feuerloch.

Die wenigsten wagten sich hinaus oder kamen überhaupt noch mit normalen lebenden Zwergen zurecht. Es war beinahe, als ob die Totensenker eine andere Sprache sprachen, in einer anderen Welt lebten und den Toten näher waren als den Lebenden.

Einige wenige hatten dunkle Geheimnisse, die ihnen halfen, die Zeit totzuschlagen, wenn es nichts weiter zu tun gab. Auch Funkensprungk hatte ein solches. Einen Zwerg, der ihn verdammt gut dafür bezahlte, bei bestimmten Verbrennungen anwesend sein zu dürfen. Funkensprungk wusste nicht, weshalb, doch ihm konnte es schließlich egal sein, und die Toten scherte es auch nicht weiter. Den meisten Totensenkern gelang es letzten Endes, aufgrund derartiger Geheimnisse steinreich zu versterben.

Man sprach nicht gerne über die Totensenker, denn sie galten als schlechte Omen und Sendboten des Todes. Nur wenn ein Freund oder Bartbruder verstarb, machte ein Zwerg sich auf ins Feuerloch, um dessen Totensenkung beizuwohnen und dabei aus den Augenwinkeln die umherhuschenden weißen Spitzkappenschatten wahrzunehmen, die schweigend all die Kräne und Ketten bedienten.

Der Herzsteindieb* aber war faul gewesen in den vergangenen Jahrhunderten. Es war kaum gestorben worden. Ghlimm Funkensprungks dunkles Geheimnis hatte hingegen stets mit dem Tod der besten seiner Mitzwerge zu tun gehabt. Wenn nicht gestorben wurde, war Langeweile sein steter Begleiter. Und darum hatte er gebetet. Er hatte zum Ewigen Schmied gebetet, nicht vor Langeweile sterben zu müssen. Denn das

* Der Herzsteindieb ist die zwergische Personifizierung des Todes. Ein Dieb, der jedem lebenden Zwerg zu einer bestimmten Zeit seinen Herzstein raubt und ihn in seinen riesigen Sack stopft.

war lange Zeit seine größte Befürchtung gewesen. Sich bei der Arbeit den Hals zu brechen oder versehentlich in das Magma zu stürzen, wäre für ihn in Ordnung gewesen. Aber es gab ja nicht einmal so viel Arbeit, dass einem dabei etwas hätte passieren können.

Darum hatte er gebetet.

Und dann hatte das große Sterben begonnen, und die Halle der Helme* hatte sich langsam immer mehr gefüllt.

Man hatte von Prophezeiungen und Verschwörungen geraunt, aber Funkensprungk hatte gewusst, was geschah. Seine Gebete waren erhört worden. Er hatte den Hunger des Feuers geweckt, das nun nach toten Zwergenleibern gierte.

Einen Toten nach dem anderen hatten sie in die Magma hinabgesenkt, Totentrunk um Totentrunk genossen, bis am Ende sogar einige der Totensenker voll wie tausend Trolle mit bierseligem Lächeln über die Absperrung hinabgefallen waren.

Die Zeit des Sterbens war eine gute Zeit gewesen, in der die Totensenker ihre Gerätschaften geölt und das Feuer gefüttert hatten.

Allerdings waren unter den Toten, die sie in die Hohe Höhle geschickt hatten, nur wenige wahrhaft herausragende Zwerge gewesen. Und nur solche waren für seinen geheimnisvollen Verbündeten von Bedeutung. Diesen Zwerg, der stets erschien und ihn fürstlich bezahlte, wenn ein wirklich großer Zwerg ins Feuer einging. Er wusste nicht viel über ihn, nur dass er Kiesgrimm hieß, ein Antiquitätenhändler aus den Höhlen des Stahls war und dass er ihm jeden Toten vergoldete, der in den Gängen zu Lebzeiten Großes vollbracht hatte, wenn er seiner

* Die Halle der Helme war, solange der Verwalter noch Audienzen darin abhielt, das rituelle Zentrum des Ehernen Imperiums. Die Helme aller jemals gefallenen Zwerge hingen an den Wänden dieser Höhle und wurden von ihren Nachfahren verehrt und gepflegt.

Totensenkung beiwohnen durfte. Aber es waren tatsächlich nur die Besten, die er auf ihrem letzten Weg begleiten wollte.

Und in der Zeit der vielen Toten war er kein einziges Mal im Feuerloch aufgetaucht. Masse war eben nicht gleich Klasse, viel Gold musste kein gutes Gold sein, und es waren einfach nicht die Richtigen gestorben …

Gestorben aber wurde.

Und zwar mehr als sonst.

Zwerg hatte sich gegen Zwerg gewandt, und einer nach dem anderen hatte sein Bündel geschnürt, um es durch die Flammen mit in die Hohe Höhle zu nehmen.

Und so war Funkensprungk zumindest vor der Langeweile verschont geblieben.

Schließlich aber waren es so viele Tote gewesen, dass er sich schuldig gefühlt hatte. Immerhin war er es gewesen, der für mehr Beschäftigung gebetet hatte. Und nun hatte er sie bekommen … Deshalb hatte er als Nächstes gebetet, dass weniger Zwerge starben und sich vielleicht eine andere Möglichkeit fand, der Langeweile zu entgehen. Und schließlich hatten die Götter ihm den Höchsten der Hohen hinab ins Feuerloch geschickt.

Es war kaum eine Schicht her, dass der Alleroberpriesterlichste ihn angesprochen und um einen sonderbaren Gefallen gebeten hatte.

Er bewunderte den Allerhöchsten. Beneidete ihn sogar. Was für ein Leben das sein musste! Voller Prophezeiungen, Götter und Schicksalszwerge. Als Höchster unter den Hohen kannte man gewiss keine Langeweile, und abgesehen davon musste man als Prophezeier alles zu Prophezeienden bestimmt auch keine alberne weiße Spitzkappe tragen …

Der Gefallen, um den ihn der Hohepriester bat, erforderte Verschwiegenheit, Schlüsselgewalt über das Totentor und Vorsicht. Es ging um das Treffen einer verschworenen Gemeinschaft, das heute nach der letzten Schicht stattfinden sollte und von dem niemand erfahren durfte. Nicht einmal der Große Verwalter. So viel hatte der Hohepriester angedeutet.

Und das war ein Gefallen ganz nach Funkensprungks Geschmack.

Er würde sie einlassen und Wache stehen, und das alles für das Wohl des Ehernen Volkes, für zwei Brocken Gold und gegen die Langeweile.

Und so wartete er nun am Totentor darauf, dass jenes überaus geheime Treffen begann und seine Taschen sich füllten.

Keine einhundert Schläge nach Ende der letzten Schicht erschien in dem nur spärlich beleuchteten Gang vor ihm der Gläubigste unter den Gläubigen, auf einen knorrigen Stab gestützt.

Funkensprungk vermochte ihn selbst unter seinem schlichten Grubenumhang zu erkennen, den er augenscheinlich angelegt hatte, damit niemand ihn erkannte. Der grobe braune Stoff bot den Schürfbrüdern für gewöhnlich Schutz, wenn sie in den Gängen arbeiteten. Die meisten Grubenumhänge hatten außerdem einen integrierten Bartschutz gegen den Staub. In diesem Fall ging es aber wohl eher darum, das Gesicht des Hohepriesters zu verdecken.

Der Allerhöchste war in Begleitung seines zweibeinigen Gedächtnisses, und während die beiden im kargen Licht der Käfer näher wankten, blieben sie immer wieder kurz stehen und schauten sich um, beinahe als fürchteten sie, verfolgt zu werden.

Im Licht der wenigen Fackeln kam der Hohepriester schwer atmend näher, hob, kaum dass er bei Funkensprungk angelangt war, seine Kapuze und raunte ihm verschwörerisch zu: „Bist du bereit, uns zu öffnen und zu schweigen, Totensenker?“

„Gewiss, Herr", erwiderte Funkensprungk. „Und seid Euch sicher, für den Lohn, den Ihr mir versprochen habt, würde ich noch weit mehr öffnen und verschweigen."

„Gut, Funkensprungk. Wisse, dass diese Stunde und deine Rolle darin bedeutsam sind. Heute nämlich werden die Götter in das Feuerloch einkehren, um dem Schicksalszwerg ihren Willen kundzutun!"

Funkensprungk frohlockte innerlich. Das klang großartig. Und je wunderlicher und verwegener all das werden würde, desto besser wäre es, um seine Langeweile zu bekämpfen. Seit beinahe vierhundertdreißig Jahren bestand sein Leben aus kaum mehr als Feuer, toten Zwergen und vereinzelten Besuchen eines seltsamen Antiquitätenhändlers. Aber selbst dieses dunkle Geheimnis vermochte den ewig gleichen Kreislauf aus Flammen und Tod nicht auf Dauer zu durchbrechen.

Es war eine zähe und schwierige Angelegenheit, der Langeweile die Stirn zu bieten. Heute aber würde er sie ein weiteres Mal niederzwingen, die triste, die öde, die lähmende Langeweile.

Ghlimm Funkensprungk dankte den wirren Gängen des Schicksals, denn sie hatten den Allerpriesterlichsten zu ihm geführt, der im Flammenschein des Feuerlochs die Langeweile des ersten Totensenkers lindern würde. Er war neugierig und fragte sich, was wohl folgen würde. Ehrerbietig senkte er den Bart vor dem Höchsten, der ihm zufrieden die Hand auf die Schulter legte.

„Dann lass uns hineingehen, Totensenker", sagte er. „Wir sollten nicht mehr Aufsehen erregen als unbedingt nötig. Das ganze Unterfangen ist ohnehin schon ein Wagnis, und jeder weitere Bart, der in das Geschehen verflochten wird, wird es uns erschweren, unerkannt zu bleiben. Hinein, hinein, bevor Augen und Ohren erwachen."

Sie verschwanden im Inneren des Feuerlochs, ließen das Totentor jedoch unverschlossen, und das Gedächtnis des Hohepriesters blieb davor zurück, um die anderen in Empfang zu nehmen, die noch kommen würden.

Der Hohepriester folgte dem Totensenker ins Feuerloch. Auf dem Boden des Plateaus erkannte er die Zeichen der einzelnen Stämme: Fels, Erde und Stahl. Die übrigen, selbst das Zeichen des Feuers, waren aus dem Stein herausgemeißelt worden.

Kopfschüttelnd schloss er die Augen. Die Hälfte ihres Volkes war inzwischen geächtet und entzwergt worden – ein Volk, das von sich selbst getrennt war. All das musste ein Ende haben. Wie viele Höhlen am Ende der Gänge standen inzwischen leer, weil ihre Bewohner hinter den Abgrund des Vergessens verbannt worden waren?

Drei komplette Stammesstädte hatte dieses Schicksal inzwischen ereilt. Die eine war geflutet worden, die nächste verfallen, während in der letzten die Sitzsteine noch warm waren und sich an ihre einstigen Herren erinnern konnten, die sie hatten verlassen müssen. Es war noch nicht lange her, dass der Stamm des Feuers für die Verfehlungen seines Anführers hatte büßen müssen. Und es war nur eine Frage der Zeit, bis der nächste Häuptling in Ungnade fiel. Der Höchste der Hohen hegte keinen Zweifel daran: Wenn das Eherne Volk sein Leben weiterhin nach den Gesetzen der Altvorderen ausrichtete, dann würde es sich über kurz oder lang komplett selbst entzwergen. Der Große Verwalter aber, der Herr aller Zwerge, würde den Weg der Tradition bis zum Ende gehen, und wenn er sich schlussendlich selbst verbannen musste. Er fühlte sich von den Göttern ausersehen, in ihrem Namen zu herrschen und zu handeln. Ungleich mehr noch seit dem tragischen Ende des Orakels.

Doch die Götter waren zurückgekehrt. Und zwar in Gestalt

eines Steines. Zurück zu jenem Zwerg, der ihre Sprache wirklich zu sprechen und ihre Weissagungen zu deuten vermochte. Zum höchsten Priester des Ehernen Volkes, dem wahren Auserwählten. Der Stein hatte die Geheimnisse der Gottzwerge mit ihm geteilt. Die geistliche Zierde der Zwergenheit hatte an seiner Pfeife gesogen und ihm gelauscht, und der Stein hatte ihm gezeigt, wie er sein Bild und seine Stimme in ein magisches Prisma bannen und darüber mit anderen Zwergen sprechen konnte. Er hatte dieses unglaubliche göttliche Geheimnis mit ihm geteilt. Die Mitglieder des Schicksalszwergs hatten jeder eines dieser Prismen bekommen, mit deren Hilfe der Erwählte unter den Verfehlten sie zu dieser Stunde hinunter in das Feuerloch bestellt hatte. Und der Alleroberpriesterlichste zweifelte nicht daran, dass sie erscheinen würden. Möglicherweise mit Widerwillen, aber sie würden erscheinen. Denn der Ewige Schmied hatte eine weitere Aufgabe für sie, eine weitere Aufgabe für den Schicksalszwerg. Und wie hätten sie sich dem Willen der Götter widersetzen können? Einmal mehr lag das Schicksal der gesamten Zwergenheit in ihren Händen. Der Untergang war noch nicht abgewendet, das tödliche Gift noch nicht aus dem Leib des Ehernen Volkes entfernt. Das Gift mochte inzwischen ein anderes sein, Verderben brachte es aber dennoch, und dann blieb bloß noch eines: das Ende von allem, jedem und dem Rest.

Doch der Ewige Schmied wusste, was zu tun war. Und er hatte dieses Wissen mit dem Gläubigsten aller Gläubigen, dem Flammenden unter den Glimmenden und dem Besten unter den Guten geteilt.

Der Höchste der Hohen war voller Zuversicht. Denn der Ewige Schmied war mit ihm. Und zwar in seiner Tasche, um genau zu sein.

Funkensprungk riss ihn aus seinen Gedanken.

„Herr, kann ich noch etwas für Euch tun?"

Der Priester lächelte. Er wusste, worum es ging.

„Nimm nur deinen Lohn, Totensenker, und achte darauf, dass niemand von dieser Zusammenkunft erfährt."

Er griff unter seinen groben Grubenumhang und in die Falten der Robe, die er darunter trug, nahm aus einem kleinen ledernen Schmuckbeutel zwei Brocken Gold heraus und reichte sie Funkensprungk.

Der griff danach und entfernte sich dann hastig mit kleinen Schritten und unter Verbeugungen rückwärts über die Brücke in Richtung der umlaufenden Empore, von der aus die Leitern zu den Quartieren der Totensenker hinaufführten. Dort angekommen ließ er das Gold in seine Kutte gleiten, stieg auf eine der Leitern und kletterte zu seiner Schlafkammer empor.

Aus sicherer Höhe schaute der geistliche Führer der Zwergenheit in die tosende Lava am Fuß der Felsensäule hinab.

Dies war der Ort, an dem alles begann und endete.

Das Feuerloch, wo die Zwerge in der Hitze des ältesten aller Feuer ihre Nachfahren ausbrüteten und ihre Toten zu Grabe trugen. Diesem Ort wohnte eine große Macht inne. Er war der Anfang und das Ende, wo die Seele, kaum dass ein Zwerg geschlüpft war, in seinen Körper fuhr, und diesen, wenn er am Ende in den Flammen aufging, auch wieder verließ. Die Seelen ganzer Generationen waren in dieser Höhle gegenwärtig, eine unermessliche Kraft, die zwergische Essenz aus Leben und Tod, in ewigem Feuer gebunden …

In diesem Moment kam das zweibeinige Gedächtnis auf seinen Herrn zugeeilt.

„Oh Erleuchteter, der Zwerg mit Namen Fazzgadt und sein Zögling, der schwachsinnige Glimmboldt, sind angekommen und wünschen Euch alsgleich zu sehen."

Der Hohepriester bedeutete seinem Gedächtnis, die beiden zügig zu ihm zu führen. Das Gedächtnis eilte aus der Höhle und kehrte kurz darauf in Begleitung der beiden Zwerge zurück. Noch bevor sie den Priester erreicht hatten, hob Fazzgadt jedoch schon mit erhobenem Zeigefinger an: „Ich bin sofort gekommen, weil ich weiß, wie viel Macht du hast, Priester. Diese ganzen Kleinhelme, Dünnbärte und Weichhämmer mit ihren vom Aberglauben vernebelten Gemütern richten sich nach deinen Worten. Und ein Wort von dir genügt, damit der Große Verwalter uns in eines seiner Felsverliese werfen lässt. Du hast mich gerufen, also bin ich gekommen. Aber damit hat es sich. Denn gekommen bin ich nur, um dir zu sagen, dass …"

„Der Große Verwalter würde wohl kaum noch auf mich hören, guter Fazzgadt", unterbrach ihn der Hohepriester, was Fazzgadt in seinem Redefluss innehalten ließ. „Ja, du hörst recht. Seit der Zerstörung des Orakels haben die Götter geschwiegen. Nur die wenigsten Zwerge wissen davon. Das Volk glaubt, dass die Götter immer noch unter uns sind. Doch die Olme sind tot, und seit du mit Hilfe der anderen den Überzwerg zermalmt hast, herrscht einzig noch der Wille des Verwalters im Ehernen Imperium. Er handelt, wie es ihm beliebt, und jeden Tag fallen mehr Zwerge seiner Willkür zum Opfer. Er gründet geheime Organisationen, lässt Zwerge in Verliese werfen und hat sogar versucht, mich mit Steinschmauch ruhigzustellen! Das Verderben hat sich einen anderen Weg gesucht, um unser Volk zu ereilen, und einzig der Schicksalszwerg kann es noch aufhalten …"

Fazzgadt blieb stehen. Seine Augen verengten sich zu schmalen Schlitzen, und unter seinen Brauen schien es zu pulsieren. Er dachte nach.

„Wenn das stimmt, Priester, verstehe ich, weshalb niemand von unserem Treffen erfahren darf. Der Verwalter soll nichts davon wissen. Aber ich weiß nicht, ob es klug ist, gegen den Willen des Verwalters zu handeln. Ebenso gut könnte man sich den Hintern mit glühenden Kohlen abwischen. Am Ende tut einem beides mit Sicherheit leid. Und wenn das Ganze mit irgendwelchen Göttern zu tun hat, gibt es doch bloß wieder Ärger. Ich habe keine weiteren zweihundert Jahre mehr zu verschenken, Priester. Und der Kleine, seien wir ehrlich, er ist in diese ganze Schicksalsgeschichte doch nur mit hineingerutscht."

Beide blickten Glimmboldt an, der seinem Oheim zufrieden grinsend gefolgt war und nun begeistert an die Absperrketten des Plateaus trat, hinter denen einhundert Zwerg tiefer das kochende Magma Blasen warf. Fazzgadt ging hastig zu ihm hinüber, packte ihn am Gürtel und zerrte ihn von der Absperrung zurück.

„Ich liebe ihn innig, diesen wundervollen kleinen Trottel, und will, dass es ihm gut geht. Aber er hat den Grips einer Steinassel und taugt eher zum Türstopper als zum Schicksalszwerg. Es wäre also womöglich besser, wenn der Schicksalszwerg dieses Mal in kleinerer Besetzung zu Werke geht, und wir zwei weiter unsere Arbeit machen, während du das mit dem Ferkelbändiger und dem Drachenjäger alleine regelst …"

Der Hohepriester lächelte nachsichtig, schloss die Augen und nickte.

„Ich verstehe dich, Eisenbart. Aber ich bitte dich, bleib noch ein wenig. So lange, bis die anderen eingetroffen sind und ich euch offenbart habe, worum es geht. Du hast recht, es gilt, gegen den Großen Verwalter zu handeln, doch es geschieht im Auftrag eines ungleich höheren Herrn. Bleib und entscheide am Ende als freier Zwerg, was du tun willst …"

Murrend stakste Fazzgadt, Glimmboldt noch immer am Gurt hinter sich her zerrend, zu einer der eisernen Bahren hinüber und setzte sich.

Wenig später hallten ein weiteres Mal die eiligen Schritte des Gedächtnisses durch die Höhle.

„Oh Erleuchteter, der Drachenjäger ist angekommen und ..."

Eine kräftige Hand schob ihn unsanft beiseite.

„Garstholm Flammrank, Drachenjäger, pah! Das war einmal. General der freiwilligen Felswehr bin ich heute, Ausbilder der fürchterlichsten Truppe diesseits des Vergessens. Auf diesen glorreichen Posten hat der verwanzte Verwalter mich abgeschoben." Das zweibeinige Gedächtnis verschwand wieder auf seinen Posten am Totentor, während der General weiterschimpfte: „Die Trolle werden zittern, wenn sie uns gegenüberstehen, und totlachen werden sie sich, wenn es zur Schlacht kommt. Die Zwerge, die der Felswehr beitreten, können kaum besser kämpfen, als ich gucken kann!"

Der Hohepriester hob fragend eine seiner buschigen weißen Brauen.

„Aber ich dachte, du wärst blind?"

„Das bin ich ja auch." Missmutig stapfte der General näher heran und tastete sich dabei am Geländer der Brücke entlang auf den Hohepriester zu. „Meinen Führer habe ich draußen gelassen. Einen jungen Rekruten, keine dreihundert Jahre alt. Er hat mir auch geholfen, die Botschaft deines Wundersteins zu betrachten. Eine hervorragende Idee, einem Blinden bunte Bilder zu schicken. Na ja, er steht jetzt draußen. Hat alles wieder vergessen. Tun alles, was man ihnen befiehlt, die kleinkörnigen Kieselkasper. Verdammt, alles was mir geblieben ist, ist ein Rekrut, der mich durch die Gänge führt."

Der Wisser des Wissens schmunzelte.

„Du scheinst nicht zufrieden zu sein mit dem Posten, den der Verwalter dir verliehen hat."

Flammrank spie in hohem Bogen aus.

„Der Große Verwalter. Pah! Was kann das Oberhaupt einer

Armee von Trotteln mehr sein als der größte aller Trottel? Bleib mir bloß vom Leib mit dem, Priester. Meinen ganzen Stamm hat er in die Verbannung geschickt. Meinen ganzen vermaledeiten Stamm*. Und mich musste er am Ende zu einem General machen, weil ich ihm sein verdammtes verwalterisches Hinterteil gerettet habe!“

Der General schüttelte angewidert den Kopf, und sein Bart wogte in der warmen Luft. Der Höchste der Hohen schien jedoch äußerst zufrieden mit dem Unmut zu sein, den der General dem Herrn aller Zwerge entgegenbrachte. „Hervorragend, Flammrank! Die Aufgabe, die uns allen bevorsteht, wird dir demnach umso mehr Freude bereiten, als dass sie ganz und gar gegen den Willen des Verwalters und ohne sein Wissen stattfinden wird. Warte nur noch ein wenig, bis der Schicksalszwerg vollständig erschienen ist, und dann werde ich euch verraten, worum es geht!“

Er legte dem General einen Arm um die Schulter und führte ihn zu Fazzgadt und dessen Zögling hinüber. Noch während er das tat, tauchte ein weiteres Mal sein Gedächtnis aus der Richtung des Totentors auf.

„Herr, der Letzte von ihnen ist angekommen, der Ferkelbändiger!“

Und tatsächlich erschien im gleichen Moment Farrnwart Blechboldt hinter dem Gedächtnis, drängte sich an ihm vorbei und eilte mit zorniger Miene auf den Hohepriester zu.

„Nein, nein und nochmals nein, Priester! Nimm diese drei Neins und mach daraus ein großes, es bleibt, was es ist: nein! Wenn du willst, gebe ich dir auch gerne noch ein *Niemals* dazu.

* Garstholm Flammrank war Angehöriger des Sandclans, der aufgrund der magischen Umtriebe seines Häuptlings entzwergt worden war. Flammrank war jedoch aufgrund seiner Bedeutung als Drachenjäger der Ächtung entgangen und arbeitete weiterhin für den Großen Verwalter.

Und ein *Nicht*, wenn du es brauchst. Niemals, nicht und nein. Vergiss es einfach. Diese ganze Schicksalszwerggeschichte hat mich schon genug Nerven gekostet! Ich will mich um meine Tiere kümmern und nicht alle Nase lang ein Volk retten, von dem ich nicht einmal weiß, ob es das überhaupt wert ist!"

Der Höchste der Hohen hob die Hände zu einer beschwichtigenden Geste.

„Ich weiß, Blechboldt, ich weiß. Mir ist bekannt, was deine Erzferkel dir bedeuten, und glaube mir, auch ich wäre froh, wenn all das nicht vonnöten wäre. Aber die Vorsehung scheint es anders zu wollen."

„Mir ist egal, was du weißt und was wer wie oder warum will, Priester", erwiderte Blechboldt wütend. „Es spielt keine Rolle für mich. Und ich bin nur gekommen, um dir das zu sagen. Ich will keine Botschaften mehr, keine Prophezeiungen, keinen verwanzten Schicksalszwerg. Ich will meine Ruhe."

Er beendete seinen Vortrag mit grimmigem Blick, drehte sich um und schickte sich an, die Höhle wieder zu verlassen.

Nachdenklich fuhr sich der Hohepriester durch den Bart. Mit einer so heftigen Ablehnung hatte er nicht gerechnet. Um Blechboldt zu halten, würde er sich etwas einfallen lassen müssen. Und er würde es schnell tun müssen. Angestrengt grübelte er nach. Dann hellte sich seine Miene auf, und er rief dem Ferkelbändiger nach: „Und was, wenn es dich auserwählt hat?"

„Wer soll mich auserwählt haben, Priester?" Blechboldt machte sich nicht einmal die Mühe, über die Schulter zurückzublicken.

„Das Große Erzferkel selbst, Farrnwart!"

Nun blieb der Ferkelbändiger stehen. Langsam drehte er sich um und funkelte den Alleroberpriesterlichsten an.

„Und woher willst du das wissen, Priester? Wenn du mich veralbern willst, dann …"

„Ich habe mit jemandem gesprochen, der es weiß", sagte der Hohepriester beschwichtigend. „Bitte. Setz dich zu den anderen und höre dir an, was ich zu sagen habe. Ihr könnt aus freien Stücken entscheiden, ob ihr dieses letzte Wagnis zur Rettung eures Volkes eingehen wollt."

Blechboldt zögerte. Wenn es tatsächlich der Wille des großen Erzferkels war …

Der Alleroberpriesterlichste nahm unterdessen eine steinerne Schüssel zur Hand, die in der Nähe stand, hakte sie in eine der Ketten ein und ließ sie mit Hilfe einer Kurbel in das Magma hinab.

Widerwillig begab sich der Ferkelbändiger schließlich zu den anderen hinüber, nickte Fazzgadt und dessen Zögling kurz zu und klopfte dem General auf die Schulter.

Als der Hohepriester die Schüssel wenig später wieder hochholte, glühte zähes Magma in ihrem Inneren. Dies war das Urblut der Zwerge, die niemals verlöschende Seele des Ehernen Volkes.

Unter den Augen der Umsitzenden streifte der Allerpriesterlichste seinen Grubenumhang ab, öffnete seine Robe und enthüllte fünf langstielige Knochenpfeifen, die er darunter verborgen hatte.

Sie alle waren mit blassgrauem Kraut gestopft. Mit feierlicher Geste zog er eine nach der anderen hervor und hielt sie direkt über das Magma. Er wendete sie in den Händen, bis die Kräuter in ihrem Kopf Flammen fingen. Dann legte er sie in einem Kreis um die Schale mit dem glühenden Magma.

Ein süßlich herber Duft begann von den Pfeifen aufzusteigen. Der General rümpfte die Nase.

„Was ist das für ein seltsamer Geruch, Alter?", fragte er.

Der Erhabenste aller Erhabenen lächelte.

„Das, werter Flammrank, ist Gottkraut. Es ist selten und sonderbar und wächst nur in den hinteren Sümpfen. Unter Steinen, die unter anderen Steinen liegen. Es gibt nicht viel davon, die Pflanze wurde beinahe ausgerottet, da sie der Arbeitsmoral abträglich und noch schlimmer ist als Rauschkraut. Denn wer ihre getrockneten Blüten raucht, der vermag mit den Steinen zu sprechen. Ich habe während der letzten Schicht alle meine Getreuen ausgesandt, um jedes Quentchen Rauschkraut zu erstehen, das innerhalb des Imperiums zu finden war. Um jeden erdenklichen Preis. Was meine Mittel ziemlich erschöpft hat."

Fazzgadt kicherte. „Fantastisch, wir finden uns wie junge Kurzbärte im Feuerloch zusammen, um verbotenes Kraut zu rauchen. Na, von mir aus …"

„Oh nein, Fazzgadt", entgegnete der Hohepriester. „Es ist mehr als das, und das wirst du gleich verstehen …"

Mit feierlichem Ton wandte sich der Priester an die vier Zwerge: „Nun tretet näher. Ihr, die ihr Teil des Schicksalszwergs seid, dazu ausersehen, das Volk der Zwerge zu erretten. Nehmt diese Pfeifen, die im Herzen der Erde entzündet wurden, vom Urblut der Altvorderen, rauchet, wisset und verstehet!"

Zögernd traten die Zwerge näher.

Zunächst Fazzgadt, der seinen Zögling führte, dann der Ferkelbändiger, der seinerseits den General an die Hand genommen hatte.

Jeder von ihnen nahm sich eine Pfeife und hob sie an den Bart. Dann begannen sie, den bitteren Rauch einzusaugen, der sie empfänglich machen würde für das Wunder, das der Höchste der Hohen ihnen zugedacht hatte.

Sie rauchten eine Weile und blickten einander schließlich an. Nichts geschah. Ein bisschen müde fühlten sie sich, aber das konnte auch an der anstrengenden Reise zum Feuerloch liegen. Bei all den vollmundigen Worten, dem ungeheuerlichen magischen Prisma und dem ganzen Aufwand, den der Hohepriester betrieben hatte, um sie hier zusammenzubringen, hätten sie schon ein bisschen mehr erwartet.

Mit feierlicher Geste zog der Allerpriesterlichste aus den Tiefen seines Umhangs einen kleinen, viereckigen, tiefroten Stein hervor und reckte ihn der Marmorkuppel des Feuerlochs entgegen.

Fazzgadt und Blechboldt runzelten die Stirn. Und nachdem sie dem blinden General erzählt hatten, was geschah, runzelte auch dieser die Stirn.

Glimmboldt starrte unterdessen versonnen in seine Pfeife, versuchte das vermeintliche Tier, das darin leuchtete, anzufassen und verbrannte sich mit einem leisen Aufschrei den Daumen.

Während Glimmboldt jammerte, blickten sich die anderen verwundert an.

Konnte es sein, dass der Prophezeier alles zu Prophezeienden wahnsinnig geworden war? Hatte er sie tatsächlich hierherbestellt, um nach der letzten Schicht ein gemütliches Pfeifchen mit ihnen zu rauchen und ihnen einen Stein zu zeigen?

Dann aber begann der Stein zu sprechen.

Sie alle konnten hören, wie seine Stimme von den Wänden der Höhle widerhallte. Und vor allem konnten sie ihn verstehen! Mit großen Augen starrten sie den Stein an, und selbst der zurückgebliebene Glimmboldt vergaß für einen Moment seinen Schmerz. Und ihnen allen stockte der Atem, als sie nun die Worte des Steins vernahmen, der in der Hand des Höchsten der Hohen lag: „Fazzgadt Eisenbart, dein Bartbruder Hrodborrk sendet dir Grüße aus der Hohen Höhle. Farrnwart Blechboldt, das Große Erzferkel sagt, es vertraut auf dich. Und Garstholm Flammrank, der Herr der Drachen neigt sein schuppiges Haupt vor dir! Lunt Glimmboldt, nun ja … hallo!“

Nach diesen wenigen Worten hatte der Stein ihre ungeteilte Aufmerksamkeit. Und die nutzte er auch: „Zwerge, die ihr der eine seid, den man voll Ehrfurcht den Schicksalszwerg nennt, und die ihr auserwählt seid, das Eherne Volk zu retten! Wisset, dass ich derjenige bin, den ihr den Gottvater nennt, den Ewigen Schmied, der zu euch in die Gänge zurückgekehrt ist, um euch den Weg zur Rettung eures Volkes zu weisen! Ihr seid wahrhaftig auserwählt! Auserwählt, den Willen der Götter Wahrheit werden zu lassen. Was immer sich euch auch in den Weg stellen wird, göttliche Macht wird es zerschmettern! Ihr habt eine heilige Aufgabe zu erfüllen! Ihr sollt vollbringen, was noch kein Zwerg vollbracht hat, denn ihr seid der Schicksalszwerg! Doch nun geschwind! Es ist keine Zeit zu verlieren. Euer Ziel sind die Verliese von Vorrngarth, wo ihr Bragk Nattergriff, den größten aller lebenden Diebe, befreien müsst! Voran Schicksalszwerg, beginne dein Werk, die Götter schauen auf dein Handeln!"

Damit verstummte der Stein, und der Höchste der Hohen ließ ihn wieder zurück in seine Robe gleiten.

Verwundert starrten die Umsitzenden erst einander und dann ihre glimmenden Pfeifen an. Hatten sie gerade tatsächlich einen Stein sprechen gehört?

Der Hitze des Feuerlochs zum Trotz lief es ihnen kalt den Rücken hinunter. Dann schauten sie zum Höchsten der Hohen hinüber, der zufrieden nickte.

„Nun, da ihr ihn gehört habt, trefft eure Wahl! Wollt ihr das sein, wozu die Götter euch erwählten, oder euch ihrem Willen verweigern?"

Die Zwerge schwiegen betreten. Wenn dies wahrhaftig die Stimme des Ewigen Schmieds gewesen war, dann wollte keiner von ihnen sich seinem Willen verweigern.

Als Erstes wagte Fazzgadt, die Stille zu durchbrechen: „Sag, Priester, war das wahrhaftig die Stimme des Göttlichen?"

„Ja“, erwiderte der Hohepriester.

Fazzgadt nahm den Helm ab und wiegte nachdenklich den Kopf.

„Der Stein war allerdings ziemlich klein …“

Blechboldt stimmte ihm eifrig zu. „Verdammt mickrig sogar, wenn ihr mich fragt.“

Flammrank fuhr sich zweifelnd durch den Bart. „In meinen Ohren klang er, ehrlich gesagt, auch nicht sonderlich groß.“

Zornig fuhr der Hohepriester die Zwerge an: „Ihr dünnbärtigen Schlammratten! Könnt ihr denn ein Wunder nicht einmal erkennen, wenn ihr es direkt vor euch habt? Was denkt ihr, wie lang und beschwerlich der Weg aus der jenseitigen Welt in diese ist? Eine Ewigkeit liegt zwischen hier und dort, die Luft ist voll von Feuer, und der Weg wird von Schrecken gesäumt, die wir nicht einmal zu erahnen vermögen!“

Blechboldt zuckte bedauernd mit den Schultern. „Das mag ja sein, aber der Stein ist eben doch etwas sehr klein. Weshalb ich denke …“ Er machte bereits Anstalten aufzustehen, als der Allerpriesterlichste ihm mit einer barschen Geste Einhalt gebot.

„Du unwissender, törichter Narr! Als der Ewige Schmied aufbrach, war er ein Felsen, so groß, dass das Eherne Imperium hineingepasst hätte! Der Rest ist auf dem Weg in diese Welt verglüht!“

Das klang allerdings einleuchtend. Auf dem Weg durch eine Ewigkeit voll mit Feuer und unnennbaren Gefahren konnte so etwas sicherlich passieren.

Wieder schwiegen die Zwerge einen Moment.

Zornig murmelte Fazzgadt in seinen Bart: „Na gut. Aber nur noch dieses eine Mal. Dann hat es sich ausprophezeit. Und wenn Glimmboldt etwas passiert, bekommt der Stein meinen Hammer zu spüren.“

Blechboldt hingegen stand wie vom Donner gerührt da. Wenn das Große Erzferkel ihn tatsächlich auserwählt hatte, dann erklärte das so manches. Es erklärte seine Nähe zu den Tieren, sogar seine Probleme mit dem Bier. Dann war das keine Strafe, sondern eine besondere Ehre! Und aus diesem Grund würde er den Willen der Götter erfüllen, um seiner Bestimmung gerecht zu werden.

Der General für seinen Teil war vor allem froh, dass in seinem Leben endlich wieder einmal etwas passierte. Egal, wie unmöglich es war. Solange es nicht das Gesicht eines langweiligen, dünnbärtigen Rekruten trug, würde er dankbar sein und tun, was der Stein verlangte.

Lunt Glimmboldt gluckste lediglich vergnügt.

Schließlich war es der blinde General, der den Kopf hob und die Stille durchbrach: „Gut. Dieser Stein ist also tatsächlich der Ewige Schmied. Von mir aus. Aber hat er wirklich Vorrngarth gesagt?"

„Ja, das hat er." Der Hohepriester nickte, und Flammrank begann prustend loszulachen.

„Dann muss er verrückt sein", rief er. „Es ist mir ja bekannt, dass die Götter mitunter Unmögliches verlangen. Aber wie sollen wir das machen? Die Verliese von Vorrngarth sind die zweitsichersten Höhlen des ganzen verdammten Imperiums!"

Flammrank wusste, wovon er sprach, er hatte die Verliese mehr als einmal von innen gesehen und ging davon aus, dass sich seitdem nicht viel geändert hatte. In den zweitsichersten Ort des Ehernen Imperiums einzubrechen, um jemanden dort herauszuholen, war tatsächlich eine Aufgabe, für die es von Vorteil wäre, die Götter auf seiner Seite zu haben …

„Flammrank hat recht, Vorrngarth ist nahezu unbezwingbar!", pflichtete Fazzgadt dem blinden General nachdenklich bei. „Es ist kaum vorstellbar, dort einzudringen und diesen

Nattergriff herauszuholen. Der einzige Ort, wo das noch schwieriger wäre, ist wahrscheinlich die kryptische Kammer am Ende des gemeinen Ganges!"

Alle blickten fragend den Höchsten der Hohen an. Der aber lächelte bloß.

„Ihr habt recht. Die kryptische Kammer am Ende des gemeinen Ganges ist wahrhaft der sicherste Ort des gesamten Imperiums. Und genau dafür brauchen wir Bragk Nattergriff …"

Felsigk Klammgluth war überaus beschäftigt. Als Anführer des schwarzen Menhirs hatte er Agenten anzuheuern, Pläne zu schmieden und Fäden zu spinnen. Alles vermeintlich zum Wohl des Imperiums. In Wirklichkeit war der schwarze Menhir seine Chance, die Macht des Zwielichts ins Unermessliche zu steigern. Und dabei kam es ihm natürlich sehr gelegen, dass die Bruderschaft des behände entwendeten Beutels über einige sehr gut ausgebildete Zwerge verfügte, auf die er nunmehr für die Rekrutierung neuer Mitarbeiter zurückgreifen konnte. Das Zwergische Zwielicht, der Untergrund, die Halunkengilde gedieh. Außerdem wurde das Bestehlen seiner Mitzwerge jetzt ungleich einfacher. Wenn er das Siegel des Verwalters zeigte, mussten sie ihm geben, was immer er wollte, und er konnte ihnen gegenüber behaupten, es würde sich um eine neue Steuer handeln. Eigentlich hätte er auch noch den geheimen Willen des Großen Verwalters erfüllen und den Hohepriester überwachen müssen, doch das hatte er zunächst hintangestellt. Erst einmal wollte er mit Hilfe seiner neu gewonnenen Möglichkeiten die bedingt ehrbare Bruderschaft des behände entwendeten Beutels auf Vordermann bringen. Danach würde er sich der Arenaschlappe wegen an Fazzgadt Eisenbart rächen, im Anschluss daran Bragk Nattergriff aus dem Verlies von Vorrngarth befreien und zuletzt vielleicht noch den Wünschen des Verwalters nachkommen. Wenn ihm nicht noch etwas dazwischenkam.

Bis dahin ließ er dem Großen Verwalter regelmäßig durch einen überaus fantasiebegabten Untergebenen über seine Aktivitäten Bericht erstatten. Und währenddessen schmiedete Felsigk Klammgluth einen perfiden Plan, an dessen Ende das Zwergische Zwielicht über das Eherne Volk herrschen sollte.

Dabei kam ihm die neue Bedeutung, die der Große Verwalter dem Bierschaum beimaß, sehr gelegen. Der Schaum war dem Verwalter überaus wichtig. In ihm glaubte er, den Willen der Götter lesen zu können. Darum hatte Klammgluth seinem Herrn kurzerhand eine wilde Geschichte von den Schaumdeutern der hinteren Glimmsteingrotten aufgetischt, die von den meisten lebenden Zwergen nur für einen Mythos gehalten wurden. Der Verwalter war sehr interessiert gewesen. Es war nur eine Frage der Zeit, bis er beginnen würde, nach den legendären Schaumdeutern der Glimmsteingrotten Ausschau zu halten, um sie für sich arbeiten zu lassen. Und auch wenn es sie in Wirklichkeit nicht gab, würde Klammgluth doch dafür sorgen, dass er bald welche fand, damit sie dem Verwalter weissagten, was er, Felsigk Klammgluth, ihnen auftrug.

INTERMEZZO

Eine Schicht später saß der Große Verwalter, bierselig lächelnd und den Krisenkrug in der Hand, vor seinem vollkommen mit Schaum bedeckten steinernen Tisch und starrte versonnen vor sich hin. Um ihn herum huschten geschäftig einige Zwerge hin und her, die über und über mit eigentümlichen Amuletten und Talismanen behängt waren.

Nachdenklich betrachteten sie den Schaum und stocherten mit dünnen Knöchelchen oder mit ihren Fingern darin herum. Sie murmelten leise und flüsterten gewichtige Worte, während der Große Verwalter einfach nur dort saß.

Er hatte den schwierigen Teil der Deutungsarbeit inzwischen seinen persönlichen Schaumdeutern übertragen. Es waren alte, weise Zwerge, die seit Jahrhunderten im Zwielicht der Glimmsteingewölbe den Bierschaum deuteten. Dort pflegten sie ihre Kunst im Verborgenen auszuüben, weshalb nur die wenigsten Zwerge davon wussten. Doch dem schwarzen Menhir blieb nichts verborgen, und Felsigk Klammgluth, erster geheimer Diener des obersten Herrschers der Zwergenheit, hatte die Schaumdeuter im hintersten Winkel des Imperiums ausfindig gemacht und die besten von ihnen seinem Herrn anempfohlen.

Darüber, dass er sie innerhalb einer halben Schicht hatte herbeischaffen können, hatte sich der Verwalter nicht einen Moment lang gewundert. Ihm wäre niemals in den Sinn gekommen, dass mit diesen außerordentlich ehrwürdigen Zwergen irgendetwas nicht stimmen könnte.

Sie waren schwer zu überzeugen gewesen und nicht bereit, sich bezahlen zu lassen. Um sie gnädig zu stimmen, hatte der Große Verwalter ihnen das Orakelmonopol und eine komplett mit Gold ausgekleidete Höhle für die rituelle Schaumdeutung zugesichert.

Er war froh, dass die Götter wieder sprachen.

Auch wenn sie sich nicht wie einst dem Allerüberhöchsten mitteilten. Womöglich würde er ihn früher oder später durch seinen ersten Schaumdeuter ersetzen müssen, damit alles wieder seine Ordnung hatte.

In diesem Augenblick tauchte vom Eingang der Höhle her Felsigk Klammgluth auf, der Anführer des schwarzen Menhirs, und näherte sich demütig dem Thron des Verwalters, der immer noch versonnen lächelnd den schillernden Bierschaum auf der steinernen Tafel betrachtete.

„Oh Verwalter, Bewahrer der Zwergenheit, lasst mich Bericht erstatten von dem, was in den Gängen geschieht."

Ohne aufzusehen, bedeutete der Große Verwalter ihm fortzufahren. Und Felsigk Klammgluth ließ sich nicht zweimal bitten.

„Der schwarze Menhir wächst, Herr. Wir heuern nur die besten und kräftigsten Zwerge an. Ihre Augen und Ohren werden bald schon überall sein, und nichts in den Gängen wird ohne Wissen des Menhirs geschehen." Tatsächlich entging Klammgluth und seinen Leuten, die er allesamt innerhalb kürzester Zeit in den Menhir aufgenommen hatte, bereits jetzt kaum etwas von dem, was in den Gängen passierte. Denn sie bewegten sich ebenso unter wie über den Steinen. Sie wussten sogar von den Dingen, die der Verwalter selbst zu verbergen trachtete, etwa von den Begnadeten Bewahrern, ihrer Aufgabe und ihrem geheimen Quartier. Dieses Wissen aber behielt Klammgluth für sich. Mit gesenktem Bart fuhr er fort: „Ich bin bereit und fähig, jeden Wunsch meines Herrn im Geheimen zu erfüllen. Gegenwärtig aber gibt es nur eines, das mir erwähnenswert erscheint: Der Höchste der Hohen ist verschwunden."

Langsam drehte der Verwalter den Kopf und blickte Klammgluth an. Der Höchste der Hohen war zum gegenwärtigen Zeitpunkt mit Sicherheit der Zwerg, dem er am wenigsten trauen konnte. Er hatte zwar versucht, ihn mit Hilfe von Steinschmauch ruhigzustellen, doch der Alte hatte allen Grund, mit dem Geschehen im Ehernen Imperium unzufrieden zu sein. Die Götter sprachen jetzt zum Verwalter selbst. Da wäre es nicht weiter verwunderlich, wenn sich ihr altes Sprachrohr dem Steinschmauch zum Trotz grämte und düstere Gedanken dachte. Womöglich plante er bereits einen Umsturz. Aber der Verwalter würde einen Grund brauchen, um ihn seines Amtes zu entheben. Einen Grund, den auch die Anhänger des Allerhöchsten akzeptieren mussten. Und ein solcher ließ sich am ehesten im Verborgenen finden.

Mit feierlicher Geste legte der Verwalter Klammgluth eine Hand auf die Schulter.

„Vernimm den Willen deines Herrn, schwarzer Menhir! Ich will, dass du den Wisser des Wissens, den Prophezeier alles zu Prophezeienden findest und ihm fortan auf Schritt und Tritt folgst. Erstatte mir über jede seiner Verfehlungen Bericht. Wenn er einen Käfer zertritt, will ich wissen, welchen. Wenn er im Schlaf spricht, will ich wissen, was. Wenn er zu den Latrinen geht, will ich wissen, wann. Alles ist wichtig. Sei mein Auge und mein Ohr, die ich auf ihn richte!"

Klammgluth verbeugte sich, bis sein Bart beinahe den Boden berührte.

„Euer Wille ist mir Befehl, Herr aller Zwerge."

Dann drehte er sich um und verließ eiligen Schritts die Höhle.

Der Große Verwalter blickte ihm nach. Und während er das tat, kamen ihm Zweifel. Denn auch wenn Klammgluth ihm ein treuer Diener war, ruhte der Keim des Verrats doch tief im Herzstein eines jeden Zwergs. Hatten die Götter ihn nicht gewarnt? Hatte der Schaum ihm nicht zugeraunt, allem und jedem zu misstrauen? Selbst jenen, denen er eigentlich vertraute? Nachdenklich strich der Verwalter über seinen Bart. War nicht womöglich auch im Falle des schwarzen Menhirs ein wenig Argwohn angebracht? Er war überall, der zwergische Geheimdienst wuchs, und Klammgluth scharte immer mehr Mitarbeiter um sich. Allem Anschein nach leistete er hervorragende Arbeit. Aber konnte der Verwalter ihm wirklich trauen? War nicht ein Zwerg, der im Verborgenen agierte, immer eine Gefahr? Und was, wenn der Allerhöchste ihn mit seinen unheiligen Umsturzplänen ansteckte? Die Zeit war reif für einen noch geheimeren Geheimdienst, einen, der den schwarzen Menhir überwachte. Die Zeit war reif für den schwärzeren Menhir!

Und so erhob sich der Verwalter und gab seinen Schaumdeutern den Auftrag, in den Windungen und Blasen des Schaumes nach einem Zwerg zu suchen, der würdig war, an der Spitze der Organisation zu stehen, die in seinem Namen jene Organisation überwachen würde, die in seinem Namen das Eherne Volk überwachte.

Die Schaumdeuter gaben allerdings zu bedenken, dass sie dafür etwas Zeit brauchen würden, was, ihren Worten zufolge, vor allem daran lag, dass sie für ein optimales und zügiges Deutungsergebnis dringend eine mehrstöckige und mit Gold ausgekleidete Orakelhöhle brauchten.

Deshalb befahl der Verwalter unverzüglich, eine solche Höhle auf seiner Ebene einzurichten, damit die Stimme der Götter noch klarer erklingen konnte. Dies sollten innerhalb kürzester

Zeit zweihundert Zwerge bewerkstelligen, die weder schlafen noch trinken durften, bis das Werk vollbracht war.

Die ehrwürdigen Schaumdeuter aus den Glimmsteingewölben gingen derweil weiter ihrer Arbeit nach. Doch obwohl sie taten, was sie konnten, ließ sich der Schaum nicht zweifelsfrei deuten. Und die Schaumdeuter (die in Wirklichkeit ausnahmslos alternde arthritische Taschendiebe waren und überaus dankbar, dass Felsigk Klammgluth ihnen diese Orakeltätigkeit verschafft hatte) brauchten lange für die Deutung.

Genau so lange, wie es dauerte, bis einer von ihnen Felsigk Klammgluth von den Plänen des Verwalters berichtet und dieser wiederum jemanden benannt hatte, den er für den richtigen Zwerg hielt, um sich von ihm überwachen zu lassen.

Als der Schaumdeuter zu den anderen zurückgekehrt war, schwangen sie gemeinsam ihre Knochen, zogen sie durch den Schaum und verkündeten schließlich das überaus eindeutige Ergebnis, zu dem sie durch die Deutung des Schaumes annähernd zweifelsfrei gelangt waren.

Der Anführer des neuen Geheimdienstes sollte Harrm Kiesgrimm sein, ein engäugiger Händler aus dem Osten, der im Inneren Distrikt eine kleine Ladenhöhle für zwergische Antiquitäten betrieb und der nicht ganz zufälligerweise neben Felsigk Klammgluth eines der mächtigsten Mitglieder des Zwergischen Zwielichts war.

Ohne Umschweife ließ der Große Verwalter Kiesgrimm zu sich befehlen. Wobei „ohne Umschweife" wiederum genau der Zeit entsprach, die Felsigk Klammgluth brauchte, um Kiesgrimm von seiner zukünftigen Aufgabe und den daraus erwachsenden Möglichkeiten für ihn selbst und das Zwergische Zwielicht zu unterrichten.

Kurz darauf kniete Harrm Kiesgrimm vor dem Großen Verwalter an seiner steinernen, bierschaumbedeckten Tafel, während um sie herum zweihundert Zwerge damit begannen, weder zu schlafen noch zu trinken, sondern die Orakelhöhle für die Schaumdeuter aus dem Fels zu hauen.

Der Verwalter musterte Kiesgrimm mit kritischem Blick. Dieser Zwerg besaß alle Merkmale der Zwerge aus den östlichen Höhlen. Hohe Wangenknochen, schmale Augen und schwarzes Haar. Die Engäugigen hatten aufgrund der Nähe zu den Schwefelhöhlen im Allgemeinen einen etwas gelblichen Teint. So auch Harrm Kiesgrimm. Für die meisten Angehörigen des Ehernen Volkes sahen die Zwerge aus dem Osten alle vollkommen gleich aus. Und der Große Verwalter bildete da keine Ausnahme. Doch in diesem Umstand glaubte er einen Vorteil für Kiesgrimms zukünftige Rolle im Ehernen Imperium zu sehen. Ein Zwerg, der für die meisten Zwerge aussah wie zahllose andere auch, musste wahrlich unauffällig sein. Und bei der Arbeit für einen Geheimdienst war Unauffälligkeit die Schneide an der Axt. Wenn die Götter Kiesgrimm bestimmt hatten, dann war dies der richtige Zwerg.

„Zwerg!“, wandte sich der Große Verwalter an den Antiquitätenhändler. „Wisse, dass das Schicksal und ich dich für eine bedeutende Aufgabe ausersehen haben.“

Kiesgrimm neigte das Haupt. Allerdings weniger aus Demut vor dem Verwalter, sondern vielmehr in der Gewissheit, dass der Herr des Zwergischen Zwielichts und nicht das Schicksal ihn ausersehen hatte.

„Du wirst, wenn du dieses Wagnis eingehst, der erste Diener deines Herrn und seines Volkes sein“, fuhr der Große Verwalter fort. „Ein Zwerg wirst du den Zwergen scheinen, doch in Wirklichkeit wirst du mein Auge sein im Fels, mein Ohr im Stein und mein Wille im Dunkeln!“

Die nachfolgende bedeutungsschwangere Pause hatte sich der Verwalter einfallen lassen, seit er das letzte Mal diesen Vortrag gehalten hatte. Sie kam ihm recht treffend und angemessen bedeutsam vor. Ehe er jedoch weitersprechen konnte, ergriff Harrm Kiesgrimm das Wort.

„Herr, ich bin Euch dankbar für Euer Vertrauen, und darum will ich Euch zum Beweis dafür, wie gut und treu ich Euch als Euer Auge dienen werde, etwas verraten. Denn ich habe es auf den ersten Blick erkannt und denke, dass Ihr als Herr aller Herren, der seit ehedem über den Blechprinzen und Erzfürsten der Neuen Dynastie steht, es wissen solltet."

Der Große Verwalter verlor ein wenig seinen salbungsvollen Faden.

„Was meinst du, Zwerg?", fragte er argwöhnisch.

„Euer Prunkhammer, Herr …", erwiderte Kiesgrimm.

„Was ist damit? Ich trage ihn mit Stolz, und er ist einer der ersten kurzstieligen Kampfhämmer überhaupt. Er stammt aus dem Erbe Unbart von Moosgrolls, der diese Art des Hammers erfand und damit die Trolle aus der Gipsklamm und der Lehmboldschlucht herausdrosch, bevor er …"

„Er ist eine Fälschung, Herr."

„… mit zehn seiner treuesten Untergebenen … Was hast du gerade gesagt?"

„Euer kurzstieliger Kampfhammer aus dem Erbe Unbart von Moosgrolls. Er ist eine Fälschung."

Ungläubig zog der Große Verwalter den Hammer hervor und betrachtete ihn. Das war doch nicht möglich. Dieser Hammer war alt. Sehr alt sogar, ohne Zweifel. Und wer hätte gewagt, ihm, dem Herrn aller Zwerge, eine Fälschung zu verschachern? Nein, das war vollkommen unmöglich. Tatsächlich hegte er in diesem Moment sogar Zweifel, ob dieser vorlaute Zwerg wirklich der Richtige war oder ob die Schaumleser sich nicht womöglich vertan hatten. Schaum war eine schwer zu deutende Angelegenheit. Ein unachtsamer Moment, und schon entging dem Betrachter ein wichtiges Bläslein oder Funkeln.

„Nun, Herr, ich weiß, er sieht echt aus, aber betrachtet nur einmal den Zierstein auf der Schnürung."

„Ein Zinnober."

„Ein Zinnober, genau. Wahrscheinlich hatte der Fälscher kein Drachenauge zur Hand, das bekanntlich Moosgrolls Wappenstein war und auch auf seinem Helm in der Halle der Audienzen zu finden ist."

Der Große Verwalter sann kurz nach, und tatsächlich glaubte er sich zu erinnern, dass der glorreiche Helm Unbart von Moosgrolls mit Drachenaugen und nicht mit Zinnober besetzt war.

Stirnrunzelnd betrachtete er den Hammer noch einmal.

„Und schaut Euch die Maserung an, Herr!", fuhr Kiesgrimm fort. „Das Holz ist dunkel und könnte tatsächlich gute zweitausend Jahre alt sein, aber was ist mit dem Glanz? Ich möchte behaupten, der Fälscher hat es mit Hornöl und altem Stinkschmierharz künstlich altern lassen. Und dann der Hammerkopf. Gutes Eisen, gewiss, aber wenn Ihr mich fragt, hat niemand zu Lebzeiten des ehrwürdigen Unbart von Moosgroll mit Glimmschwingenfeuer* geschmiedet, wofür die rote Färbung des Stahls spricht."

Der Verwalter schien beeindruckt. Er kniff ein Auge zu und hob den Hammerkopf vor das andere. Bei der Hohen Höhle! Das Engauge hatte recht! Dieser Hammerkopf war definitiv im Feuer einer Glimmschwinge geschmiedet worden. Die erste Glimmschwinge aber, die in einer zwergischen Schmiedehöhle ihr Feuer versprüht hatte, war vor knapp tausend Jahren, lange

* Die Glimmschwinge war eine Drachenart, die als schwer zu fangen und deren Feuer in zwergischen Schmieden als das bestmögliche überhaupt galt.

nach Moosgroll und den ersten kurzstieligen Kampfhämmern, gefangen worden. Dieser Kiesgrimm musste wahrhaftig gute Augen haben.

In Wahrheit verließ sich Harrm Kiesgrimm an dieser Stelle weniger auf seine Augen als vielmehr auf sein Gedächtnis.

Er selbst hatte diesen Hammer nämlich nicht nur gefälscht, sondern darüber hinaus diese – wie er im Nachhinein zugeben musste – eher mittelmäßige Fälschung auch einem der persönlichen Diener des Großen Verwalters als Einzelstück aus dem Erbe Unbart von Moosgrolls verkauft.

Aus diesem Grund fiel es ihm nicht weiter schwer, ihre Schwachstellen zu entdecken und den Verwalter derart nachhaltig zu beeindrucken, dass dieser ihn für ein verdammt gewieftes Höhlenwiesel halten musste.

Die Zwerge der östlichen Höhlen hatten ein besonderes Talent: Sie vermochten innerhalb kürzester Zeit alles zu kopieren, was ihnen unter die Finger kam. Was immer es auch sein mochte – Mechanik, Kunst, Waffen oder Bier. Kiesgrimm hatte dieses Talent zur Perfektion gebracht, und seine Tätigkeit als Antiquitätenhändler umfasste nicht nur den Verkauf, sondern vor allem auch die Herstellung von Antiquitäten jedweder Art. Kiesgrimm war ein begnadeter Fälscher. In diesem speziellen Fall war er allerdings froh, sich nicht allzu viel Mühe gegeben zu haben.

Denn auf diese Weise vermochte er den Herrscher der Zwerge so außerordentlich zu beeindrucken, wie es ihm mit einer guten Fälschung nie gelungen wäre. Seine guten Fälschungen waren mitunter besser als die Originale. Und da er selbst als einer der wenigen Fachleute im zwergischen Antiquitätengewerbe galt, hatte er im Lauf der vergangenen Jahrzehnte manches Original als Fälschung entlarvt und ins gierige Feuer der Heizöfen des Inneren Distrikts verbannt.

Davon aber wusste der Verwalter nichts, als er sich kurz darauf erhob, seinen falschen Hammer verächtlich hinter sich warf und Harrm Kiesgrimm feierlich eine Hand auf die Schulter legte.

„Wahrhaftig, du wirst der schwärzere Menhir sein und wirst tun, was niemand wissen wird!"

Auch von dieser Menhir-Sache hatte Klammgluth Kiesgrimm erzählt, sodass er sich nicht weiter wunderte, während der Große Verwalter fortfuhr.

„Wisse, schon vor dir habe ich einen Zwerg damit betraut, der Anführer eines Geheimdienstes zu sein. Doch ich traue ihm nicht. Du sollst mit den Männern, die du erwählst und unter dein Kommando stellst, ihn und seine Untergebenen überwachen. Und du wirst mein Siegel tragen. Was immer du brauchst, wirst du bekommen. Was immer du willst, wird dir gewährt. Du bist das geheime Werkzeug meines Willens. Und niemand darf davon erfahren. Sag, bist du bereit, Zwerg?"

Und Harrm Kiesgrimm, der König der Fälscher, war bereit. Allein die Vorstellung, das Siegel des Großen Verwalters zu besitzen, erfüllte ihn mit einem ungeahnten Entzücken. Das Siegel des Großen Verwalters. Das höchste Zeichen des Ehernen Imperiums, für dessen Besitzer sich überall Tür und Tor öffneten. Mit seiner Hilfe würde er sich Zutritt zu den Verliesen von Vorrngarth verschaffen. Obwohl er ein Mitglied des Zwielichts und damit Klammgluth unterstellt war, hatte er zugleich auch persönliche Interessen. Klammgluth wollte Bragk Nattergriff finden, um mit ihm das Undenkbare zu wagen. Kiesgrimm jedoch hatte zuvor noch ein Steinchen mit ihm zu klopfen. Denn Nattergriff hatte ihm vor einiger Zeit etwas gestohlen. Einen Stein. Einen besonderen Stein. Das Prunkstück seiner Sammlung. Und mit dem Siegel des Verwalters in der Hand würde er in die Zelle des vermaledeiten Diebes spazieren und aus ihm herausprügeln, wo er ihn verborgen hatte. Und während Nattergriff seine Zähne zusammensammelte, würde er es sich zurückholen. Danach konnte Klammgluth ihn gerne haben. Und Kiesgrimm würde sich mit dem hochherrschaftlichen Siegel des Verwalters in der Tasche wieder seinen Geschäften zuwenden. Welch eine Wonne, dieses Siegel zu besitzen, und um wie vieles mehr noch, wenn man ein begnadeter Fälscher war. Oh ja, Kiesgrimm war bereit. Genau genommen war er nie bereiter gewesen.

KAPITEL 4

IN DEM DIE UNMÖGLICHKEIT EINES PLANES ERKANNT UND SICH ALSGLEICH AN SEINE UMSETZUNG GEMACHT WIRD

Eine gute Schicht, nachdem der Große Verwalter den schwärzeren Menhir begründet hatte, trafen sich Fazzgadt, Glimmboldt, der Hohepriester und sein zweibeiniges Gedächtnis auf einem schmalen Felslauf im Schatten der höher gelegenen Latrinen, um auf den blinden General und den Ferkelbändiger zu warten.

Tief unter ihnen wand sich ein Fluss aus flüssigem Feuer dahin, der immer wieder von dem von oben herabfallenden Zwergenunrat genährt wurde. Es stank erbärmlich an diesem Ort, an dem sich die Verschwörer vor dem Rest ihres Volkes verbargen. Dort hockten sie und blickten furchtsam zu den Latrinenöffnungen hoch.

Der meiste Unrat fiel lediglich an ihnen vorbei, um weit unter ihnen mit leisem Zischen zu verdampfen. Aber von Zeit zu Zeit, wenn die kalte Luft der Höhlen und die emporwallende Hitze des Magmas sich vereinten, entstand ein Luftwirbel, der einen der übel riechenden Klumpen oder einen Schwall Zwergenpisse erfasste und sie an eine nahe Felswand klatschen ließ.

Um derlei stinkendes Übel von ihnen abzuhalten, stand das zweibeinige Gedächtnis mit einem eisenbeschlagenen Wurzelholzschild vor dem Rest des Schicksalszwergs.

Für das Gedächtnis war es eine der schwersten Aufgaben seiner gesamten Laufbahn im Dienste des Höchsten. Im Vergleich dazu war selbst das Auswendiglernen der sechshundert Hammerhymnen ein Vergnügen. Und die waren schon eine Zumutung gewesen.

Auch wenn ihm die meisten emotionalen Regungen fremd waren, bedauerte das Gedächtnis doch zutiefst, dass es sich neben all den bedeutsamen Dingen auch an diese unwürdige Tätigkeit auf ewig würde erinnern können.

Fazzgadt hatte des Geruchs wegen einen ledernen Mundschutz vor den Bart gezogen und war deshalb nur undeutlich zu verstehen, als er sich nun an den Hohepriester wandte: „Also, wenn ich es recht verstehe, dann ist dieser Nattergriff nur durch die Mithilfe des Steins geschnappt worden?"

„Er hat mir verraten, dass der Dieb eine Schwäche hat", bestätigte der Hohepriester. „Und er hat mir auch gesagt, was zu tun ist. Denn er ist allwissend."

„Ja, aber wäre es nicht klüger gewesen, ihn gleich zu dir zu bringen, anstatt ihn in das bestbewachte Gefängnis des Imperiums werfen zu lassen?", fragte Fazzgadt. „Wenn du mich fragst, kann der Kiesel so schlau nicht sein."

Während das Gedächtnis erneut den Schild hochriss, um sie vor dem Übel von oben zu schützen, erwiderte der Hohepriester: „Und wie hätte ich das bewerkstelligen sollen? Die Wachen, die vor Lehmstichs Schließhöhle patrouillieren, sind von der Felswehr, die allein dem Verwalter unterstellt ist. Selbst wenn ich sie bestochen hätte, damit sie mir Nattergriff ausliefern, hätte der Verwalter früher oder später davon erfahren. Und er wäre misstrauisch geworden. Mit seinem Misstrauen ist gegenwärtig nicht zu spaßen, das kannst du mir glauben …"

„Warum hat sich der sprechende Stein dann nicht einfach gleich an den Verwalter gewandt?", fragte Fazzgadt immer noch nicht überzeugt.

Der Höchste der Hohen, der das Vertrauen des Ewigen Schmieds nicht ganz ohne Stolz genoss, entgegnete mit einem Funkeln im Blick: „Er wird seine Gründe haben."

„Sei's drum, es ist das letzte Mal, dass ich etwas für die Götter tue!“ Fazzgadt hob seinen Mundschutz und spie angewidert aus. Er schien alles andere als zufrieden mit den Antworten, die er bekommen hatte.

In diesem Moment tauchten Flammrank und Blechboldt auf.

„Es ist unmöglich.“ Kopfschüttelnd kam der blinde General zusammen mit dem Ferkelbändiger den felsigen Weg hinabgelaufen, an dessen Ende der Rest des Schicksalszwergs die beiden bereits erwartete.

Sie hatten im Auftrag des Allerhöchsten und mit Hilfe der Autorität des Generals die Grundrisse der Verliese von Vorrngarth eingesehen und kehrten nun zurück, um ihm Bericht zu erstatten.

Der General trug seine Paraderüstung, und der Ferkelbändiger die eines Felswehrgardisten.

Die Felsen um sie herum, sowohl Boden als auch Wände, waren mit übel riechenden Klecksen übersät. Große, kleine, in allen erdenklichen Schattierungen. Doch sie stanken alle gleichermaßen. Zumindest konnte man das vermuten. Aber womöglich kam dieser erzüble Gestank, der einen Stein zum Weinen hätte bringen können, erst durch die Gesamtheit jener zahllosen Spritzer und Klumpen zustande.

Der Schicksalszwerg hatte sich für ein Treffen an diesem ungastlichen Ort entschieden, um nicht beobachtet zu werden. Denn der sprechende Stein wollte, dass niemand von ihrem Vorhaben erfuhr, den Meisterdieb zu befreien und an seiner Seite das Undenkbare zu wagen. Und da kein Zwerg des Ehernen Imperiums freiwillig die Klippen unterhalb der Latrinen aufgesucht hätte, war es tatsächlich sehr unwahrscheinlich, dass man sie hier beobachtete.

Alle paar Schichten kamen die Latrinenbrenner hier herabgestiegen, jene bedauernswerten Zwerge, die eine der niedersten Arbeiten überhaupt verrichteten und die Felsen mit Hilfe von Feuerschleudern* reinigten. Im Augenblick war jedoch weit und breit niemand zu sehen. Der Preis war hoch, aber dafür konnten sie sicher sein, dass niemand sie bespitzelte.

Dieser Treffpunkt war Blechboldts Idee gewesen. Und im Gegensatz zu den anderen war er, dessen Nase durch die strengen Ausdünstungen der Erzferkel gestählt war, noch immer überzeugt davon, dass es der richtige gewesen war.

In einem der Felslöcher über ihnen erschien ein haariger Zwergenhintern. Das zweibeinige Gedächtnis hob eilig den Schild, um das Schlimmste zu verhindern, während der blinde General die Hand vor die Nase hob und das Gesicht verzog.

„Bei allem, was Eisen ist, Prophezeiung hin oder her, davon hat mir keiner was gesagt!“, knurrte er.

Fazzgadt zog mit angewidertem Gesichtsausdruck den ledernen Mundschutz beiseite.

„Frag mich mal, Flammrank, wir hocken hier beinahe schon eine halbe Schicht und haben nichts Besseres zu tun, als anderen Zwergen beim Scheißen zuzusehen!“

„Es ist eine Schande!“, pflichtete ihm Flammrank bei. „Wir haben einst das Eherne Volk gerettet! Wir sind Helden, verdammte Axt noch eins!“

Der Allerhöchste versuchte, sie zu beruhigen.

„Hört zu, ich habe aus goldenen Krügen getrunken und in einer Welt des Überflusses gelebt. Und all das habe ich für einen Beutel Gottkraut aufgegeben. Ich weiß, dass Geheimhaltung ihren Preis hat. Und den müssen wir zahlen, wenn wir den Willen des Steins erfüllen und unser Ziel erreichen wollen.“

* Eine Waffe, in deren Inneren ein Flammfackelflügler, eine kleinere Drachenart, gefangen war, dem durch Durchdrücken des Abzugs ein schmaler Dorn in den Unterbauch getrieben wurde, was ihn zum Ausstoßen einer zerstörerischen Stichflamme veranlasste.

„Unser Ziel, pah! Es ist unmöglich. Vollkommen unmöglich!"

Flammrank schüttelte energisch den Kopf.

„Er hat recht. Es wird nicht leicht", sagte der Ferkelbändiger nachdenklich.

Im trüben Widerschein des Feuerflusses leuchtete hoch über ihnen ein weiterer Zwergenhintern auf. Das Gedächtnis wechselte hastig die Position, und im nächsten Moment klatschte etwas auf seinen Schild.

Fazzgadt stöhnte leise auf und zerrte sich den Mundschutz wieder vor das Gesicht. Der blinde General entfernte sich einen Schritt von dem Geräusch und trat dabei in einen undefinierbaren, aber doch immer noch viel zu deutlich erkennbaren Haufen.

Angewidert schüttelte er den Kopf.

„Wir sollten dafür sorgen, dass, wenn unsere Geschichte dereinst an den Feuern erzählt wird, niemand hiervon erfährt. Ich kenne, verdammt noch eins, keine einzige zwergische Legende, in der von scheißenden Zwergen die Rede ist. Und das wird sicher seine Gründe haben", schimpfte der General und zog seine Augenbinde etwas tiefer, um seine Nase damit zu bedecken.

„Das sollte unsere geringste Sorge sein, Flammrank!", sagte der Hohepriester. „Wir haben einen Gefangenen aus Vorrngarth zu befreien und das Undenkbare zu vollbringen. Also sprich, General, hast du die Pläne gesehen?", fragte er und trat neugierig näher.

„Das habe ich", erwiderte Flammrank. „Und falls ihr es immer noch nicht begriffen habt: Es ist unmöglich."

„Glaub mir, General, es gibt keinen Stein, der nicht zerschlagen werden kann", sagte der Hohepriester. „Überlass es den Göttern, darüber zu richten, wie unmöglich etwas ist."

Der Höchste der Hohen war zuversichtlich.

Entgegen allen Erwartungen hatte er mit Hilfe des sprechenden Steins jedes einzelne Mitglied des Schicksalszwergs dazu überreden können, sich seiner Sache anzuschließen. Und wer sollte ihnen nun noch im Wege stehen, wenn der Ewige Schmied selbst auf ihrer Seite war? Oder besser, in ihrer Tasche steckte?

Einen Gefangenen aus dem sichersten Verlies des Ehernen Imperiums zu befreien, wurde dadurch allerdings nicht wesentlich einfacher.

In seiner ursprünglichen göttlichen Form hätte der Schmied die ganze Angelegenheit sicher mit einem Erdrutsch oder einem kleinen Felsbeben regeln können. Er hätte die Mauern des Verlieses aufgebrochen, und Nattergriff hätte einfach herausspazieren können. Als faustgroßer Stein waren seine Fähigkeiten allerdings begrenzt. Er war ein guter Redner – jedenfalls, wenn man das richtige Kraut geraucht hatte und ihn verstehen konnte. Ansonsten schien er auf die Möglichkeiten eines Kieselsteins beschränkt zu sein, die leider weder einen Erdrutsch noch sonstige Wunder erwarten ließen.

Das war auch dem Allerüberhöchsten inzwischen schmerzhaft bewusst geworden.

Aber zumindest hatte der Stein sie auf etwas aufmerksam gemacht. Oder besser, den Allerüberhöchsten. Denn aufgrund der geringen verbliebenen Menge an Gottkraut war er der Einzige, der noch mit dem Stein sprach. Wenn sie alle das Kraut rauchen würden, hätten sie es innerhalb kürzester Zeit aufgebraucht.

Der Stein hatte ihn an die Grundrisse erinnert, die die Steinhauer von jeder offiziellen Höhle des Ehernen Imperiums erstellten. Diese Pläne gab es von den Höhlen auf der Ebene des Verwalters, den Tempelhöhlen, den Verliesen und den beiden großen Minen des Reiches.

Und jeder Würdenträger des glorreichen Ehernen Imperiums hatte das Recht, diese Grundrisse einzusehen, wenn er einen triftigen Grund dafür nennen konnte. Deshalb hatten sie beschlossen, den General in Begleitung Blechboldts unter dem Vorwand einer Sicherheitsübung der Felswehr zu den Steinhauern zu schicken.

Gemeinsam hatten die beiden die Grundrisse überprüft und erachteten es, wie sie bereits mehrfach festgestellt hatten, offenbar auch danach noch für vollkommen unmöglich, einen Gefangenen aus dem Verlies herauszuholen.

„Lasst sie mich sehen“, sagte Fazzgadt.

Der Ferkelbändiger zog aus seiner Rüstung einen Bildstein hervor. Sofort hatte Fazzgadt einen Leuchtkäfer zur Hand, und im nächsten Moment leuchtete das Bild der Steinplatten mit den eingemeißelten Grundrissen im Inneren des Kristalls auf.

Auf Anraten des sprechenden Steins hatte Flammrank die Grundrisse in den Kristall gebannt.

Nachdenklich betrachtete der Allerhöchste die Grundrisse und fuhr sich mit den Fingern durch den weißen Bart.

„Gut, drei Ebenen, ein paar Gänge. Nichts, das man nicht auswendig lernen könnte. Zumal jeder von uns, abgesehen vielleicht von Fazzgadts Zögling, links und rechts auseinanderzuhalten vermag … Dreißig Zellen. Das könnte allerdings ein Problem sein. Wir wissen nicht, in welcher davon sie Nattergriff gefangen halten. Womöglich wechseln sie in unregelmäßigen Abständen die Zellen. Und da keiner weiß, wie Nattergriff aussieht*, würden wir es nicht einmal bemerken, wenn wir an seiner statt irgendeinen lausigen Käferschänder oder Bierfälscher rausholen würden.“

* Bragk Nattergriff, der Zwerg mit den tausend Bärten, der Erste Erhabene Entwender, hatte seit Zwergengedenken nicht sein wirkliches Gesicht im Inneren des Imperiums gezeigt.

Fazzgadt war neben ihn getreten, hatte seinen Mundschutz herabgezogen und schaute ihm über die Schulter.

„Du redest, als wüsstest du, wie man es anstellen soll."

„Sagen wir, der Stein hat mir etwas geflüstert", erwiderte der Hohepriester. „Wenn ich mich recht entsinne, ist doch für die Niederschlagung eines Gefangenenaufstands noch immer die Garde des Verwalters zuständig, oder?"

„Früher war es die Stählerne Garde und jetzt ist es die freiwillige Felswehr", bestätigte der General.

„Also gut, wie viele Gardisten braucht es für eine Ernstfallübung der freiwilligen Felswehr?"

„Fünf sollten es mindestens sein. Das ändert aber nichts daran, dass es vollkommen unmöglich ist."

„Sehr schön." Der Hohepriester nickte. „Wenn wir das Gedächtnis mitzählen, sind wir fünf. Hmm, wir werden Uniformen brauchen. Und zwar sechs Stück. Ist das ein Problem, General?"

„Ich kenne genügend hässliche Geheimnisse, dass mir zwanzig Rekruten ohne Umschweife ihre Uniform leihen würden", knurrte der General.

„Großartig, ich denke, wir werden der freiwilligen Felswehr Ehre machen. Hör zu, Flammrank, jedermann weiß, dass dir als General die Rekruten unterstellt sind. Das dürfte also kein Problem darstellen. Fazzgadt und ich werden uns den Bart färben müssen. Graubärtige Rekruten würden gewiss das Misstrauen der Wachen erregen."

Der General grinste von einem Ohr zum anderen.

„Eine großartige Idee. Du willst diese Zwerge also tatsächlich als Rekruten verkleiden und mit ihnen eine Übung in den Verliesen von Vorrngarth abhalten? Glaub mir, es wird mir eine Freude sein, euch zu drillen. Aber wir wissen deshalb trotzdem noch nicht, wo sich dieser Nattergriff befindet. Wir kennen seine Zellennummer nicht. Und darum ist es, wie ich bereits sagte, immer noch *vollkommen unmöglich*!"

Der Höchste der Hohen ließ sich jedoch nicht beirren.

„Natürlich müssen wir herausfinden, wo sich Nattergriff befindet, und er sollte sich auch darauf vorbereiten können, dass er das Verlies als Mitglied der freiwilligen Felswehr verlassen wird."

„Und wie genau sollen wir das tun, Priester?" Nun war es wieder Fazzgadt, der Bedenken äußerte.

„Der Stein hat mir von Schächten erzählt. Lüftungsschächten", erwiderte der Hohepriester.

„Lüftungsschächten?"

„Genau. Du hast wahrscheinlich noch nichts davon gehört, aber vor langer Zeit schon hat irgendein zwergischer Gelehrter herausgefunden, dass wir Luft zum Leben* brauchen."

„Was für ein Unsinn. Das muss der Narr mit Bier verwechselt haben."

Nun schaltete sich Blechboldt ein: „Oh nein, Flammrank, das stimmt. Und es war nicht irgendein Gelehrter, sondern der einzigartige Wutrich Pilzgrimm, der durch verschiedene Experimente zu dieser erstaunlichen Erkenntnis gelangte. Mein Vater hat mir von ihm erzählt, und ich glaube, mich sogar zu erinnern, dass er es war, der einst die Kraft der Bildsteine entdeckt hat …"

* Eine Erkenntnis, zu welcher der zwergische Gelehrte Wutrich Pilzgrimm gelangte, der die absurde Theorie des sogenannten *Atmens* vertrat, nachdem er mehreren Zwergen in groß angelegten Versuchen sämtliche Körperöffnungen verkorkt hatte, worauf diese das Bewusstsein verloren. Einer war dabei sogar in die Hohe Höhle eingezogen. Bevor Pilzgrimm seine Versuche auf Befehl des Verwalters einstellen musste, hatte er die Körperöffnungen so weit eingrenzen können, dass er sicher war, dass Zwerge entweder durch die Ohren, die Nase oder den Mund atmeten.

„Wutrich was?"

„Pilzgrimm."

Flammrank runzelte unter seiner Augenbinde die Stirn.

„Aber wenn er so bedeutsam ist, warum habe ich dann noch nie von ihm gehört?"

„Wahrscheinlich weil er dafür zu wenig Trolle verprügelt hat", erwiderte Blechboldt.

Fazzgadt grinste, und der General schüttelte energisch den Kopf.

„Das kann natürlich sein. Ich brauche trotzdem keine Luft zum Leben. Soll ich dir das beweisen?"

Die entschlossene Haltung des Generals sprach eine deutliche Sprache. Er war bereit, den Beweis anzutreten und, wenn nötig, eine ganze Schicht lang die Luft anzuhalten. Doch bevor er damit anfangen konnte, ging der Hohepriester erneut dazwischen.

„Streitet euch nicht. Wir haben Besseres zu tun. Jedenfalls werden wir durch diese Lüftungsschächte Nattergriffs Zelle finden. Jeder Raum in den Verliesen von Vorrngarth verfügt über einen solchen Lüftungsschacht. Allerdings sind sie sehr eng. Wir werden einen Felsläufer brauchen. Und eines der Prismen. Und natürlich etwas aus Nattergriffs persönlichem Besitz."

„Nattergriffs persönlichem Besitz?" Der Ferkelbändiger lachte laut auf. „Und wie sollen wir das bitte schön anstellen? Niemand kennt den Ort, an dem er sich versteckt hatte, und er selbst sitzt in Vorrngarth. Wir müssten ihn also erst finden, um ihn überhaupt finden zu können!"

„Für mich klingt das unmöglich", stimmte der General ihm zu.

„Lasst das meine Sorge sein", sagte der Hohepriester. „Ich habe schon eine Idee, wo wir etwas aus seinem Besitz finden können. Schließlich stellt sich noch die Frage, wie wir in die Zelle gelangen können. Kann einer von euch mit einer Schlüsselschrecke umgehen?"

„Habe noch nie eine besessen." Blechboldt zuckte mit den Schultern. Fazzgadt beugte sich ungläubig vor. „Ach, die gibt es wirklich?"

„Also, ein weiteres Problem. Durch eine geschlossene Tür werden wir ihn nicht hinausbekommen."

„Ich sag es doch: unmöglich." Der General schüttelte den Kopf. „Wir verschwenden hier nur unsere Zeit."

„Ich denke, ich werde noch einmal den Schmied befragen müssen."

Der Hohepriester entfernte sich von der Gruppe und suchte sich in einiger Entfernung einen sauberen Stein. Er setzte sich darauf, holte seine Schatulle mit dem Gottkraut hervor und stopfte stirnrunzelnd seine Pfeife. Konnte es sein, dass der Stein etwas übersehen hatte? Würden sie tatsächlich an der Tür des Verlieses scheitern? Nein, das konnte nicht sein. Der Schmied würde eine Antwort haben. Mit Hilfe seiner Zunderbüchse entzündete er die Pfeife und nahm einen ersten Zug.

„Ja, frag ihn nur, deinen Stein!", murrte unterdessen der blinde General. „Und frag ihn auch gleich noch, ob er auch nur eine einzige Legende kennt, in der von Zwergenscheiße die Rede ist, verdammte Hammerfäule noch eins!"

Harrm Kiesgrimm stand gebeugt vor seinem Brennofen und machte ein nachdenkliches Gesicht. Er war mit dem Fälschen des verwalterischen Siegels beschäftigt, und die ganze Angelegenheit war alles andere als einfach. Nicht nur, weil das Siegel selbst aus Niederhöhlenporphyr* bestand, der seit Jahr-

* Seltenes Porphyrgestein, das nur in einigen wenigen Höhlen der unteren

hunderten nicht mehr gefunden worden war, sondern auch wegen der filigranen Verarbeitung des Siegels selbst, auf dem das Hammerzepter des Verwalters mitsamt seiner rituellen Schnitzereien abgebildet war.

Das Porphyrproblem hatte er recht schnell lösen können. Mit Hilfe eines Steinkochers ließ sich Steinschmiere mit Schieferflitter verschmelzen, worauf sie sich lediglich noch durch das leichtere Gewicht vom Original unterschieden. Wenn man den Gewichtsunterschied mit einer entsprechenden Menge Blei im Inneren des Siegels ausglich, würde sogar der Verwalter selbst keinen Zweifel daran hegen, dass es sich um ein von ihm ausgegebenes Siegel handelte. Ein Zeichen, vor dem der gemeine Zwerg zu viel Respekt hatte, als dass er es anzuzweifeln oder gar zu zerbrechen gewagt hätte.

Kiesgrimm hatte gerade drei verwalterische Siegel im Steinschmelzer und bereitete auf einem kleinen Feuer die Bleieinlagen vor.

In der Ecke der Höhle saß Felsigk Klammgluth, der Herr des Zwergischen Zwielichts.

„Ich würde vier nehmen", sagte er. „Zwei für meine Zwerge in den Clansstädten und zwei für den Inneren Distrikt."

„Wenn du fünf kaufst, bekommst du eines umsonst. Und einen guten Preis mach ich dir ohnehin", erwiderte Kiesgrimm.

„Sehr schön, sehr schön." Klammgluth rieb sich die Hände. „Ich weiß schon, weshalb ich dich erwählt habe, mein Bester."

„Oh, es ist mir eine Freude, dich bei jedem deiner Schritte auf das Misstrauischste zu überwachen, schurkischer Zwerg!", sagte Kiesgrimm mit einem breiten Grinsen.

Ebenen des Ehernen Imperiums zu finden war und aufgrund eines überaus komplizierten Aberglaubens nur mit den Füßen abgebaut werden durfte. Und zwar, nachdem man sich bei dem Gestein entschuldigt hatte.

„Und dem Großen Verwalter bis in den winzigsten Kiesel zu erzählen, was ich treibe." Klammgluth lachte höhnisch. „Dann lass uns doch mal schauen, was ich gerade treibe. Hast du irgendwelche Vorschläge?"

Kiesgrimm hielt kurz inne und dachte nach.

„Wie wäre es, wenn du dich in der Stammesstadt des Stahls in Verkleidung nach Aufrührern umtätest?"

Klammgluth schüttelte den Kopf.

„Ach, zu langweilig. Lass mich eine Trollverschwörung aufdecken und nur knapp mit dem Leben davonkommen."

„Ist geritzt."

„Wie viele Zwerge hast du inzwischen rekrutiert?", erkundigte sich Klammgluth.

„So an die zwanzig, schätze ich", erwiderte der Antiquitätenhändler.

Auch Kiesgrimm hatte seine Zeit also sinnvoll genutzt und innerhalb kürzester Zeit zahlreiche Mitglieder des Zwielichts zu Dienern des Menhirs gemacht. Klammgluth nickte zufrieden.

„Gut, mit meinen dreißig ist das der größte Teil der Bruderschaft." Er griff sich an den Bart und blickte nachdenklich in sein Bier. „Unser Einfluss wächst, Kiesgrimm. Bald ist es so weit. Der Herrscher der Zwergenheit folgt bereits dem Willen der Schaumdeuter. Und sie werden dafür sorgen, dass sein Volk ihn hassen wird. Bald schon, mein lieber Kiesgrimm, werden wir gemeinsam den Thron des Verwalters erklimmen …" Er schwieg einen kurzen Moment. Dann kam ihm eine Idee. „Vielleicht solltest du den Verwalter auch dir gegenüber ein wenig misstrauisch machen …"

„Warum das?"

Klammgluth lächelte. „Womöglich kommt er dann zu dem Schluss, dass er auch dich überwachen muss. Dann gründet er vielleicht noch einen Menhir. Und so könnten wir Trümmerboldt mit in die Mine holen."

„Krugk Trümmerboldt, den Schutzgolderpresser?", fragte Kiesgrimm.

„Nun, er könnte dich überwachen, und mit ihm wäre dann die gesamte glorreiche Gemeinschaft des Zwielichts vereint. So, wie mein Oheim es sich immer gewünscht hat", sagte Klammgluth zufrieden.

„Hast du ihn damals eigentlich wirklich …", setzte Kiesgrimm an.

„Ich habe dir doch gesagt, dass ich darüber nicht reden will", fiel ihm Klammgluth ins Wort. „Sprich nur weiter, wenn du meinen Krug fressen willst."

„Schon gut. Beruhige dich. Ich werde mich also ein wenig verdächtig machen, um die Gemeinschaft des Zwergischen Zwielichts im Kreis der Menhire erblühen zu lassen."

„Das, bester Kiesgrimm, klingt wie beschwingter Hammerschlag in meinen Ohren!"

Mit einem breiten Grinsen unter dem Bart prostete Klammgluth Kiesgrimm zu. Auch dieser hob seinen Krug.

„Es freut mich, dir behilflich sein zu können, mein guter Klammgluth. Und da du gerade so guter Laune bist, will ich dich noch einmal auf ein anderes Thema ansprechen, das …"

„Nattergriff." Klammgluth nickte.

„Eben der. Dieser verwanzte Drecksfelswälzer. Er hat mich bestohlen. Und ich will, dass er dafür blutet. Ich will ihn in die Finger bekommen, um ihm ein Barthaar nach dem anderen auszureißen, bis sein nacktes Kinn dem blanken Hintern einer Aschassel gleicht. Ich will …"

„Du hast mir immer noch nicht erzählt, was er dir eigentlich gestohlen hat", unterbrach ihn Klammgluth.

Kiesgrimm schüttelte energisch den Kopf. „Das werde ich

dir auch nicht erzählen, da es mir klüger erscheint, wenn auch Schurken noch Geheimnisse voreinander haben."

„Recht hast du", pflichtete Klammgluth ihm bei. „Aber so oder so, ich kann dir nicht mehr sagen als beim letzten Mal. Ich brauche ihn."

„Für das Undenkbare. Ich weiß. Aber wofür genau?"

„Das wiederum werde ich *dir* nicht verraten. Weil ich ganz einer Meinung mit dir bin, was Schurken und ihre Geheimnisse angeht, mein werter Kiesgrimm."

Ihre Sprache war die des Zwielichts, und ihre Herzsteine waren von Geheimnissen umgeben. Doch Kiesgrimm war es leid, stets außen vor zu bleiben.

„Dann erzähle mir eben von dem Undenkbaren, Klammgluth! Schon dein alter Herr wollte es erreichen. Du musst einfach mehr darüber wissen, als dass es das größte aller möglichen Geheimnisse ist!"

Einen Augenblick lang starrte Klammgluth nur schweigend in seinen Krug. Dann wandte er sich Kiesgrimm bedächtig zu.

„Man sagt, das Undenkbare sei der Schlüssel zu einer verbotenen Tür, dem Wegweiser in eine Zukunft, die nicht sein darf. Und dass derjenige, der dieses Geheimnis besitzt, Stein in Gold zu verwandeln vermag …"

„Stein in Gold. Na, das ist doch mal was!"

Lächelnd prosteten die beiden einander im Feuerschein des Steinschmelzofens zu und leerten ihre Humpen in einem Zug.

Kiesgrimm holte ein Fass hervor und füllte die Humpen wieder auf. Klammgluth ergriff seinen frisch gefüllten Humpen, schaute sein Gegenüber mit ernstem Blick an und räusperte sich.

„Hat einer deiner Männer vielleicht etwas von diesem Fazzgadt Eisenbart gehört?", fragte er.

„Du meinst, den Bartbruder von Hrodborrk dem Jüngeren?

Der Teil des Schicksalszwergs war und dich in der Arena über den Tisch gezogen hat?", erkundigte sich Kiesgrimm mit unschuldiger Miene.

„Auch darüber solltest du nicht sprechen." Drohend hob Klammgluth seinen Krug. Kiesgrimm grinste nur.

„Nein, keiner hat ihn gesehen. Es ist beinahe, als wäre er verschwunden, mitsamt seinem Schlüpfling."

„Verdammt." Klammgluth nahm einen Schluck und dachte angestrengt nach. „Wahrscheinlich hat sein Verschwinden etwas mit dem Boten zu tun."

„Was für einem Boten?"

„Er hat ihn in der Arena aufgesucht. Noch während des Wettkampfes. Vielleicht sollten wir diesen Boten ausfindig machen. Denn wenn wir erfahren, was er Eisenbart zu sagen hatte, erfahren wir vielleicht auch, wohin er so eilig aufgebrochen ist. Und bis dahin werde ich den Verwalter mit ein paar Geschichten über seinen Hohepriester bei Laune halten. Ich habe mir überlegt, dass er …"

„Sag mal, Klammgluth, weißt du eigentlich, was der Hohepriester tatsächlich tut?", unterbrach ihn Kiesgrimm.

„Keine Ahnung. Es ist auch nicht wichtig. Wichtig ist einzig, dass er es bald auf der anderen Seite des Abgrunds des Vergessens tun wird", erwiderte Klammgluth. „Es ist an der Zeit, dass der Verwalter ihn entzwergt und die Macht des Orakels in die Hände der Schaumdeuter legt. Ich habe mir überlegt, dass der Hohepriester Tiere* opfert und heimlich zu den voralten Göttern betet."

* Jedes Tier in den Höhlen des Ehernen Imperiums hatte in der Vorstellung der Zwerge eine bestimmte Aufgabe, die ihm von den Göttern zugeteilt worden war. Allerdings war keines der bekannten Tiere dazu bestimmt, geopfert zu werden, was eine solche Tat zu einem geradezu unverzeihlichen Verbrechen machte.

„Meinst du nicht, dass das ein bisschen viel ist? Denkst du, dass der Verwalter das wirklich glaubt?"

„Je eher er ihn aus den Priesterhöhlen wirft, desto besser für uns. Ich habe den Schaumdeutern eingeschärft, was sie ihm sagen sollen, wenn der Verwalter sie fragt, was er in dieser Angelegenheit unternehmen soll. Der Große Verwalter wird Schuld auf sich laden. Eine große Schuld. Denn die Götter werden fordern, dass er den Allerpriesterlichsten in die Hohe Höhle schickt."

„Du willst ihn töten lassen?", fragte Kiesgrimm sichtlich erschüttert. „Aber so etwas ist …"

„Ganz genau. Das Volk wird ihn dafür hassen und die Götter ebenfalls", erwiderte Klammgluth. „Und dann, mein Freund, steht uns gar nichts mehr im Weg. Dann wird das Imperium bald ganz uns gehören."

„Du erfüllst deine Aufgabe geradezu vorbildlich, werter Klammgluth, wenn ich das so sagen darf." Grinsend füllte der Fälscher ihre Krüge bis zum Rand mit zähflüssigem Wanzbeerenbier.

„Oh, du machst dich aber auch nicht schlecht, mein lieber Kiesgrimm!", sagte Klammgluth.

Damit stießen sie an.

„Auf den schwarzen Menhir!", sagte Klammgluth.

„Und den schwärzeren!", entgegnete Kiesgrimm.

Ein dreckiges Lachen entrang sich ihren rauen Zwergenkehlen, ein Lachen wie es von alters her einzig die schurkischsten aller Schurken zu lachen vermochten …

Wenn man das richtige Kraut rauchte, dann wirkten die Klippen unterhalb der Latrinen weitaus gastlicher. Zu dem Schluss kam der Allerhöchste jedenfalls, während er auf dem Mundstück seiner Pfeife herumkaute und nachdenklich den Rauch des

Gottkrauts einatmete. Ohne die Hilfe der Götter würde das, was sie vorhatten, unmöglich sein. Ein zwergischer Plan allein würde da nicht ausreichen. Es brauchte einen göttlichen. Den Plan des Ewigen Schmieds. Auch wenn er bloß ein Stein war.

Kaum, dass er den dritten Zug von seiner Pfeife genommen hatte, vernahm der Hohepriester seine Stimme.

„Hör zu, Priester, ich kann ja verstehen, dass ihr meine Hilfe braucht. Aber denkst du wirklich, du solltest dein Gottkraut so unbedacht aufbrauchen?"

„Ich weiß, oh Ewiger, aber meine Kameraden …" Der Allerhöchste hoffte auf das Verständnis des Steins. Doch das sollte ihm nicht vergönnt sein.

„Papperlapapp, deine Kameraden. Wie viel Gottkraut hast du zusammengekratzt, hm? Zehn Unzen? Fünfzehn? Wir können nicht ständig miteinander reden, nur weil dir danach ist."

„Aber woher weißt du, wie viel Gottkraut ich …", lallte der Höchste der Hohen verwundert.

„Ich bin ein Gott, du Torftröte. Ich weiß alles. Abgesehen davon kann ich alles sehen und hören. Jeden eurer Schritte, eure Gespräche. Alles. Auch wenn ich manchmal wünschte, es wäre nicht so. Ich kann sogar die ganze Zeit über reden. Nur hört mich niemand."

„Vielleicht gibt es irgendwo in den Gängen noch mehr Gottkraut …", stammelte der Hohepriester.

„Unsinn. Mach den Bart zu. Du hast alles aufgetrieben, was zu haben war. Das muss reichen. Wir dürfen keine Zeit verlieren. Hör mir gut zu, damit du nicht noch eine Pfeife brauchst. Ich werde dir jetzt sagen, was ihr tun müsst …"

Als der Höchste der Hohen seine Pfeife ausklopfte und den Stein zurück in seine Tasche gleiten ließ, hatte er die Antwort, die er suchte.

Die übrigen Zwerge hätten sich allerdings gewünscht, dass er noch ein wenig weiterrauchte, da der bittere Geruch des brennenden Gottkrauts den üblen Latrinengeruch für einige wenige Schläge zu vertreiben schien.

Zufrieden erhob sich der Höchste von seinem Stein und näherte sich lächelnd dem Rest des Schicksalszwergs, während sein Gedächtnis in seinem Rücken den Schild hochhielt, um seinen Herrn vor allem niederfallenden Übel zu bewahren.

„Freunde!“, wandte sich der Hohepriester überschwänglich an die anderen Zwerge.

Flammrank machte eine abwehrende Geste. „So weit würde ich nicht gehen, Priester …“

Der Allerüberhöchste schüttelte lächelnd den Kopf, und sein makelloser weißer Bart mit den eingeflochtenen Silberperlen wirkte an diesem Ort und inmitten all des Zwergenauswurfs beinahe unwirklich.

„Schicksalszwerg! Ich weiß, was zu tun ist. Im Inneren der Verliese von Vorrngarth wird es für uns keine verschlossenen Türen geben. Und alles, was wir dafür brauchen, verbirgt sich in den Sumpfgrotten des großen Travertin! Wir müssen nach einem bestimmten Tier suchen. Ich werde euch beschreiben, wie es aussieht, denn es ist recht eigentümlich. Der Stein nannte es einen Rostspeier, und er hat mir genaue Anweisungen gegeben, wie es zu fangen ist. Blechboldt und Eisenbart, ich gebe euch den Auftrag, es zu beschaffen, auf dass ihr so eilig wie möglich in die Sumpfhöhlen aufbrecht.“

Die beiden nickten zögernd, und Fazzgadt brummte: „Ich gehe überallhin, Alter. Die Sumpfhöhlen des Travertin, die brennende Hölle der unteren Glimmklamm oder die Höhle der fliegenden spitzen Steine, es ist mir vollkommen egal, solange wir nur endlich hier wegkönnen!“

„Aber verhaltet euch unauffällig. Niemand darf von unseren Plänen erfahren!", mahnte der Höchste der Hohen noch einmal.

„Das haben wir alle verstanden", entgegnete Fazzgadt. „Sonst hätten wir uns schließlich niemals in einem Drecksloch wie diesem mit dir getroffen. Du kannst sicher sein, Priester, dass keiner von uns, der noch eine Nase hat, vergessen wird, wie wichtig dir die Geheimhaltung ist!"

„Sehr gut, sehr gut. Tragt Grubenmäntel, sprecht so wenig wie möglich, lasst euch nicht verfolgen und achtet darauf, dass …"

„Ich werde alles tun, was du willst, wenn du nur langsam fertig wirst, Priester", stöhnte Fazzgadt.

Neben ihnen schlug ein weiterer übel riechender Haufen auf. Wütend richtete Fazzgadt den Blick nach oben.

„Beim Rost, den Arsch kenne ich!"

Blechboldt, der direkt neben ihm stand, verzog das Gesicht und hielt sich die Nase zu.

„Ach du große Kieselfäule, was hat dieser Zwerg bloß gegessen?"

Der Allerhöchste jedoch ließ sich weder von Arsch noch Auswurf beirren.

„Gut. Während ihr also in die Sümpfe aufbrecht, werde ich zusammen mit meinem Gedächtnis und dem General etwas aus dem persönlichen Besitz des Meisterdiebes beschaffen."

Und dann machten sich Blechboldt und Fazzgadt, der den fröhlich grinsenden Glimmboldt hinter sich herzog, auf den Weg, um den wohl ungastlichsten Ort des Ehernen Imperiums ein für alle Mal zu verlassen.

INTERMEZZO

Die zweihundert Zwerge hatten schlussendlich keine zwei Schichten gebraucht, um die neue Orakelhöhle aus dem Stein zu stampfen. Sie hatten Löcher in den Fels getrieben, Wände aufgestemmt und Säulen gemeißelt, hatten Decken durchbrochen und Gold gehämmert. Vorübergehend war die Ebene des Verwalters ein Meer aus emsig wogenden Bärten gewesen. Nie zuvor in der Geschichte des Ehernen Volkes war eine dreistöckige Höhle mit einer solchen Geschwindigkeit aus dem Fels geschlagen worden. Für diese Leistung hatte der Herr aller Zwerge seinen emsigen Untergebenen einen hohen Lohn versprochen: Gold, Bier und Schlaf im Überfluss. Und dafür hatten sie ihm ihren Schweiß gegeben.

Und der Verwalter hatte Wort gehalten. Im weitesten Sinne zumindest.

Er hatte sie belohnt, doch weder mit Gold noch mit Bier oder mit Schlaf. Stattdessen hatte er jeden Einzelnen der zweihundert zu einem Offizier der Begnadeten Bewahrer gemacht, und nun befanden sie sich auf dem Weg in ihr geheimes neues Quartier.

Der Große Verwalter saß auf einer goldbeschlagenen Felsbank im Zentrum der neuen Orakelhöhle und grübelte vor sich hin. Über ihm erhob sich ein dreistöckiger, beinahe komplett mit Gold ausgekleideter Felsendom. Hinter schweren goldenen Absperrketten standen auf allen drei Ebenen riesige, auf Gelenken gelagerte und mit Gold eingefasste Bottiche mit Orakelbier. Gleich daneben ragten aus den Wänden schwere

Hebel hervor, mit deren Hilfe man sie in den Schacht der Höhle entleeren konnte.

Und zu Füßen des Verwalters, im Zentrum des Doms, befand sich der Deutergrund, eine goldene Plattform, die mit den Zeichen der drei ehrbaren Stämme und zahlreichen Abflussrinnen versehen war.

Die Handwerker hatten ganze Arbeit geleistet.

Das Bier wurde Bottich um Bottich von oben herabgegossen, angefangen bei der ersten Ebene. Wenn die Bottiche dort geleert waren und das Bier abgeflossen war, blieb der Schaum am Deutergrund zurück, um von den Schaumdeutern beschaut zu werden. Und wenn der Schaum des ersten Biers sich aufgelöst hatte, folgte das Orakelbier der zweiten Ebene und danach das der dritten.

Der Verwalter blickte auf und sah dem Gesandten des schwarzen Menhirs, der schon seit einiger Zeit vor ihm stand und ihm Bericht erstattete, direkt in die Augen.

„Und du sagst, der Höchste der Hohen betet wahrhaftig zu den Vorgöttlichen*?“, fragte er.

„Wenn ich es doch sage, Herr, sogar einen Steinkriecher hat er ihnen geopfert!“, erwiderte der Gesandte.

„Das ist unglaublich.“ Der Große Verwalter schüttelte den Kopf. „Dass er, der einst zu den Göttern sprach, überhaupt zu so etwas in der Lage ist … Du siehst mich entsetzt, Zwerg. Es schmerzt mich, doch ich fürchte, dass der einstige Wisser des Wissens dem Ehernen Volk so nicht länger dienen kann.“

„Wie Ihr meint, Herr.“

Ergeben verneigte sich der Botschafter des Menhirs und

* Die Vorgöttlichen waren die Götter, zu denen angeblich die Götter der Zwerge gebetet hatten. Nur an sie zu denken, war innerhalb des Imperiums bei Strafe verboten und galt als anmaßend, frevlerisch und äußerst bösbärtig.

kam dabei nicht umhin, Felsigk Klammgluth, den Herrn des Zwergischen Zwielichts, zu bewundern, dessen Plan, den Hohepriester in Ungnade zu lügen, tatsächlich aufzugehen schien.

Nachdenklich sah sich der Große Verwalter in der neuen Orakelhöhle um, ließ den Blick über das Gold schweifen und murmelte wie zu sich selbst: „Sind nicht ohnehin meine Schaumdeuter näher an den Gottzwergen als er? Sprechen sie nicht die Sprache des Schaums, die doch die der Götter ist? Ändern sich nicht mit den Zeichen auch jene, die sie deuten?"

„Wenn Ihr es sagt, Herr."

„Ich? Nein, ich bin mir nicht sicher. Denn was ist mein Wille, wenn die Götter sprechen? Die Priester sollen den Schaum befragen und mir den Willen der Götter offenbaren!"

Der Große Verwalter sprang auf, eilte über den Deutergrund und trat an einen gewaltigen Gong an der Stirnseite der Halle, um ihn mit einem mächtigen Klöppel anzuschlagen.

Das dunkle, dumpfe Wummern, das bis weit in die Gänge zu hören war, ließ, während es sich dröhnend im Felsendom ausbreitete, die goldumhüllten Säulen vibrieren und das Bier in den Bottichen erzittern.

Und dann traten im gemessenen Gleichschritt die in wallende schwarze Gewänder gekleideten Schaumdeuter mit ihren mit seltsamen Talismanen behängten Helmen aus den Schatten. Auf knorrige goldene Stäbe gestützt, wankten sie ins Zentrum des Doms auf den Deutergrund zu.

Über ihnen tauchten muskulöse Zwerge mit nackten, eingeölten Oberkörpern aus dem Dunkel auf und traten an die schweren Hebel, um sie auf einen Wink der Deuter zu entleeren und die Götter sprechen zu lassen.

Noch aber war es nicht so weit. Noch standen die Deuter mit gesenkten Häuptern vor dem Verwalter, bereit, seine Fragen zu empfangen.

„Ehrwürdige Deuter aus den Tiefen der Glimmsteingewölbe“, wandte sich der Verwalter an die Priester. „Ich bitte Euch, den Schaum zu befragen, was mit jenem geschehen soll, der der Höchste aller Priester, die geistliche Zierde der Zwergenheit, der Träumende unter den Schlafenden und der Wissende unter den Nichtsahnenden genannt wird.“

Quälend langsam traten die drei Deuter auseinander, wobei sie einen monotonen Singsang anstimmten, machten den Deutergrund frei und hoben ihre Stäbe zur Decke empor.

Auf dieses Zeichen hin machten sich die Hebelknechte an die Arbeit. Die Bottiche der ersten Ebene neigten sich, und das Bier ergoss sich in die Höhle, um abzufließen und den Schaum zurückzulassen, den allein die Vertrauten der Götter zu lesen verstanden.

Nachdem das Bier abgeflossen war, schritten die Deuter in ihren Kutten langsam durch den Schaum, durchmaßen ihn mit ihren Stäben und berieten sich murmelnd, bis einer von ihnen vor den Großen Verwalter trat.

„Der Schaum, oh Herr aller Zwerge, zeigt einzig …“

Man konnte förmlich sehen, wie schwer es dem Schaumdeuter fiel, das von Felsigk Klammgluth befohlene ungeheuerliche Ergebnis auszusprechen. Der Herr des Zwergischen Zwielichts hatte etwas Unglaubliches, etwas noch nie Dagewesenes angeordnet. Er wollte den Allerhöchsten ein für alle Mal aus dem Weg räumen, zugleich einen Berg von Schuld auf die Schultern des Verwalters laden und den Schaumdeutern den Weg ebnen, damit sie die höchsten Priester des Imperiums werden konnten.

Aber schließlich stieß er die Worte mit einer Bestimmtheit hervor, wie sie nur zwei Brocken Gold aus der Hand Felsigk Klammgluths hervorzurufen vermochte: „… den Tod.“

Der Verwalter fuhr entsetzt zusammen.

Die Götter forderten den Tod des Allerhöchsten? Das war eine Ungeheuerlichkeit! Sie forderten, dass der Verwalter gegen das oberste Gesetz der Zwergenheit verstieß! Mit ausdruckslo-ser Miene starrte der Herr der Zwerge vor sich hin, während sich die Gedanken in seinem Kopf überschlugen. Was waren das nur für Zeiten? Doch so schlimm der Wille der Götter auch war, er verschaffte ihm die Möglichkeit, sich den Göttern als würdiger Diener zu beweisen. Nicht hadern, nicht zaudern, sondern einfach ihren Willen erfüllen. Und das würden sie gewiss belohnen. Der Verwalter strich sich mit der Hand durch den Bart, schaute von einem Schaumdeuter zum nächsten und kaute nachdenklich auf seiner Unterlippe. Dann wandte er sich mit betrübter Miene dem Boten des schwarzen Menhirs zu.

„Sag deinem Meister … ich will den Höchsten der Hohen tot sehen."

„Aber …" Die Augen des Zwergs weiteten sich vor Schreck. Dass ein Zwerg den Tod eines anderen befahl, war in der gesamten Geschichte des Ehernen Volkes noch niemals geschehen. Und dass es der Herr aller Zwerge war, machte es nicht unbedingt leichter, einen solch unheiligen Befehl zu übermitteln.

Der Verwalter sah den Unwillen des Boten.

„Hör zu, Zwerg, die Götter haben gesprochen. Oder willst du an den Worten des Schaums zweifeln?"

Der Zwerg schüttelte eifrig den Kopf.

„Wie könnte ich, Herr! Und wie könnte diese prächtige Orakelhöhle etwas anderes als die Wahrheit verheißen? Ich sehe den Schaum ja vor mir, und was er sagt, ist Tod. Eindeutig Tod, da führt kein Stollen dran vorbei."

„Nicht wahr? Was sie von dort oben herabschütten, ist Orakelbier, Zwerg. Es bildet mehr Schaum als normales Bier, der außerdem erheblich klarer ist. Ich lasse es von einigen Zwergen brauen, die mir Harrm Kiesgrimm empfohlen hat."

„Der kennt sich freilich aus, Herr." Der Bote nickte eifrig und gab sich alle Mühe, so überzeugt wie nur irgend möglich zu klingen.

„Nur die Besten dienen mir, Zwerg", fuhr der Verwalter fort. „Schau dich um. Die Götter sprechen zu mir. Und die Schaumdeuter sind meine Übersetzer. Es sind die besten Schaumdeuter, die es gibt. Sie stammen aus den hinteren Glimmsteingewölben, wo sie ein gottgefälliges und enthaltsames Leben geführt haben, und sie sind niemandem sonst verpflichtet als den Göttern selbst!"

„Mein Glaube an den Schaum ist unerschütterlich, Herr. Die Worte der Götter lassen keinen Zweifel zu", beeilte sich der Bote zu versichern.

„Das will ich meinen. Und da ein Hohepriester nicht einfach abgelöst werden kann, müssen Dinge passieren. Das ist, wie du richtig erkannt hast, der Wille der Götter. Und wenn du dem im Weg stehen willst, könntest du das freilich auch in Vorrngarth tun ..."

Der Zwerg schluckte. Er war mehr als einmal in den Verliesen gewesen und hatte nicht vor, den Göttern dort oder irgendwo sonst im Weg zu stehen.

„Wie soll es geschehen, Herr aller Zwerge?", fragte er.

„Unauffällig", erwiderte der Verwalter. „Der Hohepriester hat Anhänger, das müssen wir bedenken. Es gibt Zwerge, die ihm Treue geschworen haben und diesen Schwur sehr ernst nehmen. Sie würden dem Schaum niemals dienen, wenn der Tod ihres Priesters kein natürlicher wäre."

„Unauffällig. Euer Wunsch ist dem Menhir ein Befehl." Der Bote verneigte sich hastig und wandte sich dem Ausgang zu.

„Das *war* ein Befehl", knurrte der Verwalter.

„Euren Befehl zu erfüllen, ist dem Menhir ein Bedürfnis", erwiderte der Bote eilig.

„Gut, dann geh und überbringe deinem Herrn dies als Lohn.“

Unter seiner schwarzen Rüstung aus Feiertagsstahl zog der Verwalter einen Beutel mit drei Brocken Gold hervor und warf ihn dem Boten zu, der sich knapp verneigte und davoneilte.

Nachdenklich schaute der Verwalter zu den goldgefassten Bierbottichen und den Hebelknechten hoch. Er ließ den Blick durch den Dom und über die allgegenwärtige Pracht des Goldes schweifen und betrachtete die Schaumdeuter in ihren schwarzen Kutten, von deren Helmen allerlei seltsame Schmuckstücke herabbaumelten, wie er sie noch nie zuvor gesehen hatte. Knöchelchen, merkwürdige Amulette, unförmige Perlen und die Schädel kleiner Tiere. Alles war Gold und Prunk und Pracht, sodass es den Göttern eine Freude sein musste.

Dennoch hatte sich seit den Tagen des alten Orakels vieles verändert, damals, als der Höchste der Hohen noch aus dem Lauf eines Olms die Geschicke des Ehernen Volkes herausgelesen hatte …

Einer der Schaumdeuter stocherte mit seinem knorrigen vergoldeten Wurzelstab noch immer in einer Lache alten Schaums herum und näherte sich dem Großen Verwalter dann mit besorgter Miene.

„Oh Herr aller Zwerge. Wisset, im Schaum schaute ich einen Menhir! Und direkt daneben befand sich eine Warnung. Die Götter mahnen Euch, vorsichtig zu sein und niemandem zu trauen! Sie sagen, auch der schwärzere Menhir könnte Euch verraten, wenn es dunkelt in den Gängen.“

In Wirklichkeit war es auch in diesem Fall weder der Schaum noch etwas Göttliches gewesen, sondern vielmehr ein weiterer Befehl vom Herrn des Zwergischen Zwielichts, der den Schaumdeuter das Misstrauen des Verwalters schüren ließ.

Der Verwalter sann einen Augenblick nach. Die Götter

wussten alles. Sie vermochten in den Herzstein eines jeden Zwerges zu blicken und wussten um all die Übel, die darin schimmerten.

Er hätte es wissen müssen. Womöglich würde er jemanden brauchen, der im Verborgenen einen prüfenden Blick auf den schwärzeren Menhir warf. Er grübelte nach. Vielleicht wäre es vonnöten, dafür einen weiteren, noch geheimeren Geheimdienst zu gründen. Die Götter schickten ihm eine Warnung. Er würde sich ihres Vertrauens würdig erweisen und tun, was immer getan werden musste.

Er wandte sich erneut an die Priester: „Oh, wahrhaft weise Deuter des Schaums, die Ihr die Sprache der Götter versteht! Mich plagen dunkle Gedanken. Und ich glaube, ich werde einen Zwerg brauchen, dem ich mein uneingeschränktes Vertrauen schenken kann, auf dass er Auge und Ohr für mich ist und Willen und Taten jener Zwerge auskundschaftet, die mir im Geheimen dienen sollen. Es ist an der Zeit für den tiefschwarzen Menhir."

Unter ihren Bärten schmunzelten die Schaumdeuter. Der Verwalter verhielt sich genauso, wie Felsigk Klammgluth es vorhergesehen hatte. Als Nächstes würde er sie fragen, wen die Götter zum ersten Zwerg des neuen Geheimdienstes bestimmten. Und genau das tat der Herr der Zwerge auch: „So nennt mir also den Zwerg, den die Götter dazu bestimmt haben, der Anführer des tiefschwarzen Menhirs zu sein!"

Die Schaumdeuter gaben den Hebelknechten auf der zweiten Ebene das Zeichen, und das Bier donnerte von oben auf den Deutergrund herab, um durch schmale Rinnen abzufließen und die Worte der Götter zurückzulassen.

Die Schaumdeuter zückten ihre Stäbe und huschten emsig über die goldene Fläche. Sie stocherten und rührten im Schaum. Dann ließen sie ihre Stöcke sinken, beugten sich über den Schaum und berührten ihn. Sie flüsterten und grübelten, hoben schließlich ihre Stöcke wieder und begannen von vorne. Sie gaben sich redlich Mühe, angestrengt zu wirken und den Schaum mit ihrem Schweiß zu vermischen.

Auch das Bier der dritten Ebene musste noch am Rand des Deutergrundes versickern, bevor einer der Deuter die Antwort der Götter auf die Frage des Verwalters verstanden hatte.

Schließlich gaben sie dem Großen Verwalter ein Zeichen. Der Herr aller Zwerge, über dessen dunklem Bart sich um die Augenringe herum Sorgenfalten gebildet hatten, trat an den Rand des Deutergrunds und blickte seine Schaumdeuter erwartungsvoll an.

Einer von ihnen trat vor.

„Herr aller Zwerge, die Götter wiesen uns den Weg, sie zeigten uns einen Zwerg, der mehr von Sicherheit versteht als die meisten anderen. Einen ehrbaren, stolzen Hammerträger aus dem Geschlecht des Stahls. Sein Name ist Krugk Trümmerboldt. Er ist aufrecht und unbescholten und wird Euch so ergeben dienen wie Eure rechte Hand."

Der Verwalter hob die Rechte vor die Augen und lächelte mühsam.

„Oha, wem, wenn nicht meiner Rechten soll ich trauen? Lasst ihn hurtig zu mir bringen, auf dass er mir Treue schwören und ich ihm mein Siegel geben kann!"

Der Verwalter war müde und ihm schmerzten die Knochen.

Misstrauen war ein Schacht ohne Boden, und niemandem zu trauen, war harte Arbeit …

KAPITEL 5

IN DEM MAN VORBEREITUNGEN TRIFFT UND ES MASSGEBLICH UM DRECK, BESTECHUNG SOWIE UM ETWAS MIT SECHS AUGEN ODER BEINEN GEHT

Fazzgadt und Blechboldt standen halb nackt und von Sumpfmücken umschwirrt in einem Schlammloch und warteten. Das taten sie schon geraume Zeit. Und zwar, weil dem Stein zufolge im Sumpf stehen und warten die beste Möglichkeit war, einen Rostspeier zu fangen.

„Dunkelrot soll er sein, daran kann ich mich erinnern, und wie viel Beine soll er haben?“

Blechboldt stand bis zur nackten Brust im Schlamm und blickte fragend zu Fazzgadt hinüber, der den Blick über den Sumpf schweifen ließ.

„Sechs.“

„Meinst du? Ich glaube, das waren die Augen. Waren es nicht acht Beine?“

„Nein, es waren sechs. Ich hab es mir doch gemerkt, und ich war sogar nüchtern, verdammt noch mal. Sechs Beine.“

„Verflixter Kies noch eins!“ Unter lautem Fluchen entließ Blechboldt das sechsäugige Insekt, das er gerade auf einem schlammverkrusteten Baumstumpf gefunden hatte, wieder in die Freiheit. Fazzgadt schaute dem Tier verwundert nach.

„Was will man denn mit sechs Augen? Selbst als Insekt?“

„Besser sehen?“, entgegnete Blechboldt.

„Pah! Mir reicht das, was ich mit zwei Augen sehe. Mit sechsen wird es auch nicht besser.“

„Vielleicht hatte der Ewige Schmied am Ende der ersten Schicht, nachdem er die Gänge mit Leben gefüllt hatte, noch ein paar Augen über. Was weiß denn ich?“

„Hm, das würde dann wohl den Tausendfüßler erklären. Obwohl …“, grübelte Fazzgadt.

„Was obwohl?“

„Wenn er die Augen und Beine einem einzigen Tier gegeben hätte, hätte er sich die anderen sparen können. Allerdings wäre es sicher verdammt hässlich geworden.“ Seufzend richtete sich Fazzgadt auf und kratzte sich ein wenig Schlamm von der Brust. „Scheiße und Schlamm. Zum Rost noch eins, ich hätte wissen müssen, wohin diese ganze verdammte Prophezeierei führen würde.“

Er kratzte noch etwas mehr von dem Schlamm ab. Doch dann gab er es auf. Es hatte keinen Zweck.

Er schüttelte den Kopf.

„Und wofür das alles? Nur damit irgendein Stein, der von mir aus auch ein Gott sein mag, seinen Willen bekommt.“

Blechboldt, der immer noch die nähere Umgebung nach einem Rostspeier absuchte, hielt inne.

„Du solltest etwas mehr Respekt zeigen, Eisenbart. Du hast den Stein doch gehört. Das Wohlwollen der Götter und des Großen Erzferkels sind alle Mühen wert. Und wenn es vollbracht ist, wird der Schicksalszwerg endlich ruhen können.“

Fazzgadt erschlug eine Mücke auf seiner Brust und spie aus.

„Aber dafür müssen wir erst noch einen Meisterdieb aus Vorrngarth befreien und dann das Undenkbare wagen.“

„Na ja, so sind sie eben, die Götter. Verlangen stets unmögliche Dinge.“

„Schön und gut. Aber ich weiß nicht einmal, was das Undenkbare überhaupt ist, verdammt.“

„Das weiß niemand, Fazzgadt. Darum ist es ja undenkbar. Man sagt, es sei das größte Geheimnis, das je im Inneren des Imperiums existiert hat. Und darum haben die Altvorderen es vor mehr als zweitausend Jahren am Grund der Höhlen verborgen."

Fazzgadt betrachtete den Ferkelbändiger, der ebenso wie er bis zur Brust im Schlamm stand. Dann grinste er.

„Ach, sei's drum. Wir erledigen das, und dann hat es sich." Er spie noch einmal geräuschvoll aus. „Meinst du, als es um die Erschaffung des Filzwolls ging, hat der Ewige Schmied bloß noch Haare übrig gehabt? Das Tier hat nicht mal Zähne ..."

„Die Stollen der Götter, guter Fazzgadt, sind unergründlich."

Beide konzentrierten sich wieder auf die Suche nach dem Rostspeier.

„Aber wenn der Tausendaugenfüßler die ganzen Haare bekommen hätte, wäre niemandem aufgefallen, wie hässlich er ist."

„Ich bewundere dich, Fazzgadt, dein Geist ist so messerscharf, man könnte Eisen damit schneiden!"

„Ja, das denke ich auch manchmal. Aber warum nur? Schau dir Glimmboldt an, dem der Schmied einen Geist gab, mit dem er in diesem Leben nicht einmal Käse schneiden wird."

Beide blickten zu Fazzgadts zurückgebliebenem Ziehsohn hinüber, der am Rand des Sumpfes saß und ihnen vergnügt zuschaute, wie sie bis zur Hüfte im Morast steckten und auf der Suche nach dem Insekt, das der Stein ihnen zu fangen aufgetragen hatte, von Baumstumpf zu Baumstumpf wateten.

„Weißt du was?", sagte Blechboldt. „Frag ihn doch einfach. Bitte den Höchsten um ein Quentchen Gottkraut und dann frage den Schmied, warum er das alles so und nicht anders gemacht hat. Frage ihn nach den Augen, den Beinen und den Haaren und deinem Zögling. Aber jetzt sollten wir erst einmal weitermachen."

Beide richteten den Blick wieder auf den Schlamm und suchten weiter angestrengt nach dem Tier, das der Hohepriester ihnen beschrieben hatte. Groß wie ein Daumen sollte es sein und ein hellrotes Kreuz auf der Oberseite haben und Fühler, die noch mal halb so lang waren wie das ganze Tier.

Nach einer Weile sagte Blechboldt: „Merkwürdig, dass uns der Höchste ausgerechnet nach einem Rostspeier suchen lässt. Ich habe euch doch von jenem Gelehrten erzählt, der herausgefunden hat, dass Zwerge, abgesehen vielleicht von Garstholm Flammrank, Luft zum Leben brauchen. Und ebendieser Gelehrte, Wutrich Pilzgrimm, der damals erster Zwerg der Gilde der Neuerer* war, hat einst hier in den Sümpfen den Rostspeier entdeckt. Er hat auch herausgefunden, was man damit tun kann. Der damalige Verwalter hat ihn allerdings nie genehmigt."

„Warum nicht?", fragte Fazzgadt.

„Wenn ich mich recht entsinne, zerstört er Stahl", erklärte Blechboldt.

„Also, wenn er das mit meiner Axt versucht, reiße ich ihm ein Bein nach dem anderen aus! Egal, wie viele es sind. Weißt du, was diese Axt mich gekostet hat? Außerdem wollte ich sie einmal dem Kleinen vermachen …"

„Da! Da ist einer!", rief Blechboldt.

Beide hasteten los, so schnell, wie der Schlamm es zuließ.

Das Insekt war freilich schneller.

„Verflixt noch eins", schimpfte Fazzgadt. „Ich hätte mir niemals träumen lassen, in den Sumpfgrotten des großen Travertin auf Insektenjagd zu gehen. Weißt du, ich bin immer ein aufrechter Schürfbruder gewesen, bis ich Teil dieser albernen Prophezeiung geworden bin. Schicksalszwerg, pah! Schlammschlucker

* Die Gilde der Neuerer bestand aus Zwergen, die um das Erfinden und Entdecken nützlicher und weniger nützlicher Dinge bemüht waren und diese im Rahmen der Audienz des Großen Verwalters genehmigen lassen mussten, damit sie in den Grenzen des Imperiums Verwendung finden durften.

wäre das richtige Wort. Beim heiligen Hammer, schau uns an! Wir lassen uns von einem Stein sagen, was wir tun sollen …"

„Fazzgadt, du bist ein Banause", entgegnete Blechboldt. „Wenn man es recht bedenkt, hat unser Volk sich schon immer von den Steinen sagen lassen, was es tun soll! Aber ich finde es hier immer noch angenehmer als bei unserer letzten Zusammenkunft unter den Ärschen unserer Mitzwerge. Wenn du mich fragst, dann hat das Ganze etwas Schicksalhaftes an sich …"

Fazzgadt wusste, was Blechboldt meinte. Sie beide hatten ein Geheimnis, das sie, ohne dass jemand anderes davon wusste, mit der Prophezeiung des Großen Erzferkels verband

Vor vielen hundert Jahren hatte das Große Erzferkel eine Weissagung getätigt, die den Untergang des Ehernen Volkes vorhersagte. Darin hatte es die untrüglichen Zeichen offenbart, die den nahenden Untergang verkündeten: *Wenn der Zwerg, der kein Bier trinkt, seine Hand dem Zwerg reicht, der das Licht der Gänge mit goldenen Zähnen im Mund erblickt hat, und die Immerschwarze wiederkehrt, dann ist das Ende gekommen von allem, was da ist und geheißen wird das Eherne Imperium.*

Die Immerschwarze war gekommen, sie hatte den Verschwörern gedient, ebenso wie ein Untrunkener und ein Goldbezahnter. Die letzten beiden waren jedoch, was die meisten Zwerge nicht wussten, nicht echt gewesen. Die Verschwörer hatten einem der Ihren goldene Zähne anfertigen lassen und einen anderen Bier trinken lassen, das wie Wasser* ausgesehen hatte. Das Eherne Volk hatte diese beiden mitsamt der Immerschwarzen besiegt und glaubte darum, das Unheil abgewendet zu haben.

Der wahre Untrunkene aber, der Zwerg der kein Bier ver-

* Wasser galt bei Zwergen im Allgemeinen als hochgiftig, solange es nicht in Bier gelöst oder anderweitig mit Alkohol verbunden war.

trug, war Blechboldt selbst. Vor seinen Mitzwergen verbarg er diesen Umstand mit Hilfe eines bierartigen Gebräus aus Wasser und Wurzeln, das ein normaler Zwerg nicht einmal zum Füßewaschen benutzt hätte. Das Rezept hatte ihn ein kleines Vermögen gekostet, und es hatte lange gedauert, bis er angemessen betrunken hatte spielen können. Inzwischen aber fiel er unter seinesgleichen kaum noch auf. Er konnte – wenn es sein musste – bei einer volltrunkenen Schankhöhlenkeilerei ganz vorn mit dabei sein, ohne dass jemand ihn für nüchtern gehalten hätte. Er konnte schreien, beißen, schimpfen und spucken wie der schlimmste Trunkenbold, und nach vielen Jahren hingebungsvollen Danebenbenehmens sagte man ihm nach, ein schlimmer Sauf- und Raufbold zu sein, was Blechboldt durchaus mit einem gewissen Stolz erfüllte.

Und der wahre Goldbezahnte saß am Rand des Sumpfes und spielte gedankenverloren im Schlamm. Unglücklicherweise war sein Geist nur recht spärlich erhellt.

Dass niemand wusste, dass Glimmboldt der Goldbezahnte war, lag einzig daran, dass Fazzgadt ihm seine Zähne herausgebrochen hatte, kaum dass er geschlüpft war. Ein Wunder war Glimmboldt dennoch für die meisten Zwerge, da er doch ihres Erachtens ohne Zähne zur Welt gekommen war. Inzwischen hatte Fazzgadt seinem Zögling ein schönes Gebiss aus dreifach gehärtetem schwarzem Feiertagsstahl schmieden lassen, das Glimmboldt mit Schrundwurzelharz an seinem Kiefer befestigte und mit dem er, wenn er wollte, Steine zerbeißen konnte.

Lunt Glimmboldt, der zurückgebliebene Schlüpfling, und Farrnwart Blechboldt, der Ferkelbändiger, waren die wahren Boten des Untergangs, die das Große Erzferkel prophezeit hatte.

Und Fazzgadt Eisenbart und der Ferkelbändiger waren die Einzigen, die darum wussten.

Was genau Glimmboldt wusste, ahnte niemand. Die meisten gingen davon aus, dass es nicht viel war. Er spürte jedenfalls, wenn man ihn schlug, und wusste, wann er Durst hatte. Und das war genug, um ihn zu einem Zwerg zu machen.

Es wunderte jedenfalls niemanden, dass er rechts und links nicht unterscheiden konnte und sich mitunter selbst für einen Kiesel hielt. Was sonst konnte man von einem Zwerg erwarten, der, kaum geschlüpft, auf einen Hammerschlag um zweihundert Jahre gealtert war? Er hatte die Wonnen der zwergischen Jugend versäumt, sein erstes Wort erst nach mehr als zweihundert Jahren gesprochen und war viel zu spät höhlenrein geworden. Von der Prophezeiung verkündeter Vorbote des Verderbens klang allerdings immer noch besser als debiler Dünnbart, womit ihn die meisten bezeichneten.

Es war eine Ironie des Schicksals, dass Glimmboldt ebenso Teil des Schicksalszwergs war wie der blinde General und der Höchste der Hohen.

Das Geheimnis um die Wahrheit über die Erzferkelprophezeiung machte Fazzgadt und Blechboldt zu Verbündeten. Und wenn der Ferkelbändiger in diesem Moment vom Schicksal sprach, dann wusste Fazzgadt sehr wohl, was er meinte. Obwohl ihm jedweder Aberglaube aus tiefster Seele verhasst war.

„Da! Da ist wieder einer!“ Mit einem lauten Aufschrei stürzte sich Fazzgadt auf ein daumengroßes Insekt, das gerade an ihm vorbeischwirrte. Dieses war allerdings um einiges schneller als er, weshalb Fazzgadt einen Augenblick später mit dem Bart voran in den Schlamm klatschte. Blechboldt eilte dem Insekt hinterher, stolperte jedoch über den im Dreck liegenden Fazzgadt und fiel neben ihm hin, während Glimmboldt am Ufer vergnügt in die Hände klatschte.

Mit schlammverklebten Bärten tauchten die beiden wieder auf.

„Axtbruch und Hammerfäule, was ist nur so schwer daran, dieses Drecksinsekt zu fangen?“ Fazzgadt klatschte mit der flachen Hand auf den Schlamm.

„Es ist schnell“, gab Blechboldt zu bedenken.

„Es ist ein verwanztes, verschissenes, räudiges Drecksgetier, das ist das Problem“, schimpfte Fazzgadt so laut, dass er die Mücken aufscheuchte.

„Du hast Schlamm im Bart“, kicherte Blechboldt.

„Das sagst du nicht noch einmal zu mir!“ Fazzgadt fuhr in gespieltem Zorn hoch.

„Oh doch, du hast Schlamm im Bart. Schlamm, Schlamm, Schlamm im Bart!“

Lachend balgten sich die beiden Zwerge im Dreck, sodass Lehm und Schlamm umherspritzten und es Glimmboldt eine rechte Freude war.

Ab und zu huschte noch ein Rostspeier vorbei, aber der, und damit hatten sie sich inzwischen abgefunden, war zu schnell, als dass sie ihn hätten fangen können.

Und so hockten sie nun mitten im Sumpf: zwei halb nackte Zwerge, die vor Dreck strotzten und auf der Jagd nach einem Insekt waren, das ein Stein ihnen zu fangen aufgetragen hatte.

Als Vorbote des Verderbens kam man sich weniger lächerlich vor.

Nach einer Weile wateten beide aus dem Sumpf und kamen zu dem Schluss, dass der Zwerg, der einen Rostspeier zu fangen vermochte, erst noch schlüpfen musste.

Zum einen war das Tier einfach zu schnell, und zum anderen war es tatsächlich ein verwanztes, verschissenes, räudiges Drecksgetier.

„Wer von uns soll es dem Höchsten sagen?“, fragte Fazzgadt.

„Ich denke, das solltest du tun, mein guter Fazzgadt."

„Aber, aber, bester Blechboldt, du formulierst so etwas doch weit einfühlsamer." Fazzgadt lächelte sein Gegenüber an.

„Aber du, mein guter Fazzgadt, bist der Ältere. Darum will ich dir den Vortritt lassen." Blechboldt hatte ihm ein nicht minder gewinnendes Lächeln entgegenzusetzen. Wenn es darum ging, dem Hohepriester ihre Schlappe zu beichten, hatten sie es nicht eilig, sich hervorzutun.

„Jedenfalls haben wir versagt", sagte Fazzgadt. „So richtig schicksalszwergisch will mir das nicht scheinen."

„Vergiss es, dieses Tier lässt sich nicht fangen", erwiderte Blechboldt. „Da kann man nichts tun. Selbst wenn der Ewige Schmied es sich noch so sehr wünscht."

„Wahrscheinlich hast du recht. Hier hätte sicher jeder versagt, oder was meinst du, Lunt?"

Inzwischen waren sie bei Fazzgadts Zögling angelangt und hatten begonnen, sich den nassen Lehm vom Leib zu kratzen, während sie von Sumpfmücken umtanzt wurden. Glimmboldt grinste seinen Oheim an, sodass der schwarze Stahl in seinem Mund aufblitzte. Er hob die geschlossene Faust und öffnete sie langsam, sodass Fazzgadt und Blechboldt das daumengroße dunkelrote Insekt darin erkennen konnten, auf dessen Rücken ein hellrotes Kreuz prangte.

Krugk Trümmerboldt befand sich gerade bei der Arbeit in einer der Höhlentavernen.

Das Schutzgoldgeschäft war kein leichtes. Kunden mussten betreut, Termine eingehalten und regelmäßig allerlei in Schutt und Asche gelegt werden.

Der einzige Trost für ihn war, dass er seine Arbeit liebte. Und diese Liebe stand ihm im Gesicht geschrieben, als er sich zu seinem Gegenüber hinabbeugte.

„Weißt du, mein kleiner zwergischer Freund, Sicherheit ist eine überaus kostbare Sache."

Moosbrogk Feizboldt nickte.

„Ja, natürlich. Darum patrouilliert ja auch die Felswehr in den Gängen des Imperiums …"

Feizboldt betrieb eine kleine Höhlentaverne im Inneren Distrikt des Imperiums, zahlte jedoch noch keine Abgaben an das Zwergische Zwielicht. Um das zu ändern, war Trümmerboldt mit seinen Schergen hier.

„Glaub mir, die Felswehr kann dich nicht beschützen, wenn es hier in der Gegend gefährlich wird."

Trümmerboldt lächelte, und seine Schergen, die ein paar Bart entfernt standen, grinsten dreckig. Doch sein Gegenüber begriff nicht, worauf der Schutzgolderpresser hinauswollte.

„Was meint Ihr mit gefährlich?", fragte der Wirt.

„Hast du dich hier drinnen mal umgeschaut, hm?", entgegnete Trümmerboldt. „Weißt du eigentlich, wie schnell all das kaputtgehen kann?"

„Aber …"

„Wie schnell ein Feuer ausbrechen kann?"

„Stein?"

„Was?"

„Na ja, die Einrichtung ist aus Stein, und der brennt ja für gewöhnlich nicht, und …"

Langsam verlor Trümmerboldt die Geduld. Er packte sein Gegenüber am Kragen und zischte ihm wütend zu: „Hör mal zu, du kleiner Schlausteiner, willst du mir etwa erzählen, wie die Welt funktioniert?"

„Nein, ich dachte bloß …"

„Fein, denn glaube mir, du hast keine Ahnung, du kleiner, verwanzter Hammerkasper!"

Mit diesen Worten zerrte Krugk Trümmerboldt einen

schwarzen Tornister von seinen Schultern und öffnete ihn. Im nächsten Moment hielt er zwei verschraubte Tonkrüge in der Hand, aus denen dünne, geflochtene Lunten herausschauten. Einer seiner Schergen zog eine Zunderbüchse hervor und entzündete die Lunten.

Einen Augenblick später musste Moosbrogk Feizboldt etwas Neues über die Welt lernen.

Steine konnten sehr wohl brennen.

Seine gesamte Höhlentaverne stand lichterloh in Flammen, und Stein und Nichtstein brannten gleichermaßen. Die Flammen schlugen hoch, und tatsächlich schien der Fels unter ihnen beinahe zu schmelzen.

Derweil sprang Trümmerboldt wie wahnsinnig umher und warf alles in die Flammen, was er finden konnte, Tonkrüge, Bierfässer, alles. Und alles brannte.

In diesem Moment tauchte der Bote auf.

Unbeeindruckt schritt er durch die wabernden Flammen an dem verwirrten Wirt vorbei, der mit schreckensgeweiteten Augen den flammenden Niedergang seiner Schankhöhle mit ansehen musste, und blieb schließlich vor Trümmerboldt stehen, der noch immer damit beschäftigt war, ausnahmslos alles, was er fand, in die Flammen zu werfen.

„Bist du Krugk Trümmerboldt?“, fragte ihn der Bote.

„Stör mich nicht, Zwerg, ich arbeite!“, gab Trümmerboldt unwirsch zurück.

„Und wenn der Herr des Zwergischen Zwielichts dich zu sehen wünscht?“

„Dann soll er warten. Sicherheit ist ein sensibles Geschäft, und es wäre unklug, diese Lektion zu unterbrechen, bevor Feizboldt sie gelernt hat!“

„Hör zu“, sagte der Bote, „wenn du den Rest deines Lebens Felsen verbrennen und Schankwirte erschrecken willst, dann mach nur weiter, und ich werde Klammgluth von deiner Entscheidung berichten."

Damit drehte er sich um und ging geradewegs durch die um ihn herum lodernden Flammen auf den Ausgang zu. Er hatte die Schankhöhle beinahe verlassen, als der Schutzgolderpresser das Feuer mit einer knappen Geste seinen Schergen überließ und ihm nacheilte.

„Aber wehe, wenn das, was er von mir will, nicht wichtig ist", rief er. „Dann, mein Freund, brennt sein Bart. Zwielicht hin oder her …"

Als der blinde General, geführt von dem zweibeinigen Gedächtnis und in Begleitung des Allerüberhöchsten, die weitläufigen Höhlen Khnarff Lehmstichs betrat, verfielen die beiden Felswehrgardisten, die dort an einem Tisch saßen, in betretenes Schweigen.

Der Höchste der Hohen und das Gedächtnis hatten die schwarzroten Uniformen der Felswehr und die dazugehörigen Helme angelegt, um den Eindruck zu erwecken, dass es sich um eine interne Sache der Garde handelte.

Der Stein hatte wirklich an alles gedacht.

Der Allerhöchste hatte sich sogar den Bart mit Unkengleim braun gefärbt und seinen Zeremonienhelm abgelegt, um wie ein junger Rekrut auszusehen. Tatsächlich wirkte er eher wie ein vorzeitig gealterter Rekrut, aber wenn er sich ein wenig im Hintergrund hielt, sein Visier heruntergeklappt ließ und den Schein der Fackeln mied, würde er nicht weiter auffallen.

Und wenn alles so verlief, wie der Stein es geplant hatte, würden die beiden Wachen niemandem von dieser Zusammenkunft erzählen. Die beiden hatten, wie es unter ihresgleichen üblich war, die Habseligkeiten des Diebes, den sie gefangen hatten, mit Sicherheit untereinander aufgeteilt, bevor die Patrouille von Vorrngarth ihn abgeholt hatte. Und das war die Chance des Schicksalszwergs, an einen Teil seines persönlichen Besitzes zu gelangen. Der General hatte mit Khnarff Lehmstich gesprochen und sich dieses Gespräch unter Gardisten in der Eingangshalle seiner weitläufigen Wohnhöhlen erbeten. Und dort saßen nun die beiden Zwerge, die für die Bewachung von Lehmstichs Schatzhöhlen zuständig waren, kleinlaut an einem steinernen Tisch und ahnten längst, worum es dem General ging. Sie würden freilich versuchen, sich herauszureden, die Schuld auf den anderen zu schieben und alles zu tun, was ein unanständiger Zwerg in dem Bestreben tun würde, wie ein anständiger zu wirken.

Der General baute sich vor ihnen auf. Im Licht der Fackeln hatte seine rote Augenbinde etwas geradezu Bedrohliches.

„Also, Zwerge, ich wäre euch sehr dankbar, wenn wir das ganze Herausreden, die Schuld auf den anderen schieben und alles tun, was ein unanständiger Zwerg, im Bestreben wie ein anständiger zu wirken, tun würde, einfach mal überspringen, um ein wenig Zeit zu sparen."

Insofern es möglich war, wurden die beiden Gardisten noch ein wenig kleinlauter, während der General vor ihnen stand und sie durch seine Augenbinde hindurch anzustarren schien.

„Ich weiß, *was* ihr getan habt, und ihr wisst, *dass* ihr es getan habt. Wir können es dabei belassen oder ich kann jedem einzelnen Zwerg dort draußen in den Gängen erzählen, was ihr für hinterfelsige Diebe und Halunken seid. Also, was ist euch lieber?"

„Wenn es unter uns bliebe", antwortete einer der beiden kaum hörbar und mit gesenktem Bart.

„Gut, dann lasst mich noch einmal aussprechen, womit ihr ehrlosen Widerlinge euch diesen Besuch von mir verdient habt", sagte der General.

Die beiden Gardisten schauten bedrückt drein.

„Ihr habt also, wie geplant und mit Hilfe eines Hinweises des Höchsten aller Hohepriester, den Meisterdieb Bragk Nattergriff bei dem Versuch überwältigt, die Schließhöhlen des Erzfürsten Khnarff Lehmstich auszurauben?"

„So war es", murmelte der rechte Gardist.

„Und zwar mit Hilfe von Fieskiespulver."

„Auch das ist richtig."

„Und dies ist euch nur deshalb gelungen, weil der Wisser des Wissens und die Strahlende Zierde der Zwergenheit euch darauf hingewiesen hat, dass Nattergriff allergisch auf diese Substanz reagiert und man ihn, kaum dass er sie eingeatmet hat, bloß noch einsammeln muss."

„Ja, Herr."

„Gut. Es war also vor allem das Verdienst des Hohepriesters, dass der Meisterdieb gefangen wurde. Was ihr natürlich an keiner Stelle erwähnt habt."

„Nein, Herr", antwortete der rechte Gardist wahrheitsgemäß, während der linke immer noch betreten zu Boden starrte.

„Aber darum geht es nicht", sagte der General. „Denn nachdem ihr Nattergriff gefangen genommen hattet, habt ihr ihn ohne Umschweife den Wärtern von Vorrngarth übergeben, die ihn alsgleich hinab in das Verlies geschafft haben."

„Genauso war es, Herr."

„Wenn ich recht gehört habe, mitsamt allem, was er bei sich trug, was in diesem speziellen Falle *nichts* war."

„Ja, Herr", log der Gardist und ahnte dabei doch, dass der General die Wahrheit kannte.

Garstholm Flammrank lachte leise, und seine Stimme war voller Spott: „Ein wahrer Meisterdieb vermag eben Schlösser mit bloßem Blick zu öffnen, hat keinerlei Werkzeuge zum Entschärfen von Fallen dabei und natürlich auch keine Tasche.

Er stiehlt nur Dinge, die so groß sind, dass er sie bequem in seine Rüstung stecken kann, weil er einfach nichts dabeihaben will."

„Herr, wir wissen, worauf Ihr hinauswollt. Wir wollten die Dinge nur sicher verwahren, bis …"

„Bis jemand euch einen guten Preis dafür zahlt. Ich gehe davon aus, dass ihr das meiste davon inzwischen bereits losgeworden seid?"

„Ja, Herr."

„Dann übergebt ihr den Rest besser mir. Und sollte es keinen Rest geben, werdet ihr in diesem Leben nicht mehr viel Freude haben. Denn dann werde ich persönlich die Latrinenklippen mit euren Bärten putzen. Und zwar ohne sie euch zuvor abzuschneiden … Haben wir uns verstanden?"

Der eine der beiden Gardisten stand mit hängenden Schultern auf und verließ die Halle, um kurz darauf mit zwei ledernen Zylindern zurückzukehren, die augenscheinlich zum Umschnallen für die Oberarme gedacht waren.

„Sollen wir das Gold, das wir für den Rest erhalten haben …"

Auf ein Zeichen des Höchsten ergriff das zweibeinige Gedächtnis die Zylinder und riss sie dem Gardisten aus der Hand.

Der General zögerte einen Moment.

„Nun, Zwerge, ich will euch keineswegs eure Geschäftstüchtigkeit verderben. Ich will euch nicht zu besseren Zwergen machen. Diese Lektion soll euch nicht lehren, ehrlich zu sein, sondern nur, euch nicht erwischen zu lassen!"

Die Zwerge schauten sich verwundert an, während der General den Kopf schüttelte und leise murmelte: „Nicht auszudenken, wie ein ehrlicher Soldat die Moral der Truppe zersetzen würde." Er hob den Kopf. „Also, ihr müsst mir das Gold, das ihr für die gestohlene Diebesausrüstung bekommen habt, nicht überlassen."

Die beiden Gardisten atmeten auf.

Doch der General war noch nicht fertig.

„Aber teilen solltet ihr es mit mir."

Als der Höchste und sein Gedächtnis kurz darauf Lehmstichs Höhle an der Seite des Generals wieder verließen, schob dieser sich triumphierend einen Beutel mit einigen Kieseln Gold in den Gürtel.

Der Hohepriester schien jedoch weniger erfreut darüber.

„Tat das wirklich not?"

„Natürlich, Alter. Wenn ich glaubwürdig sein soll, muss ich habgierig sein. Sonst wäre ich nicht General der freiwilligen Felswehr. Diese Lumpen lernen, sich bestechen zu lassen, bevor sie ihren ersten Troll häuten. Aber wenn mich nicht alles täuscht, haben wir, was wir brauchen, oder?"

„Einige persönliche Dinge aus Nattergriffs Besitz. Die wir benötigen werden, damit der Felsläufer seine Witterung aufnehmen kann." Der Hohepriester klopfte zufrieden auf die kleine lederne Tasche, die vor einigen Schichten noch an Bragk Nattergriffs Oberarm gehangen und dadurch seinen Geruch angenommen hatte. Jetzt mussten sie bloß noch einen Felsläufer darauf abrichten und dem Plan des Steins folgen.

Umständlich nahm der Höchste der Hohen einen silbernen Zylinder von seinem Gurt, schraubte ihn auf und betrachtete versonnen den jungen Felsläufer* darin.

Wenn es Blechboldt und Fazzgadt gelungen war, einen Rost-

* Felsläufer waren rattenähnliche, zwergenfaustgroße Kreaturen mit kräftigen Beinen, die in einem rohrpostartigen Gangsystem sehr schnell Nachrichten für Zwerge transportierten und auf einen bestimmten Geruch abgerichtet wurden, um ihren Zielort zu finden.

speier zu fangen, mit dessen Hilfe sie Nattergriffs Zelle knacken konnten, dann war es beinahe geschafft.

Der Stein hatte dem Allerhöchsten den Weg gezeigt. Die Götter waren auf ihrer Seite.

Und Bragk Nattergriff war so gut wie frei.

Mit kaltem Glanz in den Augen betrachtete Felsigk Klammgluth den vor ihm an der Wand festgeketteten Zwerg. Seine Arme und Beine hingen in rostigen Eisenbeschlägen, die an der Wand befestigt waren. Er konnte sich nicht rühren, und seine schreckensgeweiteten Augen schielten über die breite Nase auf seinen Bart hinab, in dem sich zwei Dutzend winziger silbrig schimmernder Käfer tummelten.

Schimmerspeichler – Haarfresser, die auf den ersten Blick kleinen silbernen Perlen ähnelten. Einmal angesetzt, hörten sie nicht auf zu fressen, so lange, bis nichts mehr da war. Und dank ihrer kräftigen Kiefer und des ätzenden Sekrets, das aus ihren hornbewehrten Mäulern drang, vermochten sie das Haar bis zur Wurzel zu erreichen und sich bis ins Kinn eines Zwergs zu fressen.

Mit einem Schimmerspeichler im Bart aufzuwachen, war ein Albtraum, aber das hier … Der Angstschweiß stand dem Zwerg auf der Stirn. Langsam, Biss um Biss, verschlangen die Käfer den Bart ihres Opfers, während Felsigk Klammgluth danebenstand und zufrieden zuschaute.

Harrm Kiesgrimm, der Herr des schwärzeren Menhirs, stand am Eingang der Höhle, einen halb vollen Krug Bier in der Hand und ein kleines Fass unter dem Arm, und beobachtete teilnahmslos das Geschehen.

Er wusste, dass es Klammgluth Freude bereitete, seine Mitzwerge zu quälen, und dass er sich diese Höhle eigens für diesen Zweck eingerichtet hatte. Sie lag unterhalb seiner Wohnhöhlen, hinter seinem Bierkeller, und war durch eine Reihe Fässer verborgen. Es war ein kleiner Raum, gerade groß genug, um drei Zwerge anketten und ihnen die Seele aus dem Bart foltern zu können. Nur die Menhire und ihre Diener wussten von dieser Höhle.

An den Wänden hingen im spärlichen Licht zweier Leuchtkäfer verschiedene Folterinstrumente. Aber Felsigk Klammgluth vertraute eher auf Tiere. Denn die Götter hatten jedes Tier in den Gängen aus einem bestimmten Grund geschaffen.

Zumindest der Schimmerspeichler erfüllte, soweit er das im Augenblick beurteilen konnte, seinen Zweck vorzüglich. Die Käfer waren beinahe schon am Kinn des Zwergs angelangt. Er würde nicht mehr lange standhalten. So viel war sicher. Klammgluth hatte schon ganz andere unter den Käfern brechen gesehen.

Zufrieden betrachtete er sein Opfer. Er kannte den Gefangenen bereits aus der Arena. Er war es gewesen, der Fazzgadt damals die Nachricht überbracht hatte. Jene Nachricht, nach der dieser so überstürzt aufgebrochen war, was Klammgluth zwanzig Brocken sauer ergaunerten Goldes gekostet hatte. Und der Herr des Zwergischen Zwielichts hatte vor, sich zu rächen. Und zwar ausgiebig. Für jeden einzelnen Kiesel Gold, den Fazzgadt ihn gekostet hatte. Sobald er ihn in die Finger bekam. Und das würde er, wenn er erst einmal mit Hilfe seiner silbernen Verbündeten aus diesem verstockten Zwerg herausgefoltert hatte, worum es bei der Nachricht gegangen war.

Mit einem bösen Lächeln nahm Klammgluth eine kleine Zange zur Hand und riss dem Gefangenen ein Barthaar aus. Einen Moment lang wendete er es hin und her und betrachtete es. Dann griff er nach der gefesselten Hand seines Opfers und schob ihm das Haar unter einen seiner Fingernägel.

Mit weit aufgerissenen Augen musste der Gefangene mit

ansehen, wie Klammgluth kurz darauf mit der Zange einen weiteren Schimmerspeichler aus einem schwarzen Tonkrug hervorzog und ihn an das Haar ansetzte, das unter seinem Fingernagel steckte.

„Das wird wehtun, Zwerg“, sagte Klammgluth. „Du solltest dir überlegen, ob du nicht doch reden willst.“

Aber der Zwerg biss die Zähne zusammen.

Selbst als der Käfer sich bis unter seinen Nagel gefressen hatte.

„Also gut. Dein Verhalten lässt darauf schließen, dass deine Auftraggeber dich gut ausgesucht und ausgebildet haben. Das schränkt die Möglichkeiten bereits ein.“

In diesem Moment trat Harrm Kiesgrimm, der sich bis jetzt geflissentlich im Hintergrund gehalten hatte, von hinten an Klammgluth heran.

„Meinst du nicht, du solltest dich besser um den Höchsten der Hohen kümmern, wie es dir befohlen wurde …?“, fragte er.

„Ach, gönn mir doch mein Vergnügen, Fälscher“, erwiderte Klammgluth. „Rache ist ein Bier, das am besten kalt getrunken wird. Also lass mich meinen Humpen füllen …“

„Ich dachte nur, weil doch der Große Verwalter …“

„Der ist genug damit beschäftigt, einen Menhir nach dem anderen zu gründen. Davon abgesehen erzählt ihm mein Gesandter über den Verbleib und das Treiben des Allerüberüberhöchsten alles, was er hören will.“

„Aber vielleicht wäre es nicht schlecht, wenn seine Geschichten ein kleines bisschen Wahrheit enthielten …“, gab Kiesgrimm zu bedenken.

„Wahrheit, werter Kiesgrimm, verdirbt gute Geschichten. Jetzt trink dein Bier und lass mich meiner Arbeit nachgehen!“

Damit wandte sich Klammgluth wieder dem Gefangenen zu.

„Du glaubst also, du kannst Schmerzen ertragen?“ Er versenkte seine Zange in dem Tonkrug und zog einen weiteren Käfer hervor.

Er betrachtete ihn, wie er mit den dünnen Beinchen in der Luft herumstrampelte.

„Nun, Zwerg, lass mich dir deine Grenzen aufzeigen …“

Mit diesen Worten näherte er sich mit der Zange ganz langsam den Wimpern seines Opfers.

Von einem Moment auf den anderen verließ den Gefangenen sein ganzer Mut, und er schrie auf: „Nein, Herr, nur das nicht! Ich werde reden! Ich werde Euch sagen, was ich getan habe und für wen. Aber nicht das! Tut mir das nicht an!“

„Köstlich, wie doch der Heldenmut an einer Wimper scheitert, oder?“, sagte Klammgluth grinsend zu Kiesgrimm. „Und du kannst mir glauben, dass es nicht das erste Mal ist …“

„Ein Botengang, es war ein Botengang“, rief der Gefangene verzweifelt.

„Für wen?“

„Den Allerüberhöchsten.“

Klammgluth nickte zufrieden, ließ die Zange mitsamt dem Käfer zurück in den Krug fallen und ballte die Fäuste, sodass seine Fingerknöchel knackten.

„Siehst du, Kiesgrimm, es fügt sich alles. Zwei Felsen mit einem Hammer. Ich erfahre sowohl etwas über diesen hässlichen Fazzgadt als auch über den Hohepriester!“

In diesem Moment führte einer von Klammgluths Untergebenen Krugk Trümmerboldt in die Höhle.

„Was willst du, Klammgluth?“, rief Trümmerboldt. „Du weißt, dass das Schutzgoldgeschäft ein sehr fragiles ist. Ich kann nicht einfach pausieren, wenn mir danach ist. Wenn man einmal versäumt, seine Klienten einzuschüchtern, dann tanzen sie einem auf dem Helm herum.“

Harrm Kiesgrimm ergriff einen weiteren Humpen, füllte ihn für den Neuankömmling mit Bier und hielt ihn ihm einladend entgegen.

„Glaub mir, Trümmerboldt, dich erwartet weit Größeres …“, sagte er.

Klammgluth ging zu den beiden hinüber und legte ihnen die Hände auf die Schultern.

„Kiesgrimm hat recht“, sagte er. „Es ist das Imperium selbst, das nach deinem Schutz verlangt. Der Große Verwalter gedenkt, dich, dem Willen der Götter entsprechend, der in Wirklichkeit natürlich der unsere ist, zum Anführer eines Geheimdienstes zu machen. Vornehmlich, um den guten Harrm Kiesgrimm zu beobachten, der ebenfalls Herr eines solchen Dienstes und mit der Aufgabe betraut ist, mich zu überwachen.“

„Das klingt irrsinnig.“ Klammgluth hob den Humpen an die Lippen und leerte ihn in einem Zug.

„Na ja, so ist es halt, das Sicherheitsgeschäft, nicht wahr?“, nickte Kiesgrimm und schenkte ihm nach.

„Und was habe ich davon?“, fragte Trümmerboldt.

„Das Siegel des Verwalters zu deiner freien Verfügung.“

Felsigk Klammgluth grinste ihn an. „Die Zwerge werden dir ihr Gold geben, ohne dass du dafür etwas anzünden musst. Du siehst, das Zwergische Zwielicht sorgt für seine Mitglieder.“

„Das klingt tatsächlich verlockend“, stimmte der Schutzgolderpresser zu.

„Oh ja, bester Trümmerboldt, wenn alles gut geht, wirst du schon bald der Herr des tiefschwarzen Menhirs sein“, erklärte Klammgluth, „des geheimsten aller Dienste des Großen Verwalters. Und Kiesgrimm hofft, aufs Genaueste von dir beobachtet zu werden.“

Trümmerboldt lachte leise auf.

„Das, mein guter Klammgluth, werde ich mit aller nur erdenklichen Hingabe tun. Und dabei werde ich das sehen, was du mir sagst, was ich sehen soll."

„So sei es. Dann wird unser Wille geschehen. Das Eherne Imperium wird seinen Herrscher hassen lernen, und schließlich wird das Zwielicht den Thron des Verwalters erklimmen!"

Die drei waren sich so einig, wie Zwerge es nur sein konnten. Und es wäre sträflich gewesen, das angefangene Fass an dieser Stelle ungeleert zu lassen. Deshalb füllten die drei lachend ihre Humpen und tranken auf das Zwielicht. Und während noch der Schaum in seinem Bart trocknete, wandte sich Klammgluth wieder seinem Gefangenen zu, der offenbar schon gehofft hatte, dass sie ihn über ihr Gelage vergessen hätten.

„Wir waren hier noch nicht fertig. Sprich weiter, Zwerg, es war also ein Botengang?"

„Ja, Herr", erwiderte der Gefangene. „Wenn ich es doch sage. Der Allerhöchste hat mir mehrere Kristalle gegeben und mir aufgetragen, ich solle sie diesen Zwergen bringen, die zum Schicksalszwerg gehören."

„Du hast also nicht bloß Fazzgadt eine Botschaft gebracht?", fragte Klammgluth mit funkelnden Augen.

„Nein, auch dem Ferkelbändiger und dem blinden General."

„Und du weißt nicht, was es mit dem Kristall auf sich hatte?"

„Oh doch, Herr", sagte der Gefangene. „Denn ich musste dem General dabei helfen, die Anweisungen des Hohepriesters zu befolgen, und dabei habe ich gesehen, was mit dem Kristall geschehen ist."

„Was soll das heißen?", fragte Klammgluth.

„Es war etwas darin, das lebende Bild des Höchsten der Hohen! Und es sprach zu den Zwergen. Sie sollten sich mit ihm treffen, gegen Ende der Schicht. Im Feuerloch."

Kiesgrimm lachte brüllend auf.

„Ha, der Allerhöchste ein Verschwörer! So gut können die Geschichten deines Agenten gar nicht ersonnen sein!“

„Ja, das scheint mir auch so …“ Klammgluth lächelte und fuhr sich zufrieden durch den Bart. „Ich fürchte, ich sollte auch noch ein kleines Gespräch mit dem ersten Totensenker führen …“

Klammgluth warf einen Blick auf die noch unbenutzten Fesseln, die neben dem Gefangenen an der Wand hingen. Das wäre vermutlich der richtige Ort, um eine kleine Unterhaltung mit ihm zu führen. Denn wenn der Schicksalszwerg sich am Ende der Schicht im Feuerloch zusammengefunden hatte, dann nicht ohne das Wissen von Ghlimm Funkensprungk. Er könnte ihm Blitzkäfer in die Ohren stopfen, bis sein Helm glühte. Oder ihm einfach den Bart anzünden. Je nachdem, wie viel Zeit er hatte. Aber, beim Rost, er würde herausfinden, was dieser räudige Zwerg über die Pläne des Schicksalszwergs wusste!

Felsigk Klammgluth hätte sich mit Sicherheit noch ein paar Varianten ausgemalt, wie er den ersten Totensenker zum Reden bringen konnte, wenn in diesem Moment nicht ein Diener des schwarzen Menhirs in die Höhle gestürmt wäre.

Es war der Bote, der zuvor in der neuen Orakelhöhle beim Großen Verwalter gewesen war. Und was er zu berichten hatte, als er sich nun vor Felsigk Klammgluth und unter den Augen Kiesgrimms und Trümmerboldts in den Staub der Höhle warf, war wahrlich unfassbar.

„Herr … der Verwalter verliert langsam den Verstand. Er … er gibt Euch den Befehl, den Höchsten der Hohen ermorden zu lassen.“

Klammgluth tat verwundert.

„Ich soll ihn in die Hohe Höhle schicken?“

„Das waren seine Worte“, erwiderte der Bote.

Klammgluth strich sich durch den Bart.

„Hmm, das ist fürwahr Wahnsinn. Doch wenn es nun einmal sein Befehl ist, werde ich nicht zögern, ihm Folge zu leisten …"

In seinen Augen flackerte es unruhig, während er angestrengt nachdachte. Trümmerboldt, Kiesgrimm, der Bote und der gebeutelte Gefangene beobachteten ihn schweigend.

„Nun denn, geben wir dem Verwalter, wonach es ihn verlangt. Der Allerhöchste wird in die Hohe Höhle einziehen. Und ich weiß genau, wer ihm den Weg dorthin zeigen kann …"

KAPITEL 6

IN WELCHEM GARSTHOLM FLAMMRANK EINIGEN SPASS HAT UND EINE ÜBUNG DER FREIWILLIGEN FELSWEHR BEINAHE ZUR BEFREIUNG EINES GEWISSEN MEISTERDIEBES FÜHRT

„Diese verdammte Uniform ist mir zu klein."

Fazzgadt zupfte an dem schwarzroten Lederharnisch herum und streckte sich unbehaglich, während er hinter dem Hohepriester, dessen Gedächtnis und Flammrank her durch den Gang in Richtung Vorrngarth schritt.

„Mach den Bart zu, es gab keine größere", zischte der General, der die Uniformen mit Hilfe des Allerhöchsten beschafft hatte.

„Ach? Gab es nicht? Und warum habe ich dann die kleinste bekommen?", schimpfte Fazzgadt und zeigte auf den Allerüberhöchsten, der etwa genauso groß war wie er, aber einen ungleich besser sitzenden Uniformharnisch trug.

„Weil die Würde des Allerhöchsten es nicht zulässt, dass er eine zu kleine Uniform trägt", erklärte der Ferkelbändiger, der neben Fazzgadt und Glimmboldt hertrottete.

Fazzgadt wirkte nicht überzeugt.

„Würde, pah! Dieser Unkengleim* stinkt fürchterlich."

Der Höchste drehte sich um und fuhr den zeternden Zwerg an: „Hör zu, Fazzgadt, ich hab mir das nicht ausgesucht!"

„Wenn du deinen Bart mit etwas anderem gefärbt hättest, hätten wir das Problem nicht!", erwiderte Fazzgadt trotzig.

* Unkengleim war eine stark färbende braune Substanz, die in mühsamer Kleinarbeit aus dem Rachenraum fieberkranker Unken gekratzt und zum Färben grauer Bärte benutzt wurde.

Jetzt blieb der Allerhöchste stehen und packte Fazzgadts tiefrot gefärbten Bart.

„Den Rotruß, mein lieber Fazzgadt, hattest du ja schon genommen, und zwei Rotbärte wären wohl doch ein wenig aufgefallen, oder?"

„Du hättest Gurtschmiere nehmen können", entgegnete Fazzgadt.

„Die ich nie wieder rausgekämmt bekommen hätte."

„Pah! Frag deinen Stein mal, was er zum Thema Eitelkeit sagt ..."

„Oh, ich werde ihn lieber gleich fragen, ob wir dich überhaupt noch brauchen!"

„Dreckszwerg."

„Buckelwicht."

„Kiespisser."

Der General packte die beiden bei den Schultern und zerrte sie energisch auseinander.

„Haltet den Mund! Unter meinem Kommando wird nicht gestritten. Ihr seid Rekruten. Also, nehmt ein wenig Haltung an."

Flammrank war es inzwischen gewohnt, Befehle zu geben, und aus seinem Bart schallte eine Stimme, die keine Widerworte duldete. Von einem Schlag auf den nächsten nahmen alle, sogar Glimmboldt, der in der Regel nichts verstand, eilig Haltung an. Jedenfalls so gut wie möglich.

„Aber nicht zu viel", fuhr der General fort. „Wir dürfen nicht vergessen, dass die freiwillige Felswehr ein Haufen undisziplinierter Versager ist." Er grübelte einen Moment lang nach. „Also, ich hätte gern bei Fazzgadt etwas Linkisches im Blick. Und der Allerüberhöchste sollte sich bemühen, ein wenig unfähig zu wirken. Dann müsste es gehen."

Weit vor ihnen tauchte im Licht der Käferlaternen, die den

gewundenen Gang in regelmäßigen Abständen säumten, eine andere Gruppe Rekruten auf, die ihnen entgegenkam.

„Flammrank, aufgepasst!", rief der Hohepriester. „Es kommt jemand. Dort, hinter dir, eine Gruppe Rekruten mitsamt Offizier! Denk daran, du bist unser Vorgesetzter!" Er wandte sich den anderen zu und flüsterte: „Ihr wisst, was ihr zu tun habt." Nachdem er das gesagt hatte, bemühte er sich, so unfähig wie möglich zu wirken.

Der Einzige, der ihm dabei noch den Rang ablief, war Glimmboldt.

Der blinde General hingegen gefiel sich in seiner Rolle als Vorgesetzter der Gruppe recht gut.

„In Formation mit euch, ihr blassbärtigen Kiesellecker", schrie er. „Das hier wird eure Feuerprobe …"

Kurz darauf bog die kleine Gruppe Rekruten um die Ecke, die von einem Offizier angeführt wurde, dessen Miene sich, kaum dass er den blinden General erblickte, sogleich aufhellte.

„Ah, General Flammrank in Begleitung einiger junger Rekruten. Ich grüße dich, werter Freund."

Auch Flammrank lächelte, als er die Stimme des Offiziers erkannte.

„Gruß auch dir, Kiesligk Gutgluth. recht hast du. Rekruten. Faules, junges Pack, das sich seinen ersten Hammer noch verdienen muss. Ich will diese groben Steine schleifen. Und zwar mit einer Ernstfallübung in den Vorrngarthverliesen. Da unten gibt es ein paar wirklich wüste Kerle. Vielleicht lernen meine Jungs dann endlich, ihre Angst im Zaum zu halten."

Gutgluth musterte Flammranks bunten Haufen.

„Oh, wenn ich sie mir so anschaue, dann denke ich, dass Zwerge wie Horrk und Grablakk, die Berserkerbrüder oder Kladsh Eisenbein, der Käferfresser, deine Jüngelchen schon das Fürchten lehren können."

Flammrank nickte zustimmend. Er beschloss, ein wenig tiefer zu bohren. Womöglich wusste Gutgluth, wo sie den eingekerkerten Meisterdieb finden konnten.

„Diese Halunken würde ich ihnen freilich gerne einmal zeigen", sagte er. „In welchen Zellen befinden sich diese schäbigen Halunken denn?"

„Da müsstest du auf dein Glück vertrauen, alter Haudegen", erwiderte Gutgluth. „Die Wachen wechseln mehrmals pro Schicht die Zellenbelegung, um jeden Ausbruchsversuch schon im Vorfeld zu verhindern."

Flammrank verzog missmutig das Gesicht. Und seinem Gegenüber schien nicht daran gelegen, seine Laune zu verbessern. Mit einem spöttischen Blick auf die Begleiter des blinden Generals raunte er ihm zu: „Mit Verlaub, mein guter Flammrank, ich habe das Gefühl, dass die Felswehrleitung dir, nur weil du blind bist, immer die porösesten Rekruten überlässt. Ganz ehrlich, wenn du sie sehen könntest, du würdest dir zweimal überlegen, ob du mit ihnen allein in einem Gang sein willst."

Flammrank schüttelte abwehrend den Kopf.

„Unterschätze sie nicht, Gutgluth, sie haben einen strengen Lehrer!"

„Ja, ja, ich weiß, dein Ehrgeiz. Willst selbst aus Kieseln noch Gold rausholen."

„Wenn man alles Überflüssige abschleift, tritt manchmal Erstaunliches zutage", entgegnete Flammrank.

Kiesligk Gutgluth musterte die Gruppe mit abschätzigem Blick.

„Und manchmal bleibt gar nichts mehr übrig … Sei's drum, wir kehren in die Kasernenkavernen zurück. Wenn ihr fertig seid und du diese Übung überlebst, schau doch mal auf ein Pfeifchen vorbei!"

„Aber gern doch, Gevatter Gutgluth!"

Die beiden Offiziere klopften einander auf die Schultern, dann zog die andere Gruppe weiter. Die Rekruten marschierten in Reih und Glied, und der Schicksalszwerg nahm sich vor, sich von ihnen diesbezüglich etwas abzugucken.

Der blinde General zischte einen Fluch in seinen roten Bart.

„Verdammt. Hab ich's mir doch gedacht. Sie wechseln die Zellen."

„Mach dir keine Sorgen", sagte der Höchste der Hohen, „der Plan des Steins ist ohne Fehl." Missmutig schaute er dem davonmarschierenden Tross um Kiesligk Gutgluth nach. „Dieser vermaledeite Dünnbart. Weißt du, wie oft er vor mir niedergekniet ist und an meinen Lippen gehangen hat, als ich noch die Worte der Götter sprach und der Hohepriester unseres Volkes war? Wie oft er mich mit Geschenken gütlich stimmen wollte? Und jetzt nennt er mich porös. Dieser dreimal verwanzte Sohn einer fußfaulen Aschassel!"

Der General legte ihm energisch eine Hand auf die Schulter.

„Das will ich dir gern glauben, Alter. Aber jetzt hat es sich ausgepriestert. Hier wird marschiert!"

Und auf das Zeichen Garstholm Flammranks hin setzte sich die kleine Gruppe wieder in Bewegung. Im Licht der summenden Käferlaternen marschierten sie weiter den Gang hinunter in Richtung Vorrngarth, zur Heimstatt des Verderbens.

Nachdem sie einen guten halben Gang in leidlich strenger Disziplin weitergewandert waren, wurde der Stollen allmählich breiter, und das riesige Gitter kam in Sicht, das den freien Teil des Ehernen Imperiums von dem trennte, der in Ketten lag. Davor standen, ebenfalls in schwarzrote Uniformharnische gekleidet, zwei Wachen.

Hinter ihnen erhob sich das Furcht einflößende, gigantische Tor von Vorrngarth, das ganz aus verwundenen Kettengliedern geschmiedet war und bei dessen Anblick man deutlich spürte, dass dahinter kein Platz für die Freiheit war.

Stattdessen gab es dahinter das schlimmste Unbier des gesamten Imperiums. Der Kettentrunk, das Bier von Vorrngarth, war im Ehernen Imperium verrufen. Es war schal, hatte kaum Geschmack und konnte, so wenig Alkohol, wie es enthielt, nicht einmal als Grundlage für eine anständige Schankhöhlenschlägerei dienen. Wahrscheinlich hätte es nicht einmal einen Schlüpfling betrunken gemacht. Aber bis jetzt hatte noch kein Zwerg versucht, seinem Zögling den Kettentrunk einzuflößen. Es gab Zwerge, die sich mit dem Kettentrunk den Bart ausspülten. Das war aber auch schon das Höchste, was man damit auf dieser Seite des Tors anfangen konnte. Auf der anderen Seite jedoch wurde es zum Hauptnahrungsmittel und zur schalen Erinnerung an den Geschmack der Freiheit. Mit jedem Schluck Kettentrunk erinnerten sich die gefangenen Zwerge in den kurzen Pausen von der Zwangsarbeit in den Höhlensteinbrüchen von Vorrngarth wehmütig an ihr erstes Bitterwurzelbier oder ihren letzten anständigen Bierzwist.

Fazzgadt schauderte bei dem Gedanken an das triste Gesöff.

„Und was, wenn sie uns gleich dabehalten?“, fragte er.

„Wenn du alles so machst, wie wir es besprochen haben, besteht die Gefahr nicht“, versuchte der General ihn zu beruhigen.

„Hast du es schon einmal getrunken?“, wollte Fazzgadt wissen.

„Was?“

„Na, das Vorrngarthbier.“

„Jeder Zwerg, der etwas auf sich hält, sollte es einmal getrunken haben. Erst eine Schicht in Vorrngarth macht einen richtigen Zwerg aus dir", stellte Flammrank fest.

Fazzgadt nickte.

In ein paar Zwerg Entfernung von dem Tor blieb der Allerhöchste plötzlich bei einer kleinen Nische im Gang stehen, sah zu den Wachen am Tor hinüber und warf dann Flammrank einen bedeutsamen Blick zu. „Hier ist es", flüsterte er. „Du weißt, was du zu tun hast."

Der General holte tief Luft und brüllte die falschen Rekruten in derart wüstem Ton zusammen, dass er die Käfer in den nahen Lampen aufscheuchte: „Rekruten! Nehmt Aufstellung. Sperrt eure verwanzten Ohren auf und hört, was in dieser Schicht von euch erwartet wird! Heda, ich sagte Formation! Ihr denkt wohl, ich merke nicht, wenn ihr rumlungert. Jeder, der heute aus der Reihe tanzt, wird zwei Schichten lang zusammen mit den Häftlingen den Kettenschluck trinken! Also tut gefälligst, was ich euch sage! Ist das klar?"

Er nickte dem Höchsten unmerklich zu, der sich im nächsten Moment in die Nische drückte, während die anderen davor Aufstellung nahmen und dadurch den Blick auf ihn versperrten. In der Nische befand sich eine Austrittsöffnung des Lüftungssystems der Verliese von Vorrngarth*. Vor den Blicken der Torwachen verborgen, zog der Priesterlichste einen silbernen Zylinder, einen Bildstein und eine kleine Leuchtkäferlaterne unter seiner ledernen Uniform hervor. Als er den Zylinder öffnete, huschte sogleich der zwergenfaustgroße Felsläufer daraus hervor, den er mit geschwindem Griff am Hals packte,

* Nach einem furchtbaren Zwischenfall, dem sogenannten Mooswalddebakel, bei dem der Rauch einer brennenden Ladung Moostabak beinahe zum Tod von hundert gefangenen Zwergen geführt hätte, war, basierend auf den Erkenntnissen Wutrich Pilzgrimms, ein Röhrensystem gegraben worden, das die Gefangenen auch in Notfällen wie diesem mit Luft versorgen sollte.

bevor er ihm dann eilig das Prisma und den Leuchtkäfer um den Bauch band und ihn in die Lüftungsschächte von Vorrngarth entließ.

All dies war Plan des Steins.

Sie hatten den Felsläufer zuvor mit Hilfe von Nattergriffs Tasche auf den Geruch des Meisterdiebes abgerichtet. Und da seit dem Mooswalddebakel und den Erkenntnissen Wutrich Pilzgrimms alle Zellen des Verlieses einen separaten Lüftungsschacht besaßen, würde das Tier seinen Weg durch das Lüftungssystem finden und Nattergriff das Prisma bringen. Dieser würde den Kristall nur über den Leuchtkäfer halten müssen, und schon würde ihm das Bild des Allerhöchsten erscheinen, um ihm mitzuteilen, was er über seine bevorstehende Befreiung wissen musste. Bei der Vorbereitung des Prismas hatte sich der Höchste der Hohen bemüht, ihren Plan so klar wie möglich zu umreißen, damit Nattergriff wusste, was er zu tun hatte.

Mit leisem Klappern verschwanden Prisma, Käfer und Felsläufer im Dunkel des engen Schachts, und der Hohepriester beeilte sich, wieder inmitten der anderen Aufstellung zu nehmen, sodass Flammrank, der sie die ganze Zeit über lauthals zusammengestaucht hatte, zum Ende seiner Standpauke kommen konnte und sie weiter nach Vorrngarth, in die Hölle des schlechtesten denkbaren Bieres, ziehen konnten.

„Und wenn auch nur ein Einziger von euch es wagen sollte, sich über meine Anweisungen hinwegzusetzen, dann werde ich dafür sorgen, dass er in diesem Leben nicht einmal mehr die Ahnung eines Hammers schwingt. Habt ihr das verstanden, ihr kurzbärtigen Kieselkasper?"

Das Murren der falschen Rekruten klang beinahe echt.

Der blinde General fand immer mehr Gefallen an seiner Rolle und wollte überhaupt nicht wieder aufhören.

„Ich werde persönlich dafür sorgen, dass euch die Bärte

gestutzt werden, euer Name in der Halle der Helme geschmäht wird und …"

„Ich denke, wir wären jetzt so weit, Flammrank!", zischte der Allerüberhöchste unter seinem frisch gefärbten Bart hervor.

„Nur einen noch, damit es echt wirkt!", raunte der blinde General zurück, bevor er weiterschrie:

„… und auch noch die Schlüpflinge eurer Schlüpflinge euch verachten, wenn ihr auch nur einen Fehler macht!"

Er nickte der Gruppe vor ihm zu.

„Na, dann lasst uns doch mal sehen, was ihr jämmerlichen Hampelhammer bei eurer Ausbildung gelernt habt!" Lächelnd drehte er sich um und streckte den Arm aus, um sich von einem seiner Rekruten führen zu lassen.

In diesem Falle fiel die Aufgabe dem Höchsten der Hohen zu, der sie allerdings ohne allzu große Freude übernahm.

Mit dem General und seinem Führer an der Spitze setzte sich die kleine Gruppe in Bewegung und näherte sich dem Tor, das inzwischen keine zehn Zwerg mehr von ihnen entfernt war.

Die beiden Wachen dort hatten sehr wohl mitbekommen, was für einen Hammertanz der General soeben auf den Helmen der Rekruten aufgeführt hatte. Und sie bedauerten sie aus dem Innersten ihrer Herzsteine. Es war noch nicht lange her, dass auch sie ihre Grundausbildung absolviert hatten. Zufälligerweise ebenfalls unter Flammrank. Damals aber war der blinde General noch nicht derart streng gewesen. Sie hatten auch an keiner Übung im widerlichen Vorrngarth teilnehmen müssen. Ja, sie bedauerten ihre Felswehrkameraden zutiefst, als ihr ehemaliger Ausbilder nun vor sie trat.

„Wächter an den Toren Vorrngarths, gebt den Weg frei für jene, die den Weg der Verdammten gehen wollen."

„Was ist Euer Begehr, General Flammrank?", erkundigte

sich einer der Wachtposten. „Denn wie mir scheint, sind es keine Verdammten, die jenen Weg in Eurer Begleitung beschreiten wollen …“

„Wir gedenken, in den finsteren Kerkern eine Übung abzuhalten, um dem Felswehrnachwuchs ein wenig Mumm auf die Knochen zu schmieden“, erwiderte der General.

„Hmm, uns ist von Seiten des Verwalters nichts über eine derartige Übung berichtet worden“, entgegnete der Wachtposten zweifelnd.

„Der Große Verwalter hat Besseres zu tun, als derlei Übungen zu genehmigen.“

„Das mag ja sein. Aber es gibt Regeln, an die wir uns halten müssen.“

„Hör zu, Kiesstumph!“ Der Gardist fuhr zusammen, als der General seinen Namen nannte. „Oh ja, ich habe dich erkannt!“, fuhr Flammrank fort. „Also, zum einen entsinne ich mich nicht, dass du dich jemals viel um Regeln geschert hättest. Sonst könnte ich mir nicht erklären, weshalb du, während deine Mitrekruten den doppelachsigen Hammerwirbel lernten, in der Baracke Rauschkraut geraucht oder während deiner ersten Wache im Wurzelgrund ein Nickerchen gemacht hast.“

Der Wachzwerg wurde ein wenig rot unter dem Bart und war augenscheinlich überrascht, dass der General von derlei wusste.

„Ich bin zwar blind, aber nicht blöd, Zwerg!“, sagte der General. „Und davon abgesehen bin ich der einzige Grund, warum du heute diese Uniform trägst, in der du dich gerade so wichtig machst!“

Der Wachzwerg blickte unsicher zu seinem Gefährten hinüber, der sich königlich amüsierte.

„Und du, Bulkg Wurzelbruch“, fuhr der General an diesen gewandt fort, „solltest dich tunlich nicht über andere lustig machen, wenn du nicht willst, dass irgendjemand außer den hier Anwesenden erfährt, wie du dir in die Hosen gemacht hast, als du in der Kargkieselklamm deinen ersten Troll getroffen hast!“

Der Wachzwerg stand wie vom Donner gerührt da.

„Ja, da staunst du, was?“, sagte der General zufrieden. „Meine Nase ist noch besser, als es meine Ohren sind! Aber wenn mich nicht alles täuscht, waren wir bei dieser Übung stehen geblieben, die ich mit meinen Rekruten in den Vorrngarthverliesen abzuhalten gedachte …“

Wurzelbruch und Kiesstumph standen stramm und schrien wie aus einem Bart: „Eine Übung, um den jungen Rekruten ein wenig Mumm in die Knochen zu hämmern. Sehr wohl, General!“

„Ganz recht! Dann werden ich und meine Rekruten jetzt also den Weg der Verdammten beschreiten. Verseht eure Aufgabe nur weiter so gut, dann kann der Verwalter stolz auf euch sein!“

Die beiden Wachen schlugen sich mit der Faust auf den Brustpanzer und nahmen Haltung an, während der blinde General mit seiner Gruppe von fünf Rekruten an ihnen vorbeiging. In seinem Tornister trug Flammrank eine sechste Uniform, zusammen mit dem Rostspeier. Sie war für Bragk Nattergriff bestimmt. Denn wenn sie Vorrngarth wieder verließen, würden sie zu sechst sein.

Sie hofften, dass die Wachen nicht so genau auf ihre Anzahl achten würden. Doch die hatten genug damit zu tun, vor Scham im Felsgrund zu versinken und sich zu fragen, wie sie den jeweils anderen dazu bringen konnten, über das gerade Gehörte Stillschweigen zu bewahren.

Und so durchschritt der Schicksalszwerg das Tor zu den Verliesen von Vorrngarth und begab sich willentlich in die Hölle des schlechtesten erdenklichen Bieres, um einen legendären Meisterdieb zu befreien, damit er ihm den Weg in das Undenkbare und das wohl tollkühnste Abenteuer in der Geschichte des Ehernen Imperiums ebnete …

Im Inneren der Höhle brannten Hunderte Kerzen.

Es war eine stillgelegte Brauhöhle am Rand des Inneren Distrikts, deren Eingang und Vorhalle so weit vernagelt waren, dass niemand auf den Gedanken gekommen wäre, dass sich noch irgendetwas anderes als rostzerfressene Kübel und Bottiche in ihrem Inneren befanden.

Tatsächlich befand sich dort jedoch noch einiges mehr.

Die ehemalige Brauhöhle Vielboldt Fasswarts diente nunmehr als Waffenkammer. An den riesigen halb verrotteten und in Auflösung begriffenen Bierkesseln lehnten zahllose Hämmer, Äxte und Speere aus jedem nur erdenklichen Metall.

Und das waren lediglich die Waffen, die jeder Zwerg sofort zu erkennen vermocht hätte. Darüber hinaus fanden sich an den Wänden und in kristallenen Vitrinen auch noch einige Gerätschaften, denen man, ohne dass ihre genaue Funktionsweise ersichtlich gewesen wäre, auf den ersten Blick ansah, dass ihre Aufgabe darin bestand, Knochen zu brechen, Schädel zu zertrümmern und Schmerz zu bereiten.

Und eben darum ging es ihrem Besitzer. Krummkhorn Eisengilb war ein Auftragsmörder. Der Einzige in der gesamten Geschichte des Ehernen Imperiums, der sein ganzes Leben der Vervollkommnung des lautlosen Tötens verschrieben hatte. Er beherrschte als Einziger die Vierfingerschläfenbrecherverzögerungstechnik, vermochte einen Zwerg mit dessen eigenen Bart zu erwürgen und hatte im Laufe Hunderter Jahre sich selbst beinahe jedes bekannte Gift des Imperiums in kleinen Dosen verabreicht und dadurch Immunität erlangt. Er stemmte täglich Äxte mit Eisengewichten am Stiel und trainierte seine Reflexe mit Hilfe von Springspinnen. Krummkhorn Eisengilb war ein einziger tödlicher Muskel.

Um seiner Arbeit nachzugehen, hätte er keine Waffe gebraucht.

Aber er hätte jede nur erdenkliche dafür benutzen können. Und tatsächlich sogar ein paar unerdenkliche.

Als der Herr des Zwergischen Zwielichts in Begleitung von Kiesgrimm und Trümmerboldt die ehemalige Brauhöhle betrat, stand der Mörder gerade im Begriff, einige Steinplatten mit der Handkante zu zerschmettern.

Er trug einen eng anliegenden dunkelgrünen Lederharnisch mit einem hartledernen Bartschutz, der ihm bis zur Nase emporreichte und die Hälfte seines Gesichtes verdeckte. Über beide Schultern verliefen breite Gurte mit Wurfmessern darin, die bei jeder seiner Bewegungen im Licht der summenden Käfer funkelten.

Einen Moment lang beobachtete Felsigk Klammgluth den berserkernden Steinebrecher. Er bewunderte die brutale Präzision, mit der er Stein um Stein mit der bloßen Hand zerbrach. Schließlich bedeutete der Herr des Zwergischen Zwielichts den beiden anderen Menhiren, dass sie sich mit ihren Stahlschleudern im Dunkeln neben dem Eingang postieren sollten. Dann schlich er sich nahezu lautlos an Eisengilb heran. Er wollte ihn gerade ansprechen, da spürte er bereits Eisengilbs Klinge an seinem Hals.

„Wer bist du? Was willst du?“, fragte Eisengilb mit rauer Stimme.

„Ich bin …“, setzte Klammgluth an.

„Warte, Zwerg“, unterbrach ihn Eisengilb. „Ich will es dir nicht zu einfach machen. Ich gebe dir exakt zwei Worte, mir zu erklären, warum du bei mir eingedrungen bist.“

Klammgluth wollte etwas erwidern, doch der Mörder hielt ihm den Mund zu und presste die Klinge fester unter seinen Bart.

„Zwei Worte. Wenn du mich fragst, solltest du ein paar schöne Worte wählen, denn es ist sehr gut möglich, dass es deine letzten sind."

Kaum dass Eisengilb seinen Griff etwas lockerte, presste Klammgluth die Worte heraus: „Ein … Auftrag."

Sofort ließ der Mörder ihn los, sodass Klammgluth beinahe zu Boden gestürzt wäre.

„Warum sagst du das nicht gleich, Zwerg?", knurrte Eisengilb. „Muss ich dich denn erst fast umbringen, damit du mir verrätst, dass ich jemanden für dich umbringen soll?"

„Du hättest mich nicht umgebracht", erwiderte Klammgluth.

„Ach, hätte ich das nicht?"

„Nein. Denn die ganze Zeit über waren zwei Stahlschleudern auf dich gerichtet. Meine Männer …"

„Deine Männer?"

Krummkhorn Eisengilb lachte laut auf. Klammgluth wusste zwar nicht, was dieses Lachen bedeutete, aber er kannte es nur allzu gut. Es war das Lachen eines Zwergs, dessen Herzstein kalt wie das Eis der nördlichsten Höhlen war und der Gnade nur kannte, wenn man ihn dafür bezahlte. Es ähnelte sehr seinem eigenen.

Immer noch lachend begab sich Eisengilb in den hinteren Teil der Höhle.

Felsigk Klammgluth blickte sich verwundert um. Harrm Kiesgrimm und Krugk Trümmerboldt lagen bewusstlos rechts und links vom Eingang der Höhle, ihre Waffen neben sich. Als er genauer hinschaute, entdeckte er auf dem Boden neben den beiden zwei Wurfmesser aus Eisengilbs Gurt. Im selben Moment kehrte der Auftragsmörder mit zwei vollen Humpen in der Hand wieder. Mit der anderen Hand wischte er einen Haufen Pfeile von einem Tisch in der Nähe, setzte sich und bedeutete dem Herrn des Zwergischen Zwielichts, es ihm nachzutun.

Nachdem sie sich gesetzt und beide einen Schluck genommen hatten, fragte Klammgluth neugierig: „Wie hast du …?“

„Eine Stelle am Helm. Nicht allzu groß. Man muss sie kennen und treffen können. Die beiden werden noch eine Schicht lang Kopfschmerzen haben“, erwiderte der Auftragsmörder.

„Aber warum hast du sie nicht getötet?“, fragte Klammgluth mit einem verwunderten Blick auf seine beiden bewusstlosen Begleiter.

„Weil niemand mich dafür bezahlt hat“, erwiderte Eisengilb ohne eine Regung.

„Du tötest also nur, wenn man dich bezahlt?“

„Das ist mein Beruf.“ Eisengilb nickte knapp.

„Gut, denn genau darum bin ich hier. Ich werde dir einen Auftrag geben, für den du fürstlich bezahlt werden wirst.“

Die beiden prosteten sich zu und tranken.

„Also, Auftragsmörder, bist du bereit?“, fragte Klammgluth, kaum dass er den Humpen abgesetzt hatte.

„Ich bin bereit auf die Welt gekommen“, sagte sein Gegenüber grinsend.

„Bist du skrupellos?“, wollte der Herr des Zwergischen Zwielichts wissen.

„Ich habe die Skrupellosigkeit erfunden.“ Eisengilb grinste noch breiter.

„Hast du jemals bei einem Auftrag versagt?“

„Bei keinem einzigen.“

Klammgluth war beeindruckt. Das war genau der Zwerg, den er wollte. Er nickte zufrieden und streckte Eisengilb seine Hand entgegen.

„Ich werde dich brauchen. Mitsamt deiner Skrupellosigkeit. Denn dein Auftrag wird nicht leicht sein."

„Umso besser", erwiderte Eisengilb erfreut und ergriff seine Hand.

„Was ist dein Preis, Auftragsmörder?"

„Zwanzig Brocken. Die Hälfte jetzt, die andere danach", erwiderte Eisengilb nun wieder völlig ohne Regung.

Der Herr des Zwergischen Zwielichts schluckte. Das war die gleiche Summe, die er kürzlich schon einmal eingebüßt hatte. Doch dieses Mal wäre es eine Investition. In das Wohlwollen des Verwalters und seine eigene Zukunft.

„Das ist viel Gold", sagte er.

„Beim zweiten Mal wird es billiger", entgegnete Eisengilb.

Ein kurzes Lächeln huschte über Klammgluths Gesicht, als er sich vorstellte, direkt im Anschluss an den Allerüberhöchsten Fazzgadt Eisenbart als Schnäppchen dazuzubekommen.

„Ich werde vielleicht darauf zurückkommen." Felsigk Klammgluth baute sich hinter dem Tisch zu seiner vollen Größe auf.

„Hör zu, Eisengilb, ich bin Felsigk Klammgluth, der Herr des Zwergischen Zwielichts, der Anführer des schwarzen Menhirs und …"

„Und du willst, dass jemand stirbt", fiel ihm Eisengilb ins Wort. „Mir ist egal, wer du bist. Sag nur, wen ich für dich in die Hohe Höhle schicken soll."

„Den obersten Priester des Ehernen Volkes", sagte Klammgluth mit bedeutungsvoller Miene.

„Hm, das klingt nach einer Herausforderung."

„Du wirst uns begleiten, bis wir ihn gefunden haben. Und dann muss es aussehen wie ein Unfall."

„Unfälle sind meine Spezialität."

„Dann sind wir uns einig." Klammgluth reichte dem Mörder die Hand, und Eisengilb ergriff sie, während hinter ihnen

Kiesgrimm und Trümmerboldt langsam wieder zur Besinnung kamen.

Der Schicksalszwerg hatte kaum das mächtige Kettentor passiert, als in einiger Entfernung bereits die nächste Hürde auftauchte: die Höhle des Kerkerkommandanten. Der Kommandant von Vorrngarth war kein Geringerer als Kholk Stheinar, eine lebende Legende. Erzfürst von Kieselgau, Träger des hehren Hammers der horrenden Herrlichkeit und verdienter Veteran der Spinnenkriege. Diesem Zwerg würden sie ihre Übung als Nächstes glaubhaft machen müssen. Und dabei würde er es ihnen mit Sicherheit nicht so leicht machen wie die verunsicherten Wachen mit ihren kleinen, schmutzigen Geheimnissen.

Hinter der Höhle des Kommandanten lag das Innere Tor zu den Verliesen. Dahinter führten die Treppen nach oben, zu den Ebenen mit den Gängen, von denen die Zellen abgingen.

Stheinar war der Einzige, der sie noch von ihrem Ziel trennte.

Und der Einzige, der um die tatsächliche Größe dieses Hindernisses wusste, war der blinde General.

„Reißt euch zusammen, Zwerge“, sagte er. „Denn nun gilt es, gegen den Kommandanten von Vorrngarth zu bestehen.“

„Was ist er für ein Zwerg?“, fragte Fazzgadt neugierig.

„Er ist schon seit zweihundert Jahren auf diesem Posten, und er verlässt Vorrngarth nie“, erwiderte Flammrank. „Sein Regiment ist hart, und die Gefangenen zittern vor ihm. Ich bin ihm einmal begegnet, als einer der Eisenmeister den vereinbarten Preis nicht zahlen wollte*. Ich hatte ihm einen Drachen

* In seiner Tätigkeit als Drachenjäger fing Garstholm Flammrank für die Schmiede des Imperiums, die sogenannten Eisenmeister, zu festgelegten Tarifen Drachen, die die Schmiedefeuer nährten.

gefangen, und er wollte ihn umsonst. Darum ließ er ein paar Zähne, und ich genoss für ein paar Schichten die schauderhafte Vorrngarth-Plörre. Die alte Stählerne Garde hat mich schneller nach Vorrngarth geschafft, als ich meinen Humpen leeren konnte. Denn seit eh und je ist im Inneren des Imperiums das Wort eines verlogenen Eisenmeisters mehr wert als das eines aufrichtigen Geächteten. Und in Vorrngarth bin ich dann dem Kommandanten begegnet. Glaubt mir, Stheinar ist niemand, mit dem man sich streiten will. Er liebt seine Peitsche und tut sich Sprengpulver ins Bier. Außerdem hat er keine Nase."

„Keine Nase?", fragte Fazzgadt überrascht.

„Die Spinnen. Eine unschöne Geschichte."

„Die Spinnen haben ..."

„Das willst du gar nicht wissen."

„Aber ..."

„Das Problem ist sein Rang und dieser Ort", fuhr Flammrank fort, ohne weiter auf Fazzgadt einzugehen. „Wenn man es genau nimmt, gehört Vorrngarth nicht einmal zum Ehernen Imperium. Das hat etwas mit dem obersten Gesetz der Zwergenheit zu tun. In den Grenzen des Imperiums darf bekanntlich kein Zwerg, wenn er nüchtern ist und nicht in einen Bierzwist verwickelt, seinesgleichen etwas zuleide tun."

„Und hier?", schaltete sich Blechboldt in das Gespräch ein.

„Nun ja, um all die verbrecherischen Zwerge innerhalb des Imperiums zu züchtigen, wie die Zwangsarbeit es erfordert, müssten die Wachen die ganze Schicht über betrunken sein", erklärte der General. „Und das ist einfach zu teuer. Darum ist Vorrngarth kurzerhand entimperialisiert worden. Es ist beinahe ein eigenes Reich."

„Du sagst, das Problem hätte etwas mit seinem Rang zu tun?", erkundigte sich der Hohepriester.

„Ja, denn außerhalb der Kerker unterstünde er mir", erwiderte der General. „Aber hier hat er den Oberbefehl. Selbst der Verwalter müsste tun, was er sagt. Das sind die Gesetze dieses Ortes …“

„Das könnte tatsächlich zu einem Problem werden.“

„Oh ja, das könnte es. Ich hoffe wirklich, dass dein Stein weiß, was er tut.“

Kholk Stheinar sah sie bereits aus der Ferne.

Wahrscheinlich hatte er sie schon am Tor gesehen. Und nun trat der Kommandant, die Pfeife lässig in der Rechten, flankiert von zwei weiteren Wächtern, aus seiner Höhle und blickte ihnen entgegen. Seine Paradewachrüstung schimmerte dunkel. Ebenso wie die falsche Nase aus schwarzem Stahl, die sich über seinem dichten grauen Bart befand. Die Trollhauer auf seinem Helm wiesen ihn als Hauptmann aus, und in seinem Gürtel konnten die Gefährten seine Peitsche erkennen.

„Wer seid ihr?“, rief er ihnen entgegen.

„Er hat tatsächlich keine Nase …“, flüsterte Fazzgadt. Glimmboldt kicherte, doch Fazzgadt brachte ihn mit einem Stoß in die Rippen zur Ruhe. Flammrank sagte zu dem Kommandanten: „General Flammrank mit einer Gruppe Felswehrgardisten. Wir haben Order, eine Ernstfallübung in den Verliesen von Vorrngarth durchzuführen, ehrwürdiger Kommandant.“

Flammrank war froh, dass der Kommandant ihn nicht erkannte. Aber sein Aufenthalt in diesen Kerkern lag immerhin schon über neunzig Jahre zurück, darüber hinaus war er noch einmal zweihundert Jahre gealtert und trug außerdem ein rotes Tuch über dem Gesicht, das seine verbrannten Augenhöhlen bedeckte.

An der Schärfe seines Tons und der Art, wie Stheinar sein Regiment führte, hatte sich derweil offenbar nichts geändert.

„Eine Ernstfallübung?“, fragte er argwöhnisch.

„Damit die Felswehr für den Fall einer Gefangenenrevolte

gewappnet ist“, erklärte der General. „Derlei niederzuschlagen ist eine leidige Angelegenheit. Und die jungen Rekruten sollten sich mit den Gegebenheiten auskennen, falls Vorrngarth einmal gestürmt werden muss.“

Der Kommandant kam über die steinerne Treppe ein paar Stufen näher und begutachtete die kleine Gruppe kritisch.

„Und für eine solche Übung schickt man mir einen blinden General und einen Haufen Weichkiesel?“

Garstholm Flammrank griff nach seinem Hammer und erwiderte zornig: „Zieht Euren Hammer, Kommandant, und wir werden sehen, ob meine Blindheit mich weniger Zwerg macht als Euch.“

Kholk Stheinar jedoch lenkte beruhigend ein.

„Schon gut, schon gut, wer bin ich, dass ich mich dem Großen Verwalter entgegenstelle? Derlei Übungen sind wichtig und sollten viel öfter stattfinden.“

Währenddessen flüsterte Blechboldt dem neben ihm stehenden Hohepriester leise zu: „Irgendetwas riecht hier komisch.“

„Das ist der Unkengleim“, gab der Hohepriester zurück.

„Nein, es ist etwas anderes. Es riecht eher wie …“

In diesem Moment fiel der Blick des Kommandanten auf sie, und Blechboldt verstummte.

„Nun gut“, sagte Stheinar. „Ich will den tapferen Gardisten des Imperiums bei der Verrichtung ihres Handwerks nicht im Weg stehen. Obwohl ihr ein jämmerlicher Haufen seid und eher wie ein Trollfrühstück wirkt. Sei's drum, ich werde euch das innere Tor öffnen lassen, damit ihr voranschreiten könnt.“

Mit einem Wink bedeutete er den beiden Wachen, das Tor zu öffnen und die Treppe freizugeben.

Flammrank nickte dem Kommandanten zum Dank zu, und dann setzte sich der Schicksalszwerg in Bewegung, um in den Tiefen der Verliese von Vorrngarth den Willen des Steins zu erfüllen und den größten lebenden Meisterdieb des Ehernen Volkes zu befreien.

Felsigk Klammgluth, der Herr des Zwergischen Zwielichts und Anführer des schwarzen Menhirs, hatte Krummkhorn Eisengilb bereits sieben Brocken Gold von seiner Anzahlung auf den Tisch gezählt, und die beiden anderen Menhire waren gerade wieder zu sich gekommen, als plötzlich der Vorhang am Eingang der Höhle aufgerissen wurde.

Doch noch bevor der Neuankömmling die Höhle betreten konnte, hatte Eisengilb eine Klinge aus seinem ledernen Armschoner gezogen und war aufgesprungen. Mit zwei Sätzen war er bei der Tür und hatte dem Unbekannten die Klinge an den Hals gedrückt.

Mit finsterem Blick presste der Auftragsmörder, wie zuvor schon bei Klammgluth, das kalte Metall unter den Bart des Zwergs.

„Wer hat dich geschickt?“, knurrte er. „Und vor allem warum? Sprich, Zwerg, bevor ich dich einen Bart kürzer mache!“

Der ungebetene Gast öffnete den Mund und begann mit zitternder Stimme zu sprechen. Doch er wandte sich nicht an den Auftragsmörder, sondern an Klammgluth, der noch immer an dem Tisch mit dem Gold stand.

„Menhir! Ich habe Neuigkeiten von Eisenbart! Er ist mit dem Schicksalszwerg aufgebrochen und …“

„Dem Schicksalszwerg?“, fragte Klammgluth.

„Ja, Menhir, mit dem ganzen verdammten Schicksalszwerg. Sein Zögling, der Ferkelbändiger, der General und der Höchste der Hohen. Es heißt, dass sie nach Vorrngarth unterwegs sind …“

„Vorrngarth? Beim heiligen Hammer …“ Der Herr des Zwergischen Zwielichts senkte den Kopf und grübelte einen Moment lang nach. Dann gab er dem Auftragsmörder einen Wink, damit dieser die Klinge vom Hals seines Opfers nahm. Zögernd tat Eisengilb, wie ihm geheißen. Ohne weiter auf den Boten zu achten, dem immer noch der Angstschweiß in den Bart lief, wandte sich Klammgluth an die beiden anderen Menhire.

„Kiesgrimm, Trümmerboldt, wir müssen aufbrechen. Und zwar schnell. Wir müssen sie aufhalten. Und dann werde ich diesem Fazzgadt meinen Hammer zu fressen geben, und du …", er deutete auf den zwergischen Auftragsmörder, während er die letzten drei Brocken auf den Tisch fallen ließ, „kannst das Problem mit dem Priester erledigen!"

Kaum, dass sie die Höhle des Kommandanten hinter sich gelassen hatten und durch das Tor getreten waren, eröffnete sich den Mitgliedern des Schicksalszwergs die Dünnbierhölle, der Kerker der Verdammnis, der Hort der Finsternis: Vorrngarth.

Im Zentrum einer riesigen Höhle erhob sich ein Berg aus schwarzem Gestein, an dessen Außenseite sich, von stählernen Geländern gesichert, über drei Ebenen ein umlaufender Weg emporwand. Auf diesen Ebenen lagen die Zellentüren, die in unregelmäßigen Abständen von grellgrünen Lichtkegeln gestreift wurden.

Deren Ursprung waren riesige Lichtmaschinen, die sich in den umliegenden Wänden befanden. In ihrem verspiegelten Inneren surrten Hunderte Leuchtkäfer, mit deren Licht sich die Zellengänge gezielt bestrahlen ließen.

An den Lichtmaschinen befanden sich eiserne Plattformen, auf denen bemannte Ballisten montiert waren. Auf diese Weise vermochten die Wachen das gesamte Verlies zu sichern. Doch dem Schicksalszwerg blieb nicht viel Zeit zu staunen. Denn Flammrank begann, seine falschen Rekruten mit geschulterten Waffen durch die Gänge zu hetzen. Die steinerne Treppe hinauf und dann durch den ersten Gang. Vorbei an Dutzenden stählernen Zellentüren und matt glühenden Leuchtkäfern. Am Ende des Ganges folgten einige Hammerübungen, dann ging es weiter, die nächste Treppe hoch.

All das wäre bereits für die meisten gewöhnlichen Rekruten anstrengend gewesen, doch der Höchste der Hohen war ein Tausendjähriger. Er hatte zeitlebens noch nie einen Hammer in der Hand gehalten, und auch Fazzgadts Leben hatte sich seit dem Verlust der letzten zweihundert Jahre auf einen gemütlicheren Rhythmus eingestellt. Doch beide bissen die Zähne zusammen und bemühten sich, so jung und energiegeladen zu wirken, wie ihre frisch gefärbten Bärte es erwarten ließen und ihre Verkleidung es verlangte. Zumindest zwei Gänge lang. Dann kamen sie auf die dritte und letzte Ebene des Verlieses, während jenseits der Treppe der Abgrund gähnte.

Angetrieben von Flammrank hasteten die falschen Rekruten an den Verlieswachen vorbei um die nächste Ecke.

Dann aber, außer Hör- und Sichtweite der Wachtposten, sackte der Allerhöchste schnaufend in die Knie und ließ leise fluchend seinen Hammer fallen. Fazzgadt lehnte sich erschöpft an die Wand.

Selbst der Ferkelbändiger war ein wenig außer Atem. Nur Glimmboldt schaute vergnügt in die Runde und schien in der Lage, diese Übungen noch eine Schicht länger durchhalten und dabei auch noch die Hämmer der anderen tragen zu können.

Um das Befinden des zweibeinigen Gedächtnisses scherte sich ohnehin niemand.

Der Höchste der Hohen, dessen Gesicht inzwischen beinahe die Farbe von Fazzgadts rot gefärbtem Bart angenommen hatte, blaffte den General wütend an.

„Bete, Flammrank, bete, dass du nie wieder in eine Situation kommst, in der ich dir etwas zu sagen habe! Glaub mir, für das hier würde ich dich Feuerschleimschnecken lutschen und dir bunte Schleifchen in den Bart flechten lassen, du widerlicher, dumpfäugiger Zwergentreiber!"

Der General lächelte milde.

„Ich bin nur bemüht, diese Übung so echt wie möglich aussehen zu lassen, Ehrwürdiger. Wir würden doch auffallen, wenn wir schlendern würden, meinst du nicht?"

Brummend konzentrierte sich der Höchste der Hohen auf seine Atmung, während sein Gesicht ganz allmählich wieder eine gesündere Farbe annahm.

Bis jetzt war noch nichts Auffälliges zu sehen gewesen. Und keine Spur von Nattergriff. Sie würden also weiter exerzieren müssen. Und das in dem unauffälligen, engagierten Tempo einer Truppe Gardisten, die von einem erbarmungslosen Vorgesetzten angetrieben wurde.

Die Einzigen, denen das Freude zu machen schien, waren der blinde General und der zurückgebliebene Glimmboldt. Die anderen machten sich darauf gefasst, ihre wenig freudvolle Rolle innerhalb dieser Übung noch ein wenig weiterspielen zu müssen.

Nachdem Blechboldt sich etwas erholt hatte, wandte er sich an den Allerhöchsten: „Was genau, Priester, war die Botschaft, die du Nattergriff mit dem Bildstein geschickt hast?"

Der Priester richtete sich auf und griff missmutig wieder nach seinem Hammer.

„Ich habe gesagt, er soll einhundert Schläge nach Ankunft des Felsläufers toben, brüllen und mit den Fäusten gegen die Tür seiner Zelle hämmern, damit wir wissen, wo er ist."

Der Ferkelbändiger lauschte einen Moment lang in die Stille.

„Hörst du etwas?"

„Nein."

„Ich auch nicht. Also ist irgendetwas schiefgelaufen."

„Aber der Stein …" Der Hohepriester runzelte die Stirn, sodass sein Helm sich ein Stückchen verschob und ein Büschel schlecht gefärbten weißen Haars darunter hervorlugte. „Es war sein Plan. Er hat gesagt, dass gar nichts schiefgehen könnte …"

Jetzt sprang Fazzgadt auf und deutete wutentbrannt mit dem Zeigefinger auf den Allerhöchsten.

„Bleib mir weg mit deinem Stein!", zischte er. „Dein vermaledeiter Aberglaube, deine Religion, dieser ganze Unsinn, das bringt alles nichts als Ärger. Schau mich an. Ich färbe mir den Bart und renne mit einem Haufen Blödbärte durch die Verliese von Vorrngarth, weil ein Stein es so will! Nennst du das etwa in Würde altern? Ich werde zurück in meine Höhle gehen. Und Glimmboldt auch. Und wisst ihr was? Ihr könnt euch euren Schicksalszwerg dahin stecken, wo garantiert kein Gold zu finden ist!"

Er verschränkte die Arme vor der Brust und blickte trotzig in den Abgrund.

Aber niemand schien sich weiter darum zu scheren.

„Wir werden die Zellengänge noch einmal abgehen", sagte der General nachdenklich und legte dem Höchsten der Hohen die Hand auf die Schulter.

„Du wirst also laufen müssen, Alter. Zumindest, wenn du nicht auffallen willst. Vielleicht können wir dir einen leichteren Hammer geben, hm? Ich schreite derweil jedenfalls in würdevollem Abstand hinter euch her …"

„Zwergenschinder. Möge dein Bier den Rest deines Lebens schal sein." Mit missmutigem Blick schulterte der Hohepriester seinen Hammer, und das Gedächtnis, der Ferkelbändiger und Glimmboldt taten es ihm nach. Zuletzt hob auch Fazzgadt mit sichtlichem Widerwillen den seinen und reihte sich ein.

Dann trieb der General seine Rekruten weiter.

„Vorwärts, ihr Kieselkasper! Das hier ist eine Übung der freiwilligen Felswehr und kein Spaziergang! Ihr seid nicht hier, um Steine zu zählen, sondern um zu schwitzen! Jeder, der mir am Ende der Schicht keinen Humpen Schweiß bringt, wird den Rest des Jahres bei den Latrinenbrennern verbringen, ist das klar, ihr räudigen Wanzenreiter?"

Inzwischen hatte Garstholm richtig Freude daran, den Willen des Steins zu erfüllen und den Meisterdieb aus seinem Kerker zu befreien. Wenn es nach ihm gegangen wäre, hätte es sogar noch eine Weile so weitergehen können.

Währenddessen beschloss der Hohepriester, den Stein beim nächsten Pfeifchen Gottkraut zu fragen, ob der General tatsächlich noch gebraucht wurde oder ob man ihn nicht einfach in irgendeine Schlucht schubsen konnte.

Derweil ging es in strammem Tempo zurück. Drei Gänge, drei Treppen, von deren Wänden kaum hörbar die leisen Flüche Fazzgadts und des Priesters widerhallten.

Sie spürten die bedauernden Blicke der Wachen auf sich ruhen und neideten ihnen ihre Arbeit. Dem größten Teil des Schicksalszwergs erschien untätiges Herumstehen in diesem Moment wie eine Verheißung der Hohen Höhle.

Wieder auf der unteren Ebene der Verliese angelangt, schauten sie sich um – abgesehen freilich von dem General.

In keinem der Gänge des Verlieses hatte irgendjemand gegen eine Tür geschlagen oder sich sonst irgendwie bemerkbar gemacht. Was konnte schiefgegangen sein? Der Plan war narrensicher. Mit Hilfe von Nattergriffs Tasche hatten sie den Felsläufer auf seinen Geruch abgerichtet. Dann hatten sie das Tier mitsamt dem Bildstein in die Luftschächte geschickt. Es hätte ohne Umwege in die Zelle des Diebes laufen und ihm den Stein bringen sollen. Seine Handhabung war derart einfach und offensichtlich, dass Nattergriff auch daran nicht hätte scheitern dürfen. Er musste nur den Bildstein über den Leuchtkäfer halten, und schon würde er die Botschaft des Allerüberhöchsten empfangen und wissen, was er zu tun hatte. Nämlich sich bemerkbar machen.

So weit der Plan.

Aber irgendwo war eine Laus im Stein. Irgendwo musste sich ein Fehler eingeschlichen haben.

Plötzlich blieb Flammrank stehen, dem etwas in den Sinn gekommen war.

„Ferkelbändiger!", sagte er zu Blechboldt. „Sag, befindet sich gegenüber dem Zugangstor neben den Treppen, über die wir hinaufgestiegen sind, eine nach unten führende Rampe?"

„Ja, General, so ist es."

Daraufhin wandte sich der General an die anderen: „Ich denke, wir sollten auch die tieferen Ebenen überprüfen. Wir müssen die Übung ausweiten. Dort unten befinden sich die Küchenhöhlen. Damals, als ich hier einsaß, gab es auch dort ein paar Zellen, in denen man einigen besonders bärtigen Zwergen eine kleine Sonderbehandlung angedeihen ließ."

Der Ton seiner Stimme ließ keinen Zweifel daran, dass der blinde General die erwähnten Zellen nicht nur von außen kannte.

„Also …" Er atmete tief durch und nickte seinen falschen Rekruten zu. Und dann eilten sie zusammen in die Tiefen unter den Verliesen von Vorrngarth hinab.

„Weshalb die Hektik, Klammgluth?", fragte Trümmerboldt, während er seinen Schieferspringer aufzäumte.

„Genau, warum müssen wir sofort aufbrechen?", wollte auch Kiesgrimm wissen.

„Oh, meine Rache an diesem Fazzgadt hat durchaus Zeit",

erwiderte Klammgluth. „Und auch die Sache mit dem Hohepriester ist nicht eilig. Aber es gibt ein Problem, das nicht einen Schlag länger warten kann."

Die beiden Gauner schauten ihn fragend an.

„Der Schicksalszwerg ist nach Vorrngarth unterwegs."

„Ja und?", fragte Kiesgrimm.

„Denkt doch nach! Oder habt ihr nur Kiesel unter dem Helm?", fuhr Klammgluth sie an. „In Vorrngarth gibt es nichts von Wert, nichts, was irgendein Zwerg aus irgendeinem Grund besitzen wollen würde."

„Richtig", stimmte ihm Trümmerboldt zu. „Das Verlies ist nichts als ein Kübel voll wertlosem Abschaum, der irgendwo zwischen Zukunft und Vergangenheit am Ende der Gänge vor sich hin modert, wo der Geruch nicht in das Imperium herüberweht."

„Genau", sagte Klammgluth. „Ein Korb voll fauler Kartoffeln, in dem jeder von uns schon einmal gelegen hat. Was also können diese Zwerge dort wollen?" Klammgluths Augen blitzten. Und noch bevor er es aussprach, wussten die beiden anderen, was er meinte.

„Nattergriff." Kiesgrimm sog pfeifend die Luft ein, und Trümmerboldt murmelte einen leisen Fluch.

„Was immer sie vorhaben, es kann nur eine Sache geben, die sie in Vorrngarth wollen können", erklärte Klammgluth. „Nattergriff! Und den dürfen sie niemals bekommen."

„Weil er der Schlüssel zum Undenkbaren ist."

„Unser Schlüssel, Kiesgrimm. Unserer. Und solange Nattergriff in Vorrngarth ist, wissen wir, wo er sich befindet. Seit Silberkies und seine Männer in die Verliese eingezogen sind, ist dieser dreckbärtige Dieb vor mir auf der Flucht gewesen. Jahrelang hat er sich verkleidet und versteckt. Aber jetzt ist er in Vorrngarth. Ich hätte ihn bald selbst dort herausgeholt.

Aber wenn ihn jetzt jemand anderes befreit, werden wir ihn so schnell nicht wiederfinden."

„Vielleicht geht es auch ohne ihn", meinte Trümmerboldt nachdenklich.

„Trümmerboldt hat recht, Klammgluth", sagte Kiesgrimm. „Vielleicht ist das Undenkbare auch ohne Nattergriff zu schaffen."

„Ohne ihn?" Klammgluth winkte ab. „Kiesgrimm, du bist ein Fälscher, ich bin ein Taschendieb, und Trümmerboldts einziges Talent besteht darin, Dinge kaputt zu machen oder Zwergen damit zu drohen, eben das zu tun. Was wir brauchen, ist ein Einbrecher, ein Dieb, wie es keinen zweiten gibt innerhalb des Imperiums! Wenn wir das Undenkbare wagen wollen, ist Bragk Nattergriff so unersetzbar wie der Ewige Schmied selbst! Bedenkt doch! Es geht um das Undenkbare! Irgendwo dort unten, in der kryptischen Kammer, am Ende des gemeinen Ganges, verbirgt sich das größte Geheimnis der gesamten Zwergenheit. Da sollten wir nichts dem Zufall überlassen."

Trümmerboldt und Kiesgrimm starrten einen Moment lang betreten zu Boden.

„Dann müssen wir uns wirklich beeilen", sagte Kiesgrimm schließlich.

„Sag ich doch!", erwiderte Klammgluth. „Und wenn sie tatsächlich alle dort sind, kann ich Fazzgadt Haar für Haar seinen Bart ausreißen, und Eisengilb kann gleich auch noch den Priester in die Hohe Höhle schicken, damit wir dem Verwalter beweisen können, wie treu und verlässlich seine Menhire ihren Dienst versehen."

Klammgluth nickte dem Auftragsmörder zu, der bereits auf seinem Schieferspringer saß und auf sie wartete. Schließlich bestiegen auch die Menhire ihre Tiere und gaben ihnen die Sporen. Es galt, so schnell wie nur möglich in die Verliese von

Vorrngarth vorzudringen, um dort die Befreiung Bragk Nattergriffs durch den Schicksalszwerg zu vereiteln.

Auf den unteren Ebenen der Verliese lagen die Wirtschaftsgänge von Vorrngarth. Hier durften die harmloseren Häftlinge unter Aufsicht der Wächter einfache Arbeiten verrichten, das dünne Vorrngarthbier brauen und Essen zubereiten, das allerdings nur in den seltensten Fällen als solches zu erkennen war. Weder durch Anblick noch durch Geschmack.

Die Katakomben waren nur spärlich erhellt, und die Gefangenen, die zwischen den Stützbalken Bottiche und Kisten umherschleppten, trugen allesamt kurze Ketten mit mittelgroßen Felsbrocken an den Füßen, die sie daran hindern sollten, sich schneller als nötig zu bewegen.

Monoton hallte das Rasseln der Ketten von den schrundigen, unbearbeiteten Wänden der Höhle wider, und der General lächelte bitter.

„Oh ja, das ist es, das Vorrngarthlied. Und es scheint sich in den letzten paar hundert Jahren nicht verändert zu haben …"

Für einen kurzen Moment schien er in Gedanken zu versinken. Dann aber zuckte sein Kopf wieder hoch, und er wandte sich an Blechboldt, der neben ihm stand.

„Ferkelbändiger! Dort drüben. Was siehst du dort?"

„Hinter den Kesseln?"

„Genau. Dort müssten zwei Türen und eine Treppe sein, die weiter nach unten führt."

„Das ist richtig."

„Gut, wir müssen zu der Treppe."

Sie setzten sich in Bewegung und drängten sich unter den Augen der Wachen zwischen Schweiß, Schmutz und Ketten hindurch, während der blinde General sie anschrie: „Voran, ihr Weichbärte, diese Übung ist erst zu Ende, wenn ich es sage!

Ja, es stinkt, und es ist hässlich, das ist Vorrngarth, und es ist die Hölle!"

Flammrank spielte seine Rolle gut. Aber zugleich erinnerte er sich auch an seine Vergangenheit. Und es waren keine guten Erinnerungen. Wer ihn kannte, hätte bemerkt, dass seine Stimme ein wenig zitterte. Doch für alle anderen war er ein cholerischer Befehlshaber, der seine Rekruten mit diebischem Eifer vorantrieb.

Sie passierten die Kessel und nahmen den schalen Geruch des Kettentrunks wahr, der sich mit dem Gestank des Schweißes der halb nackten Zwerge mischte. Die Bärte der Zwangsarbeiter waren gestutzt, was sie als Häftlinge erkennbar machte. Misstrauisch folgten ihre Blicke den uniformierten Gardisten auf ihrem Weg zur hinteren Treppe.

Als sie sie erreicht hatten, eilten sie die Stufen hinunter. An ihrem Fuß stießen sie auf einen kurzen Gang, an dessen Ende im Licht zweier Käferlaternen eine massive metallene Tür zu sehen war.

„Gut, wenn ich recht vermute, ist die Tür besonders dick und es stehen keine Wachen davor", wandte sich Flammrank nun wieder an Blechboldt.

„Du hast recht", erwiderte der Ferkelbändiger.

„Das ist die Kammer des Kommandanten. Sein persönlicher Vorratsraum. Dort bewahrt er seine Habseligkeiten und in der Regel auch ein paar Häftlinge auf, mit denen er einen persönlichen Fels zu hämmern hat."

Der Ferkelbändiger eilte zur Tür hinüber und betrachtete sie kurz.

„Die Tür ist massiv", sagte er.

„Natürlich ist sie das", erwiderte der General. „Er will ja nicht, dass irgendjemand außer ihm hineingeht."

„Und es gibt tatsächlich keine Wachen."

„Das würde zu viel Aufsehen erregen."

In diesem Moment schaltete sich der Allerhöchste in das Gespräch ein und fragte den blinden General in eindringlichem Flüsterton: „Und du glaubst, er ist tatsächlich dort drin?"

„Ich wüsste nicht, wo er sonst sein sollte."

Unter dem Bart des Priesters breitete sich ein zufriedenes Lächeln aus. Sie standen kurz davor, den Willen des Steins zu erfüllen.

Noch aber war Nattergriff nicht befreit.

„Was ist mit dem Schloss?", fragte Fazzgadt, der mit seinem Zögling hinter dem Hohepriester und Flammrank stand.

Blechboldt beugte sich vor und betrachtete das Schloss eingehend.

„Es ist sehr stabil und aus Stahl. Vielleicht zwei Zeitalter alt, soweit ich das beurteilen kann."

„Gut, dann brauchen wir jetzt den Rostspeier", nickte der Allerhöchste, in dessen Kopf jeder Teil des Plans genau eingehämmert war. Der General zerrte seinen Ledertornister vom Rücken und reichte ihn dem Hohepriester, der sogleich die steinerne Dose daraus hervorholte, in der sich das Tier befand.

Der Hohepriester drängte Blechboldt beiseite, drückte den Behälter gegen das Schloss und zog vorsichtig den Deckel ab. Geschwind verschwand der Rostspeier im Inneren des Schlosses. Man konnte seine dünnen Beinchen leise über das Metall huschen hören.

„Wenn ich den Stein richtig verstanden habe, dann müsste er sich jetzt über das Schloss hermachen", sagte der Höchste der Hohen.

Und tatsächlich drang im selben Moment aus dem Inneren des Schlosses ein leises Zischen. Dann lief plötzlich ein dünner Faden geschmolzenen Metalls aus dem Schlüsselloch.

Der Allerhöchste frohlockte.

Er nickte dem Rest des Schicksalszwergs zu, drückte beherzt auf die Klinke und öffnete die Tür.

Die Höhle dahinter lag in völliger Finsternis.

Aus dem Inneren aber waren leise rasselnde Atemgeräusche zu vernehmen.

„Was seht ihr?“ Neugierig drängte sich der blinde General nach vorn.

„Nicht mehr als du, Flammrank. Die Höhle ist schwarz wie Feiertagsstahl“, erwiderte der Hohepriester.

„Aber man kann einen Zwerg atmen hören!“, fügte Blechboldt aufgeregt hinzu.

Der General bedeutete ihnen, ruhig zu sein, und lauschte in die Höhle hinein.

„Das ist nicht ganz richtig, Ferkelbändiger. Es sind sogar zwei …“

„Zwei?“ Der Hohepriester schien verwirrt.

Glimmboldt gluckste vergnügt.

Der Ferkelbändiger hastete zum Treppenaufgang zurück und kam im nächsten Augenblick mit einer Käferlampe wieder, die er in die Kammer des Kommandanten hineinhielt.

Den Zwergen stockte der Atem.

In der Mitte des Raums hockte, sich seelenruhig putzend, der Felsläufer. Die Lederschnur mit dem Bildstein war noch immer an seinen drahtigen Leib gebunden. Niemand hatte sie losgebunden.

Und dann erkannten sie auch, weshalb. Die beiden Zwerge, deren Atem der General vernommen hatte, waren in engen Eisen an die Wand geschmiedet und hingen, unfähig sich zu bewegen, einen halben Bart über dem Höhlenboden.

Der jüngere von beiden, wahrscheinlich Nattergriff, war offenbar bewusstlos. Sein Bart war teilweise ausgerissen, sein Kinn blutbefleckt und eines seiner Augen komplett zugeschwollen. Aus seiner Nase troff Blut, und sein Körper war über und über mit Brandmalen und blauen Flecken übersät. Wer immer ihm das angetan haben mochte, hatte dafür gesorgt, dass Bragk Nattergriff inzwischen aussah wie der Verlierer eines mehrtägigen Bierzwistes oder wie einer der Hammerfelsen, an denen die Schmiede des Imperiums ihre neuen Werkzeuge erprobten.

Doch es war der Anblick des anderen Gefangenen, der den Schicksalszwerg stutzen ließ. Der zweite Zwerg war ungleich älter. Sein grauer Bart hatte beinahe das vollkommene Weiß eines Tausendjährigen, sein Körper war in sich zusammengefallen, unter der Haut zeichneten sich seine Knochen ab, und man hatte den Eindruck, dass der Tod ihn lediglich deshalb verschont hatte, weil die Tür der Kammer verschlossen gewesen war. Unter den dichten Augenbrauen des Alten aber blinzelten zwei hellwache Augen hervor. Er wirkte wie ein Tier, das nur darauf wartete, seinem Gefängnis zu entfliehen. Als hätte er die gesamte ihm verbliebene Kraft für den Moment aufgespart, in dem sich die Möglichkeit zur Flucht ergab. Verwundert trat der Schicksalszwerg näher und betrachtete den Gefangenen.

Etwas an ihm kam ihnen merkwürdig vor. Er besaß nämlich eine frappierende Ähnlichkeit mit einem ganz bestimmten Zwerg. Vor allem die fehlende Nase ließ keinen Zweifel offen. Blechboldt schluckte. Denn in diesem Moment ging ihm auf, was es war, das er zuvor gerochen hatte, als sie dem Kommandanten entgegengetreten waren. Flammrank entging das staunende Schweigen seiner Gefährten nicht.

„Was ist los?“, fragte er ungeduldig. „Was seht ihr? Glaubt mir, wenn ihr mich ärgern wollt, werde ich euch nackt durch die Gänge zurücktreiben …“

„Es ist der andere Gefangene …“ Die Stimme des Allerhöchsten zitterte. „Er sieht genauso aus wie Kholk Stheinar. Beinahe, als wären sie aus einem Ei geschlüpft*!"

Plötzlich erklang hinter ihnen eine Stimme.

„Das ist so nicht ganz richtig. Obwohl diese Aussage mir durchaus schmeichelt." Und dort in der Tür, in Begleitung von sechs kräftigen Kerkerwachen, stand das exakte Ebenbild des mysteriösen Gefangenen: der Kommandant der Verliese, Kholk Stheinar. Einer seiner Männer schloss die Tür, während die anderen die Gefährten mit vorgehaltenen Stahlschleudern tiefer ins Innere der Höhle drängten.

„Es funktioniert, solange wir nicht nebeneinanderstehen. Eine kaum zu durchschauende Verkleidung, beinahe vollkommen, nicht wahr?", sagte der falsche Stheinar.

„Abgesehen vielleicht vom Silberseim**!", meldete sich Blechboldt zu Wort.

Das war es, was der Ferkelbändiger gerochen hatte. Mit dieser Substanz hatte sich der Zwerg den Bart gefärbt, damit er dem des Kommandanten glich. Und den Geruch von Silberseim kannte Blechboldt, weil ein Extrakt der Flüssigkeit, die aus dem Moos der Teerhöhlen gewonnen wurde, Teil jenes falschen Bieres war, mit dem er sein persönliches Problem zu verbergen suchte. Ein gewöhnlicher Zwerg kam mit Silberseim allenfalls in Berührung, wenn er beim Teersammeln ausrutschte und sich auf einem der moosbewachsenen Felsen den Bart prellte.

* Das Phänomen, dass zwei Zwerge aus einem Ei schlüpften, war zwar selten, aber durchaus beobachtet worden. Solche Zwerge verfügten jedoch den wenigen Überlieferungen zufolge über einen gemeinsamen Bart, der jeweils am Kinn des anderen Schlüpflings endete.

** Als Silberseim bezeichnete man das silbrig schimmernde Sekret, das bei der Häutung einer Schorfsteinassel auf ihrer abgelegten Haut zurückblieb. Es war das beste Mittel, um sich den Bart grau zu färben und dadurch älter zu wirken und bei seinen Mitzwergen Respekt zu erschummeln.

Die Augen des fremden Zwergs verengten sich.

„Du hast den Silberseim gerochen? Aber ich habe ihn mit Wanzwurz gestreckt, er ist kaum noch wahrzunehmen. Wie vermagst du …“

„Wanzwurz habe ich früher auch benutzt“, sagte Blechboldt. „Aber er verbirgt den Geruch des Seims nicht halb so gut wie Erzferkelspeichel. Zwei Tropfen auf einen Humpen und niemand riecht mehr irgendetwas!“

„Oh, ich bin dir recht dankbar für diesen Hinweis, Zwerg. Mit deiner Hilfe wird meine Tarnung in Zukunft noch ein wenig vollkommener sein. Ich werde meine Männer darum bitten, dich etwas weniger fest an die Wand zu schmieden, damit du dich in den nächsten Jahren von Zeit zu Zeit ein wenig strecken kannst.“

Die Dankbarkeit des Ferkelbändigers für diese Gnade hielt sich in Grenzen. Aber ein Aufbegehren schien angesichts der auf sie gerichteten Schusswaffen weder ihm noch einem seiner Begleiter angebracht.

Im nächsten Moment holte einer der muskelbepackten Wachzwerge Hammer, Eisen und einige weitere Schmiedeutensilien herbei, während ein anderer den Gefährten ihren Besitz abzunehmen begann – ihre Waffen, ihre Helme und Taschen, darin auch Blechboldts Falschbier, das restliche Gottkraut und zu guter Letzt den Stein.

Alles landete auf einem großen Haufen.

Schaudernd sah der Allerhöchste dem Geschehen zu und beschloss, einen letzten Vorstoß zu wagen. Mit stolz erhobenem Haupt trat er dem falschen Kommandanten entgegen.

„Impertinenter Zwerg! Weißt du denn nicht, wen du vor dir hast? Ich bin der eine unter den anderen, den man auch den anderen unter den einen nennt, der Träumende unter den Schlafenden, der Glänzende inmitten der Matten! Ich bin der

Allerüberhöchste, und meine Gefährten sind kein Geringerer als der Schicksalszwerg, Bezwinger des Neuen Stahls, Bewahrer des Imperiums und …"

„Und ich bin der, dem das vollkommen egal ist", entgegnete der falsche Kommandant ungerührt.

Der Höchste der Hohen verstummte. Sein Gegenüber schien es tatsächlich ernst zu meinen. „Selbst wenn der Ewige Schmied persönlich mit euch reisen würde", fuhr der Betrüger fort, „einer von euch goldene Zähne im Mund hätte oder Weißgold scheißen könnte. Es wäre mir egal."

Der Hohepriester fluchte innerlich. Tatsächlich hatte er als Nächstes darauf hinweisen wollen, dass der Ewige Schmied in ihrer Mitte reiste. Aber so wie es aussah, konnte er sich das sparen.

„Und wenn einer von euch mir jetzt noch weiter auf dem Helm rumtanzt, dann lasse ich ihn *kopfüber* an die Wand schmieden! Habt ihr das verstanden?", knurrte der falsche Kommandant.

Lunt Glimmboldt gluckste vergnügt und erntete einen bösen Blick des fremden Zwergs, der jedoch sofort erkannte, dass er hier einen vor sich hatte, der den meisten Gemüsesorten des Imperiums im Geiste näher war als den Zwergen und damit schon genug gestraft war, als dass man ihn auch noch falsch herum an eine Wand hätte schmieden müssen.

Es dauerte nicht lange, bis der Schicksalszwerg an der Wand der Kammer des Kommandanten von Vorrngarth hing. Arme und Beine jedes Einzelnen waren eng in eiserne Fesseln geschmiedet, und sie waren, ebenso wie ihre beiden Mitgefangenen, zu vollkommener Bewegungsunfähigkeit verdammt. Die Fesseln kannten keinen Unterschied zwischen Hohepriester, General oder zurückgebliebenem Schlüpfling. Ein paar letzte Hammerschläge der uniformierten Zwergenhünen, und dann schien alle Hoffnung verloren.

Zufrieden betrachtete der falsche Silberbärtige das Ergebnis der Arbeit seiner Schergen.

„Nun, wir werden hier unten in Zukunft also ein paar mehr Zwerge zu füttern haben, wie es scheint. Wie auch immer, das dürfte das geringste Problem sein. Zumal wohl niemand sich beschweren wird, wenn wir es mal vergessen ...“

Der Zwerg ging zu dem Haufen der Habseligkeiten seiner Gefangenen hinüber, stocherte mit der Stiefelspitze darin herum und griff schließlich nach der Tasche des Allerüberhöchsten. Dann gab er seinen Männern das Zeichen, dass sie sich nun ebenfalls bedienen konnten.

Nachdem sie den Haufen durchwühlt hatten, öffnete einer der Zwerge die schwere Tür der Kammer, und lachend verschwanden sie mitsamt der Käferlaterne in Richtung der nach oben führenden Treppe.

Zurück blieben, einzig sich selbst und völliger Finsternis überlassen, die Gefangenen.

Und da ihnen das am angebrachtesten erschien, schwiegen sie.

In ihren Köpfen aber ging einiges vor sich. Vor allem drängte sich ihnen die Frage auf, ob auch das hier Teil des Plans war, den der Ewige Schmied ihnen zugedacht hatte. Langsam keimte in ihnen jedoch der Verdacht auf, dass sich der Stein womöglich geirrt haben könnte.

Was der Hohepriester allerdings für wenig wahrscheinlich hielt. Im Gegensatz zu Fazzgadt, der nur allzu gern seinen Hammer an dem Stein erprobt hätte.

Garstholm Flammrank schien nachzudenken oder zu schlafen. Da man seine Augen nicht sehen konnte, war das nicht eindeutig zu erkennen. Vielleicht war er sogar tot. Farrnwart

Blechboldt fragte sich derweil, ob seine Fesseln wirklich bequemer waren als die der anderen, und Lunt Glimmboldt träumte davon, eine siebenzungige Lederrückenunke zu sein und in einem Haufen Zuckersteine zu liegen.

Ihr Atmen mischte sich mit dem der beiden anderen Gefangenen.

Und schließlich war es das zweibeinige Gedächtnis, welches das Schweigen brach.

„Herr!", sagte es an den Hohepriester gewandt und hätte, wie es schien, gerne geflüstert, musste jedoch, da Glimmboldt und der General zwischen ihnen hingen, lauter sprechen, als ihm lieb war.

„Was willst du?", erwiderte der Hohepriester unwirsch. „Bis jetzt hast du nur gesprochen, wenn du gefragt wurdest. Und wenn es nach mir geht, müssen wir daran auch nichts ändern." Der Höchste der Hohen war ungehalten. Die vage Ahnung, dass es dem Plan des Steins womöglich an Vollkommenheit mangeln könnte – und man letztlich *ihn* dafür verantwortlich machen würde –, behagte ihm ganz und gar nicht.

„Aber, Herr, bemerkt Ihr es denn nicht?", fragte das Gedächtnis.

„Glaub mir, ich merke einiges. Zu enge Fesseln an Armen und Beinen zum Beispiel. Und außerdem merke ich, dass du aufsässig wirst …"

„Die Prophezeiung, Herr, der zweite Teil, die Worte des Großen Erzferkels. Erinnert Ihr Euch nicht?"

„Nein, ich erinnere mich nicht. Dafür habe ich dich, wenn ich dich daran erinnern darf. Was also ist es, an das du dich an meiner statt erinnerst?"

Das Gedächtnis atmete tief ein und hob dann in der Dunkelheit mit bedeutungsschwangerem Ton an zu rezitieren: „Erst wenn der falsche Zwerg im Dunkel der Kerker lacht, die Hoffnung verflogen und Flucht unmöglich ist, erst dann wird das Undenkbare denkbar werden."

Als er geendet hatte, legte sich Schweigen über die Dunkelheit.

Bis Fazzgadt schließlich fragte: „Sagt mal, was fressen diese Erzferkel eigentlich?"

Blechboldt fühlte sich als Fachmann in die Pflicht genommen und antwortete augenblicklich: „Vor allem Knorpelknollen. Und natürlich Wucherwurz, wenn sie welchen entdecken. Wenn man ihnen eine wirkliche Freude machen will, dann …"

„Aber doch sicher auch Dinge, die einen ein wenig wirr unter dem Helm machen, oder?", bohrte Fazzgadt nach.

„Wieso …"

„Na hör mal, so was prophezeit doch niemand, der bei klarem Verstand ist!"

„Das ist Frevel!", empörte sich der Hohepriester auf seiner Seite des Raums. „Blasphemie! Nicht nur, dass du den Stein verhöhnst, jetzt wagst du es auch noch, das Große Erzferkel …"

„Was heißt hier verhöhnen?", entgegnete Fazzgadt. „Ich stelle lediglich fest, dass es womöglich einen Grund gibt, dass gewisse Dinge nicht reden können."

„Nur weil du sie nicht verstehst, heißt das nicht …", ereiferte sich der Hohepriester.

„Ich habe nicht einmal das Bedürfnis, Ferkeln oder Steinen zuzuhören, geschweige denn, sie zu verstehen!", fiel ihm Fazzgadt ins Wort. „Ich will in Ruhe in meiner Höhle sitzen, mein Bier trinken und meine Pfeife rauchen. Und dass ich das nicht kann, liegt allein an diesem plappernden Kiesel und einem schwatzhaften Schwein!"

Nun schaltete sich auch der General in das Gespräch ein.

„Wir sollten uns eher Gedanken darüber machen, wie wir hier wieder herauskommen. Unsere Lage ist nämlich überaus ernst. Freiwillig wird dieser Zwerg uns nicht losmeißeln lassen."

„Oh, unsere Lage ist also ernst." Fazzgadts Streitsucht wuchs spürbar. „Das hatte ich noch gar nicht gemerkt. Ich hatte angenommen, man hätte uns aus reiner Freundlichkeit an diese Wand gehängt. Wer ist dieser Zwerg überhaupt?"

„Na ja, er gibt sich jedenfalls als Kommandant von Vorrngarth aus", antwortete der General.

Von dort, wo der grauhaarige Zwerg an der Wand hing, drang ein leises Röcheln herüber.

Der Allerhöchste nickte, ohne dass es jemand sehen konnte. „Der in Wirklichkeit dort drüben hängt", sagte er. „So viel habe ich bereits verstanden."

„Und niemand kann dem falschen Kommandanten etwas anhaben, solange er in Vorrngarth weilt und man ihn für den echten hält", sagte Flammrank. „Dies ist sein Reich, in dem seine Regeln herrschen. Und er wird niemals zulassen, dass jemand seine Macht gefährdet ..."

„Das klingt aber gar nicht gut", murmelte Blechboldt.

„Nicht gut? Das klingt so, als wären wir endgültig verloren!", polterte Fazzgadt los. „Und zwar weil der Allerüberhöchste, diese priesterliche Vollpfeife, jedem dahergelaufenen Stein glaubt, wenn er ihm irgendwas erzählt!"

Der Hohepriester überhörte die Anfeindungen und griff stattdessen die Frage von zuvor noch einmal auf.

„Aber wer ist er denn überhaupt, dieser Zwerg?"

Darauf erwiderte Garstholm Flammrank, der blinde General: „Es gibt nur einen, der sich derart gut verstellen kann. Na ja, zwei, um genau zu sein. Beide sind Meister der Maskerade, und man sagt, sie könnten sich sogar als Schieferspringer verkleiden, ohne dass jemand misstrauisch werden würde. Zwei Zwerge gibt es also, die die Kunst der Verstellung zur Vollendung gebracht haben. Und da der eine von beiden, nämlich Bragk Nattergriff, dort drüben an der Wand hängt, kann es nur der andere sein …“

„Der andere?“, fragte Fazzgadt.

„Kein Geringerer als Nattergriffs Oheim, der Vater aller Halunken. Der Ahnherr des Zwergischen Zwielichts. Schnappsagk Silberkies …“

INTERMEZZO

Die Stimmung in *Dumpgrunts Bauch*, der größten Höhlentaverne der gesamten Zwergenwelt, war miserabel. Und sie war ein Spiegel der Stimmung des gesamten Imperiums. Das war schon immer so gewesen, was das Ganze allerdings nicht angenehmer machte.

Hier sprach man, wie einem der Bart gewachsen war. In den Gängen aber musste ein aufrechter Zwerg inzwischen aufpassen, was er sagte, um nicht durch den Spitzel des einen, anderen oder nächsten Geheimdienstes beim Verwalter angezeigt zu werden. Die Menhire waren überall, sie hatten das Eherne Volk vollkommen durchdrungen. Und man konnte ihre Diener nicht einmal erkennen, so geheim waren sie. Die meisten Zwerge dienten zumindest einem von ihnen, manche sogar zweien. Oder aber sie waren Teil der Begnadeten Bewahrer geworden, die im Gegensatz zu den Menhiren zumindest niemanden denunzierten. Sie hielten sich verborgen und behielten alles für sich, wie es ihre Aufgabe war.

Es gab inzwischen jedenfalls kaum noch einen Zwerg, der nicht Teil einer dieser ominösen Gruppierungen gewesen wäre, die der Große Verwalter mit dem Ziel ins Leben gerufen hatte, das Eherne Imperium vor sich selbst zu schützen. Ob es nun wollte oder nicht.

Die wenigen ehrlichen Schürfbrüder, die noch geblieben waren, mussten freilich die Arbeit derjenigen, die zu vermeintlich Höherem berufen waren, mit erledigen. Während die Begnadeten Bewahrer, von denen nie einer in den Gängen zu sehen war, ihren Dienst für die Zwergenheit unentgeltlich in ihrem geheimen Quartier versahen, wurden die Menhire aus den Schatzkisten des Verwalters bezahlt. Und die drei Geheimdienste verschlangen sein Gold mit dem Hunger einer siebenköpfigen Raupe.

Aber der Große Verwalter hatte sich etwas einfallen lassen, um das Wohlergehen seiner Untertanen gewährleisten zu können.

Damit die kostspieligen Menhire das Eherne Volk auch weiter nachhaltig beschützen konnten, hatte der Verwalter einige sinnreiche Steuern erhoben. Da war zum einen die Werkzeugsteuer, die auf neu erworbene Grubengerätschaften zu entrichten war und zwei Kiesel betrug. Diese war für die meisten Schürfbrüder fast noch nachvollziehbar. Sogar Fasssteuer und Humpenpfand hatten sich die Schankwirte gefallen lassen. Die Diener der Menhire zahlten diese Abgaben mit Freuden, da sie damit letztlich ihren eigenen Lohn sicherten.

Die Bartsteuer allerdings hatte den Krug zum Überlaufen gebracht. Den Bart, die größte Zierde eines Zwergs, den Sitz seiner Seele, zu besteuern und damit die Ehrbarsten der Ehrbaren, die zigfach Gezwirbelten und Gewachsten in die Pflicht zu nehmen, dazu hatte kein Verwalter das Recht!

Unmut gor in den Gängen wie ein Fass mit altem Bier und toten Ratten. Missmutig streiften die Zwerge umher, Bierzwiste brachen schneller aus als früher, man teilte sein Bier nicht mehr und achtete besser auf sein Gold. Um die Werkzeugsteuer zu umgehen, kauften die Zwerge heimlich in Trolllagern und waren bemüht, den eigenen Bart nicht über die niedrigste Steuerklasse hinaus wachsen zu lassen.

Das Bartwettwachsen in der Arena war der Bartsteuer wegen für Athleten und Ausrichter ein derart kostspieliges Unterfangen geworden, dass man dort bereits überlegte, der Traditionen zum Trotz auf Fingernägel auszuweichen.

Bartvermesser und Werkzeugkontrolleure patrouillierten im Auftrag des schwarzen Menhirs in den Gängen und waren bald schon zum Schrecken der gesamten Zwergenheit geworden. In vermessene Bärte wurde ein Kontrollsiegel eingeflochten, und in rechtmäßig erworbene Hämmer und Hacken wurde es eingebrannt – zum besonderen Vergnügen Harrm Kiesgrimms und seiner Fälscherbande, denen jedes neue offizielle Siegel weitere Betätigungs- und Verdienstmöglichkeiten eröffnete.

Findige Zwerge hatten in der ersten Zeit nach der Einführung der Bartsteuer durch künstliche, abnehmbare Bartverlängerungen ein gutes Geschäft gemacht, bis eigens dafür schließlich noch die Falschbartabgabe eingeführt worden war.

Unter dem Schutz der Menhire und dem Wohlwollen des Großen Verwalters waren die Zwerge geizig geworden. Sie hatten begonnen, einander zu misstrauen.

Außerdem gab es Gerüchte über das neue Orakel des Verwalters. Gesehen hatte es noch keiner der gewöhnlichen Zwerge, aber man munkelte, die neuen Priester würden in goldenen Hallen fässerweise bestes Bier vergeuden, es einfach auskippen und abfließen lassen, um aus dem zurückbleibenden Schaum den Willen der Götter herauszulesen …

Die meisten Zwerge verstanden nicht viel von den Göttern, aber dafür umso mehr von Bier.

Und das verschüttete man nicht einfach so.

Egal, mit wem man sprechen wollte.

Tatsächlich hatten einige Zwerge bereits die vorsichtige Vermutung geäußert, dass der Große Verwalter vielleicht am falschen Stein geleckt oder das falsche Kraut geraucht haben mochte.

Derlei Äußerungen waren jedoch selten und wurden dank der Aufmerksamkeit der Menhire inzwischen vorwiegend unter Gleichgesinnten in einer kleinen Zelle in Vorrngarth ausgetauscht.

Die Gewissheit aber, dass früher – selbst während der Trollkriege und zur Zeit der furchtbaren Splitterspinnen – alles besser gewesen war, war allgemeiner Konsens in den Gängen geworden.

Und so hockten in *Dumpgrunts Bauch* gegen Ende dieser Schicht Zwerge, die noch übellauniger und finsterer dreinblickten als sonst. Niemand scherzte trunken und vergnügt oder schrie und grölte ausgelassen. Alle starrten nur trübsinnig in ihr Bier und schimpften vor sich hin.

Es waren nicht viele Gäste, die in *Dumpgrunts Bauch* auf den massiven Bänken hockten. Viele Zwerge tranken inzwischen lieber in der heimischen Höhle und verdünnten ihr Bier, um aus einem Fass zwei zu machen und so die Abgabenlast zu verringern.

In den Tavernen verdünnten die Wirte das Bier natürlich auch. Aber das wusste keiner von den wenigen Zwergen, die grummelnd vor ihren Humpen hockten und sich ausnahmslos vorgenommen hatten, bei der nächsten Audienz des Großen Verwalters das Wort zu ergreifen und dem Herrscher der Zwerge klarzumachen, dass er gegenwärtig im Begriff stand, selber den Niedergang des Ehernen Imperiums heraufzubeschwören.

Es war das erste Mal in der gesamten Geschichte des Ehernen Volkes, dass es mit seinem Verwalter unzufrieden war. Unzufriedenheit mit dem Herrschenden war von den Altvorderen nicht vorgesehen gewesen, weshalb es auch keine Regeln dafür gab, wie die Zwerge in einer solchen Situation zu verfahren hatten.

Doch dafür gab es die Audienz. Meinung, Wahrheit, Recht – all das wurde im Rahmen dieser Zusammenkunft gesprochen. Und die Zwerge würden nicht mehr länger schweigen!

KAPITEL 7

IN DEM SICH DAS ZWIELICHT VORRNGARTH NÄHERT, FALSCHE KOMMANDANTEN SENTIMENTAL WERDEN UND FLUCHT VOLLKOMMEN UNMÖGLICH SCHEINT

Der Ritt der Menhire war wild.

Es galt, die Verliese von Vorrngarth zu erreichen, bevor der Schicksalszwerg dem Meisterdieb zur Flucht verhelfen konnte. Denn genau das war, wie sie sich denken konnten, sein Plan.

Nichts anderes hätte ihn in die siechenden Tiefen dieses Höhlengeschwürs am Ende des Imperiums locken können. Und sie, die vereinten Menhire, allen voran Felsigk Klammgluth, der Herr des Zwergischen Zwielichts, wussten nur allzu genau, was das bedeutete: Wenn es dem Schicksalszwerg gelang, Bragk Nattergriff aus der Dünnbierhölle zu befreien, dann rückte das größte aller Ziele, das Undenkbare, für das Zwielicht erneut in unerreichbare Ferne.

Dann würden andere das größte Geheimnis der Zwergenheit aus dem Dunkel des Vergessens emporhieven. Und das durfte nicht geschehen!

Mit grimmigem Gesicht trieb Klammgluth seinen Schieferspringer an und rammte ihm die Sporen in die Flanken.

Trümmerboldt und Kiesgrimm folgten beinahe gleichauf. Auch ihnen war klar, dass es ein Problem gab, aber sie waren nicht so tief in Klammgluths Pläne um das Undenkbare verstrickt, dass ihnen der tatsächliche Ernst der Lage bewusst gewesen wäre.

In einigem Abstand folgte ihnen der Auftragsmörder. Er war in die Pläne des Zwielichts nicht eingeweiht und wusste darum auch nichts von der bedeutenden Rolle, die Bragk Nattergriff darin spielte.

Doch diese Pläne scherten ihn auch nicht. Er hatte lediglich einen Auftrag zu erledigen.

Klammgluth hätte seinen Schieferspringer zu Tode geritten, um den Plan des Schicksalszwergs zu vereiteln. Und dann hätte er sich, wenn nötig, auf den Rücken eines seiner Begleiter geschwungen und auch den noch zu Tode geritten.

Bragk Nattergriff, der Zwerg mit den tausend Bärten, der Erste Erhabene Entwender, der beste Dieb des Ehernen Imperiums, war der Kern seines Plans. Ohne ihn war das Undenkbare nicht denkbar.

Schon von Anfang an war Nattergriff Teil von Klammgluths Plan gewesen. Seit er gemeinsam mit dem Meisterdieb ihren Oheim, Schnappsagk Silberkies, den Ahnherrn des Zwergischen Zwielichts, an den Großen Verwalter verraten hatte, um seinen Platz einzunehmen.

Das Undenkbare zu erreichen, war ursprünglich Silberkies' Plan gewesen. Doch Klammgluth war ein ehrgeiziger Schlüpfling. Und seinen Ziehvater aus dem Weg zu räumen, bedeutete nicht nur, die Macht über das Zwielicht zu erlangen, sondern darüber hinaus auch in allen anderen Belangen sein Erbe anzutreten. Vor allem im Bezug auf das Undenkbare. Das aber war ein steinerner Weg, an dessen Ende der bedeutendste Schatz der Zwergenheit lag. Doch um ihn zu erlangen, brauchte es einen Meisterdieb.

Diebe unterstanden Klammgluth in seiner Bruderschaft unzählige. Er hatte sie einen nach dem anderen ausgebildet, in der Hoffnung einen Klumpen glänzenden Goldes zwischen den dumpfen Kieseln zu finden. Doch der Ewig Ungesehene, der Gott des Zwergischen Zwielichts, den Silberkies einst selbst ersonnen hatte, um den Gebeten seiner Halunken einen Adressaten zu geben, schien Klammgluth keinen Meisterdieb zu gönnen.

Selbst nach mehr als vierhundert Jahren hatte sich nichts daran geändert, dass es einzig zwei Zwerge gab, die den letzten Teil des Weges ins Undenkbare zu beschreiten und den größten Schatz der Zwergenheit zu stehlen vermochten: Schnappsagk Silberkies und Bragk Nattergriff. Und da Silberkies tot war, blieb nur noch Nattergriff. Seine Bereitschaft jedoch, das Undenkbare für Felsigk Klammgluth zu vollbringen, würde sich in Grenzen halten. Hatte Silberkies ihn gehasst, weil Klammgluth ihn verraten hatte, so hasste Nattergriff ihn, auch ohne dass er ihn verraten hätte. Sie hatten sich gestritten, geprügelt und mehr als einmal gegenseitig mit dem Tode bedroht. Doch abgesehen von dieser eigentlich gesunden Beziehung zwischen zwei erwachsenen, eigensinnigen Zwergen hatten sie einander gehasst.

Das lag vor allem an gewissen Absprachen, die sie bezüglich des Verrates gehabt hatten, denen zufolge sie sich die Herrschaft über das Zwergische Zwielicht hatten teilen wollen, nachdem Silberkies in Vorrngarth gelandet war. Klammgluth jedoch, der als Erstgeschlüpfter ein paar Kiesel mehr Einfluss besaß, hatte damals tatsächlich geteilt. Jedoch auf seine Art und nach dem Motto: Ich bekomme das Gold *und* den Beutel.

Nattergriff hatte der Bruderschaft daraufhin den Rücken gekehrt und war in den Gängen verschwunden.

Seither hatten die Taschendiebe, Fälscher und Betrüger unter den Zwergen, kurzum alle Kinder des Zwergischen Zwielichts, in Klammgluths Auftrag Ausschau nach ihm gehalten. Und um ihn zurückzuholen, hätte Klammgluth ihm versprochen, was immer er wollte. Freilich nicht ernsthaft. Nur so, dass es gut klang*.

* Das Zwergische Zwielicht kannte zwei Arten von Versprechen. Eines, das gut klang, und eines, dem man glauben wollte. Eines, das man hielt, war bei der Bruderschaft allerdings nicht bekannt.

Doch Nattergriff blieb verschwunden.

Wenn er unter Zwerge ging, tat er es in Verkleidung, und bei seinen Raubzügen ging er derart vorsichtig vor, dass es nahezu unmöglich war, ihn zu erwischen. Für die Stählerne Garde ebenso wie für das Zwielicht. In den vergangenen paar hundert Jahren war er zu einem Schatten, einer Legende geworden, sodass sie nicht einmal mehr wussten, ob er überhaupt noch am Leben war. Nur wenn mal wieder eine unausraubbare Schatzkammer geplündert worden war oder ein vollkommen sicheres Artefakt verschwand, dann ahnte die Bruderschaft, dass der Schatten sich noch regte.

Klammgluth hatte bestochen, gedroht, geschmeichelt und gesoffen, um das Versteck des Meisterdiebes herauszubekommen. Alles ohne Erfolg.

Manchmal hatte es sogar so geschienen, als ob einige Beutelbrüder dem Dieb gegenüber loyaler waren als ihrem Herrn. Um die Loyalitätsverhältnisse wieder geradezurücken, hatte Klammgluth manchen Käfer in manchen Bart setzen müssen.

Als unangefochtener Herr des Zwergischen Zwielichts hatte man es nicht leicht. Aber dafür würde er das Undenkbare am Ende auch nicht teilen müssen.

Und nun, da Nattergriff aufgrund einer seltsamen Fügung des Schicksals gefangen genommen und nach Vorrngarth gebracht worden war, rückte das Undenkbare auch wieder in greifbare Nähe.

Seltsam allerdings schien diese Fügung des Schicksals Klammgluth wahrhaftig: Man hatte dem Meisterdieb in den Schatzhöhlen Khnarff Lehmstichs, eines Erzfürsten, eine Falle gestellt. An einem Ort, von dem niemand wusste, dass er dort einbrechen würde. Und die Falle hatte sich auch noch einer Schwäche des Diebes bedient, von der niemand etwas geahnt hatte: seiner Fieskiesstauballergie.

Äußerst seltsam, fürwahr.

Zumal Klammgluth inzwischen herausgefunden hatte, wer veranlasst hatte, dass Nattergriff diese Falle gestellt wurde. Es war kein anderer als der Höchste der Hohen gewesen. Im ersten Moment hatte diese Erkenntnis Klammgluth verwundert. Weshalb hatte der Priester den Meisterdieb erst nach Vorrngarth schaffen lassen, um ihn dann von dort zu befreien? Doch dann begriff er. Wenn der Hohepriester kein Aufsehen erregen wollte, dann hätte er es nicht anders tun können. Alles musste seinen gewohnten Gang gehen. Denn der Höchste der Hohen wollte sicher auf keinen Fall auf sich aufmerksam machen. Zumal der Verwalter damals noch davon ausgegangen war, dass sein Priester, so wie er es veranlasst hatte, steinschmauchumnebelt inmitten von Käferlederkissen im Zwielicht seiner Höhle schlummerte.

Hinter dem Handeln des Allerhöchsten schien ein Plan zu stecken. Ein Plan, den Klammgluth noch nicht vollends verstand, der aber gewiss nicht vom Hohepriester allein stammte.

Und wenn dem so war, dann war für das Zwielicht Eile geboten.

Wer immer es auf den Meisterdieb abgesehen hatte, musste sich ihn nur noch abholen. Denn jeder wusste, dass er in den Verliesen einsaß. Bragk Nattergriff, der Hunderte von Jahren nicht existiert hatte, war nunmehr eine reife Frucht, die nur noch von demjenigen gepflückt werden musste, der die Hand danach ausstreckte.

Und er war *seine* Frucht!

Kholk Stheinar, oder besser Schnappsagk Silberkies, hatte sich in seine privaten Höhlen über dem Wachraum zurückgezogen. Er vergewisserte sich, dass die Tür abgeschlossen war, dann erst legte er den falschen Bauch und die Koteletten ab.

Sein eigener Bartwuchs war an den Seiten des Gesichts nicht stark genug und Stheinar ursprünglich beinahe einen halben Zwerg breiter gewesen als er. Natürlich hätte er sein Aussehen nach und nach ändern können, aber das war ihm nicht ratsam erschienen. Abgesehen davon wäre es auch keine Herausforderung gewesen.

Also benutzte er den falschen Bauch. Schnappsagk Silberkies sah tatsächlich immer noch genauso aus wie an dem Tag vor zwanzig Jahren, als er begonnen hatte, nicht mehr er selbst, sondern in Wirklichkeit Kholk Stheinar zu sein.

Damals hatte der Ahnherr des Zwergischen Zwielichts den Kommandanten in seiner Zelle überwältigt und die ersten paar Schichten mit Hilfe eines improvisierten Kostüms aus Essensresten und Moosflechte überstanden. Als er dann den echten Stheinar unbemerkt in die Kammer hinabgeschafft und zwei andere Kerkerinsassen zu ehrbaren Kerkerwachen erhoben hatte, hatte er irgendeinen bedauernswerten Zwerg, den der graugrüne Bartspliss in seiner Zelle dahingerafft hatte, statt seiner selbst ins Feuerloch geschickt.

Von da an hatte Schnappsagk Silberkies als tot gegolten. Gestorben in der finsteren Felsenfeste von Vorrngarth am schlechtesten Bier des gesamten Imperiums …

Seit damals hatte Silberkies Vorrngarth unter dem Deckmantel des Kommandantentums zu seiner persönlichen Domäne ausgebaut. Unauffällig hatte er nach und nach Regeln ebenso für die Gefangenen wie auch die Wachen geschaffen, die seine eigene Macht bewahrten und stärkten.

Die Wachen standen inzwischen loyal hinter ihm, dem Ahnherrn des Zwergischen Zwielichts, der offiziell längst durch das Feuerloch in die Hohe Höhle eingezogen war.

Seine vier Leibwachen waren ehemalige Gefangene, Spießgesellen aus der Frühzeit des Zwielichts, die er im Laufe der

Jahre durch geschickte Ränkespiele in den Status von Offizieren erhoben hatte. Sie waren seine persönliche Leibgarde, und er wusste, dass sie für ihn ausnahmslos ihren Bart ins Feuer gehalten hätten. Niemand außer seinen vier persönlichen Beschützern kannte die Wahrheit über sein wahres Selbst. Und diese Zwerge würden das Geheimnis bewahren. Es waren die besten Männer, die er mit Freiheit hatte kaufen können: Horrnh Halbgroll, Vheit Zweistein, Bolgk Grobgluth und Zhigk Grimmwart – Beutelschneider, Raubreiter, Brandstifter und Bartfälscher. Für ihre Verbrechen hätten sie zwei Ewigkeiten lang Kies gesiebt. Doch dank Silberkies herrschten sie nun an seiner Seite über ein Imperium innerhalb des Imperiums. Und dafür konnte er sich ihrer uneingeschränkten Loyalität sicher sein.

Silberkies atmete tief durch, legte den Hammer beiseite und hängte seinen Helm an einen Haken über dem Bett.

Zuletzt strich er nachdenklich über seine stählerne Nasenprothese. Sie war der höchste Preis gewesen. Seine eigene Nase hatte er sich abgeschnitten, um Kholk Stheinar zu werden.

Kommandant der Verliese von Vorrngarth war ein Status auf Lebenszeit. Er war gefangen in dieser Rolle. Seine Sicherheit war sein Gefängnis.

Er rieb sich über das grau gefärbte Brusthaar. Dieses verdammte Zeug juckte. Das war das Schlimmste. Seit zwanzig Jahren juckte es ihn. Aber wenn die Vollkommenheit seiner Verkleidung es forderte, war Silberkies bereit, alles zu ertragen. Stheinar war seine letzte Rolle, und wahrscheinlich würde er sie für den Rest seines Lebens spielen.

Auch wenn es ihn noch so sehr juckte.

Er griff nach einem Tiegel, tauchte seine Finger hinein und rieb sich die Brust mit Egelfett ein. Das linderte das Jucken zumindest ein wenig.

Er atmete ruhig durch und schloss die Augen.

Macht zu haben bedeutete immer, eine Rolle zu spielen. Und er spielte die Rolle eines Zwerges, den die Macht dazu zwang, eine Rolle zu spielen. Das war wirklich eine Herausforderung. Und so wenig Abwechslung wie diese Rolle bot, war Silberkies froh, dass nun einige Zwerge in seine Verliese spaziert waren, die ihn von der monotonen Perfektion seiner Maskerade ablenken würden.

Sie forderten ihn. Und zwischen Rapport, Gefangenenzählen, Essensausgabe und der ein oder anderen Bestechung war das tatsächlich eine dankbare Abwechslung. Obwohl nun, da statt zweien acht Zwerge dort unten hingen, allmählich kein Platz mehr in der Kammer des Kommandanten war.

Wenn er noch jemanden an die Wand hängen musste, würde er weitergraben und die Höhle vergrößern müssen …

Das konnte allerdings ein Problem werden.

Obwohl er schon geahnt hatte, dass irgendwann derlei geschehen würde.

Von dem Moment an, als sie Nattergriff nach Vorrngarth gebracht hatten, hatte er gewusst, dass schon bald etwas passieren würde. Doch er hatte die Zeit weidlich genutzt, um sich an ihm zu rächen. An Bragk Nattergriff, der ihn gemeinsam mit Felsigk Klammgluth verraten und in die Hölle von Vorrngarth geschickt hatte. Er hatte sich daran erinnert. Faust um Faust. Schlag um Schlag. Zahn um Zahn.

Oh ja, er hatte es Nattergriff heimgezahlt, gerade so weit, dass noch genügend Wut für Klammgluth, seinen anderen missratenen Zögling, übrig war …

Silberkies hätte ein ganzes Zwergenleben damit weitermachen können. Nattergriff in seinen Ketten wieder hochpäppeln, um ihn wieder und wieder zu brechen. So lange, bis auch Klammgluth neben ihm an der Wand hing.

Aber die Zeit der vergnügten Folter und der verdienten Rache war vorbei. Denn jetzt waren Zwerge von außerhalb in Vorrngarth eingedrungen, um Nattergriff zu befreien.

Es konnte keinen anderen Grund geben.

Denn seit sich im Imperium herumgesprochen hatte, dass Silberkies in die Hohe Höhle eingezogen war, war Nattergriff der letzte lebende Zwerg, der den Weg ins Undenkbare ebnen konnte, der Einzige, der genug von Fallen und Diebstahl verstand, dass er zumindest eine Chance hatte, den gemeinen Gang zu meistern.

Doch Silberkies wunderte sich über jene, die gekommen waren, um den Meisterdieb zu befreien. Er hatte mit Klammgluth und einigen seiner Halunken gerechnet. Wusste er doch, dass sein verräterischer Zögling sein Erbe irgendwann ganz antreten und das Undenkbare denkbar machen wollte.

Doch statt des Zwergischen Zwielichts war der Schicksalszwerg gekommen. Der Allerhöchste, sein Gedächtnis, der blinde General, der Ferkelbändiger, der Übellaunige und der kleine Wirrbart, die sich der großen Erzferkelprophezeiung entgegengestellt hatten.

Die Geschichten um diese sechs waren selbst hinunter bis nach Vorrngarth gedrungen. Und Silberkies fragte sich, weshalb diese Zwerge wohl das Undenkbare wagen wollten.

Aber vielleicht würde er das noch herausbekommen.

Womöglich sogar noch, bevor Klammgluth mit seinen Männern kam.

Denn kommen würde er mit Sicherheit …

Schnappsagk Silberkies wusste, dass seine Zeit in der Haut des Kommandanten zu Ende ging. Das Einzige, was ihm am Ende seines Ganges noch blieb, war, die Art dieses Endes selbst zu bestimmen.

Es war unwahrscheinlich, dass er das Ganze überlebte. Denn

Klammgluth würde gewiss über Leichen gehen, um Nattergriff in seine Gewalt zu bringen. Natürlich hätte Silberkies den Meisterdieb auch einfach umbringen können. Wenn er die Nachricht von seinem Tod erhielt, würde Klammgluth womöglich davon absehen, nach Vorrngarth zu eilen. Aber dafür liebte Silberkies Nattergriff zu sehr. Er war sein Zögling, der Schlüpfling seines Bartbruders und ihm fast so nahe wie sein eigener Bart. Außerdem empfand Silberkies Hochachtung vor seiner Kunst. In Diebesdingen und Fallenkunde war Nattergriff längst über seinen alten Lehrmeister hinausgewachsen. Einen solchen Hort des Zwielichts zu zerstören, wäre für Silberkies einer Erzsünde gleichgekommen. Ihn zu beschädigen, war allerdings etwas anderes. Und Nattergriff für seinen Verrat einige Finger zu brechen, hatte er als sein gutes Recht erachtet.

Nun aber war auch die Zeit der Rache vorbei, die ihm seine letzten Augenblicke in Vorrngarth wie schweres Honigbier versüßt hatte.

Er seufzte leise. So hatte alles seine Schicht im Leben eines Zwergs.

Wehmütig wandte er sich einer kleinen Kiste aus polierter Rotwurzelrinde zu, die zwischen den Ständern mit seiner Gardeuniformrüstung und seinen Hämmern stand.

Das Ende einer Schicht. Der Beginn einer neuen.

Er legte die Hände auf die Verschlüsse der Kiste und ließ sie langsam aufschnappen.

Es wurde Zeit, sich von einem Traum zu verabschieden.

Er selbst würde das Undenkbare nicht mehr denken können.

Versonnen holte er aus dem Inneren der Kiste einen angerosteten Zylinder heraus.

Und dabei war er ihm einmal so nahe gewesen. So nahe …

Bei dem Zylinder handelte es sich um einen magischen Transporter, wie sie in der Zeit vor den Magierkriegen üblich gewesen waren. Dieser Tage waren allerdings nur noch einige wenige davon in Gebrauch.*

Die zweite Komponente des Transporters hatte er seinerzeit unweit des gemeinen Ganges deponiert. Damals, als er mit seinen Männern bis dorthin vorgedrungen war. Zu fünft waren sie gewesen, jeder ein Meister seines Faches. Die besten Männer, um das Undenkbare denkbar zu machen. Sie hatten sich durch den geheimen Bierschacht des Wächters abgeseilt, den einzigen Weg, den es hinunter in das Undenkbare gab.

Aber sie hatten die Fallen im Inneren des Ganges unterschätzt, hatten feststellen müssen, dass er seinen Namen völlig zu Recht trug und wahrhaft der gemeinste aller Gänge war. Die Hälfte der tückischen Vorrichtungen darin hatten sie nicht einmal gekannt. Als Ersten hatte es ihren Fallenfachmann erwischt. Er war in eine Fallgrube gestürzt. Und zwar in acht Einzelteile zerstückelt. Es war eine tückische Falle gewesen. Lautlos und schnell. Der Zwerg, der sie gebaut hatte, musste mindestens so stolz gewesen sein, wie ihr Fallenfachmann tot war. Und wenig später waren es auch ihr Träger, ihr Fährtenleser und ihr Krieger. Am Ende war bloß noch Silberkies übrig gewesen. Und der war schließlich lieber umgekehrt, als das Funktionsprinzip einer weiteren Falle zu bestaunen. Bevor er jedoch ins Herz des Imperiums zurückgekehrt war, hatte er den Transporter unweit des Ganges verborgen.

Wenn er gewollt hätte, hätte er jederzeit wieder dorthin

* Magische Transporter waren die letzten magischen Relikte, die innerhalb des Imperiums in Gebrauch und nicht vom Verwalter geächtet waren. Zwei Transporterkomponenten wurden mit magischen Steinen bestückt, und wenn die magische Kraft in einer davon durch das Aufeinanderschlagen der Steine entfesselt wurde, löste sie den Träger und alles, das direkt mit ihm verbunden war, in magische Partikel auf und materialisierte ihn ungeachtet der Entfernung wieder bei der anderen Komponente.

zurückreisen können, in den gemeinen Gang, zu den Fallen und an den Rand des Undenkbaren.

Er hätte lediglich die magischen Steine im Inneren der Transporterröhre aneinanderschlagen müssen, und diese hätten ihre Kraft entfaltet und ihn dorthin zurückgebracht.

Darum hatte er in den letzten Jahren eine seltsame Sammelleidenschaft entwickelt. Fallen und Pläne von Fallen, selbst für die exotischsten aller nur denkbaren. Trollfallen, Echsenfallen, Fallen aus allen Zeitaltern. Er hatte Erfinder gefoltert oder bezahlt, die unzählige Steinplatten mit eingeritzten Konstruktionsplänen für ihn erstellt hatten, die in einer kleinen Höhle in einem geheimen Winkel des Felsverlieses lagerten. Direkt daneben befand sich noch eine etwas größere, aber nicht minder geheime Höhle, in der Silberkies die Erfinder gefangen hielt.

All das hatte er getan, um irgendwann noch einmal zum gemeinen Gang zurückzukehren und ihn zu überwinden, eine Falle nach der anderen lachend hinter sich zu lassen und am Ende in der kryptischen Kammer das Undenkbare zu wagen.

Doch tief in seinem Inneren ahnte Schnappsagk Silberkies, dass er diesen Ort nicht mehr verlassen würde, dass Vorrngarth am Ende doch sein Grab werden würde.

Natürlich hatte er darüber nachgedacht, es noch einmal zu versuchen. Auszubrechen, die Haut des Kommandanten abzustreifen und zurückzukehren. Doch wenn der Kommandant aus Vorrngarth verschwand, würde es keine halbe Schicht dauern, bis die gesamte freiwillige Felswehr auf den Beinen war.

Vielleicht wäre es ihm auch gelungen, eine Verkleidung anzulegen, die es ihm ermöglicht hätte, zu entkommen. Aber er war sich nicht sicher. Er wusste nicht einmal, ob er überhaupt noch eine andere Rolle glaubhaft verkörpern konnte.

Vielleicht war er inzwischen einfach zu sehr Kholk Stheinar geworden …

Die Kammer lag in vollkommener Finsternis.

Doch es war nicht die Dunkelheit eines Ganges, in dem ein Windhauch die Fackeln ausgeblasen hatte oder die Leuchtkäfer aus ihren Laternen ausgebrochen waren, sondern vielmehr die Dunkelheit eines Ortes, an dem die Hoffnung und die Zukunft zugleich verloschen waren, um kaum mehr zurückzulassen als Fels, Fleisch und Fessel.

„Na großartig. Hör auf den Stein, glaub an die Vorsehung. Priester, ich hätte dir nicht einen Schlag lang trauen dürfen!“, blaffte Fazzgadt in der Finsternis.

„Ich glaube an den Stein.“ Die Stimme des Höchsten der Hohen klang fest und sicher, hatte Fazzgadts Hohn jedoch nichts entgegenzusetzen.

„Oh, ich zweifle keinen Moment daran, dass wir alle dran glauben müssen!“, erwiderte dieser spöttisch.

„Der Stein weiß, was er tut.“ Der Hohepriester blieb unbeirrbar in seinem Glauben.

„Oh, ich weiß auch, was ich tun werde!“, erwiderte Fazzgadt. „Wenn ich hier herauskomme, dann werde ich mir mit deinem Bart den Arsch abwischen!“

„Das bringt uns nicht weiter“, warf der Ferkelbändiger ein. „Hat jemand vielleicht eine Idee, wie wir hier herauskommen?“

Fazzgadt spuckte geräuschvoll auf den Boden. Allerdings nur, weil er wusste, dass der Hohepriester außer Reichweite war. „Eine Idee? Verdammt, ich kann nicht einmal etwas sehen!“

„Ach na ja, wisst ihr, man gewöhnt sich daran“, ließ der General verlauten.

Unvermittelt war von der rechten Seite der Kammer ein leises Stöhnen zu vernehmen. Nattergriff kam zu sich. Und wenn auch die Dunkelheit den Anblick des schlimm zugerichteten

Zwergs für einen Moment hatte vergessen lassen, so brachte dieses Stöhnen doch die Erinnerung wieder zurück.

Sie hatten ihn gesehen, als sie die Höhle betreten hatten, seinen gequälten Leib. Und nun hörte man in seinem Stöhnen förmlich das geschwollene Auge, jeden einzelnen seiner blauen Flecke und sogar noch ein paar seiner fehlenden Zähne.

„Ah, mir scheint, wir haben Gesellschaft bekommen, Meister Stheinar ...“, sagte der Meisterdieb mit brüchiger Stimme und begann leise zu husten.

„Ja, das habt ihr“, ließ sich Fazzgadt vernehmen. „Wir sind gekommen, um dich zu befreien, Bragk Nattergriff, und zwar weil der Allerüberhöchste, die Stimme der Götter und Schinder ehrbarer Zwerge, mit einem Stein gesprochen hat.“

„Was? Wie? Was für ein Stein?“ Nattergriffs Stimme war kaum zu hören, und sein Husten klang, als ob es von Blut begleitet wurde.

„Mach dir keine Sorgen“, fuhr Fazzgadt mit vor Spott triefender Stimme fort, „denn der Hohepriester vertraut dem Stein. Eigentlich kann gar nichts mehr schiefgehen. Du bist so gut wie in Sicherheit, auch wenn es vielleicht nicht so aussieht.“

„Verzeih, Nattergriff“, übertönte ihn nun der Hohepriester, „doch dieser Zwerg lässt sich vom ersten Anschein der Situation verwirren, der zugegebenermaßen tatsächlich nicht der beste ist. Der Stein, von dem er spricht, ist in Wirklichkeit kein Geringerer als der Ewige Schmied.“

„Ich verstehe nicht ...“, sagte Nattergriff mit schwacher Stimme.

„Wichtig ist, dass alles seinen vorgezeichneten Gang geht“, erwiderte der Hohepriester. „Sorge dich nicht. Und wisse, wen du vor dir hast. Wir sind der Schicksalszwerg. Wir haben das Imperium gerettet und den Überzwerg besiegt, und nun werden wir dich retten!“

„Dafür …“, Nattergriff hustete, und als er weitersprach, hörte man, dass dabei ein weiterer Zahn verloren gegangen sein musste, „… wäre ich euch wirklich dankbar. Ich weiß nämlich nicht, wie lange ich diese Sonderbehandlung meines alten Herrn noch ertragen kann.“

Es war offensichtlich, was er meinte. Denn nach allem, was der Schicksalszwerg über Nattergriff wusste, hatte er vor seiner Einkerkerung mindestens noch sieben Finger besessen. Inzwischen, und das hatten sie deutlich sehen können, waren es bloß noch sechs und von denen war die Hälfte gebrochen.

„Und womit hast du sie verdient, diese Sonderbehandlung?“, fragte Flammrank. Es war das erste Mal, seit die Tür der Kammer ins Schloss gefallen war, dass er sich zu Wort meldete.

„Na ja, Stheinar ist, wie ihr inzwischen ja wahrscheinlich wisst, in Wirklichkeit Schnappsagk Silberkies“, erwiderte der Meisterdieb. „Bis vor einigen Jahren hat er noch selbst hier unten in den Verliesen geschmort. Daran war ich nicht ganz unbeteiligt. Und daran erinnert er sich eben. Immer wieder.“

Ein tonloses Murmeln drang von der anderen Seite des Raumes herüber.

„Den echten Stheinar hat er da drüben an die Wand gehängt, nachdem er ihm die Zunge rausgeschnitten und ihm die Haare abrasiert hatte. Nun ist der ehemalige Kommandant kaum noch zu erkennen und kann niemandem erzählen, was passiert ist, und stellt deshalb auch keine Gefahr mehr für ihn dar. Aber es ist wirklich eine Schande. Der Zwerg dort drüben ist achthundert Jahre alt und hat mehr Zähne als ich!“ Nattergriff lachte ein leises, verbittertes Lachen. „Aber Silberkies’ Kostüm ist brillant! Er spielt die Rolle des Kommandanten besser, als dieser selbst sie jemals gespielt hat.“

Das tonlose Murmeln von der gegenüberliegenden Wand klang nun beinahe ein wenig empört.

„Er hat vier persönliche Wachen. Vier seiner Männer, Häftlinge, die er nach und nach zu seiner Leibwache gemacht hat. Die übrigen Wachen sind allerdings echt und halten ihn für Stheinar. Sie sind ihm treu ergeben, und er tut alles, damit sie die Wahrheit über ihn nicht erfahren."

„Gut. Aber was gibt es für Möglichkeiten, hier herauszukommen?", wollte Fazzgadt wissen, während Glimmboldt im Hintergrund leise gluckste.

„Grundsätzlich kaum welche", erwiderte Nattergriff. „Also, ich kenne mich zwar mit Schlössern und Fesseln und derlei aus, aber wenn ihr nicht gerade eine Schlüsselschrecke dabeihabt, dann gibt es genau zwei Möglichkeiten: Wir kommen hier mit den Stiefeln zuerst heraus oder Schnappsagk Silberkies hat Lust, uns freizulassen. Ich muss aber wohl nicht erwähnen, dass Letzteres genauso unwahrscheinlich ist, wie dass er sich selbst den Bart anzündet …"

Seufzend blickte der falsche Kommandant noch einmal in die Rotwurzelholzkiste.

Er hatte den angerosteten Transporter wieder zwischen seine persönlichen Schätze gelegt und stattdessen die Ledertasche des Allerhöchsten zur Hand genommen. Fortan würde auch der Besitz des Höchsten der Hohen Teil seiner Trophäensammlung sein und dort bis zum Ende seiner Schichten neben seinem Traum vom Undenkbaren und einigen besonderen Verkleidungen ruhen. Silberkies betrachtete die Tasche und musste lächeln. Natürlich teilte er mit seinen Männern. Aber manche Dinge änderten sich nie. Intuitiv hatte er nach dem wahrscheinlich wertvollsten Gegenstand gegriffen, den die Gefangenen bei sich gehabt hatten. Eine verstärkte Ledertasche mit Ziernähten, die eines Erzfürsten würdig gewesen wäre und jenem gehörte, den das Eherne Volk seit Urzeiten als Stimme der Götter verehrt hatte. Nein, Schnappsagk Silberkies war noch nicht zu sehr Kholk Stheinar geworden. Im Herzen war er ein Halunke geblieben.

Bevor er die Tasche zu den anderen Sachen in die Kiste legte, wollte er allerdings nachschauen, was genau er erbeutet hatte. Leise vor sich hin brummend öffnete er die Lederverschlüsse und schlug den Deckel der Tasche zurück. Dann schob er seinen Helm in den Nacken und runzelte die Stirn. Womöglich war es mit seiner Intuition doch nicht so weit her. Oder vielleicht begann auch sein Halunkeninstinkt ihn allmählich im Stich zu lassen. Womöglich wurde er auch einfach nur alt.

Im Inneren der Tasche befanden sich lediglich eine Proviantflasche, ein Tabaksbeutel und ein Stein.

Aber zumindest die Tasche war etwas wert.

Er betrachtete den dunkelroten, rechteckigen Stein, der auf den ersten Blick vollkommen gewöhnlich aussah. Er hatte eine eigentümliche Färbung und Struktur, war aber mit Sicherheit nicht besonders wertvoll. Silberkies fragte sich, weshalb einer der mächtigsten Zwerge des Ehernen Imperiums einen solchen Stein mit sich herumschleppen mochte. Schulterzuckend ließ er den Stein zurück in die Tasche fallen und wollte sie gerade wieder schließen, als er plötzlich etwas bemerkte. Etwas überaus Ungewöhnliches.

Er konnte Tabak riechen. Und das ohne Nase.

Das konnte kein gewöhnlicher Tabak sein.

Nein, beim besten Willen nicht.

Es war lange her, dass er derart exzellenten Tabak gerochen hatte. Selbst mit Nase.

Guten Tabak, gewiss, den hatte er gehabt. Als Kommandant von Vorrngarth bekam man stets, was man wollte. Aber dieser Tabak war nichts, was man kaufen konnte. Er musste von einem wahren Meister gemischt worden sein.

Hastig öffnete Silberkies den Beutel und hob ihn vor das Gesicht. Seine Augen begannen zu glänzen.

Oh ja, das war besonderer Tabak. Ganz besonderer Tabak. Die meisten Komponenten erkannte er auf den ersten Blick. Lange genug waren Pfeifen mit Wirrwurz, Kupferkraut und Bitterginster das Einzige gewesen, was ihn in seiner Zelle am Leben erhalten hatte. Verbotene Substanzen konnte man in Vorrngarth alle erdenklichen bekommen. Ganz gleich, ob man nun Wächter, Kommandant oder Gefangener war.

Aber da war noch etwas anderes an diesem speziellen Tabak. Irgendetwas, das er nicht benennen konnte. Doch ohne auch nur einen weiteren Moment zu zögern, griff Silberkies nach seiner Pfeife und schlug ihren Kopf gegen den Felsen, bis jedes Krümelchen seines eigenen Tabaks herausgefallen war.

Jetzt war es Zeit für etwas Besseres. Etwas Besonderes.

Keine drei Schlag später hatte er seine Pfeife mit dem Meisterkraut gestopft, einen Glimmkäfer hineingedrückt und sog nun zufrieden den Rauch jener außerordentlichen Mischung ein.

Und dann begann es vor seinen Augen zu flimmern.

Seine Arme und Beine wurden schwer, und mit einem seligen Lächeln unter dem Bart taumelte der falsche Kommandant rückwärts zu seinem Lager. Ganz langsam begannen die Felsen vor seinen Augen ihre Farbe zu verändern, und auch Silberkies selbst glaubte, sich zu verändern. Er fühlte sich wie ein fetter, auf den Rücken gefallener Käfer, spürte geradezu, wie dünne Beine mit Hakenhärchen aus seiner Seite wuchsen.

Kurz darauf war er nicht mehr in der Lage, sich aus eigener Kraft aufzurichten. Er lag dort, zappelte mit den Armen und Beinen und lachte leise.

Es war ein großartiges Gefühl. Herrlich hilflos. Ein vergnügtes Versagen, ein Käfer auf dem Rücken, von jeder Verantwortung entbunden, keine Verkleidung, keine Herren, keine Untergebenen. Er, der hier in Vorrngarth stets sein Gesicht mitsamt dem falschen Bart wahren musste, war plötzlich kein Halunke, kein Kommandant mehr. Er war ein auf den Rücken gefallener Käfer. Mehr nicht. Innerlich frohlockte er. Konnte ein Zwerg denn der Vollkommenheit überhaupt näherkommen?

Silberkies strampelte noch ein wenig, dann streckte er Arme und Beine von sich, schloss selig lächelnd seine schwarzen Käferaugen und begann wegzudösen.

Doch dann, kurz bevor er sich endgültig in einen träumenden Käfer verwandelte, vernahm er plötzlich eine Stimme.

„Höre, Zwerg, der du nicht der bist, der du zu sein vorgibst! Vernimm die Stimme des Ewig Ungesehenen!"

Es war eine sonderbare Stimme. Sie klang nicht wie die eines Zwerges, sondern hatte etwas seltsam Fremdartiges an sich, als gehörte sie zu etwas, das eigentlich keine Stimme hatte.

Und bei den Worten, die er vernahm, lief es Silberkies kalt den Panzer hinunter. Vor allem aber, weil das vollkommen unmöglich war. Denn den Ewig Ungesehenen, den Gott, den die Schurken des Imperiums um seinen Segen anflehten, gab es nicht. Es hatte ihn nie gegeben.

Selbst in seiner Benommenheit war sich Silberkies dessen noch bewusst, und er entgegnete mit schwerer Zunge: „Aber … aber es gibt dich nicht!"

Die Stimme zögerte für zwei kurze Schläge, fuhr dann jedoch ebenso laut wie zuvor fort: „Kholk Stheinar, Kommandant von Vorrngarth, der du in Wahrheit Schnappsagk Silberkies, der Ahnherr aller zwergischen Halunken bist, wisse, dass ich gekommen bin, um dich zu prüfen."

„Aber ich … ich habe dich erfunden!", stammelte der falsche Kommandant. Vor ihm hatte es im Ehernen Imperium weder Halunken gegeben noch einen Gott, den sie hatten anrufen können. Darum hatte er den Ewig Ungesehenen geschaffen, dessen Blick überall zugleich war, den Schrecken der Schatzkammer, den Lautlosen, den Urschurken, der am Anbeginn der Zeiten schon dem Ewigen Schmied das glühende Eisen vom Amboss gestohlen hatte.* Silberkies hatte damals ein gutes Dutzend Geschichten um den Ungesehenen ersonnen, jenen Gott, der alles zu sein und alles zu verkörpern vermochte. Es hatte keine hundert Jahre gedauert, bis das Zwergische Zwielicht geschlossen zu dem Gott betete, den er geschaffen hatte.

„Richtig", erwiderte die rätselhafte Stimme. „Du hast mich geschaffen. Und darum existiere ich."

Das klingt allerdings einleuchtend, dachte Silberkies, während sich die Farbe der Felsen in der Höhle unter seinen Blicken von Rot in Grün verwandelte. Die Stimme jedoch ließ sich davon nicht beeindrucken: „Meine Augen ruhen auf dir, Silberkies! Denn ich habe dir eine bedeutsame Rolle zugedacht, in den schicksalhaften Wirren, in denen das Undenkbare denkbar werden wird!"

Silberkies richtete sich auf, seine Augen suchten den vermeintlichen Gott. Und dann fiel sein Blick schließlich auf den Stein.

„Ja, deine Augen trügen dich nicht", sagte die Stimme. „Ich bin es. Und ich habe mich in dieser Form manifestiert, um kein Aufsehen zu erregen. Die vollkommene Verkleidung. Wisse, Silberkies, groß ist dein Talent, und vieles vermagst du, doch erst wenn du in der Lage bist, glaubhaft einen faustgroßen Kiesel darzustellen, dann hast du die höchsten Weihen der Täuschung erreicht, jene, die einzig den Göttern vorbehalten sind!"

* Diese Tat war der erste große Diebstahl in der Geschichte der Zwergenheit und wurde dementsprechend vom Zwergischen Zwielicht als Archetyp des lohnenden Verbrechens interpretiert.

Silberkies schluckte. Der Ungesehene hatte recht, seine Verkleidung war überzeugend, und als Stein war man der Vollkommenheit gewiss näher denn als Käfer! Ehrfürchtig neigte der Ahnherr des Zwergischen Zwielichts das benebelte Haupt vor dem Stein.

„Oh Ewig Ungesehener!“, rief er. „Unergründlicher, Unerkannter! Ich will mich bemühen, ein Stein zu werden. Sprich zu mir, was muss ich dafür tun?“

„Du sollst es erfahren, Silberkies, doch zuvor wirst du etwas für mich tun müssen!“

„Gewiss, oh Lautloser, was immer dein Wunsch, was immer dein Wille sein mag!“

Ehrfürchtig lauschte der falsche Kommandant der Stimme des Gottes, den es ganz ohne Zweifel gab, weil er ihn doch einst selbst erschaffen hatte …

INTERMEZZO

Der Große Verwalter hatte sich ins oberste Stockwerk des neuen Orakels zurückgezogen. Bewacht von einigen vertrauenswürdigen Mitgliedern der freiwilligen Felswehr, von denen die meisten inzwischen zugleich Angehörige des tiefschwarzen Menhirs waren, saß er an einem kleinen, steinernen Tisch und starrte gedankenverloren vor sich hin.

Seine Haut war bleich, die Ringe unter seinen Augen reichten ihm bis zum Kinn, und in seinem Blick glomm eine kalte Glut, wie sie einst in den Augen der Totenraucher geglüht haben mochte*. Jedes Geräusch ließ den Verwalter zusammenfahren, jede Regung zu seinem Hammer greifen. Immer wieder schickte er einige seiner Bewacher aus der Höhle, damit sie sich umschauten und die Umgebung sicherten. Es war nur eine kleine Höhle. Dennoch hatte der Verwalter den Inhalt der gesamten imperialen Waffenkammer hier heraufschaffen lassen. Stahlschleudern, Feuerschleudern, Zwillen, Armbrüste und Sprengkäfer. Wenn es hart auf hart kam, würde er gewappnet sein.

In diesem Fall bedeutete das zwar, dass jeder seiner Bewacher ein gutes Dutzend Äxte hätte schwingen müssen, aber der Verwalter ging davon aus, dass die Götter auf seiner Seite waren und ihnen gegebenenfalls noch ein paar Arme wachsen lassen würden.**

* Die Totenraucher waren Angehörige eines verdammenswerten Kultes, die Teile ihrer Toten trockneten und rauchten, um dadurch ihr Wissen und ihre Fähigkeiten und einen ziemlich wüsten Rausch zu erlangen.

** Hierbei dachte der Verwalter an die Legende vom Allarmigen, dem

Der wirre Bart des Verwalters war verfilzt. Inzwischen ließ er keinen Bartschneider mehr in seine Nähe. Schließlich wusste er, dass er niemandem trauen konnte. Selbst seine Leibwachen hatten einen Abstand von drei Bart zu wahren, wenn sie nicht sofort nach Vorrngarth abreisen wollten.

Aus dem Gang vor der Höhle waren Schritte zu hören. Der Verwalter griff nach seinem Hammer und hatte ihn bereits in der Faust, als drei Schaumdeuter um die Ecke geschritten kamen.

„Herr aller Zwerge, Euer Volk …", hob einer der Schaumdeuter an zu sprechen.

„… es drängt darauf, Eure Worte zu hören und Euer Wissen und Eure Weisheit teilen zu dürfen!", beendete der zweite seinen Satz.

„Die große Audienz, Herr! Eure Untertanen werden ungeduldig!", mahnte der dritte Schaumdeuter.

Behängt mit allerlei goldenem Geklingel, schritten die drei Schaumdeuter in die Höhle und an den Tisch des Herrn aller Zwerge heran. Erwartungsvoll blickten sie den Verwalter an. Die große Audienz stand bevor, in der das Volk seine Sorgen mit seinem Herrscher teilte und in der seit den Tagen der Vorväter Recht gesprochen und Wahrheit verkündet wurde. Die große Audienz war das Herz aller zwergischen Tradition, der stetig wiederkehrende Moment, in dem die Halle der Helme sich mit Leben füllte und das Eherne Volk unter den Helmen seiner zwergischen Ahnherren zusammenkam.

„Sie werden also ungeduldig?", fragte der Verwalter apa-

zwergischen Diener eines ungerechten Erzfürsten, der seinem Knecht den unmöglichen Auftrag gab, innerhalb einer Schicht einen Stollen von zwanzig Zwerg Länge zu graben. Der Diener betete zum Ewigen Schmied, und dieser ließ ihm daraufhin zehn Arme wachsen. Das wahre Problem bestand dann allerdings darin, dass er nur eine Schaufel hatte.

thisch lächelnd, die Augen starr auf den Tisch gerichtet. Die Schaumdeuter legten sich redlich ins Zeug, um ihm die Situation zu erklären. „Ja, Herr, die Gilden haben bereits einige Probleme“, sagte der eine.

„In den Höhlen des Stahls hat es einen Erdrutsch gegeben …“, fuhr der zweite fort.

„Und auch einige schlimme Zwiste zwischen Zwergen müssen geschlichtet werden“, schloss der dritte.

Langsam hob der Verwalter den Kopf und blickte teilnahmslos von einem zum anderen.

„Dann gebt ihnen einen Posten bei den Bewahrern! Mit denen können sie fortan die bedeutsamen Geheimnisse der Zwergenheit bewahren. Sagt ihnen, dass nur die Besten einen derartigen Posten bekommen. Das wird sie stolz machen und ihnen eine sinnvolle Betätigung eröffnen!“

Der erste Orakeldeuter trat näher.

„Aber Herr, inzwischen sind es so viele Bewahrer, dass …“

„Dann schickt die zankenden Zwerge nach Vorrngarth. Wenn sie erst in Ketten liegen, vergeht ihnen das Streiten.“

Jetzt drängte sich der zweite Priester nach vorn.

„Herr, wenn wir alle Eure Untertanen …“

„Deine Aufgabe, Schaumdeuter, ist einzig, mir die Worte der Götter zu übersetzen!“, fuhr der Verwalter ihn an.

„Ehrwürdiger, ich …“

„Schweig. Ihr alle. Schweigt. Oder ich lasse euch eure Bärte fressen. Mein Volk soll arbeiten, statt nach meiner Weisheit zu gieren.“ Der Verwalter maß die Priester mit funkelndem, trotzigem Blick. Sie waren einzig hier, um ihm zu dienen. Er war der Sendbote der Götter. Sein Wille war Befehl. Und dann sprach er aus, was kein Zwerg je für möglich gehalten hätte: „Die große Audienz fällt aus. Ich habe meinem Volk nichts zu sagen.“

Ungläubig blickten die Schaumdeuter einander an und

schauten dann zu den Gardisten hinüber, denen diese Worte ebenfalls unfassbar schienen.

Die große Audienz ausfallen lassen? Ebenso gut hätte man einem Zwerg seinen Bart verbieten, ihm seinen Helm wegnehmen oder seinen Hammer einschmelzen können …

Die große Audienz hatte immer stattgefunden, während verheerender Feuersbrünste und inmitten der Trollkriege. Ein Verwalter war sogar dabei gestorben, als er sie mit über tausend Jahren in todkrankem Zustand abgehalten hatte. Aber sie hatte stattgefunden. Immer.

Und nun wollte dieser Verwalter, der doch längst bloß noch ein Spielball des Zwergischen Zwielichts war, das ändern?

Nun trat der dritte Schaumdeuter vor ihn.

„Aber, ehrwürdiger Verwalter, wollt Ihr wahrhaftig …"

„Willst du meinen Willen anzweifeln, du Wicht?", fauchte der Verwalter.

Nein, das wollte der dritte Schaumdeuter nicht. Ebenso wenig wie der zweite. Ganz zu schweigen vom ersten. Den Willen des Großen Verwalters anzuzweifeln, war gegenwärtig etwa ebenso ratsam, wie volltrunken in einen Trollbau zu pissen.

Und darum schwiegen die Priester, verließen die Höhle des Verwalters, um dem Ehernen Volk zu verkünden, dass die große Audienz nicht stattfinden würde.

Auch die Gardisten schwiegen und fuhren fort, den Herrn aller Zwerge zu bewachen, dessen Geist sich in einem sehr weit entfernten, dunklen und verwinkelten Tunnel verirrt zu haben schien.

Und in diesem Gang irrte sein Geist noch einige Zeit ungestört umher, bis wenig später ein Bote des tiefschwarzen Menhirs vor dem Verwalter erschien und drei Bart von ihm entfernt niederkniete.

Die Sache mit dem Abstand hatte sich inzwischen herumgesprochen. Vor allem nach dem ersten Gefangenentransport, als einige Zwerge in die Verliese geschafft worden waren, die den vorgeschriebenen Abstand nicht eingehalten hatten.

Der Verwalter hatte den Boten aus einem bestimmten Grund herbeirufen lassen. Dass die Götter auf seiner Seite waren, war inzwischen eine bewiesene Tatsache. Die Götter sprachen zu ihm und seinen Schaumdeutern. Doch es musste darüber hinaus sichergestellt werden, dass niemand sonst die Stimme der Götter belauschen konnte. Und darum hatte der Große Verwalter einen Entschluss gefasst. Einen bedeutsamen und folgenschweren Entschluss zum Wohle des gesamten Ehernen Imperiums: Damit kein unbefugter Zwerg die Botschaft der Götter im Schaum zu lesen vermochte, würde er den Ausschank von Bier mit Schaum in den Grenzen des Imperiums in Zukunft bei Todesstrafe untersagen.

KAPITEL 8

IN DEM DIE MENHIRE VORRNGARTH EINNEHMEN, SILBERKIES DEN WILLEN DES EWIG UNGESEHENEN ERFÜLLT UND KHOLK STHEINAR DAS ENDE NICHT ERLEBT

Als die Menhire das Tor zu den Verliesen erreichten, hatten sich die beiden Wächter Wurzelbruch und Kiesstumph gerade erst von der Ankunft des blinden Generals und seiner Begleiter erholt.

Seit Garstholm Flammrank mit seinen Rekruten an ihnen vorbeigeschritten war, hatten die beiden Wächter es vermieden, einander anzusehen. Die Worte des blinden Generals waren zu beschämend gewesen. Selbst wenn sie immer schon geahnt hatten, dass einer von ihnen faul und der andere feige war, so war es nun dank der bedingten Diskretion des Generals eine unmissverständliche Gewissheit.

Und das war beiden Gardisten mehr als unangenehm. Darum hatten sie sich auch darauf geeinigt, kein weiteres Wort mehr darüber zu verlieren, geflissentlich zu schweigen und ihren Dienst zukünftig in vorbildlicher Weise zu erledigen.

„In vorbildlicher Weise" bedeutete in diesem Fall, die Tore von Vorrngarth zu bewachen und jeden Unbefugten gegebenenfalls mit Waffengewalt abzuschmettern. Im Augenblick wäre es Wurzelbruch und Kiesstumpf sogar sehr recht gewesen, Waffengewalt anwenden zu müssen, denn dann wären sie ein wenig abgelenkt gewesen.

Kurz darauf schien es, als ob sie tatsächlich Gelegenheit dazu erhalten würden, ihren Axtarm zu trainieren.

Aus der Ferne des Ganges hörten sie das Donnern von Hufen. Schieferspringer! Dem Lärm nach zu urteilen, mussten es mindestens zwei sein, und die Reiter waren in Eile. Die Tiere preschten im vollen Galopp heran, ohne dass ihre Reiter sie auch nur einen Moment gezügelt hätten. Und dann kamen die Reiter in Sicht. Es waren vier furchterregende Zwerge, die auf vier Schieferspringern mit flatternden Mähnen saßen.

Der erste, dessen Gesicht eine entschlossene, verbissene Maske war, zügelte sein Reittier erst direkt vor dem Kettentor, keine zwei Zwerg von den Wächtern entfernt, und sprach sie in herrischem Ton an.

„Nun, Wächter der Tore Vorrngarths, gebt den Weg frei für jene, die den Weg der Verdammten gehen wollen."

Kiesstumph blickte Wurzelbruch fragend an. Der aber zuckte nur mit den Schultern, sodass sich Kiesstumph bei dem Unbekannten erkundigte: „Was ist Euer Begehr, Fremder? Ich sehe in Eurer Begleitung keine Verdammten, die den Weg beschreiten wollen ..."

Sichtlich ungehalten gab der erste Reiter ihm Antwort: „Wir kommen in dringenden Belangen, und wir handeln im Namen des Großen Verwalters. Also gebt das Tor frei und ..."

„Im Namen des Verwalters, sagt Ihr?", fragte Wurzelbruch.

„Wir reiten unter seinem Siegel", erwiderte der Reiter.

Auf sein Zeichen hin präsentierten die anderen Reiter das Siegel des Verwalters. Kiesstumph war beeindruckt, auch wenn er es sich nicht nehmen ließ, darauf hinzuweisen, dass in Vorrngarth allein der Befehl des Kommandanten zählte.

Daraufhin stiegen die Reiter ab und kamen auf die beiden Wachen zu. Wieder war es der Anführer, der sprach: „Mir ist egal, wer hier das Sagen hat. Wir haben Geschäfte in Vorrngarth. Und ihr werdet uns nicht aufhalten. Also entscheidet euch. Entweder ihr gebt den Weg frei oder ihr hebt eure Waffen. Es wird keinen Unterschied machen. Wir werden dort hineingehen."

Kiesstumph und Wurzelbruch wechselten einen kurzen

Blick. Unter ihren Helmen überschlugen sich die Gedanken. Beide trugen fünfschüssige Stahlschleudern und waren an der Waffe ausgebildet worden. Vor ihnen standen vier Reiter. Bevor diese sie erreicht hätten, würden sie mindestens fünf Kugeln abfeuern können.

Doch noch ehe die beiden Torwächter zu einem Entschluss gelangen konnten, lagen sie bereits mitsamt ihren Stahlschleudern und allen darin befindlichen Kugeln bewusstlos am Boden.

Auf ein Zeichen des Anführers war der letzte der Reiter vorgeprescht und hatte die beiden Wachen mit zwei formvollendeten Helmbrechern niedergestreckt.

Harrm Kiesgrimm und Krugk Trümmerboldt machten sich daran, das Tor zu öffnen, während Felsigk Klammgluth neben dem zwergischen Auftragsmörder stehen blieb und die beiden bewusstlos am Boden liegenden Wachen abschätzig betrachtete.

„Warum hast du sie nicht umgebracht?“, fragte er. „Nach allem, was ich über dich gehört habe, hätte es dir ein Leichtes sein sollen.“

„Weshalb hätte ich sie umbringen sollen?“, erwiderte Eisengilb. „Dafür hat mich niemand bezahlt. Ich erledige meine Aufträge. Alles andere ist lediglich Übung.“

Klammgluth grinste. Ihre beiden Begleiter hatten in der Zwischenzeit das Tor geöffnet und kamen nun zu ihnen zurück.

„Für Übungen dieser Art, Eisengilb, wirst du noch genug Gelegenheit bekommen“, sagte Klammgluth. „Die Wachen hinter diesen Toren scheren sich nämlich keinen klammen Kiesel um das Siegel des Verwalters.“

Der Auftragsmörder schaute ihn verständnislos an.

Es war Kiesgrimm, der die Worte ihres Anführers schließlich

näher erläuterte: „Dies, Auftragsmörder, ist Vorrngarth. Und das hat seine eigenen Gesetze. Wenn wir den Kommandanten dieses Dreckslochs nicht überzeugen können, Bragk Nattergriff freiwillig herauszugeben, dann werden wir jede einzelne Wache dort drin niederstrecken müssen."

Eisengilb lächelte und nickte in Richtung des offenen Tors. „Na dann los."

Im Dunkel der Kammer herrschte resigniertes Schweigen. Es war so still, als wäre allen Zwergen darin die Zunge herausgeschnitten worden.

Ihre Zungen aber besaßen sie noch. Ganz im Gegensatz zur Hoffnung, die die Worte Bragk Nattergriffs ihnen vollständig geraubt hatten.

Sie befanden sich in Vorrngarth, und dies war die Wand, an der sie den Rest ihres Lebens verbringen würden.

Und die Ketten kannten keinen Unterschied zwischen Hohepriestern, Generälen, Wirrbärten, Ferkelbändigern, Meisterdieben oder zweibeinigen Gedächtnissen. Nicht einmal das tragische Schicksal verratener Verlieskommandanten scherte sie. Es waren gute zwergische Fesseln, die alles hielten, was sie halten sollten. Bis ans Ende des Rostes. Das spürten die Gefährten nur allzu deutlich. Diese Erkenntnis brachte sie alle, selbst den Allerhöchsten, dazu, die Glaubwürdigkeit des Steins noch einmal zu überdenken. Und dafür würden sie einige Zeit haben.

„Schweinestein", zischte Fazzgadt im Dunkeln und spie laut aus.

Gedämpft vernahmen die anderen die stockende Stimme des Hohepriesters.

„Er … er stellt uns nur auf die Probe."

Nun konnte Fazzgadt nicht mehr an sich halten: „Auf die

Probe? Ich stell dir gleich mal was auf die Probe, du ranzbärtiger Kieselschubser! Du hast uns das hier eingebrockt. Du ganz allein! Und glaub mir, ich werde dich daran erinnern, wenn ich diese Fesseln jemals wieder loswerden sollte."

„Wir hätten uns nie auf die ganze Sache einlassen sollen", sagte der General mit leiser Stimme. „Egal, was dieser Stein auch erzählt."

„Wenn das nächste Mal irgendein Gott daherkommt, dann breche ich mir lieber ein Bein, als mich auserwählen zu lassen", pflichtete Blechboldt ihm im Dunkeln bei.

Fazzgadt hatte sich inzwischen regelrecht in Rage geredet: „Er hat uns einfach Bier um den Bart geschmiert. Uns dazu überredet, zu tun, was er will. Und jetzt lässt er uns im Stich."

Der Höchste der Hohen versuchte, seine Kameraden zu beruhigen, was unter den gegebenen Umständen alles andere als leicht war.

„Der Stein testet unsere Standhaftigkeit", sagte er. „Er will prüfen, wie fest unser Glaube ist. Vertraut auf den Stein, meine Mitzwerge!"

Ein leises Husten war in der Dunkelheit zu hören, gefolgt von der Stimme Bragk Nattergriffs: „Verzeihung, aber von was für einem seltsamen Stein redet ihr da?"

Der Hohepriester wollte gerade eine verkürzte und unanzweifelbare Version der Steinwerdung eines Gottes formulieren, als in der Finsternis plötzlich ein Geräusch ertönte. Ein rhythmisches Schaben, das leise von den Wänden widerhallte.

„Was zum Rost noch eins ist das?", flüsterte Blechboldt.

Fazzgadt lauschte. Für einen Moment schien er sogar seinen Zorn zu vergessen.

„Ich weiß es nicht. Ratten vielleicht?"

„Nein." Die Stimme des Generals klang sehr sicher. „Es kann nur ein Tier sein. Und es ist groß …"

„Nattergriff, du bist schon länger hier unten“, sagte Blechboldt. „Hast du so etwas womöglich schon einmal gehört?“

Der Meisterdieb hustete matt.

„Ich habe hier unten schon einiges gehört. Aber ein solches Geräusch mit Sicherheit noch nicht.“

Angestrengt lauschten sie. Das Geräusch wurde weder lauter noch leiser. Manchmal änderte es für einen Moment seinen Rhythmus. Aber es schien weder näher zu kommen noch sich zu entfernen.

Und zu der Resignation, die den gefangenen Schicksalszwerg erfasst hatte, gesellte sich nun auch noch eine unbestimmte Furcht vor dem, was dort in der Dunkelheit auf sie lauerte.

Sie fragten sich, was es wohl fressen mochte.

Und vor allem, wen von ihnen es als Erstes fressen würde …

Sie hatten sich schon damit abgefunden, dass ihr Ende gekommen war, als plötzlich die Tür der Kammer aufgestoßen wurde.

Für einen kurzen Moment fiel ein heller Lichtschein in das Innere der Kammer, der jedoch sofort wieder verschwand, als die Tür von innen geschlossen wurde.

„Habt ihr etwas gesehen? Da war doch jemand, oder?“, fragte Blechboldt, der sich sicher war, dass er einen Schatten hatte hineinhuschen sehen.

„Ich glaube ja!“, flüsterte der Höchste der Hohen.

Die Gefährten fragten sich bang, ob es womöglich das fremde Ding war, dessen unheimliches Kratzen sie vernommen hatten.

Doch im nächsten Moment zog eine zwergische Hand die Abdeckung von einer Käferlaterne, und sie erkannten, um wen es sich handelte.

Vor ihnen stand im spärlichen Licht der halb verblendeten

Laterne keine Geringerer als Schnappsagk Silberkies, dessen falsche Nase mattschwarz funkelte.

Gehetzt blickte er von einem zum anderen.

„Ihr müsst fort von hier", sagte er. „So schnell es nur geht." Mit diesen Worten eilte er von einem zum anderen und löste ihre Fesseln.

Als der falsche Kommandant bei Fazzgadt angelangt war und ihn von seinen Fesseln befreite, blickte dieser ihn fragend an.

„Warum hast du deine Meinung geändert, Silberkies?"

Silberkies blickte Fazzgadt in die Augen.

„Der Ungesehene, der Verborgene ist mir erschienen. In Gestalt eines Steines. Er hat zu mir gesprochen und mir die Augen geöffnet ..."

Fazzgadt musste grinsen.

„Na, das kommt mir doch irgendwie bekannt vor", sagte er.

Nachdem Eisenbart frei war, hastete Silberkies weiter zum Höchsten der Hohen.

„Aber warum die Eile?", fragte der Hohepriester. „Du bist doch der Kommandant dieses Verlieses."

Seine Fesseln lösten sich, und Silberkies ging zum General hinüber.

„Das bin ich tatsächlich. Aber dort draußen ist die Hölle los. Klammgluth ist hier. Mit seinen Männern."

„Verdammt", fluchte Nattergriff hustend.

„Genau", sagte Silberkies und befreite hastig auch noch seinen einstigen Zögling. „Meine Wachen versuchen, ihn aufzuhalten."

Er musste Nattergriff stützen, da dieser nach all den Strapazen nicht mehr alleine stehen konnte.

Im Licht der Laterne erkannte der Schicksalszwerg plötzlich auch, woher das unheimliche Geräusch kam, das sie zuvor gehört hatten. Es war Glimmboldt. Silberkies musste ihn nicht einmal mehr befreien. Der Wirrbart hatte mit seinen Stahlzähnen seine Fesseln komplett durchgenagt und lächelte nun zufrieden in die Runde.

„Wer ist dieser Klammgluth überhaupt?", wollte der Hohepriester wissen, während Silberkies als Letzten auch noch Kholk Stheinar von der Wand holte. Kaum, dass er ihn befreit hatte, sackte der echte Kommandant leblos in seinen Armen zusammen. Das ganze Geschehen war offenbar doch zu viel für ihn gewesen. Mit einem bedauernden Blick betrachtete Silberkies den Toten und ließ ihn vorsichtig zu Boden gleiten, bevor er dem Hohepriester antwortete: „Klammgluth ist der Anführer des Zwergischen Zwielichts. Er ist skrupellos und böse. Und er hat es auf Nattergriff abgesehen."

„Lass mich raten ..." Nachdenklich griff sich Fazzgadt in den Bart. „Weil er der Schlüssel zum Undenkbaren ist?"

Nun war es der General, der lospolterte: „Das Undenkbare. Immer wieder das Undenkbare. Dafür, dass niemand weiß, worum es sich dabei handelt, sind alle ziemlich heiß darauf, es in die Finger zu bekommen."

Inzwischen hatte Silberkies alle Ketten gelöst, und sie kamen in der Mitte der Höhle zusammen.

„Das Undenkbare, blinder General, ist alles", sagte Silberkies. „Es ist eine ganze Welt, mehr Gold, als du tragen kannst, und die Antwort auf jede Frage, die je im Inneren der Gänge gestellt wurde. Das Undenkbare ist alles, was du dir vorstellen kannst."

Nattergriff nickte. Bei den Worten seines Ziehvaters, den er vor langer Zeit verraten hatte, glänzten seine Augen, und er flüsterte wie zu sich selbst:

„Oh ja, das ist es ..."

Auch Fazzgadt musste bei diesen Worten lächeln.

„Wenn das so ist, dann werden wir viel zu tragen haben ..."

Plötzlich erklangen draußen Schüsse. Stahlschleudern! Das

unverkennbare Ploppen der käferbetriebenen Waffen hallte durch die Höhlen vor der Kammer. Und dann Explosionen von Gaskäfern. Die Menhire schienen vor nichts zurückzuschrecken.

Die Zwerge wechselten einen verunsicherten Blick.

Glimmboldt hingegen gluckste vergnügt, während er am Boden hockte und an den Resten seiner Fußfesseln nagte.

Da wurde plötzlich mit einem gewaltigen Knall die Tür zur Kammer aufgerissen. Draußen im Gang spielte sich ein wahres Feuergefecht ab. Es blitzte und donnerte. Die Vorrngarthwachen stritten tapfer für ihren falschen Kommandanten.

Schreie waren zu hören, Zwerge rannten umher. Der Geruch verbrannter Bärte lag in der Luft. Es roch nach Krieg und Gewalt.

In diesem Moment erschien einer der vier Leibwächter des Kommandanten in der Tür. Es war Vheit Zweistein. Seine Rüstung war verrußt, in der Schulter war ein Einschussloch zu erkennen, und unter seinem Helm sickerte Blut hervor.

„Ihr müsst Euch beeilen, Herr“, sagte er keuchend. „Es sind bloß vier Angreifer, aber sie sind mit dem Geist der Vernichtung im Bunde! Einer von ihnen scheint der Herzsteinräuber selbst zu sein. Sie sind nicht aufzuhalten, und sie nehmen keine Rücksicht …“

Von einem Moment auf den nächsten tauchte hinter der Wache ein Schatten auf, der sich auf seinen Rücken schwang und ihm die dunklen Arme fest um den Hals schlang. Zweistein versuchte, die Arme seines Angreifers zu lösen, doch es gelang ihm nicht. Zwei Schläge später kippte er bewusstlos zur Seite. Hinter ihm kam sein Angreifer zum Vorschein, ein Zwerg, dessen Augen wie schwarzes Eis schienen. Sein Blick wanderte suchend durch den Raum, bis er den Höchsten der Hohen erblickte. Da blitzten seine Augen auf.

Mit leiser Stimme zischte er: „Allerüberhöchster! Ich bin Krummkhorn Eisengilb. Ich habe den Auftrag, dich in die Hohe Höhle zu schicken. Und genau das werde ich tun!"

Er zog ein Messer aus seinem Schultergurt, setzte zum Sprung an … und Silberkies schlug ihm die Tür vor der Nase zu.

Mit seinem gesamten Gewicht drückte er sich dagegen, während die gerade befreiten Zwerge mit schmerzverzerrten Gesichtern ihre Gelenke rieben.

Der Zwerg draußen versuchte, die Tür aufzustemmen.

„Schnell, ihr müsst weg von hier!", rief Silberkies, der zu schwitzen begonnen hatte.

„Das haben wir ja verstanden", erwiderte Fazzgadt. „Aber ich fürchte, das wird ein Problem, denn das ist der einzige Weg hinaus." Er deutete auf die Tür der Kammer.

Immer noch gegen die Tür gestemmt, zog Silberkies die Tasche des Hohepriesters von der Schulter und warf sie dem Allerüberhöchsten zu.

„Nehmt das. Es wird euch hier rausbringen!"

Der Höchste der Hohen öffnete die Tasche. Darin lagen der Stein, der Tabak, ein Leuchtkäfer und noch etwas anderes. Eine angerostete silberne Röhre, die er nur zu gut kannte: ein magischer Transporter.

Er nahm ihn aus der Tasche und blickte in die Runde. Auch die anderen Zwerge des Schicksalszwergs wussten sofort, was sie da vor sich hatten. Sie ergriffen einander bei den Händen. Nattergriff, der augenscheinlich zum ersten Mal einen magischen Transporter sah, wurde von Blechboldt in den Kreis gezerrt, während Fazzgadt Lunt Glimmboldt bei der Hand packte. Schließlich blieb nur noch zwischen dem Allerhöchsten und dem blinden General eine Lücke, die Silberkies selbst schließen sollte. Der Hohepriester nickte dem falschen Kommandanten auffordernd zu. Doch der Ahnherr des Zwergischen Zwielichts schüttelte den Kopf.

„Nein. Der Stein hat mir die Zukunft gezeigt. Sie gehört euch. Mitsamt dem Undenkbaren. Ich habe den Anfang gemacht, und ihr werdet es zu Ende bringen. Außerdem habe ich mit Felsigk Klammgluth noch eine Rechnung zu begleichen …"

Der Ansturm auf die Tür wurde heftiger. Silberkies fiel es zunehmend schwerer, sie geschlossen zu halten. Wahrscheinlich warfen sich die Angreifer inzwischen zu mehreren von außen dagegen.

Der Hohepriester nickte.

Mit Tränen in den Augen wandte sich Silberkies an Nattergriff.

„Ich will, dass du das Undenkbare denkbar machst. Du und nicht er. Ich habe dir vergeben. Denn du, Bragk Nattergriff, bist meiner würdig. Meiner und des Zwergischen Zwielichts. Du bist besser, als ich es jemals war. Ich freue mich darauf, dich einst in der Hohen Höhle wiederzusehen."

Ein Zittern durchlief den Meisterdieb bei den Worten seines Oheims. Ihm war vergeben. Und der, den er einst verraten hatte, hatte ihn dazu ausersehen, das zu tun, wovon er ein Leben lang geträumt hatte. Der Meisterdieb schloss die Augen.

Niemand sollte sehen, dass auch ihm die Tränen kamen.

Dann sagte Silberkies an die anderen gerichtet: „Passt gut auf ihn auf. Ihr werdet ihn brauchen. Und findet den Schrauber. Ohne ihn und Nattergriff seid ihr dort unten verloren. Viel Glück!"

In diesem Moment sprang die Tür ein weiteres Mal auf.

Silberkies wurde von der Wucht in die Ecke geschleudert, und dann stürmten die Angreifer in den Raum.

Kiesgrimm und Trümmerboldt nahmen mit zwei Stahlschleudern in der Hand neben der Tür Aufstellung, während draußen vor der Kammer zahlreiche bewusstlose Wachen am Boden lagen. An Eisengilbs Seite betrat Klammgluth die Kammer. Im Bruchteil einer Sekunde erfasste er, was hier vor sich ging. Er sah die metallene Röhre, die die Zwerge in den Händen hielten, und er verstand.

„Der Transporter!“, rief er. „Beim Rost, schießt ihnen das Rohr aus der Hand! Schnell, bevor sie …“

Kiesgrimm reagierte sofort. Innerhalb eines Schlages zog er den Abzug seiner Stahlschleuder dreimal durch. Die Käfer entluden sich, und drei stählerne Kugeln schossen im selben Moment aus dem Lauf der Waffe hervor, als der Hohepriester den Transporter auf den Boden schlug. Eine Kugel traf die lederne Tasche des Höchsten der Hohen und riss ein Loch hinein. Eine zweite krachte in die hintere Felswand, während die dritte irgendwo verschwand. Der Transporter setzte seine Energie frei, und innerhalb eines Wimpernschlags waren Schicksalszwerg und Meisterdieb verschwunden.

Ungläubig ließ Eisengilb das Messer sinken, den Blick auf den Ort gerichtet, an dem der Allerhöchste gerade noch gestanden hatte. Er war zwei Bart davon entfernt gewesen, seinen Auftrag zu erfüllen. Nur zwei Bart. Und dann löste sich sein Opfer einfach von einem Moment auf den nächsten in Luft auf.

Trümmerboldt trat mit geschulterter Waffe neben ihn.

„Sie sind verschwunden“, sagte er.

„Das sehe ich auch“, zischte der Auftragsmörder wütend.

Nun kam auch Kiesgrimm zu ihnen hinüber.

„Aber ich scheine einen von ihnen erwischt zu haben“, sagte er und deutete auf eine kleine dunkle Lache. Es war ohne Zweifel Blut. Krummkhorn Eisengilb jaulte leise auf.

„Wenn du den Hohepriester getroffen hast und er stirbt, werde ich dich umbringen!“

„Ja, aber ich denke, er soll …"

Eisengilb packte ihn am Kragen und funkelte ihn an.

„Soll er auch. Aber dafür bin ich zuständig! ICH! Verstanden?"

Felsigk Klammgluth trat an die streitenden Zwerge heran und schob sie auseinander.

„Erst einmal müssen wir herausfinden, wohin sie verschwunden sind. Der Hohepriester, Nattergriff und der Rest dieser verdammten Zwerge. Und diese Frage wird uns wohl nur einer beantworten können …"

Schnappsagk Silberkies lag benommen an der Wand der Höhle. Er hatte seinen Helm verloren und blutete aus einer Platzwunde an der Stirn.

Als er Klammgluth näher kommen sah, griff er nach seinem Hammer und versuchte, ihn vom Boden hochzuheben.

Doch im nächsten Augenblick trat Klammgluth mit dem Stiefel darauf.

„Aber, aber, Schnappsagk. Du wirst doch nicht etwa deinen Hammer gegen deinen Ziehsohn erheben wollen", sagte er.

„Mit ebensolcher Freude, wie ich meinem anderen Ziehsohn einen Finger abgeschnitten und drei gebrochen habe …", erwiderte Silberkies und spuckte aus.

„Umso schlimmer, dass du ihn hast entkommen lassen", murrte Klammgluth.

„Tja, wenn man zwischen Bartfäule und Fußpilz wählen kann, dann wählt man eben die Krankheit, die einem weniger schlimm erscheint." Silberkies lachte leise.

Klammgluth zischte ihn zornig an: „Wo hast du ihn hingeschickt?"

„An den Ort, an dem du gerne wärest …"

Der Anführer des Zwergischen Zwielichts nickte anerkennend.

„Du hast also damals einen Transporter dort versteckt …"

„Ja", erwiderte Silberkies. „Ohne es dir oder irgendwem sonst zu erzählen. Aber du hast mich ja auch so verraten …"

„Und es war mir eine Freude", entgegnete Klammgluth.

„So wie es mir eine wäre, auch dir ein paar Finger zu brechen. Aber dafür stehen die Chancen gegenwärtig offenbar eher schlecht", sagte Silberkies hustend.

Felsigk Klammgluth richtete sich vor seinem Ziehvater zu voller Größe auf.

„Wie wahr. Vorrngarth gehört mir."

„Ja, und das haben wir wohl deinen hässlichen Freunden zu verdanken." Mit verächtlichem Blick schaute Silberkies zu Kiesgrimm, Trümmerboldt und Eisengilb hinüber. „Ist es das, was du aus dem Zwielicht gemacht hast?"

„Was schert mich das Zwergische Zwielicht, Alter?", entgegnete Klammgluth. „Ich bin der Vorsteher der Bruderschaft des behände entwendeten Beutels und Anführer des ersten Geheimdienstes des Ehernen Imperiums. Ich bin der schwarze Menhir!"

Silberkies wirkte wenig beeindruckt.

„Was du bist, ist ein Sack voll stinkender Steinläuse."

„Ich bin der erste Vertraute des Großen Verwalters!", rief Klammgluth drohend.

„Als ob auch nur ein Zwerg, der bei klarem Verstand ist, darauf Wert legen würde." Silberkies kicherte leise in seinen Bart.

„Ich habe mehr erreicht als du, Alter", sagte Klammgluth vor Wut kochend. „Und das, was du erreicht hast, habe ich soeben zerstört. Vorrngarth ist gefallen. Deine Wachen sind überwältigt, und die Gefangenen des Verlieses werden in diesem Moment in die Reihen des Menhirs aufgenommen …"

Silberkies funkelte seinen Ziehsohn trotzig an.

Dieser beförderte Silberkies' Hammer mit einem Fußtritt in die Mitte des Raumes, wo die beiden anderen Menhire mit dem Auftragsmörder standen und sich in der Höhle umblickten. In diesem Moment rümpfte Kiesgrimm plötzlich die Nase.

„Axtbruch und Hammerfäule!"

„Was ist los, Kiesgrimm?" Klammgluth runzelte die Stirn, während er Silberkies fesselte.

„Es riecht hier nach Gottkraut", sagte Kiesgrimm. „Einen Moment!" Er schaute sich um, und dann entdeckte er am Boden der Höhle ein kleines Beutelchen. Es musste aus der Tasche des Hohepriesters gefallen sein, als die Kugel sie getroffen hatte. Er hob es auf und roch daran. Ein Lächeln breitete sich auf seinen Zügen aus.

„Ja, es ist tatsächlich Gottkraut. Das Zeug ist nicht leicht zu bekommen."

„Was zum Rost soll das sein?", fragte Klammgluth.

„Egal", erwiderte Kiesgrimm. „Jedenfalls bedeutet es, dass sie den Stein haben."

„Welchen Stein, verdammt noch eins, du redest wirr!", rief Klammgluth.

„Den Stein, den Nattergriff mir gestohlen hat."

„Aber was wollen die denn mit einem Stein? Schau dich doch mal um, sie können so viele Steine haben, wie sie wollen!" Klammgluth, der inzwischen zu den anderen hinübergegangen war, blickte Kiesgrimm noch immer verständnislos an. Der Antiquitätenhändler beugte sich dicht an ihn heran und flüsterte: „Er weiß Dinge."

„Der Stein weiß Dinge? Hast du am falschen Stein gelutscht, oder was?" Klammgluth schüttelte ungläubig den Kopf.

„Ihr müsst es ja nicht verstehen. Aber gut ist es nicht", sagte Kiesgrimm beharrlich.

Trümmerboldt verdrehte die Augen.

„Du und dein Stein. Du solltest nicht so viel Unsinn sammeln."

„Dieser verdammte Stein weiß mehr, als du jemals wissen wirst, du Hohlhelm!", ereiferte sich Kiesgrimm. „Du weißt ja nicht einmal, wer dieser Stein ist …"

Trümmerboldt packte Kiesgrimm am Bart.

„Was willst du, du kleiner Krötenquäler?"

Kiesgrimm riss sich los und sprang nun seinerseits Trümmerboldt an die Kehle.

„Hört auf, euch zu streiten", herrschte Klammgluth sie an und trennte die beiden voneinander. „Wenn wir den Priester in unsere Gewalt bringen, haben wir Nattergriff. Und wenn wir Nattergriff haben, haben wir auch den Stein."

„Gut, aber wo sind sie?", fragte Kiesgrimm.

„Auf dem Weg ins Undenkbare."

Nun schaltete sich auch Krummkhorn Eisengilb in das Gespräch ein: „Dann los! Wir müssen uns beeilen. Nicht, dass der Höchste noch stirbt, bevor ich ihn umbringen kann."

Klammgluth nickte.

„Sattelt die Schieferspringer", sagte er. „Wir werden schnell reiten müssen."

„Und was ist mit dem Alten?" Trümmerboldt nickte in Richtung von Silberkies, der in der Nähe verschnürt an der Wand lehnte.

„Ja, Felsigk, was ist mit mir?", rief nun auch Silberkies. „Willst du mich töten oder wieder in den Kerker stecken?"

Klammgluth ging zu ihm hinüber und lächelte milde.

„Oh nein, mein guter Schnappsagk! Denn du bist mein Oheim, und tief im Inneren meines Herzsteins bin ich dir noch immer so zugetan wie in jener denkwürdigen Schicht, als ich unter deiner Hand geschlüpft bin."

Nun trat ein beinahe zärtlicher Ton in seine Stimme, der

jedoch auf eine merkwürdige Art falsch klang: „Wie könnte ich dich töten? Oder dich dem Leid der Gefangenschaft aussetzen? Nein, ich werde mich persönlich beim Großen Verwalter für dich einsetzen und ihn bitten, dich zu einem Offizier der Begnadeten Bewahrer zu ernennen!"

Mit theatralischer Geste schloss Klammgluth seinen gefesselten Ziehvater in den Arm und schenkte ihm einen bedeutungsvollen Blick.

Silberkies wirkte beinahe gerührt.

Aber nur beinahe.

Denn er kannte sein Gegenüber …

INTERMEZZO

Dumpgrunts Bauch war inzwischen zum Zentrum des zwergischen Unmuts geworden. Die Taverne war voller Zwerge, deren Zorn über die jüngsten Entwicklungen kaum noch in Bier zu ertränken war. Dennoch versuchten sie es. Verzweifelt soffen sie gegen ihre Wut an und verprügelten sich, da der Verantwortliche nicht greifbar war, stattdessen gegenseitig.

Beulen, Bier und Unmut waren es, die seit einigen Schichten das Innere der Taverne beherrschten, und der Wirt verdiente so gut, dass er sich einen Satz neuer Schatzkisten hatte zulegen müssen.

Das lag zum einen an der Stimmung seiner Gäste, zum anderen aber auch an seinem außerordentlichen Geschäftssinn. Ohne den hätte er es niemals so weit gebracht. Inmitten des gärenden Aufruhrs hatte er kürzlich sogar den Wutschluck erfunden, ein Bier, das aus vier anderen Sorten zusammengemischt wurde. Seinen Namen trug es durchaus zu Recht, denn es schmeckte so mies und war derart überteuert, dass es tatsächlich wütend machte.

Die Zwerge, die sich gerade nicht prügelten, wechselten finstere Blicke und tuschelten leise miteinander. Über der gesamten Taverne lag ein zorniges Wispern, das nie zu verstummen schien. Man fluchte gemeinsam und schimpfte gemeinsam. Über die Steuern, den Verwalter, das neue Orakel und den eigenen Nachbarn, der den größeren Hammer hatte.

Hier war der unzufriedene Zwerg unter seinesgleichen. *Dumpgrunts Bauch* war das Sammelbecken der zwergischen

Revolte. Und mit jeder Schicht wurden es mehr Unzufriedene.

Sie hatten sogar einzelne Diener der Menhire enttarnt und vor die Tür gesetzt. Jeder, der das Innere dieser Höhle betrat, spürte, dass er dem Zorn dieser Zwerge nichts entgegenzusetzen hatte.

Die Menhire wussten von dem, was hier vor sich ging. Dass in *Dumpgrunts Bauch* vom Umsturz der bestehenden Ordnung gesprochen wurde. Ganz so, wie Klammgluth es geplant hatte. Das Eherne Volk hatte begonnen, seinen Anführer zu hassen und das Ende seiner Herrschaft herbeizusehnen. Und die Menhire ließen es geschehen. Denn so lautete der Plan des Zwergischen Zwielichts.

Als wenig später die Tür zur Taverne aufschwang, rechnete kaum einer der übellaunigen Umstürzler mit einem Verkünder des Großen Verwalters. Doch genau ein solcher war es, der jetzt in Begleitung zweier Felswehrgardisten die Taverne betrat.

Er befand sich auf einem Rundritt durch den Inneren Distrikt, um den Willen des Verwalters zu verkünden. Es war allerdings kein Wille, der den Zwergen gefallen würde.

Die Gardisten postierten sich neben dem Eingang, während der Verkünder sich davor aufstellte und mit feierlicher Geste laut zu sprechen begann: „Zwerge! Treue Diener des Großen Verwalters, des Statthalters der Götter, des Vertrauten der Altvorderen und des Herrschers über alles, was ist, war und sein wird. Vernehmt seinen Willen, wie er ihm kundgetan ward von den Göttern selbst."

Für einen kurzen Moment legte sich die Unruhe. Doch die Blicke, die sich nun in Richtung Tür wandten, waren erfüllt von einem stummen Zorn.

„Im Namen der Götter befiehlt der Große Verwalter, dass es fortan in den Schankhöhlen des Imperiums bloß noch Bier geben soll, das bar jeden Schaumes ist. Mit sofortiger Wirkung ist somit der Bierschaum in den Gängen verboten, und jeder, der in Gegenwart solchen Schaumes angetroffen wird, soll als Verbrecher gelten."

In diesem Moment flogen die ersten Krüge.

Zunächst waren es nur wenige, und die Würfe waren schlecht gezielt, sodass sich die Gardisten und der Verkünder unter ihnen hinwegducken konnten.

Noch war in den meisten Zwergen ein Rest Gelassenheit verblieben. Das Bier seines Schaumes berauben zu wollen, war skandalös, fürwahr. Aber selbst der Verwalter vermochte ein solches Gesetz nicht so einfach einzuführen. Bevor es in Kraft treten konnte, musste es, wie es seit Anbeginn der Zeiten Sitte war, bei der großen Audienz zur Sprache gebracht werden. Und dort würde die Stimme des Volkes sich erheben. Mit der nächsten Audienz schon würde dieses unsinnige Verbot in Vergessenheit geraten.

Doch der Verkünder des Verwalters war noch nicht am Ende: „Außerdem tue ich im Namen des obersten Herrschers der Zwergenheit hiermit kund, dass die kommende große Audienz nicht stattfinden wird."

Dies war der Tropfen, der das Fass Wutschluck zum Überlaufen brachte.

Jetzt flogen die Humpen, gleich ob nun voll oder leer, mit Schaum und ohne. Vom wütenden Geschrei der aufgebrachten Zwergenmeute begleitet, zerschellten sie an der Tür und dem Türrahmen und trafen dabei Gardisten und Verkünder.

Diese aber waren das inzwischen bereits gewöhnt. Denn dies war nicht die erste Schankhöhle, in der sie den Willen des Verwalters kundgetan hatten. Und überall war es das Gleiche gewesen.

Kaum aber, dass man die Gesandten des Verwalters aus

Dumpgrunts Bauch vertrieben hatte, rückten die Zwerge im Inneren der Taverne näher zusammen. Ihr Murmeln wurde lauter und zorniger. Sie waren sich einig: Der Große Verwalter war zu weit gegangen. Es musste etwas geschehen! Und dann sprach man hinter vorgehaltenem Bart plötzlich davon, sich zu bewaffnen.

KAPITEL 9

IN DEM MAN AM GRUNDE VON ALLEM ANLANGT, DAS GEDÄCHTNIS VERLIERT UND VERSEHENTLICH EINE FALLE AUSLÖST

In einem gleißenden Lichtblitz tauchte der Schicksalszwerg zusammen mit dem Meisterdieb in vollkommener Finsternis auf.

Von einem Moment auf den anderen waren sie aus der Kammer des Kommandanten zum Grund des Imperiums gelangt. Der Allerpriesterlichste löste sich als Erster aus dem Kreis.

Er legte die Transporterröhre ab, zog den Leuchtkäfer aus seiner Tasche hervor und hob ihn hoch, um die kleine Höhle zu beleuchten, in der sie sich befanden und die gerade genug Platz für die sieben Zwerge bot.

Er nickte zufrieden.

„Der Stein hat uns befreit. Er hat gewusst, was geschehen würde. Er hat die Gänge des Schicksals für uns begradigt, damit wir an unser Ziel gelangen können."

„Indem er Schnappsagk Silberkies belogen hat", erwiderte Fazzgadt in gespielter Entrüstung. Der Hohepriester sah sich dennoch bemüßigt, den Stein zu verteidigen: „Wer sagt, dass Götter nicht lügen dürfen?"

„Ich würde sogar davon ausgehen, dass sie es besser tun als die meisten von uns", sagte der General mit versonnenem Lächeln.

Bragk Nattergriff nickte.

„Es gibt sogar eine Legende, die besagt, dass die gesamte Welt eine Lüge der Götter ist*."

* Dieser Legende zufolge erlog der Ewige Schmied die Welt aus Langeweile, als am Ende einer Schicht alle Arbeit getan und das Bier ausgegangen war.

„Gesegnet sei der, der belogen wird von den Göttern!“, setzte Fazzgadt noch nach.

„Vielleicht sollten wir lieber umkehren“, sagte Blechboldt nachdenklich.

Der Hohepriester sah sich unterdessen in der Höhle um, in der sie sich befanden. Ihr Ausgang war von innen mit schweren Steinen verbarrikadiert worden. Dem Staub auf den Felsen und den Spinnweben nach zu urteilen, vor sehr langer Zeit.

Im Zentrum der Höhle, in einem kleinen Felshaufen, steckte die zweite Komponente des magischen Transporters, der sie an diesen Ort geführt hatte. Im Widerschein des Leuchtkäfers erkannten sie vier vom Rost beinahe vollkommen zerfressene Hämmer, die an der rückwärtigen Wand der Höhle lehnten.

Daneben standen einige Kisten mittlerer Größe, die bereits ein wenig verrottet waren.

Nattergriff humpelte zu den Kisten hinüber und betrachtete sie im spärlichen Licht des Käfers. Im Inneren befanden sich Seile, Haken und andere Kletterutensilien. Das meiste davon war unbrauchbar. Der Meisterdieb machte sich daran, das auszusortieren, was ihnen noch nützlich sein könnte.

Glimmboldt ergriff währenddessen einen Stein, stopfte ihn sich in den Mund und begann zu kauen. Fazzgadt blinzelte im trüben Licht.

„Wo sind wir hier?“, fragte er.

„Auf der anderen Seite des Transporters“, erwiderte der Höchste der Hohen, während er die Höhle durchquerte.

„Das habe ich auch schon begriffen, Alter, aber wo genau ist das?“

„Keine Ahnung“, murmelte der Priester wie zu sich selbst.

Nattergriff hustete leise. Während er einen weiteren Haken auf den verrosteten Haufen warf, sagte er: „Ich weiß, wo wir sind. Wir sind am Ende der Welt.“

„Was?“ Ungläubig glotzte Fazzgadt ihn an.

„Wenn Silberkies die Wahrheit gesagt hat, dann befinden wir uns tatsächlich am Ende der Welt“, erklärte Nattergriff, „am Grunde der großen Schlucht, am Fuß des Abgrunds des Vergessens, wo das glühende Blut der Vorväter fließt. Schon hierherzugelangen, ist beinahe undenkbar.“

Immer noch etwas wackelig auf den Beinen, richtete sich der Meisterdieb auf.

Fazzgadt betrachtete ihn nachdenklich.

Doch es war der General, der sich schließlich zu Wort meldete: „Das Ende der Welt. Na, das ist doch mal interessant. Und wie kommen wir hier wieder weg?“

Bragk Nattergriff lächelte ihn mit seinem fast zahnlosen Mund an. Im grünen Licht des leise brummenden Käfers hatte sein geschwollenes Gesicht etwas leicht Bedrohliches.

„Mit dieser Frage habe ich mich noch nicht weiter beschäftigt“, erwiderte er.

„Eine solche Antwort hatte ich schon erwartet.“ Der General schüttelte den Kopf.

„Warum ist dieser Ort so schwer zu erreichen?“, fragte Blechboldt neugierig.

„Kaum jemand kennt den Weg. Und wenn einer ihn kennt, gibt es eigentlich keinen Grund, ihn zu gehen.“ Der Meisterdieb ging zum Höchsten der Hohen hinüber und legte ehrfürchtig die Hand auf einen der Hämmer an der Wand.

„Eigentlich?“, bohrte der Ferkelbändiger nach.

„Einen Grund gibt es natürlich. Das Undenkbare“, erwiderte Nattergriff.

Fazzgadt verdrehte die Augen und wandte sich ab.

„Es ist hier?“ Aufgeregt beugte sich der Hohepriester vor.

„Natürlich, Alter“, erwiderte der Meisterdieb. „Dieser Ort ist die Wurzel von allem. Er liegt am Grund des Imperiums und ist nahezu unerreichbar. Hier gruben die Erstgeschlüpften auf Geheiß des Ewigen Schmieds einst den gemeinen Gang, an dessen Ende sie die kryptische Kammer und das Undenkbare verbargen."

„Na, dann machen wir es jetzt fix denkbar." Fazzgadt kam zu ihnen hinüber. „Wenn das Undenkbare tatsächlich hier ist, dann hat der ganze Spuk wenigstens bald ein Ende."

„Du hast den Schrauber vergessen, von dem Silberkies gesprochen hat", gab Blechboldt zu bedenken.

„Aber für die Fallen im gemeinen Gang haben wir doch ihn dabei." Fazzgadt deutete auf Nattergriff. Für ihn war die Sache klar. Sie hatten, was sie brauchten. Und wenn der Stein zufrieden war, konnten sie alle nach Hause gehen.

Nattergriff schüttelte den Kopf.

„Nein, Fazzgadt, so einfach ist das nicht. Ganze Generationen der besten Schrauber haben den gemeinen Gang mit ihren Fallen angefüllt."

„Was ist denn eigentlich ein Schrauber?", fragte Fazzgadt.

„Fallensteller. Fallenmacher. Erfinder. Ihr ganzes Leben lang tun sie nichts anderes, als sich mit Fallen zu beschäftigen. Sie schlafen neben ihnen ein und wachen neben ihnen auf. Mit etwas Glück könnte ich die Hälfte der Fallen erkennen. Aber wenn die Geschichten wahr sind, die man sich erzählt, dann sind an den undenkbaren Fallen des Ganges schon ganz andere gescheitert. Größere Zwerge als ich."

Nun schaltete sich Blechboldt wieder in das Gespräch ein. „Er hat recht, Eisenbart", sagte er. „Und darüber hinaus hat Wutrich Pilzgrimm, der Gelehrte, von dem ich euch erzählt habe, kurz nach den Spinnenkriegen die einzelnen Fallen des gemeinem Ganges noch verbessert. Und der Einzige, der sie alle kennt, ist der Schrauber, der auf die Fallen aufpasst und sie wartet …"

Glimmboldt gluckste vergnügt und schnappte sich einen weiteren Stein. Fazzgadt spie verächtlich aus.

„Na, großartig. Wir befinden uns also an einem Ort, von dem wir nicht wieder wegkommen, und vor uns liegen tödliche Fallen, die niemand entschärfen kann. Wenn ich das nächste Mal Bart über Helm vor irgendwem fliehen muss, werde ich mir das vorher besser überlegen."

Der Höchste nickte nachdenklich. Er erinnerte sich an die letzten Worte, die der Ahnherr des Zwergischen Zwielichts ihnen zugerufen hatte.

„Darum hat Silberkies ja auch gesagt, dass wir den Schrauber finden müssen. Er ist die Seele des gemeinen Ganges. Er kann uns helfen."

„Aber warum sollte er das tun?", fragte der General.

„Nun, wir werden wohl einen Grund finden müssen …", antwortete der Hohepriester und zwirbelte nachdenklich seinen Bart.

„Gut", sagte Fazzgadt. „Dann suchen wir also den Schrauber, machen das Undenkbare denkbar und lassen uns im Anschluss von dem Stein hier rausholen."

„Ihr habt mir immer noch nicht gesagt, was für ein Stein das ist, in dessen Auftrag ihr handelt", sagte Nattergriff und hob fragend eine Augenbraue.

„Nun ja, er ist in Wirklichkeit der Ewige Schmied, musst du wissen", klärte der Hohepriester ihn auf.

„Natürlich." Der Meisterdieb lachte laut auf.

„He, wir haben mit ihm geredet", verteidigte Blechboldt den Hohepriester.

„Wir sollten es ihm beweisen", meinte der General.

„Nein, das sollten wir nicht", widersprach der Höchste der Hohen energisch.

„Warum nicht?"

„Silberkies hat sicher einiges von dem Gottkraut aufgebraucht. Ich werde mir höchstens noch zwei Pfeifen stopfen können. Hier schau, der Beutel …“ Er öffnete seine Tasche und hielt erschrocken inne. „Was zum … Ach du dicker Troll. Das Gottkraut … es ist weg.“ Der Hohepriester zeigte seinen Begleitern die Tasche, in der bloß noch der Stein lag. Der Tabaksbeutel war fort. Stattdessen klaffte in der Rückwand der Tasche ein großes Loch.

Entsetzt starrten die anderen Zwerge ihn an. Das bedeutete, dass sie nicht mehr mit dem Stein zu sprechen vermochten, dass er schweigen würde und ihnen nicht mehr helfen konnte.

Der Einzige, den das nicht weiter scherte, war Nattergriff.

„Es ist mir egal, was das für ein Stein ist“, sagte er. „Ich will das Undenkbare vollbringen. Und ich werde es tun.“

Der Allerüberhöchste schluckte und riss den Blick von seiner Tasche los. Dann nickte er dem Meisterdieb zu.

„Gut, fangen wir an. Zuerst müssen wir hier raus. Packt alle mit an und räumt die Steine fort.“

„Und wir sollten uns beeilen“, stimmte Nattergriff zu. „Klammgluth wird uns bereits auf den Fersen sein.“

„Dieser Klammgluth scheint mir ein recht gefährlicher Zwerg zu sein“, meinte Blechboldt, als er zu den Steinen hinüberging.

„Er ist *die* Gefahr, Zwerg“, erwiderte Nattergriff, der ihm folgte.

„Verzeihung, ich bitte kurz um eure Aufmerksamkeit.“

Alle schauten sich verwundert um. Das Gedächtnis hatte gesprochen. Ungefragt. Von sich aus. Und das nun bereits zum wiederholten Male.

„Was fällt dir ein?“, herrschte der Hohepriester das Gedächtnis an.

„Ich bitte euch. Für einen kurzen Moment nur.“ Die Stimme

des Zwergs klang merkwürdig brüchig. „Es ist leider so, dass ich es für sinnvoll erachte, euch an dieser Stelle mit dem Rest des zweiten Teils der großen Erzferkelprophezeiung vertraut zu machen."

Fazzgadt, der inzwischen ebenfalls bei den Steinen angelangt war, verdrehte die Augen.

„Kann das nicht warten, bis wir hier raus sind? Wir haben Wichtigeres zu tun."

„Ich fürchte …" Das Gedächtnis hustete. Ein dünnes Blutrinnsal lief ihm über die Lippen. „Dass es nicht warten kann." Und dann sahen die anderen die Wunde in seinem Bauch. Ein Einschussloch. Der Schütze in der Kammer musste das Gedächtnis erwischt haben. Es hatte die Hand auf die Wunde gepresst, die nun kraftlos herabrutschte. Dann sackte es zu Boden.

Blechboldt hastete zum Gedächtnis hinüber und fing es auf. „Bei den Göttern! Wir müssen etwas tun …", rief er.

„Was denn?", erwiderte Fazzgadt. „Hier unten wirst du mit Sicherheit keine Heilpilze finden. Wahrscheinlich auch kein Wundmoos. Und wir haben nicht einmal Verbandsmaterial dabei."

„Aber es muss doch irgendwelche Kräuter geben, Blätter, die …", sagte Blechboldt.

Nattergriff schüttelte den Kopf.

„Hier unten wächst nichts. Dort draußen vor der Höhle gibt es nur Feuer und Fallen. Wir werden eurem Freund nicht helfen können."

Das Gedächtnis lächelte gequält.

„Lasst es gut sein. Ich weiß, dass es zu Ende geht. Doch zuvor sollt ihr alles erfahren. Im zweiten Teil der Prophezeiung ging es nicht nur um das Verlies." Wieder rann ihm Blut über die Lippen. Der Höchste der Hohen eilte zu ihm und versuchte, es abzuwischen. Doch das Gedächtnis winkte ab. „Ich glaube, dieser Teil der Prophezeiung ist sehr wichtig. Denn darin heißt es: Im Undenkbaren ist das, was ist, nicht was es ist und …" Die Augen des Gedächtnisses begannen zu flackern. Es musste sich anstrengen, um den Satz beenden zu können. „Und Kupfermann wird Urblut trotzen." Dann sackte sein Kopf zur Seite. Sein Atem war kaum noch zu hören. Fazzgadt konnte nicht mehr an sich halten: „Ah! Kupfermann! So ist das also. Na, jetzt wissen wir natürlich mehr."

„Fazzgadt! Mach den Bart zu." Der Höchste der Hohen blickte Eisenbart vorwurfsvoll an. Dann beugte er sich zu seinem Gedächtnis hinab und nahm es schweigend in den Arm.

Zwei Schläge später hörte es auf zu atmen.

Die Menhire befanden sich auf dem Rückweg von Vorrngarth. Ihr Ziel war die Ebene des Verwalters, wo sie dem Herrn aller Zwerge Bericht erstatten wollten. Sie mussten ihm eine Niederlage eingestehen, genau genommen sogar mehrere. Der Höchste der Hohen, den sie im Auftrag des Verwalters in die Hohe Höhle schicken sollten, war ihnen ebenso entkommen wie Fazzgadt Eisenbart, mit dem Felsigk Klammgluth noch ein persönliches Steinchen zu hämmern hatte. Und mit ihnen war ihnen zuletzt auch noch Nattergriff durch die Lappen gegangen, wahrscheinlich der einzige Zwerg, der ihnen den Weg zum Undenkbaren ebnen konnte.

Klammgluth, Kiesgrimm und Trümmerboldt trieben ihre Schieferspringer durch die Gänge. Und dabei hatten sie das undeutliche Gefühl, dass sich etwas verändert hatte. In den Augen der Zwerge, an denen sie bei ihrem wilden Ritt vorbeikamen, funkelte etwas, das zuvor nicht da gewesen war. Es war eine Unzufriedenheit, die aus vergeudetem Bier, sinnentleerten Verboten und der Willkür der Geheimdienste erwachsen war. Und diese Unzufriedenheit glühte wie eine Zündschnur in den Blicken der Zwerge, an denen sie vorbeiritten. Man konnte förmlich die Funken sprühen sehen …

Doch das war nicht ihr Problem. Sie mussten den Schicksalszwerg einholen und einen Weg in das Undenkbare finden.

Die Zwerge in den Gängen würden sie schon in den Griff bekommen. Entweder, indem sie sie zu Dienern der Menhire machten oder sie notfalls auch mit Gewalt niederrangen. Die Waffenkammern der Felswehr standen ihnen offen, und der Große Verwalter ließ ihnen in allen Belangen freie Hand.

Der Zorn der Zwerge scherte sie wenig, denn er war leichter zu hämmern als ihr gegenwärtiges Problem.

Klammgluth schonte seinen Schieferspringer nicht.

Sie mussten so schnell wie möglich mit dem Verwalter sprechen und ihm klarmachen, dass sie nur deshalb versagt hatten, weil er ihnen zu wenig Macht eingeräumt hatte. Seine Schaumdeuter würden das bestätigen, und nach den Waffenkammern und Schatzhöhlen würde er ihnen auch die Höhlen der Neuerer öffnen, damit diese ihren Willen erfüllten.

Der Verwalter war naiv genug, dass die Menhire in wenigen Schichten schon an seiner statt herrschen würden. Er würde ihre Marionette sein. Ein Diener des Zwergischen Zwielichts, das die Gänge mit Hilfe der Menhire kontrollieren würde.

Doch im Augenblick, während sie mit ihren langhaarigen Reittieren im grünen Licht vereinzelter Leuchtkäfer den Gang hinunterpreschten, beschäftigte sie noch ein anderes Problem: wie sie in den gemeinen Gang gelangen konnten.

Den kürzesten und unmittelbarsten Weg hatten mit Hilfe des Transporters jene genommen, die sie in ihre Gewalt hatten bringen wollen. Und zwar, weil sie mit dem einzigen Zwerg im Bunde gewesen waren, der seit Zwergengedenken den Gang lebendig betreten und wieder verlassen hatte: Schnappsagk Silberkies.

Klammgluth biss sich vor Ärger in den Bart. Wenn er gewusst hätte, dass sein Oheim einen Transporter am Rande des gemeinen Ganges platziert hatte, hätte er ihn niemals verraten. Er hätte ihm den Bart gebürstet, den Helm poliert und ihm das Bier hinterhergetragen.

Aber der Alte hatte ihm nie von dem Transporter erzählt. Klammgluth hatte nicht einmal gewusst, dass er je so weit gekommen war. Silberkies hatte ihm nicht getraut. Und darüber ärgerte sich Klammgluth am meisten. Dass sein Oheim, der ihn schlüpfen gesehen und ihn großgezogen hatte, ihm nicht vertraut hatte. Natürlich war es auch nicht ratsam gewesen, Klammgluth zu trauen, wie sein späterer Verrat an Silberkies ja bewies, aber darum ging es schließlich nicht. Er war ein Zwerg, der Gefühle hatte. Auch wenn er ein rückgratloser, skrupelloser, hinterhältiger, bösartiger Widerling war. Er hatte Gefühle.

Das wusste allerdings niemand, und hätte es jemand gewusst, hätte Klammgluth Mittel und Wege gefunden, es ihn wieder vergessen zu lassen. Gegenwärtig fühlte er sich jedenfalls gekränkt. Vor allem, weil Silberkies Nattergriff offenbar mehr vertraut hatte als ihm.

Silberkies saß mit dem Gesicht zu ihm gefesselt vor ihm im Sattel. Sie hatten keine Zeit zu verlieren. Er musste ihn noch während des Reitens verhören, wenn sie den Schicksalszwerg einholen wollten. Mit Hilfe eines Transporters konnte man innerhalb kürzester Zeit weite Strecken überwinden. Und Klammgluth und seine Leute wussten nicht einmal, wo sich der Zugang zum gemeinen Gang überhaupt befand. Zumindest das mussten sie aus Silberkies herausbringen, am besten noch bevor sie auf der Ebene des Verwalters ankamen.

Klammgluth funkelte seinen Oheim wütend an. Er hatte nie Rücksicht auf seine Gefühle genommen. Womöglich hätte aus ihm ein anständiger Zwerg werden können, wenn Silberkies nicht der Begründer des Zwergischen Zwielichts gewesen wäre. Klammgluth hätte ein Wurzelmeister, ein Eisenhauer oder ein Kieferbieger werden können. Vielleicht sogar ein Ferkelbändiger oder ein Priester. Nicht, dass er das gewollt hätte, aber es hätte ja sein können. Es ging um Möglichkeiten. Silberkies hatte ihm sein Leben versaut. Zumindest theoretisch. Im Großen und Ganzen war er ja damit recht zufrieden. Zumal er bald das gesamte Eherne Imperium beherrschen würde. Aber es ging ums Prinzip.

„Du hast es also tatsächlich geschafft, du alter Wanzenbart", sagte er an Silberkies gewandt. „Du bist tatsächlich dort gewesen. Und hättest beinahe das Undenkbare erreicht."

Silberkies antwortete nicht. Der Knebel in seinem Mund hätte ein Antworten auch sinnlos gemacht.

„Wie hast du es angestellt, du alter Halunke?" Klammgluth schaute Silberkies in die Augen, der seinem Blick mühelos standhielt.

„Es ist der Schrauber nicht wahr? Er ist der Schlüssel …"

Silberkies zeigte keine Regung.

„Natürlich", fuhr Klammgluth fort. „Sonst darf niemand den gemeinen Gang betreten. Aber irgendjemand muss ja die Fallen warten …"

Jede noch so gute Falle begann nach zweihundert Jahren gewisse Verschleißerscheinungen aufzuweisen. Seile wurden spröde, Holz verrottete, Eisen rostete. Und darum brauchte es jemanden, der sich darum kümmerte. Einen Meister der Fallenkunst, der eigens für diese Aufgabe ausgebildet wurde, der die besten Fallen der letzten zweitausend Jahre bis ins kleinste Zahnrad kannte, sie warten und nachbauen konnte.

Und wenn sich der Schrauber dort unten befand, dann bedeutete das …

„Das Bier! Natürlich. Es ist das Bier, nicht wahr?“, rief Klammgluth.

Wieder gab sich Silberkies sichtlich Mühe, keine Regung zu zeigen. Nur seine Wimpern zuckten unmerklich.

„Auch der Schrauber braucht Bier, und das muss irgendwie zu ihm gelangen ...“

Triumphierend drehte sich Klammgluth zu den anderen Menhiren um.

„Der Weg zum Undenkbaren führt durch einen Bierschacht!“, sagte er. „Wir müssen bloß noch herausfinden, wer dem Schrauber sein Bier braut!“

Freudig gab er seinem Reittier die Sporen.

Der Bierschacht des Schraubers, natürlich! Das war der einzige Weg. Und damit war der halbe Gang schon gegraben. Blieb nur noch herauszufinden, in welcher Brauhöhle dieser Schacht begann.

Und das wussten einzig der Bierbrauer selbst und der Große Verwalter ...

Der Allerhöchste drückte den Leichnam des Gedächtnisses an seine Brust und versuchte, ruhig zu bleiben. Er hatte sein Gedächtnis verloren. Den treuesten Freund, den er jemals gehabt hatte. Und nicht nur das. Mit seinen persönlichen Erinnerungen war auch die gesamte Geschichte der Zwerge gestorben. Als einziger Zwerg hatte das Gedächtnis alle Mythen und Legenden des Ehernen Volkes auswendig gekannt. Mit ihm würden sie nun in die Hohe Höhle eingehen, wo ihnen fortan bloß noch die Götter und jene lauschen würden, die den letzten Stollen genommen hatten.

Dem Priester standen Tränen in den Augen, während der kalte Schweiß seines toten Gedächtnisses seinen weißen Bart benetzte.

Dann hatten die anderen Zwerge die letzten Steine vor dem Ausgang der Höhle beiseitegeräumt und traten nun in eine Halle hinaus, wie sie sie noch nicht gesehen hatten. Sie befanden sich auf einer Empore hoch über ihrem Boden. Vom Grund der riesigen Halle, deren Anblick den Schicksalszwerg vor Ehrfurcht verstummen ließ, trennten sie gute acht Zwerg.

Silberkies hatte sich sehr viel Mühe gegeben, den Transporter zu verstecken.

Keiner von ihnen hatte jemals eine derart kunstvoll aus dem Fels geschlagene Höhle gesehen. Die Decke über ihnen war nicht einmal zu erahnen, und unter ihnen befand sich eine magmaumspülte Felszunge.

Die Felswand, in der sich ihre Höhle befand, schien den gesamten Magmasee zu umspannen. Doch die schmale Felszunge unter ihnen war der einzige feste Boden innerhalb des brodelnden Feuers, das so weit reichte, wie ein Zwergenauge blicken konnte. Das Innere der Halle wurde lediglich von dem riesigen, glühenden See erleuchtet.

Aus dem Magma erhoben sich insgesamt sieben gigantische, verzierte Säulen, drei zur Rechten und vier zur Linken der Felszunge, allesamt mächtiger noch als jene, die die Halle der Helme stützten*. Im pulsierenden Licht geschmolzenen Gesteins erkannten sie die alten Mythen über die Entstehung des Zwergengeschlechts, die in die Säulen geritzt waren. Sie sahen den Meißel der Götter, den Ewigen Schmied, die Altvorderen und das Urei, Felswerdung, Fleischwerdung und Bierwerdung. All diese Geschichten wanden sich in, prächtigen Reliefs um die runden Säulen, die sich aus dem glühenden Magma erhoben.

* Diese Säulen repräsentierten die ehrbaren Stämme des Ehernen Volkes und galten als die standhaftesten des Imperiums. Mit jedem entzwergten Stamm wurde allerdings eine Säule umgestürzt, sodass sie zu diesem Zeitpunkt zwar standhaft, aber nicht mehr sehr viele waren.

Und mochten die Säulen in der Halle der Helme, von denen die Hälfte inzwischen geborsten war, das Eherne Imperium symbolisch tragen, so trugen diese es wahrhaft. Hier, am Grund von allem und im Herzen der Welt, ruhte alles auf diesen Säulen.

Die Zwerge staunten in Ehrfurcht vor den Altvorderen, die diesen Ort geschaffen haben mussten.

Nattergriffs Augen funkelten.

„Das ist er, der Grund von allem. Und es gibt sie tatsächlich, die sieben Säulen, die einst acht waren, bevor die letzte beschloss, Fleisch zu werden.*"

Die anderen schwiegen staunend.

„Als nichts war, war dies", flüsterte Nattergriff, und seine Stimme hallte leise von den Wänden der Höhle wider. „Wenn nichts mehr ist, wird dies sein. Zittert, Zwerge, denn dies ist die Wiege der Zwergenheit. Hier wurden die Götter geboren, bevor sie sich auf den Weg in die Hohe Höhle machten, und noch immer hallt das Echo ihrer Schritte von den Wänden dieser Halle wider …"

Nun gesellte sich auch der Hohepriester zu ihnen. In seinen Augen schimmerten Tränen, als er dem staunenden Ferkelbändiger die Hand auf die Schulter legte.

„Dies, meine Freunde, ist der Grund von allem. Hoch über uns gähnt der Abgrund des Vergessens, und dort", er deutete auf die andere Seite der Höhle, jenseits des Magmasees, „leben die, die einst wie wir waren und nun verbannt sind, entzwergt und für alle Zeit verloren."

Die Zwerge schauten in die Richtung, in die der Höchste der Hohen wies. Irgendwo dort draußen lebten die entzwergten

* Die achte Säule am Grunde von allem hatte sich der Überlieferung zufolge am Anfang allen Steins in den Ewigen Schmied verwandelt.

Stämme. Verstoßen und wild, abseits des glorreichen Imperiums.

Als sie einen vorsichtigen Blick nach unten wagten, erkannten sie unter sich in der schrundigen Felswand ein riesiges türloses Portal.

Nattergriff deutete hinab.

„Wir müssen dort hinunter."

Der Blick des Hohepriesters aber, in dessen Augen Tränen standen, ruhte noch immer auf dem Magma.

„Ich will, dass wir ihn verbrennen", sagte er.

Fazzgadt winkte ab. „Das Gedächtnis? Priester, dafür haben wir keine Zeit. Wahrscheinlich hätte dein Stein auch etwas dagegen. Wir sollten stattdessen lieber …"

Im nächsten Moment war der Hohepriester bei ihm, hatte ihn am Kragen gepackt und hielt Fazzgadt über den Abgrund.

„Wir werden ihn verbrennen, wie ein ordentlicher Zwerg es verdient hat*", zischte er. „Und zwar hier. Im Herzen von allem. Damit seine Seele ihren Weg in die Hohe Höhle findet. Hast du verstanden?"

Seine Stimme echote durch die gewaltige Höhle.

Die Zwerge starrten den Priester an. So hatten sie ihn noch nie erlebt. Die Tatsache, dass er soeben sein Gedächtnis verloren hatte, hatte ihn verändert.

Bragk Nattergriff bedeutete den anderen, zu schweigen.

„Wir müssen unauffällig zu Werk gehen", sagte er im Flüsterton. „Sonst bemerkt uns der Schrauber und sucht womöglich das Weite." Dann lief er ins Innere der kleinen Höhle zurück, um die noch brauchbaren Seile und Haken zu holen Blech-

* Ein toter Zwerg konnte nur durch das Feuer in die Hohe Höhle eingehen und Erlösung finden. In der Regel wurden die Toten im Feuerloch verbrannt. In Kriegs- und Krisenzeiten manchmal aber auch in mobilen Bartbrennöfen.

boldt folgte ihm und kam kurz darauf mit dem Toten auf seinen Schultern zurück. Er nickte den anderen zu.

Nattergriff warf ihnen Seile und Haken vor die Füße und schlug einen davon in die Wand. Er sicherte das Seil und schwang sich als Erster über den Rand der Empore.

„Seid vorsichtig", sagte er. „Irgendwo dort unten muss sich der Schrauber verbergen. Und dieser Fallenschnitzer sollte uns besser nicht zu früh bemerken ..."

Der Meisterdieb hielt sich an einem Vorsprung fest und begann, die Wand hinabzusteigen. Sie war rau und mit allerlei Vertiefungen übersät, die ihnen das Klettern erleichtern würden.

Währenddessen nahm Blechboldt eines der Seile, schlang es um den Leichnam des Gedächtnisses und begann ihn langsam von der Empore herabzulassen.

Fazzgadt bedeutete Glimmboldt, auf seinen Rücken zu steigen, und suchte sich einige Haken aus.

Auch der Hohepriester machte sich bereit.

Kurz darauf hatte der Ferkelbändiger den Toten auf die Felszunge am Boden der Halle herabgelassen und packte den General.

„Los, auf meinen Rücken, Blindboldt. Wir müssen klettern."

Dann begannen die übrig gebliebenen Mitglieder des Schicksalszwergs, vorsichtig in die Halle hinabzuklettern.

Erst als sie unten angelangt waren, begriffen sie, wie umsichtig der alte Silberkies das Versteck seiner Transporterhöhle gewählt hatte. Sie lag direkt über dem Zugang zum gemeinen Gang, einem riesigen Portal, das fünf Zwerg hoch und sechs breit war. Dahinter begann der Gang. Seine Wände und der Boden bestanden vollständig aus groben, quadratischen schwarzen Steinplatten, und er wurde bereits nach wenigen Schritten von der Dunkelheit verschluckt.

Fazzgadt rollte sein Seil auf und staunte.

„Was für ein Gang."

Nattergriff nickte.

„Da passen verdammt viele Fallen rein. Ihr solltet keinen Schritt weitergehen."

Der Hohepriester, der in der Nähe über den Leichnam seines toten Gedächtnisses gebeugt am Boden kniete, sagte in herrischem Tonfall: „Niemand wird diesen Gang betreten, solange dieser Zwerg nicht in das ewige Feuer eingegangen ist."

Daraufhin machten sie sich daran, das Begräbnis des zweibeinigen Gedächtnisses vorzubereiten. Das Ganze ging schweigend vonstatten – die üblichen rituellen Gebete, die Reden der Angehörigen des Toten, die zahlreichen Zeremonien und Anrufungen des Feuers in seinen zahllosen Erscheinungsformen, all das fiel weg. Sie mussten sich beeilen. Und dabei mussten sie auch noch leise sein. Der Höchste der Hohen selbst senkte den Leichnam seines Gedächtnisses in das flüssige Feuer herab, das jenseits der Felszunge toste.

Die Zwerge senkten die Häupter und sahen zu, wie der Bart des Gedächtnisses und seine schwarzrote Uniform Feuer fingen und mitsamt seinem Körper verglühten. Es dauerte nicht lange, dann war das zweibeinige Gedächtnis Teil des ewigen Feuers geworden und seine Seele in die Hohe Höhle eingegangen.

Der Schicksalszwerg wandte sich ab und begab sich langsam zurück zum gemeinen Gang.

Fazzgadt, der das Ganze gerne so schnell wie möglich hinter sich gebracht hätte, ging zu Nattergriff hinüber.

„Und wo ist nun dieser Schrauber?", fragte er.

„Er hat hier irgendwo seine Höhle", erwiderte der Meisterdieb. „Den Vorschriften zufolge darf er nicht länger im Inneren des gemeinen Ganges verweilen, als es für die Wartung der Fallen unbedingt nötig ist." Sie traten vor das Portal, und Nattergriff hob den Blick. „Dieser Gang ist ein heiliger Ort. Und seine Höhle verlässt der Schrauber nur, um die Fallen im Gang zu warten."

Der Meisterdieb kniete sich an den Rand des Ganges und tastete vorsichtig die Fugen der Bodenplatten ab.

Fazzgadt schaute ihm einen Moment lang zu.

„Soll ich die Höhle des Schraubers suchen?", fragte er schließlich ungeduldig.

„Von mir aus, schau dich nur um, während ich den Gang näher untersuche. Aber sei vorsichtig!", erwiderte Nattergriff.

Fazzgadt Eisenbart übergab Lunt Glimmboldt, der schon wieder auf einem Stein herumkaute, in die Obhut des Ferkelbändigers, nickte diesem kurz zu und machte sich auf den Weg.

„Dieser schwarze Stein, was ist das für ein Material?", fragte der Hohepriester und deutete auf die Steine am Boden des Ganges.

„Das, alter Mann, ist Stein, der älter ist als alles, was du kennst", erwiderte der Meisterdieb, der vor der Schwelle zum Gang am Boden hockte. „Urstein aus der Zeit vor der Zeit, vor den Zwergen, dem Feuer und der Welt. Nur zwei Ursteine dieser Art haben es bis in die Gänge des Imperiums hinaufgeschafft. Wenn ich richtig informiert bin, befinden sie sich im Besitz zweier Erzfürsten. Und jetzt weiß ich auch, wie sie dort hingekommen sind."

„Silberkies." Der Hohepriester nickte.

„Ja, mein Oheim ist ein Genie. Er war dem Undenkbaren so nahe. Und niemand hat es gewusst. Ich bin stolz, dass er mir vertraut. Nach allem, was geschehen ist."

Nattergriff beugte sich weiter herab, sodass sein Bart den Boden berührte. Vorsichtig fuhr er mit den Fingern über die Fuge, die den grob behauenen Grund der Höhle von den Ursteinquadern im Inneren des Ganges trennte.

Dann sagte er an den Allerhöchsten gewandt: „Aber glaub mir, Alter, wir sollten uns weniger Gedanken darüber machen, woraus diese Steine sind, als vielmehr darüber, was sich darunter befindet."

„Darunter?", fragte der Hohepriester.

„Fallen. Darunter und dahinter. Schau nur, am Boden befinden sich zwölf Platten in der Breite und, so weit wir blicken können, vielleicht zwanzig in der Länge. Und in jeder Reihe befindet sich nur ein einziger Stein, auf den man treten kann, ohne zu sterben …"

Der Allerhöchste schluckte.

In diesem Moment kehrte Fazzgadt zu den anderen zurück.

„Ich habe die Höhle des Schraubers gefunden", berichtete er. „Es ist ein Lager mit Werkzeug. Mehr nicht. Er selbst ist nicht dort. Aber da war noch etwas anderes."

„Was?" Nattergriff hob interessiert den Kopf.

„Ein Schacht. Er hat gut drei Zwerg Durchmesser und …"

Nattergriff nickte lächelnd, ohne jedoch den Blick von den Fugen abzuwenden.

„Und er führt nach oben", beendete er Fazzgadts Satz. „Das ist der Bierschacht. Darüber wird der Schrauber mit Bier versorgt. Er führt bis ins Herz des Imperiums hinauf. Irgendwo in die Brauhöhlen der Wurzelmeister. Dieser Schacht kann uns noch von Nutzen sein, denn über ihn können wir später hier wieder herauskommen."

Der Hohepriester schluckte erneut vernehmlich.

„Wir sollen klettern?"

„Ja." Nattergriff nickte.

Blechboldt beugte sich zu ihm herab und flüsterte mit einem empörten Unterton: „Du, Nattergriff, magst ein wendiger Meisterdieb sein, aber, falls es dir noch nicht aufgefallen ist, der Hohepriester ist tausend Jahre alt, und der General ist blind!"

„Dann werden sie eben etwas länger brauchen", entgegnete der Meisterdieb ungerührt.

„Etwas länger? Ist dein Helm vielleicht zu eng?", erwiderte Blechboldt entrüstet.

„Glaub mir, das Klettern ist noch lange nicht unser Problem."

Nattergriff tastete weiter die Fugen ab. Der Ferkelbändiger wollte noch etwas sagen, doch der Hohepriester bedeutete ihm, den Meisterdieb in Ruhe zu lassen.

Kurz darauf hatte Nattergriff über die gesamte Breite des Ganges Platte für Platte die Fugen zwischen den Steinquadern abgetastet und ging zu den anderen hinüber.

„Wie ich es mir bereits gedacht habe", sagte er. „Jede Menge Fallen."

Fazzgadt stieß hörbar die Luft aus.

„Aber du kannst sie erkennen und entschärfen, oder?"

„Nun, Fallen sind ein bedeutender Bestandteil meiner Tätigkeit, und ich …"

„Kannst du es oder nicht?", unterbrach ihn Fazzgadt ungeduldig.

„Nein", erwiderte der Meisterdieb seufzend. „Ich weiß, dass sich unter diesen zwölf Platten elf Fallen verbergen. Fünf sehe ich und drei davon kenne ich."

„Was soll das heißen, verdammt?", ereiferte sich Fazzgadt.

„Nun, dass ich diesen Gang ganz sicher nicht betreten werde."

„Und dafür haben wir dich befreit?" Fazzgadt schüttelte fassungslos den Kopf. Der Meisterdieb grinste ihn an.

„Wie viele Fallen erkennst du denn?", fragte er. „Oh, ich bin mir sicher, dass du es auch ohne mich schaffen wirst. Geh nur voran. Na los doch. Ich werde dir nicht im Weg stehen."

Fazzgadt funkelte sein Gegenüber trotzig an.

„So wie es scheint, bin ich genauso gut in der Lage, das hier zu bewältigen wie du!“

„Weißt du, was diese Fallen alles vermögen?“, fragte Nattergriff ruhig. „Sie können dir deine Barthaare ausreißen, deine Nase abschneiden, deine Ohren sprengen oder dir mehr Beine brechen, als du überhaupt hast. Manche von ihnen sogar alles auf einmal. Und glaub mir, Zwerg, all das würde ich dir gönnen …“

„Ich gönn dir gleich mal was!“ Fazzgadt vergaß beinahe zu flüstern und griff nach seinem Hammer.

Doch der Höchste hielt ihn zurück.

„Streitet euch nicht!“, sagte er.

In diesem Moment bemerkte Fazzgadt seinen Zögling, der direkt vor dem Eingang des Ganges stand und dort versonnen auf seinem Stein herumkaute.

„Oh verdammt, Glimmboldt!“

Der Schlüpfling wollte gerade einen Schritt in den Gang tun. Er begriff nicht einmal, in was für einer Gefahr er schwebte!

Fazzgadt riss sich vom Hohepriester los und eilte auf Glimmboldt zu.

„Keinen Schritt weiter, du verfluchter Wirrbart!“

Er wollte seinen Ziehsohn vom Gang fortzerren.

Doch es war zu spät.

Noch bevor er ihn erreicht hatte, berührte Glimmboldts Fuß bereits die erste Steinplatte.

Die anderen Zwerge warfen sich zu Boden.

Fazzgadt wandte den Blick ab.

Er wollte nicht auch noch den Tod seines zweiten Zöglings mit ansehen müssen*.

Sie erwarteten schwirrende Pfeile, sirrende Drähte oder

* s. Bd. 1 *Zwerg und Überzwerg*.

donnernde Hämmer. Etwas, das Barthaare ausriss, Nasen abschnitt, Ohren sprengte oder Beine brach. Doch alles, was sie hörten, war Glimmboldts Kichern und seine schlurfenden Schritte.

Nattergriff war der Erste, der es wagte, wieder den Blick zu heben. Und was er sah, war unglaublich: Lunt Glimmboldt, der zweihundert Jahre alte Schlüpfling, war bis zur dritten Steinreihe vorgedrungen und hob gerade den Fuß, um einen weiteren Schritt zu wagen.

Entweder hatte dieser kleine Verrückte unglaubliches Glück oder die Fallen waren aus irgendeinem Grund defekt.

Beides aber war sehr unwahrscheinlich.

Der Tradition entsprechend war der Schrauber stets der beste Fallensteller seiner Generation, und er wäre eher gestorben, als seine Fallen zu vernachlässigen.

Plötzlich öffnete sich am anderen Ende des Ganges eine Tür.

Geistesgegenwärtig warf der Allerhöchste seinen Leuchtkäfer fort, damit man sie im trüben Licht der Höhle nicht gleich entdeckte. Einen Moment lang schwebte das grüne Leuchten des Käfers über dem brodelnden Magma, doch er hatte nicht einmal Zeit, seine Flügel zu entfalten. Er gab noch ein letztes lautes Brummen von sich, dann verbrannte er innerhalb eines Wimpernschlags.

Am Ende des Ganges tauchte ebenfalls ein kleines grünes Licht auf, offenbar eine Käferlaterne. Das musste der Schrauber sein, der aus der kryptischen Kammer trat. Im nächsten Augenblick kam das Licht langsam schwankend näher.

„Verdammt!“, flüsterte Nattergriff, wandte sich Fazzgadt zu und deutete auf Glimmboldt, der vor ihnen im Gang stand. „Er soll zurückkommen. Schnell! Wir müssen uns verstecken! Der Schrauber darf uns nicht sehen!“

Fazzgadt winkte seinen Ziehsohn zurück, während der Meisterdieb den anderen bedeutete, sich zu verbergen.

Das näher kommende Licht in der Dunkelheit des Ganges zuckte unruhig. Offensichtlich sprang der Schrauber von einer sicheren Bodenplatte zur nächsten. Er kannte den Weg. So wie er jede einzelne seiner Fallen kannte.

Sie mussten ihn nur zum Reden bringen …

Allmählich wurde das Licht größer.

Glimmboldt sprang seinem Oheim in die Arme, und im nächsten Augenblick verschwanden beide hinter der Einfassung des Portals, während der Schrauber immer näher kam.

Zuletzt duckte sich Nattergriff in den Schatten.

Nach einer Weile war ein merkwürdiges Geräusch zu hören: Metall, das gegen Metall schlug. Eisen auf Stahl, ein helles Klingen, das jeden Schritt des sich nähernden Zwerges zu begleiten schien.

Bragk Nattergriff plagte die Neugier. Der Zwerg, der sich dort aus der Dunkelheit näherte, war ihm so nahe wie kaum ein zweiter Zwerg in den Gängen. Hier stieß einer, der sein ganzes Leben den Fallen geweiht hatte, auf einen, dessen Lebensinhalt es war, Fallen zu überwinden. Nattergriff wollte wissen, wer dieser Zwerg war und wie er aussah!

Das Klirren wurde lauter. Daneben waren nun auch leisere, dumpfere Geräusche zu hören. Metall, das über Leder rieb.

Nattergriff wollte ihn unbedingt sehen. Den Herrn der Fallen, den Fallenschmied, den Fürst der Fußangeln! Vorsichtig lugte der Meisterdieb aus seiner Deckung hervor. Und der Anblick war wahrhaft beeindruckend.

Als Erstes sah er seinen Helm. Es war ein klassischer Lichthelm, in dessen Stirnkäfig der Leuchtkäfer brummte, dessen Licht sie schon aus der Ferne hatten ausmachen können. Auf der linken Seite des Helms befand sich ein metallener Arm mit zwei Gelenken, an dessen Ende wiederum in einer metallenen Fassung ein Vergrößerungskristall funkelte. Es handelte sich um eine beleuchtete Lupe für die Arbeit an komplizierter Mechanik.

Auf der anderen Seite des Helms waren zwei weitere Arme mit je einer eisernen Zange angebracht, die während der Arbeit zum Aufhalten von Türen oder Sichern von Drähten benutzt werden konnten.

Der Helm hatte einen Nackenschutz aus übereinander angeordneten Eisenplatten. Dieser war mit einem ledernen Halsschutz verbunden, der direkt in eine Werkzeugweste überging.

Das braune Haar des Fallenstellers war unter dem Helm in strengen Zöpfen nach hinten geflochten. Auch sein Bart war in zehn eng geflochtene Stränge geteilt, die ebenso wie die anderen Zöpfe an seiner Lederweste befestigt waren.

Nattergriff nickte anerkennend. Wenn es um komplizierte Fallen ging, waren Haare so ziemlich das Gefährlichste, was man sich denken konnte. Ein einziges unkontrolliertes Haar vermochte eine tödliche Mechanik auszulösen. Ebenso konnte man eine solche damit entschärfen. Das setzte allerdings voraus, dass man die Kontrolle über das Haar hatte, wusste, wo es sich befand und wie es sich unter bestimmten Umständen verhielt. Und da gab es himmelweite Unterschiede. Nicht bloß bei Zwergenhaaren. Auch Schieferspringer-, Erzferkel- oder Sumpfbüffelbärhaar hatte bestimmte Qualitäten. Auch abseits der Fallenkunst. Trollhaare gaben erstklassige Zahnstocher ab und die Haare des Frostzottelfrosches machten sich gut in der Pfeife. Gewöhnlich und wenn er nicht gerade aus einem Kerker kam, hatte Nattergriff für Notfälle stets ein kleines, ledernes Etui mit dreißig verschiedenen Haarsorten in der Tasche.

Und der Meisterdieb war sich sicher, dass jener Zwerg, der dort den einzig möglichen Weg durch das gefährlichste Fallenfeld des gesamten Imperiums beschritt, all das ebenfalls wusste. Ihre beiden Künste war einander verwandt. Aber sie waren sich nicht ebenbürtig. Denn am Ende war Nattergriff abhängig von den Fallenmachern. Wie hätte er eine Falle überwinden können, die noch nicht erfunden worden war?

Und darum erfüllte ihn in diesem denkwürdigen Moment, in dem er dem unangefochtenen Meister der Fallenschrauber gegenüberstand, große Ehrfurcht.

Allein schon wegen der Ausrüstung des Fallenwarts. Neben den geflochtenen Bartsträngen trug er in ledernen Schlaufen an seinem Körper allerlei Werkzeuge zum Feststellen, Nachziehen, Drehen, Zwirbeln und Schlagen. Blechspreizer, Nietenlüpfer, Schmelzstempel und einige Sprengkäfer. Am Gürtel entdeckte Nattergriff neben acht verschiedenen Zahnrädern, drei Eisenfedern, einigen Rollen Draht und einem Wetzstein sogar einen achtseitigen Hammer. Einen solchen hatten im Lauf der Zeiten allenfalls zwölf Zwerge beherrscht. In komplizierten Zirkelbewegungen geschwungen war er ein ebenso effizientes Werkzeug wie eine verheerende Waffe.

Auf dem Rücken trug der Fallenzwerg, abgesehen von einigen runden stählernen Stangen, auch noch einen kleinen Amboss, der an zwei Schultergurten befestigt war, an denen außerdem eine magische Feuerstelle baumelte*. Über seine Schultern verliefen drei aufgerollte Seile verschiedener Stärke.

Unter der Lederweste trug der Schrauber ein engmaschiges

* Ursprünglich hatten die Eisenmeister des Imperiums mit Drachenfeuer geschmiedet. Seit einem verheerenden Anschlag des Neuen Stahls, bei dem alle Drachen ums Leben gekommen waren, benutzten sie jedoch magische Essen, die der Verwalter notgedrungen duldete und die es in verschiedenen Größen gab.

Kettenhemd, und seine Arme steckten in metallenen Schienen mit flexiblen Ledergelenken, die am Ende in eiserne Handschuhe übergingen.

Auch die Beine steckten in derartigen Stahlschienen, an denen wiederum kurze Eisenstangen und allerlei Röhren befestigt waren, in denen sich vermutlich Schrauben und Nieten befanden.

Nattergriff war wirklich beeindruckt. Eine solche Vielzahl an Werkzeugen hatte der Meisterdieb noch in keiner Höhle versammelt gesehen. Dieser Zwerg war eine wandelnde Werkstatt! Mit einer Ausrüstung wie dieser hätte Nattergriff die Schatzkammer der Götter plündern können. Gleich durch welche und wie viele Fallen sie auch gesichert sein mochte. Und die Schatzkammer der Götter wäre wahrscheinlich auch die einzige gewesen, die es sich auf diese Art zu plündern gelohnt hätte.

Denn die Werkstattrüstung des Fallenmeisters war mit Sicherheit mehr wert als die Schätze aller Erzfürsten und die Reichtümer, die der Große Verwalter angehäuft hatte, zusammen genommen.

Nattergriff erschauerte. Seine Bewunderung für diesen Zwerg war so aufrichtig und echt, wie er sie bisher nur für einen einzigen Zwerg empfunden hatte: seinen Lehrmeister, Schnappsagk Silberkies.

Bei dem Gedanken an seinen Oheim und daran, dass dieser inzwischen wahrscheinlich von Felsigk Klammgluth und seinen Schergen in die Hohe Höhle geschickt worden war, stiegen ihm beinahe wieder Tränen in die Augen.

Er wandte den Blick von dem Fallenmeister ab, schloss die Augen und lehnte sich an die Wand. Es war nur ein einziger unachtsamer Moment. Der Bruchteil eines Schlages nur, in dem das Donnern seines Herzsteins seine Vernunft übertönte.

In diesem einen Moment jedoch löste sich aus einer Nische in der Wand ein Stein, der mit leisem Poltern zu Boden fiel.

Nattergriff wusste im selben Moment, dass er einen Fehler begangen hatte.

Er riss die Augen auf und sah den Stein gerade noch davonkullern.

Der Schrauber blieb auf dem letzten Steinquadrat des Ganges stehen. Er hatte offenbar etwas gehört. Argwöhnisch blickte er sich um. Der Lichtkegel seines Leuchtkäfers streifte die Steine am Portal des Ganges, hinter denen sich die Kameraden verbargen.

Der Schrauber schien aber nichts zu bemerken und wollte den Gang gerade verlassen, als der kullernde Stein auf einem der Steinquadrate zum Liegen kam.

Ein kaum hörbares Klicken ertönte. Der Fallenwart hob den Kopf. Ein zweites Klicken. Seine Muskeln spannten sich. Das beinahe lautlose Spannen einer Feder war zu hören, dann schossen in Höhe der ersten Reihe der Quadrate eiserne Pfeile aus den Gangwänden und rasten auf den Fallenmacher zu.

All das geschah im Bruchteil eines Schlages. Doch Nattergriff wusste, dass dem Schrauber nichts geschehen würde.

Er sah es in seinem Gesicht. Kaum, dass es geklickt hatte, wusste der Zwerg, dass eine Falle ausgelöst worden war. Er wusste sogar, welche. Blitzschnell winkelte er die Unterarme an, und die Pfeile schlugen gegen seine stählernen Armschienen. Die meisten prallten davon ab. Einige zerbrachen. Ein oder zwei durchschlugen den Stahl und blieben stecken.

Als er die Arme sinken ließ, leuchteten die Augen des Fallenmachers auf. Wie ein gehetztes Tier blickte er sich um, dann machte er auf dem Absatz kehrt, bereit, über den einzigen sicheren Weg zurück in dem Gang zu verschwinden, der jedem außer ihm den sicheren Tod verhieß.

Nattergriff sprang aus seiner Deckung hervor, doch er war zu weit entfernt. Sein Blick fiel auf Blechboldt, der kaum drei Bart vom Fallenmacher entfernt hinter einem Felsen kauerte.

Noch während der Meisterdieb auf den Flüchtenden zusprintete, schrie er Blechboldt zu: „Beim heiligen Hammer! Halte ihn auf, verdammt!“

Der Schrauber war ihre einzige Chance. Wenn er wieder im Gang verschwand, war alles verloren! Blechboldt sprang hinter dem Felsen hervor, gefolgt von Fazzgadt. Der Ferkelbändiger riss seinen Hammer aus dem Gürtel und holte aus. Mit gewaltigem Schwung ließ er den Hammer auf den Helm des Fallenmachers niedersausen. Dieser Sprung war jedoch äußerst unbedacht. Denn eine der wenigen überlieferten Weisheiten des Zwergischen Abenteurers Fallbheil Hammergilb lautete: *Alles, was springt, muss auch landen. Es sei denn, es kann fliegen.*

Und sein Schwung trug Farrnwart Blechboldt genau auf die Bodenfliese zu, die rechts von der lag, unter der sich keine Falle befand. Auf der sicheren Fliese sackte in ebendiesem Moment der Fallensteller bewusstlos in sich zusammen.

Im letzten Moment gelang es Bragk Nattergriff, den Ferkelbändiger zu packen und ihn am Rand des Ganges, keinen halben Bart von den tödlichen Bodenplatten entfernt, zu Boden zu werfen.

Gleichzeitig hatte Fazzgadt den Fallenmacher aufgefangen, damit dessen bewusstloser Körper nicht doch noch irgendeine Falle auslöste.

Nun kamen auch der blinde General, der Allerhöchste und Lunt Glimmboldt herbeigeeilt, um ihnen aufzuhelfen.

Mit gemischten Gefühlen betrachtete Nattergriff den reglosen Körper des Fallenwarts. Sie hatten es geschafft. Sie hatten den Schlüssel zum Labyrinth gefunden. Doch sie würden ihn wohl gewaltsam in seinem Schloss drehen müssen. Freiwillig würde er ihnen kaum etwas erzählen …

„Nehmt ihm die Werkzeuge ab und fesselt ihn", sagte Nattergriff an Fazzgadt und Blechboldt gewandt. Diese taten, wie ihnen geheißen, und begannen, die Gerätschaften des Fallenwarts aus den Lederschlaufen zu zerren und von seiner Rüstung loszubinden.

Nachdenklich betrachtete der Höchste der Hohen den Bewusstlosen. „Denkst du, er wird uns den Weg verraten?", fragte er Nattergriff.

Der Meisterdieb schüttelte den Kopf.

„Jedenfalls nicht aus freien Stücken …"

„Gut. Dann tu, was nötig ist."

Nattergriff betrachtete die wachsende Ansammlung von Werkzeugen zu seinen Füßen. Es waren vielseitig verwendbare Gerätschaften, die auch zum Abbau von Edelmetallen geeignet waren. Und wenn man mit irgendetwas Gold aus Felswänden holen konnte, dann konnte man damit in der Regel auch Informationen aus Zwergen holen. Und genau das würde er tun. Brennen, schneiden und brechen. Respekt hin oder her. Sie waren hier, um das Undenkbare denkbar zu machen. Und nicht, um angeregte Gespräche zu führen.

Der Meisterdieb hatte sich noch nicht entschieden, womit genau er beginnen wollte, als der Fallensteller wieder zu sich kam. Benommen schüttelte er sich, bemerkte, dass er gefesselt war, und hob verwundert den Kopf. Mit großen Augen schaute er zu den Zwergen hoch, die ihn drohend umstanden. Sein Blick glitt langsam über ihre bärtigen Gesichter.

Und Nattergriff, der ihm schon zuvor in die Augen geschaut hatte, hatte das seltsame Gefühl, dass sein Blick sich auf irgendeine seltsame Art verändert hatte.

Einen Moment später, als der Fallenmacher den Mund auftat

und zu sprechen begann, wurde dieses Gefühl Gewissheit. „Wer … wer seid ihr?“, fragte er. „Und vor allem, wer bin ich?“

INTERMEZZO

Umgeben von einem Dutzend schwer bewaffneter Felswehrgardisten saß der Große Verwalter an seinem steinernen Tisch im obersten Stockwerk der neuen Orakelhöhle. Mit seinen kleinen, blutunterlaufenen Augen blickte der Herr aller Zwerge in die waffenstarrende Runde.

Diese Zwerge waren die Besten ihres Faches. Sie trugen Stahlschleudern und Kampfhämmer und waren bereit, ihren Herrn bis zum letzten Barthaar zu verteidigen. In ihrer Mitte fühlte er sich sicher.

Und das war wichtig. Vor allem im Augenblick. In den Gängen des Imperiums brodelte es. Man hatte ihm von dem Aufruhr berichtet. Vom Zorn der Zwerge. Vom Unmut des Volkes, das er im Namen der Götter verwaltete. Und er verstand ihn nicht. Er hatte alles nur Erdenkliche getan, um die Sicherheit und das Wohlergehen der Zwerge zu sichern. Und sie dankten es ihm mit einer Revolte? Wahrhaft, nicht einmal seinem Volk konnte er noch trauen. Es war einfach eine Schande. Wahrscheinlich waren Trolle noch die treueren Untertanen. Er würde, und so viel schien sicher, auf längere Sicht hart durchgreifen müssen.

In diesem Moment betrat ein Gardist mit einem vollen Humpen die schummrige Höhle und näherte sich dem Verwalter.

Der Herrscher der Zwerge beobachtete jede seiner Bewegungen. Bewegungen waren die Wurzel allen Übels. Bewegung bedeutete immer eine potenzielle Gefahr. Inzwischen vertraute er eigentlich nur noch Zwergen, die sich gar nicht bewegten. Schlafenden Zwergen und toten Zwergen. Seine Leibwächter wussten freilich von dieser neuen Erkenntnis ihres Herrn und waren deshalb bestrebt, sein Vertrauen dadurch zu gewinnen, dass sie auf ihre Hämmer gestützt und an die Wand gelehnt reglos vor sich hindösten.

Schlafende, schwer bewaffnete Gardisten. Der Gipfel der Sicherheit.

Der Zwerg stellte den Humpen langsam vor seinem Herrn ab. Dieser bedeutete ihm, einen Schluck von dem Bier zu nehmen. Aus Sicherheitsgründen ließ der Verwalter inzwischen jeden seiner Humpen vorkosten. Denn selbst wenn alle Zwerge schliefen, konnte er am Ende aller Gänge doch nur sich selbst und den Göttern vertrauen.

Mit gemessenen Bewegungen – er wusste, dass der Verwalter etwas gegen schnelle Bewegungen hatte – hob der Zwerg den Humpen an den Bart, leerte ihn zu einem guten Drittel und stellte ihn dann wieder auf den Tisch. Der Verwalter nickte zufrieden. Der Vorkoster sah gesund aus. Allerdings gab es auch langsam wirkende Gifte. Der Große Verwalter würde also eine halbe Schicht warten und erst dann, wenn sein Vorkoster noch immer am Leben und wohlauf war, den Rest des Bieres trinken.

Seine Zukunft und die des gesamten Ehernen Imperiums bestand nur noch aus abgestandenem, vorgekostetem Bier. Aber Sicherheit war für einen Herrscher das Wichtigste. Seine eigene Sicherheit und die des Imperiums. Und er würde alles tun, um sie zu gewährleisten. Gegenwärtig versuchte er beispielsweise, seinen Durst zu ignorieren. Aber er hatte sich auch noch andere Gedanken gemacht. Über Spitzhacken zum Beispiel. Viel zu gefährlich. Ein potenzielles Mordinstrument. Er hatte beschlossen, sie verbieten zu lassen, und sogar schon seine Schaumdeuter gebeten, die Meinung der Götter über diese Angelegenheit zu erfragen. Nur wenige Schläge zuvor hatte er in der angrenzenden Orakelhöhle das Bier auf den Boden donnern hören und wusste, dass die Deuter jetzt mit ihren Stäben im Schaum herumstocherten, um den Willen der Götter in Erfahrung zu bringen.

Der Verwalter zweifelte nicht daran, dass die Götter ihm recht geben würden. Schließlich war er ihr Gesandter im Fels. Seit der Allerüberhöchste die Zwergenheit verraten hatte, war er, der Herr aller Zwerge, der Einzige, der noch im Bündnis mit den Göttern stand. Ihr Wille war der seine, womit seiner auch der ihre war, wodurch, wenn er es sich recht überlegte, die ganze Orakelgeschichte eigentlich überflüssig wurde …

Er kam jedoch nicht dazu, weiter darüber nachzudenken.

Denn in diesem Augenblick erschienen die mit goldenen Talismanen schwer behängten Schaumdeuter im Eingang des Raumes und schritten durch die Reihen der dösenden Gardisten erhobenen Hauptes auf ihn zu.

Versonnen strichen sie sich dabei über ihre wallenden Bärte, in denen goldene und silberne Perlen schimmerten. Es waren mächtige, Ehrfurcht gebietende Bärte, dachte der Verwalter, während er sie betrachtete. Mächtig genug, dass sich ein Reisehammer oder ein Dolch darin verstecken ließe. Er selbst und das Imperium schwebten in ständiger Gefahr.

Misstrauisch verengten sich seine rot geränderten Augen, als der Erste der Schaumdeuter vortrat und zu sprechen begann: „Herr aller Zwerge, ehrwürdiger Verwalter von allem, was ist, war und sein wird, wir …“

„Nimm die Hand aus dem Bart, wenn du mit mir sprichst!“, zischte der Verwalter mit drohend erhobenem Zeigefinger.

Sofort ließ der Schaumdeuter die Hand sinken und verbarg sie stattdessen hinter seinem Rücken. Um keinen unnötigen Unmut zu erregen, taten die beiden anderen Schaumdeuter es ihm nach.

„Tut sie irgendwohin, wo ich sie sehen kann!“, sagte der Verwalter ungehalten.

Sofort nahmen die Priester beide Hände nach vorne und drehten langsam die Handflächen nach oben.

Damit war der Verwalter zufrieden.

„Gut. Jetzt sprecht. Was haben die Götter mir zu sagen?“, knurrte er.

„Nun, Herr, die Götter meinen …“ Der Schaumdeuter sah zu seinen beiden Kollegen hinüber, die ihm aufmunternd zunickten. „Sie meinen – und es tut ihnen auch ein wenig leid, dass sie das tun – aber sie meinen, dass das Verbot von Spitzhacken nicht angebracht ist.“

Der Verwalter stemmte sich hoch, stützte die geballten Fäuste auf dem Tisch ab und durchbohrte den Priester förmlich mit seinem Blick.

„Gegenwärtig“, stammelte der Priester. „Also, gegenwärtig erscheint ihnen das so.“

Er lächelte unsicher und starrte den Großen Verwalter an. Seine Mundwinkel zitterten leicht. Der Verwalter verengte misstrauisch die Augen, worauf der Schaumdeuter offenbar das Gefühl hatte, fortfahren zu müssen, um seinen Bart zu retten.

„Die … die Götter sind allerdings zuversichtlich, dass ein Verbot von Spitzhacken spätestens in einigen Schichten das Beste ist, was dem Ehernen Volk passieren kann.“

Der Verwalter ließ sich wieder zurück in seinen Stuhl fallen. „So, so. Sind sie das. Die Götter scheinen heute ein wenig unentschieden, wenn mich nicht alles täuscht …“

Nun drängelte sich einer der anderen beiden Schaumdeuter nach vorn.

„Der Schaum war heute sehr dünn, Herr. Das liegt an der Witterung. Es ist besonders feucht, da zerfließen die Worte der Götter leicht …“

Der Verwalter beugte sich ein wenig vor.

„Sie *zerfließen* …?“

„Ja, sie sind ein wenig undeutlich, wodurch die Deutung …“

„Willst du etwa sagen, dass die Götter nuscheln?“, fragte der Verwalter drohend.

Nun trat der letzte aus der Dreierriege der Priester vor den Herrn aller Zwerge.

„Oh nein, Herr, niemals! Die Götter sprechen klar und deutlich. Es liegt an uns. Einzig an uns.“

„Ihr habt also Probleme, den Willen der Götter deutlich zu entziffern?“, fragte der Verwalter.

„Äh, nein, nein, das nicht. Es war nur gerade eben so, weil, weil …“

„Haltet den Mund!“, fauchte der Verwalter.

Der erste Schaumdeuter wollte noch etwas sagen, doch der Verwalter brachte ihn zum Schweigen.

„Ihr alle!“, schrie er, wodurch einige dösende Gardisten aus dem Schlaf hochschreckten und sich verwirrt in der Höhle umschauten.

Die Schaumdeuter schwiegen betreten. Doch dabei war ihnen anzusehen, dass es in ihren Köpfen arbeitete. Sie mussten sich unentbehrlich machen, einen Grund finden, den Unmut des Verwalters von sich abzulenken.

Bevor sie ihn jedoch fanden, fuhr der Herr aller Zwerge schon mit Bestimmtheit fort.

„Schaumdeuter der Glimmsteingewölbe! Ihr seid die Besten eures Faches, woran kein Zweifel besteht. Und ihr wisst um Geheimnisse, die einzig die Götter und ich miteinander teilen.“

Die Schaumdeuter wirkten schon etwas erleichterter. Wertschätzung und Einmaligkeit. Das war immerhin eine Basis.

Der Verwalter aber war noch nicht fertig: „Es ist wichtig,

dass diese Geheimnisse nicht nach außen dringen. Und darum habe ich mich entschlossen, euch neben euren Posten als Orakeldeuter zu Offizieren der Begnadeten Bewahrer zu machen, jener Geheimorganisation, die ich begründet habe, damit sie die Geheimnisse des Ehernen Volkes in ihren Reihen hält."

Die Schaumdeuter schauten einander an. Sie hatten bereits von den Begnadeten Bewahrern gehört, allerdings noch nie einen von ihnen zu Gesicht bekommen. Doch den Posten eines Offiziers in einer derartigen Organisation zu bekleiden war gewiss eine hohe Ehre. Zumal es Einfluss bedeutete. Noch mehr Einfluss, als sie ohnehin schon hatten.

Sie wollten sich gerade zu Boden werfen und ihre Bärte dankbar in den Staub drücken, als in Begleitung zweier Gardisten und eines Gefangenen vier weitere Zwerge den geheimen Unterschlupf des Großen Verwalters betraten.

Klammgluth, Trümmerboldt, Kiesgrimm und Eisengilb. Die Menhire und der Auftragsmörder. Sie waren völlig außer Atem, verschwitzt, voller Schieferspringerhaare und hatten offenbar einen wilden Ritt hinter sich.

Klammgluth, der über das Wesen des Verwalters Bescheid wusste, warf sich zunächst einmal auf den Boden, um ihn gewogen zu stimmen.

„Herr, ich bitte um Erlaubnis, sprechen zu dürfen."

Trümmerboldt, Kiesgrimm und der Auftragsmörder wechselten einen Blick und folgten dann Klammgluths Beispiel.

Der Verwalter hob eine Braue, sodass sein schwarzer Helm sich ein wenig nach oben verschob. Er schätzte es sehr, wenn man ihn um Erlaubnis bat. Egal, worum es ging.

„Treuer Menhir!", sagte er. „Wohlan, du darfst sprechen. Gedulde dich nur noch ein wenig, bis meine Männer die ehrwürdigen Schaumdeuter in die geheime Unterkunft der Begnadeten Bewahrer verbracht haben."

Der Verwalter nickte versonnen, während Klammgluth ein wenig bestürzt wirkte.

„Ja", sagte der Verwalter. „Das haben sie sich verdient. Sie sind wahre Meister ihrer Kunst, das Bindeglied zwischen mir und den Göttern, und sie wissen um große zwergische Geheimnisse, die es wert sind, bewahrt zu werden."

Klammgluth biss sich auf den Bart. Er grübelte angestrengt nach. Wenn das Zwielicht keinen Einfluss mehr auf das Orakel hatte, würde er seinen Plan möglicherweise ändern müssen. Womöglich würden sie die Ära des Verwalters früher beenden müssen als geplant. Es fiel ihm schwer, sich seine Gedanken nicht anmerken zu lassen.

„Hoher Verwalter, Statthalter der Götter, Vertrauter der Altvorderen und Herrscher über alles, was ist, war und sein wird", sagte er betont ehrerbietig. „Wenn Ihr sie für diese hohe Aufgabe bestimmt habt, dann werden sie es wert sein." Er wies auf den gefesselten Silberkies, der vor ihm am Boden kniete. „Ich möchte Euch außerdem bitten, diesem Zwerg, dem ehrenwerten Schnappsagk Silberkies, meinem verehrten Oheim, eine Amnestie zu gewähren und ihn ebenfalls zu einem Bewahrer zu machen."

Der Verwalter beugte sich verwundert vor.

„Silberkies?", fragte er. „Der Vater des Zwergischen Zwielichts? Ist der nicht in Vorrngarth verstorben? Der Kommandant, Kholk Stheinar, hat mir damals doch eigens einen Boten geschickt, um mich über sein Ableben in Kenntnis zu setzen."

„Die Götter haben ihn, den ich verehre, wie kaum einen zweiten Zwerg, mitsamt seinem Wissen verschont", erwiderte Klammgluth. „Und dieses Wissen ist voll von Geheimnissen, die zu bewahren seine oberste Aufgabe sein sollte."

Nachdenklich griff sich der Verwalter an den Bart.

Klammgluth sah seine langen, schmutzigen Fingernägel. Er blickte in die kleinen roten, von dunklen Ringen umgebenen Augen des Verwalters und ahnte, wie sich die Dinge innerhalb des Imperiums gerade entwickelten.

Er würde seinen Plan tatsächlich ein wenig beschleunigen müssen, bevor das Imperium noch am Irrsinn seines Verwalters zugrunde ging.

Schließlich nickte der Verwalter langsam.

„Die Bitte sei dir gewährt."

Dies war der Moment, in dem die Schaumdeuter sichtlich misstrauisch wurden. Ihnen war vor einigen Momenten für ihre außerordentlichen Verdienste, ihre unbestreitbaren Vorzüge und ihre Vertrauenswürdigkeit die Offizierswürde innerhalb einer geheimen Organisation versprochen worden. So weit, so gut. Doch nur wenige Atemzüge später wurde die gleiche Würde dem Ahnherrn aller liederlichen Halunken angeboten, der den Rest seines Lebens in Vorrngarth hatte zubringen sollen, oder besser es eigentlich schon in Vorrngarth zugebracht hatte. Sie selbst waren freilich kaum weniger halunkisch, aber das wusste der Verwalter, der noch immer glaubte, dass sie vom Ende der Glimmsteingewölbe stammten, schließlich nicht. Sie blickten einander verwundert an, und in ihren Augen war deutlich zu erkennen, dass sie ihre Rolle in den Reihen der Begnadeten Bewahrer nun gerne noch einmal überdacht oder zumindest zuvor ein paar Einzelheiten darüber in Erfahrung gebracht hätten.

Doch dafür war es zu spät. Der Verwalter erhob sich umständlich, schaute von Silberkies zu den Schaumdeutern und breitete schließlich feierlich die Arme aus.

„Wohlan, von nun an seid ihr alle Offiziere der Begnadeten Bewahrer! Benehmt euch entsprechend. Zeigt Würde und teilt eure Geheimnisse mit niemandem." Damit wandte er sich den

Gardisten zu. „Gebt ihnen Uniformen und führt sie hinab in die geheimen Quartiere.“

Gemeinsam mit den Felswehrgardisten verließen die vier frisch gemeißelten Bewahrer die provisorische Höhle ihres Herrschers, um ihren Dienst anzutreten.

„Ich danke Euch, ehrwürdiger Verwalter“, sagte Klammgluth leise.

„Gute Dienste werden gut belohnt, Klammgluth. Steh treu zu mir und sei meines Wohlwollens versichert“, entgegnete der Verwalter erhobenen Bartes.

Klammgluth, der noch immer im Staub lag, atmete innerlich auf. Schließlich hatte er seinem verwirrten Herrn noch einen Fehlschlag zu gestehen.

„Herr, wahrhaftig, ich stehe zu Euch wie eine ewige Säule, treu und unzerstörbar, doch ich werde Eures Wohlwollens bedürfen. Denn, Herr, ich habe versagt.“

Nervös spielte der Verwalter mit seinen Händen. Ein unruhiges Zucken hatte sein rechtes Augenlid erfasst. Hektisch strich er sich die Haare hinter das Ohr. In seiner Stimme schwang ein furchterregender unterschwelliger Zorn mit, als er Klammgluth anzischte: „Willst du damit sagen, der Höchste der Hohen ist euch entkommen?“

„In der Tat, das ist er, Herr“, erwiderte Klammgluth unterwürfig.

Die Bewegungen des Verwalters wurden immer fahriger. Seine Hände umklammerten seine Handgelenke so fest, dass sich die krummen, verwachsenen Nägel in seine Haut bohrten und Blut hervorquoll. „Aber es war mein Wille, dass . . dass … Ich habe dir befohlen …“

„Ich weiß, Herr! Und ich betrachte es als meine dringlichste Aufgabe, Eurem Befehl nachzukommen und jenen, der einst die Stimme der Götter war, in die Hohe Höhle zu schicken.“

„Tust du das?“ Die Augen des Verwalters verengten sich misstrauisch.

„Mit aller Macht, Herr, will ich danach streben“, erwiderte Klammgluth.

„Wahrhaftig?“ Der Unterton in der Stimme des Verwalters hatte etwas Gefährliches.

„Gewiss. Nichts wünsche ich mir mehr. Doch wisset, ehrwürdiger Verwalter, der Ihr den Göttern näher seid als den Zwergen und weiser seid als die Weisheit selbst, womöglich vermöchte ich diese schwierige Aufgabe besser zu meistern, wenn Ihr mir noch ein wenig mehr zur Seite stündet.“

Der Verwalter stutzte verwundert.

„Ich habe dir mein Siegel gegeben“, sagte er. „Das Volk steht dir zur Seite, gibt dir, was immer du verlangst.“

„Oh, glaubt mir Herr, das Volk steht mir tatsächlich treu zur Seite“, entgegnete Klammgluth beschwichtigend. „Aber es gibt Kräfte, die mächtiger sind als die Eurer Untertanen. Kräfte, die sich einzig mit Hilfe der Götter und der größten erdenklichen Geheimnisse bezwingen lassen.“

„Welche Mächte sollen das sein?“, fragte der Verwalter argwöhnisch.

„Herr, der einstmals Höchste der Hohen befindet sich in Begleitung jener, die der Schicksalszwerg genannt werden, und des gefährlichsten Diebes unseres Zeitalters. Sie sind auf dem Weg zum Undenkbaren.“

„Bei den Göttern …“ Blankes Entsetzen stand dem Verwalter ins Gesicht geschrieben.

„Herr, ich weiß, dass ich versagt habe“, sagte Klammgluth. „Nehmt meinen Bart, verbannt mich hinter den Abgrund des Vergessens oder lasst mich in die Hohe Höhle einziehen, ich kann und will mit dieser Schmach nicht leben.“

Aus seiner gebeugten Haltung heraus schaute Klammgluth

unauffällig zu dem Verwalter hoch. Der kaute einige Zeit nachdenklich auf seinem Bart herum. Dann trat er auf den Knienden zu, ergriff ihn bei den Schultern und zog ihn zu sich empor.

„Menhir", sagte er. „Du bist womöglich der einzige Zwerg, dem ich noch trauen kann. Ich spüre deine Verzweiflung und will dir helfen, so gut ich kann, damit du die Aufgabe bewältigen kannst. Was brauchst du?"

Klammgluth lächelte kaum merklich. Er hatte ihn so weit. Der Herr aller Zwerge würde ihm einen letzten Dienst erweisen.

„Damit wir in das Undenkbare vordringen, den Schicksalszwerg aufhalten und den Allerhöchsten töten können, müsst Ihr uns verraten, wo sich der Bierschacht des Schraubers befindet, der die Fallen im gemeinen Gang wartet."

„Aber Menhir!", erwiderte der Verwalter bestürzt. „Das ist ein imperiales Geheimnis. Seit Urzeiten hat niemand mehr …"

„Herr, es ist der einzige Weg."

Die Augen des Verwalters flackerten wirr. Er schien im Widerstreit mit sich selbst. Doch er fing sich sogleich wieder.

„Nun denn, wenn es sein muss", sagte er. „Dann muss es eben sein. Kein Stein ist ewig. Die Götter sind die Einzigen, denen ich noch trauen kann. Ihr Wohlwollen ist das Wichtigste. Ihr Wille muss erfüllt werden. Der Hohepriester muss sterben. Und es würde den Göttern wahrscheinlich auch nicht gefallen, wenn der Schicksalszwerg das Undenkbare vollbringt. Also tu, was immer vonnöten ist. Ich werde dir alles geben, was du dafür brauchst. Ich werde dir den Standort des Bierschachts verraten und noch mehr. Denn ich bin der Vertraute der Götter. Und ich weiß um Dinge, die dem Volk verborgen sind. Es gibt womöglich etwas, das euch den Weg ebnen und euch im Kampf gegen den Schicksalszwerg unbezwingbar machen kann."

Klammgluth stutzte. Er blickte zu Kiesgrimm und Trümmerboldt hinüber, die immer noch reglos am Boden verharrten. Sie schüttelten kaum merklich die Köpfe. Keiner von ihnen wusste, wovon der Verwalter sprach.

„Herr, was für ein Geheimnis soll das sein?", fragte Klammgluth den Verwalter. „Verratet es mir, auf dass ich Euch Ehre machen kann!"

„Schweig, Menhir", erwiderte der Verwalter. „Schweig und folge mir mitsamt den anderen. An einen Ort, den noch kein gewöhnlicher Zwerg vor dir gesehen hat ..."

KAPITEL 10

IN DEM MAN AUFGIBT, VERBORGENE KAMMERN ÖFFNET UND DAS ZEITALTER DER KUPFERKÖNIGE BEGINNT

Fassungslos starrte Bragk Nattergriff dem Schrauber ins bärtige Gesicht. Dann wandte er sich Blechboldt zu.

„Du, du hast … ihn auf den Kopf geschlagen!“

Der Meisterdieb war überzeugt davon, dass der Fallenmacher ihnen nichts vorspielte. Denn die Augen, in die er gerade geblickt hatte, waren die eines Schlüpflings gewesen. Leere Augen, die noch nichts gesehen, nichts erkannt hatten und hinter denen ein leerer Stollen lag, in dem nichts Wertvolles zu finden war.

„Du hast gesagt, wir sollen ihn aufhalten. Und genau das habe ich getan“, entgegnete der Ferkelbändiger trotzig.

„Oh ja, das hast du. Das hast du wirklich, du verdammter Schweinehirte! Weißt du überhaupt, was das bedeutet?“, schrie Nattergriff sein Gegenüber an.

In diesem Moment drängte sich Flammrank zwischen die beiden.

„Was ist jetzt?“, fragte er ungeduldig. „Wird er reden? Oder müssen wir ihm den Bart anzünden?“

Der Meisterdieb drehte sich zu dem blinden General um. Seine Stimme klang dumpf, als er leise flüsterte: „Es wird nichts nützen. Weder ihm den Bart anzuzünden noch irgendetwas anderes. Selbst wenn wir ihm sämtliche Fingernägel ziehen und falsch herum wieder reinrammen. Wir könnten seine Ahnen beleidigen oder seinen Helm verbeulen. Was immer wir tun, er wird nicht reden.“

Der General sah ihn ungläubig an.

„Aber warum? Ich kenne kaum einen Zwerg, der tatenlos zusehen würde, wenn man ihm den Bart abfackelt. Lass es mich versuchen, ich habe Zunder und …“

Er holte bereits seine Zunderbüchse aus der Tasche, doch Nattergriff schlug zornig seine Hand beiseite.

„Lass es sein. Es hat keinen Zweck“, rief er.

„Aber, aber … warum denn zum Rost noch eins?“, fragte Flammrank.

„Weil Blechboldt unserem Schrauber, dem Einzigen, der dieses Unterfangen noch mit dem Farn des Sieges hätte krönen können …“, Nattergriff drehte sich wieder zu dem Ferkelbändiger um, der bestürzt neben dem Gefangenen stand, „… mit seinem Hammer auf den Kopf geschlagen hat!“

Der General fasste sich an den Helm und senkte den Bart.

„Verdammter Rost noch eins …“, murmelte er.

Fazzgadt blickte von einem zum anderen. Er verstand überhaupt nicht, worum es ging. Genauso wenig wie Glimmboldt. Aber im Gegensatz zu diesem würde er es vielleicht verstehen, wenn man es ihm erklärte.

Nattergriff versuchte es: „Der Hammer des Vergessens*, Eisenbart. Es ist, als ob der Stollen über ihm zusammengebrochen wäre. Sein Helm ist leer. Kein einziger Gedanke, keine Erinnerung ist mehr darin. Sie sind alle zerschlagen. Mit einem einzigen unbedachten Hieb.“

„Heißt das, dass alles umsonst gewesen ist?“, fragte Fazzgadt.

„Der gemeine Gang kann erst wieder durchquert werden, wenn alle Fallen darin verrottet und zerfallen sind“, erwiderte

* Der Hammer des Vergessens war eine Kampftechnik, die ursprünglich von Generälen und Offizieren der Stählernen Garde entwickelt worden war, um, wenn es einem an Zeit und Bier mangelte, bestimmte Zwerge mit einem Schlag alles vergessen zu lassen, was sie wussten.

Nattergriff. „Und das Undenkbare ist undenkbarer als jemals zuvor …“

Er blickte den Gang hinunter, in Richtung der undenkbaren Tür, die kein gewöhnlicher Zwerg jemals durchschritten hatte. Und jetzt würde es wohl auch so bald niemand tun. Der Schrauber war zu jung, als dass er einen Nachfolger hätte ausbilden können. Nattergriff kannte die Rituale der Fallensteller. Wenn der Schrauber in das Alter kam, dass er den Herzsteindieb nahen fühlte, dann schickte er eine Rotfellfledermaus in den Bierschacht. Das war das Zeichen, ihm einen Lehrzwerg zu schicken, den er in die Geheimnisse der Fallen einweihen konnte, damit dieser sich nach seinem Tod um sie kümmerte. Und wenn das vollbracht war, trat der alte Schrauber in seine Lieblingsfalle und gab den Platz für seinen Nachfolger frei. Nattergriff hatte sich vor langer Zeit sogar einmal in die Gilde der Fallenmacher eingeschlichen, um selber Lehrzwerg des Schraubers zu werden.

Zwei Jahre lang hatte er sich mit den neuesten Fallen beschäftigt, hatte Fallen für Insekten, Trolle, Echsen, Zwerge, ja sogar Drachen kennengelernt. Und als irgendwann klar wurde, dass sich der Schrauber mit dem Sterben noch ein wenig Zeit lassen würde, hatte er längst alle Fallen der älteren Zeitalter gekannt. Mit verbundenen Augen hätte er sie entschärfen können.

Im gemeinen Gang aber, das war ihm klar gewesen, erwarteten ihn die Fallen aller je gewesenen Zeitalter und mit Sicherheit einige, die allein der Beste von ihnen, der Hüter des Undenkbaren, kannte …

Wenn er in jener Zeit eines gelernt hatte, dann, dass es für alles eine Falle gab. Man musste bloß den richtigen Köder haben. Sein Köder war das Undenkbare. Und das war von *unzähligen* Fallen geschützt. Wenn es ihm gelingen könnte, sie zu überwinden, würde das sein Meisterstück werden. Damit würde er sich einen Platz in der Geschichte des Ehernen Imperiums sichern. Direkt unter den Göttern und neben dem Großen Verwalter. Er, Bragk Nattergriff, der das Undenkbare vollbracht hatte …

Aber diese Träume waren nun unter einem einzigen Hammerschlag zerborsten.

In diesem Moment meldete sich der Allerüberhöchste zu Wort. Er war bleich und ihm war anzusehen, wie sehr der Verlust seines Gedächtnisses ihn schmerzte. Sein Blick folgte dem des Diebes und richtete sich auf die Tür im Dunkeln, hinter der das Undenkbare nun bis zur letzten Schicht des letzten Zwerges ruhen würde.

Er schüttelte leicht den Kopf und murmelte mit brüchiger Stimme: „Ich fürchte, das wird dem Stein ganz und gar nicht gefallen …"

Gefolgt von den Menhiren und Eisengilb hastete der Verwalter durch die engen Gänge unterhalb seiner Ebene.

„Was für ein Ort ist das, an den Ihr mich führt, Ehrwürdiger?", fragte Klammgluth schnaufend, während Trümmerboldt und Kiesgrimm, die ihm mit Fackeln in den Händen folgten, immer noch mit ihrem steinernen Schweigen fortfuhren.

„Einer der geheimsten des gesamten Imperiums, Menhir", erwiderte der Verwalter. „Als der Ewige Schmied dem ersten Verwalter das Hammerzepter reichte, übertrug er ihm zugleich die Aufsicht über drei verborgene Kammern. Er gab den Befehl, dass kein Untertan sie jemals betreten dürfe. Es hieß, dass sonst das gesamte Imperium untergehen, zu einem Spielball des Verderbens werden, zu Staub zerfallen, in Vergessenheit geraten würde und so weiter. Eigentlich alles, was auch das Erzferkel prophezeit hat. Während all der Zeitalter hatten einzig der Verwalter und sein höchster Priester Zugang zu den

Kammern. Zumindest zu zweien von ihnen. Die dritte nämlich soll der Verwalter erst am Ende aller Schichten öffnen …"

Das Licht der Fackeln in den Händen der beiden Menhire flog über die Wände und erweckte die Schatten der Steine zum Leben.

Sie verringerten jedoch nicht für einen Moment das Tempo.

„Und was befindet sich in diesen Kammern?", fragte Klammgluth neugierig. Wenn die Worte des Verwalters stimmten, dann musste in diesen Kammern etwas wahrhaft Bedeutsames versteckt sein.

„In der ersten Höhle verbergen sich die Bibliothekare", erwiderte der Verwalter.

„Die Bibliothekare?"

„Die Herren über die Barthaarbibliothek", erklärte der Verwalter. „Zwerge, die Dinge vermögen, die du dir in deinen kühnsten Träumen nicht vorzustellen vermagst. Sie sind blind und fürchten das Licht, sie leben von rohem Fleisch, abseits unserer Regeln und Gesetze, aber sie können einen Zwerg anhand eines einzigen Barthaars erkennen. Sie haben mir hier unten im Geheimen bereits so manchen Dienst erwiesen. Wo immer ein Haar ist, findet der, der Zugang zu den Bibliothekaren hat, eine Antwort …"

Diese Worte waren wie Goldstaub in Klammgluths Ohren. Er würde also, sobald das Zwielicht das Erbe des Verwalters antrat, unglaubliche Dinge besitzen. Dinge, die die Götter selbst den Zwergen hinterlassen hatten.

„Und was ist in der zweiten Kammer?", fragte er.

In diesem Moment kamen sie an einer Tür an, und der Verwalter bedeutete ihnen, stehen zu bleiben. Der Verwalter blickte Klammgluth tief in die Augen, während Kiesgrimm, Trümmerboldt und Eisengilb sich neugierig näher herandrängten.

„Das Innere dieser Kammer hat noch nicht einmal der Allerhöchste jemals zu Gesicht bekommen“, sagte er. „Nur ich habe es gesehen. Es ist Pilzgrimms Erbe.“

„Pilzgrimm?“, fragte Klammgluth.

„Wutrich Pilzgrimm, der größte Erfinder der Zwergenheit. Er war es, der einst die Splitterspinnen besiegt und den unheiligen Krieg beendet hat. Er hat unserem Volk vieles hinterlassen. Das meiste ist von meinen Vorgängern im Lauf der Zeitalter verboten worden. Unheilige Erfindungen, die den Geist der Zwergenheit hätten zersetzen können, wenn sie gewöhnlichen Schürfbrüdern in die Hände gefallen wären. Es gibt nur zwei Hinterlassenschaften, die für das Imperium noch von Bedeutung sind. Das erste sind Pilzgrimms verbesserte Fallen. Damit hat er den gemeinen Gang erst zu dem gemacht, was er heute ist, und das Undenkbare erst wirklich undenkbar gemacht.“

„Und was ist die zweite Hinterlassenschaft?“, erkundigte sich Klammgluth.

„Die befindet sich in dieser Kammer.“

Der Herr aller Zwerge zog einen sehr alt anmutenden Schlüssel unter seiner Rüstung hervor.

„Aber ich denke, die Kammern wurden dem ersten Verwalter von Ewigen Schmied selbst übergeben?“, fragte Klammgluth. „Wenn dieser Pilzgrimm während der Spinnenkriege gelebt hat, dann war das Hunderte Jahre später! Wie könnte sein Nachlass an diesem Ort versteckt sein?“

Der Verwalter lächelte bedeutsam, während er den Schlüssel in das Schloss der Tür einführte und ihn langsam herumdrehte.

„Die zweite Kammer war von Anfang an leer. Sie war einzig dafür geschaffen worden, etwas Bestimmtes aufzunehmen, wenn die Zeit dafür gekommen war.“

„Aber was?“ Klammgluth fieberte ungeduldig der Öffnung der Tür entgegen.

„Der Ewige Schmied hat es dem ersten Verwalter ins Ohr geflüstert“, sagte der Herrscher aller Zwerge.

Er drehte den Schlüssel ein zweites Mal herum, ließ sich Trümmerboldts Fackel reichen, schob dann langsam die Tür auf und hielt die Fackel ins Innere der Kammer.

„Die Kupferkrieger Wutrich Pilzgrimms …“

Staunend erblickte Felsigk Klammgluth, der schwarze Menhir und Herr des Zwergischen Zwielichts, in der zweiten verborgenen Kammer im Widerschein der Fackel des Großen Verwalters das Unglaublichste, was ihm jemals unter die Augen gekommen war: vier kupferne Kolosse, jeder gut drei Zwerg groß, beinahe so gewaltig wie Trolle, mit riesigen, massiven Pranken und Füßen und farblos schimmernden, gläsernen Augen, die leblos auf ihn herabstierten. Ihn schauderte. An Armen und Beinen der Kolosse waren seltsame Vorrichtungen montiert, deren Sinn sich ihm nicht sofort erschloss, bis er erkannte, dass sie eine große Ähnlichkeit mit den Stahl- und Feuerschleudern der imperialen Waffenkammern hatten. Er sah Zahnräder, Eisenseile und Riemen, die sich durch das Innere der monströsen Gestalten zogen.

Was waren das für Kreaturen? Sie schienen leblos, nicht beseelt. Und wenn tatsächlich ein zwergischer Erfinder sie geschaffen hatte, was für einen Zweck hatten sie?

Der Verwalter war ins Innere der Höhle geeilt und hatte begonnen, die Fackeln zu entzünden, die in Nischen an den Wänden verteilt waren.

Und jetzt sah Klammgluth, was sich noch in der Kammer befand: Tiere. In Käfigen, die zwischen den Kupferfiguren an den Wänden befestigt waren. Spinnen, Käfer, sogar kleine Drachen. Er kannte sie alle. Es waren ausnahmslos waffenfähige

Kreaturen.* Er begriff sofort, wofür sie gedacht waren: für die Waffen an den Armen der Kolosse.

Der Verwalter nahm den kurzen Blick wahr, den Klammgluth auf die Tiere warf.

„Ja, das ist eine meiner geheimsten Aufgaben", erklärte er. „Die Tiere zu füttern und ihre Käfige sauber zu halten. Nicht sehr würdevoll, aber der Ewige Schmied hat schon lange, bevor sie erfunden wurden, verfügt, dass die Kupferkrieger stets einsatzbereit gehalten werden sollen ..."

Klammgluth nickte geistesabwesend. Er hatte seinem Gegenüber nicht einmal zugehört. Zögernd trat er an den ersten der Kolosse heran und berührte ihn. Die Oberfläche fühlte sich seltsam an. Nicht wie gewöhnliches Kupfer. Irgendetwas daran kam ihm seltsam vor ...

„Sie fühlen sich merkwürdig an, nicht wahr?", sagte der Verwalter. „Niemand weiß, was für ein Material das ist. Es handelt sich um eine dünne Schicht über dem Kupfer, eine von Pilzgrimms Erfindungen, deren Geheimnis er mit niemandem geteilt hat."

Inzwischen waren auch die anderen beiden Menhire in die Höhle getreten und bestaunten die metallenen Giganten.

„Sie sind ... unglaublich", sagte Kiesgrimm.

Mit funkelnden Augen, den Kopf in den Nacken gelegt, starrte Klammgluth zu den Köpfen der Kolosse empor.

„Oh ja, Menhir, das sind sie", sagte der Verwalter und kam zu ihnen herüber. „Vor allem, wenn man weiß, was für einen Zweck sie erfüllen. Denn sie sind mehr als bloß Statuen ..."

Er griff hinter den Koloss, betätigte einige Hebel und drehte

* Als waffenfähige Kreaturen wurden innerhalb des Ehernen Imperiums Tiere bezeichnet, mit denen Feuer- und Stahlschleudern sowie andere zwergische Schusswaffen bestückt werden konnten.

an einem Rad. Mit einem hellen Klicken schnappte die Brust der Figur auf. Die kupferne Brustplatte teilte sich und klappte dann zu beiden Seiten weg. Und das Gleiche geschah im nächsten Augenblick auch mit den Armen und Beinen der Figur.

Im Inneren konnte Klammgluth nun das ganze Ausmaß an eigentümlichen Vorrichtungen erkennen, die Pilzgrimm darin eingebaut hatte. Den Sinn der meisten vermochte er nicht einmal zu erahnen. Was er jedoch sofort begriff, war, worum es sich bei Pilzgrimms Kupferkriegern in Wirklichkeit handelte.

Es waren Rüstungen.

Kriegsrüstungen.

Und sie erweckten den Anschein, nahezu allem standhalten zu können, was ihnen in den Grenzen des Imperiums widerfahren mochte. Sämtlichen Gegner, Geschossen, Felsen und sogar Fallen …

Der Meisterdieb klang verbittert, als er nach langer Pause wieder das Wort ergriff.

„So nützt uns der Schrauber nicht mehr als der Schwachsinnige."

Alle wussten, wer gemeint war. Nur Glimmboldt selbst nicht. Doch auch wenn er sie verstanden hätte, wäre ihm diese Anfeindung egal gewesen. Er hockte vor dem gefangenen Schrauber und spielte mit seinem Bart. Beide gluckten vergnügt. Der einstige Herr der Fallen schnitt eine Grimasse, und Glimmboldt prustete los.

Es war ein friedlicher, wenn auch seltsamer Anblick. Am Rande des Undenkbaren saßen zwei Zwerge, die das Schicksal ungeachtet ihres Alters in Kinder verwandelt hatte, frei von Ehrgeiz, Furcht und Gier. Die sich nicht scherten, was um sie herum passierte, die von Schlag zu Schlag lebten und denen Gold nicht mehr bedeutete als Stein.

Und trotz allem, was geschehen war, berührte ihr Anblick die umstehenden Zwerge auf eine eigentümliche Art. Wie einfach würden sich all ihre Probleme lösen lassen, wenn sie sich nur gegenseitig mit dem Hammer auf den Kopf schlagen würden!

Dann würden sie alle hier unten im Kreis sitzen und kichern, brabbeln, Grimassen schneiden und ab und zu einen Käfer verspeisen, um nicht zu verhungern.

Doch keiner von ihnen zog seinen Hammer hervor, um den anderen damit auf den Helm zu schlagen.

Schließlich fragte der Höchste der Hohen, der es, obwohl er die Hoffnung noch nicht aufgegeben hatte, allmählich für möglich hielt, dass der Wille des Steins tatsächlich nicht zu erfüllen war, mit bedrückter Stimme: „Also, was machen wir jetzt?"

Fazzgadt schaute zerknirscht in die Runde.

„Hoffen?", schlug er vor.

Der Allerhöchste aber wollte noch nicht aufgeben. Auch wenn die Fallen unüberwindbar und der Stein verstummt war.

„Nein, es muss noch eine andere Möglichkeit geben!", sagte er beharrlich.

Der General stieß einen verächtlichen Laut aus.

„Pah, wir haben hier unten nicht genug Proviant, um lange zu hoffen. Und das, was durch den Bierschacht des Schraubers kommt, wird für uns sieben nicht reichen."

„Dann müssen wir eben zurück", sagte Fazzgadt mit einem Schulterzucken.

Blechboldt schüttelte energisch den Kopf.

„Zurück? Zurück ins Imperium, wo man uns offensichtlich jagt? Habt ihr diese Zwerge in Vorrngarth gesehen? Der eine wollte den Höchsten der Hohen sogar töten! Ein Zwerg, der einen anderen Zwerg tötet. Nein, das Imperium ist nicht mehr, was es einmal war. Wir sind in Ungnade gefallen. Der Verwalter lässt nach uns suchen. Wahrscheinlich ist schon die gesamte freiwillige Felswehr hinter uns her. Und dieser Klammgluth, oder wie immer er heißt, wird alles daransetzen, unsere Bärte in eine Trophäe zu verwandeln. Vor allem, wenn er selbst das Undenkbare erreichen will."

„Wir könnten zurückkehren. Ich würde uns Verkleidungen anfertigen. Niemand würde uns erkennen", warf Nattergriff ein. Auch er schien inzwischen sicher, dass ihnen nichts anderes als der Rückzug blieb.

Doch nun winkte Fazzgadt energisch ab.

„Den Rest meines Lebens eine Maske tragen? Nein, niemals. Ich bin Fazzgadt Eisenbart, und das will ich auch bleiben."

Blechboldt nickte.

„Ich stimme ihm zu. Wir wären fortan etwas, das wir nicht sind, würden etwas werden, was uns nie zugedacht war, und am Ende unter falschem Namen in die Hohe Höhle einziehen. Nein, das kann nicht der Wille der Götter sein."

Der Allerhöchste schaute von einem zum anderen, öffnete nachdenklich seine löchrige Tasche und holte den Stein hervor.

„Der Wille der Götter. Er ist hier. Direkt vor uns. Er ruht mitsamt dem Geist des Schmiedes in diesem Stein. Er weiß, was richtig oder falsch ist. Und er hätte gewiss einen Plan …"

Fazzgadt verdrehte die Augen.

„Ja, er ist mit Sicherheit der klügste Stein, den ich kenne."

„Ohne ihn wären wir niemals bis hierher gekommen!", gab der Höchste der Hohen empört zu bedenken.

Fazzgadt hob eine Braue und schaute sich um.

„Ach ja, ich habe ganz vergessen, dass wir den Triumph, hier unten festzusitzen, ihm zu verdanken haben."

„Wenn Blechboldt den Wächter nicht auf den Kopf geschlagen hätte …" Der Hohepriester deutete auf den Ferkelbändiger.

„Dann hätten wir trotzdem kein Kraut, um mit deinem verdammten Dreckskiesel zu sprechen!", fuhr Fazzgadt ihn an.

Nun sprang der Priester auf und ergriff Fazzgadt beim Kragen.

„Du wirst ihn nicht Dreckskiesel nennen, du verschissener Schlammschürfer!"

„Schlammschürfer?", schrie Fazzgadt und packte nun seinerseits den Höchsten am Kragen. „Du nennst mich Schlammschürfer, du wirrer, grantiger Greis?"

„Hört auf!" Blechboldt trat zwischen die beiden und versuchte, sie zu trennen. „Das nutzt niemandem etwas."

Die beiden Raufbolde beruhigten sich allerdings nur langsam.

„Wir sollten darüber abstimmen, ob wir umkehren sollen", schlug Nattergriff vor und blickte in die Runde. Die anderen schienen einverstanden.

„Wer ist dafür, dass wir bleiben?" Im schummrigen roten Licht des brodelnden Magmas schaute der Meisterdieb in die Runde. Abgesehen vom Allerhöchsten meldete sich niemand.

Der Meisterdieb nickte.

„In Ordnung, das bedeutet, dass wir durch den Bierschacht wieder hinaufmüssen. Und das heißt: klettern."

Der General schüttelte den Kopf.

„Klettern? Ich hör wohl nicht recht! Ich bin blind, der Hohepriester ist tausend Jahre alt und die beiden Wirrbärte schaffen es doch nicht einmal, geradeaus zu gehen! Wie sollen wir da durch so einen engen Schacht hinaufklettern?"

Bragk Nattergriff musterte ihn nachdenklich. Dann senkte er seinen Kopf und sagte: „Ich habe auch nicht gesagt, dass es einfach wird …"

Bald hatten die Menhire, der Verwalter und der Auftragsmörder die Kolosse mit vereinten Kräften durch die verschlungenen Gänge auf die Verwalterebene emporgeschafft.

Sie waren ins Innere der Rüstungen geklettert und hatten sie mit Hilfe der Mechanik darin fortbewegt. Die Handhabung erwies sich als vergleichsweise einfach. Ihre kupfernen Arme und Beine fungierten als Verlängerungen ihrer eigenen Gliedmaßen. Ihre Bewegungen wurden auf die kupfernen Gliedmaßen übertragen und von der Mechanik im Inneren verstärkt. Wie sehr sie verstärkt wurden, hatten sie erkennen müssen, als Trümmerboldt versehentlich durch eine massive Granitsäule lief, die ihm im Weg gestanden hatte. Wände waren für die Kupferkrieger kein Hindernis, und Felsen vermochten sie unter ihren Füßen zu zermalmen. Sie waren unbesiegbar und hätten wahrscheinlich selbst noch einen Zweikampf mit einer ausgewachsenen Glimmschwinge gewonnen.

Inzwischen hatten die Menhire und der Auftragsmörder auch die Waffen der Kupferkrieger geladen. Je fünf Gaskäfer mit Stahlkugeln, ein Stahlspinner* und ein Flammfackelflügler für die Stahl-, Seil- und Feuerschleudern. Die Handhabung der Waffen schien ebenso einfach wie die Steuerung der Rüstungen.

Nun versammelten sich die vier in der Orakelhalle.

Die schweren Kolosse hatten Spuren auf dem goldenen Boden der Halle hinterlassen, und nun standen sie in ihren schimmernden Rüstungen in der Mitte der Höhle im Kreis. Krugk Trümmerboldt, Felsigk Klammgluth, Harrm Kiesgrimm und Krummkhorn Eisengilb. Die drei Menhire und der einzige Auftragsmörder, den das Imperium je gesehen hatte.

Um sie herum standen der Verwalter und ein gutes Dutzend Gardisten. Neben den Kupferkriegern wirkte der Verwalter allerdings alles andere als groß. Verglichen mit den gewaltigen Gestalten schien er sogar geradezu winzig.

* Eine graue Spinnenart, die ein überaus stabiles Seil verschoss.

Hätten sie es gewollt, sie hätten ihn wie eine lästige Aschassel zertreten können. Und ebenso die Felswehrgardisten.

Niemand hätte sich den Kupferkriegern in den Weg stellen können. Selbst der Herr aller Zwerge nicht.

Sie waren tödliche Waffen.

Und Klammgluth hatte längst begriffen, welchen Zweck sie hatten. Sie waren von Wutrich Pilzgrimm erschaffen worden. Dem gleichen Zwerg, der auch die Fallen des gemeinen Ganges verbessert hatte. Es war vollkommen klar. Die Kupferkrieger waren der Schlüssel zum Undenkbaren. Einzig dafür hatte Pilzgrimm sie gebaut.

Klammgluth öffnete seine Rüstung. Mit einem leisen Klicken schoben sich die Kupferplatten auseinander. Der Menhir zog Hände und Füße aus den Lederschlaufen im Inneren der Rüstung und kletterte hinaus. Er betrachtete seine Gefährten in den funkelnden, schwer bewaffneten, metallenen Giganten, wandte sich dann dem Verwalter zu und lächelte.

„Herr, wir werden Eurem Namen Ehre machen", sagte er. „Glaubt mir, der abtrünnige Hohepriester ist bereits in der Hohen Höhle und an der Seite seiner Ahnen. Er weiß es bloß noch nicht."

Der Herr aller Zwerge frohlockte: „Gut, Menhir, gut, dann eilt los und vollbringt den Willen der Götter!"

Für einen kurzen Moment war seine elende Erscheinung mit den blutunterlaufenen Augen, den dreckigen, wuchernden Fingernägeln und dem irren Blick von der Kraft der Zuversicht erfüllt.

Doch Klammgluth war noch nicht fertig: „Als Erstes müssen wir hinab in das Undenkbare, um den Schicksalszwerg zu stellen. Nennt uns den Braumeister des Schraubers. Nur durch seinen Bierschacht können wir zum Undenkbaren hinuntergelangen."

Der Herr der Zwerge nickte.

„Du hast recht, Menhir. Ich will euch den Namen des Braumeisters verraten. Es ist Brimmh Bitterbräu. Er lebt in den Brauhöhlen hinter den Scheibensteinen.“

„Ich danke Euch, Herr.“ Klammgluth verneigte sich leicht und kletterte zurück in seine Rüstung.

Der Herr aller Zwerge lächelte zufrieden.

Aus Trümmerboldts Rüstung hallte eine metallene Stimme hervor.

„Wie lautet dein Plan, Klammgluth?“

„Ich weiß, was wir tun müssen. Trümmerboldt, du wirst hierbleiben und dich um den Verwalter kümmern. Kiesgrimm, Eisengilb und ich werden den Hohepriester, den vermaledeiten Eisenbart und Nattergriff suchen.“

Damit setzten sich drei der Kupferkrieger in Bewegung, in deren Inneren sich Klammgluth, Eisengilb und Kiesgrimm befanden. Währenddessen blieb Trümmerboldt an der Seite des Verwalters und zwischen einem Dutzend Felswehrgardisten im Inneren der Orakelhöhle zurück.

INTERMEZZO

Nachdenklich schritt der Große Verwalter über den Deutergrund.

Er fragte sich, ob er, jetzt wo er die Schaumdeuter befördert hatte, selbst den Schaum noch einmal befragen sollte.

Obwohl er beinahe sicher war, dass die Kupferkrieger alles richten würden. Sie würden den Schicksalszwerg aufhalten und das Leben des Höchsten der Hohen beenden. Der Große Verwalter würde die Götter nicht enttäuschen.

Nachdenklich betrachtete er die goldene Fläche des Deutergrunds und die schmalen Rinnen, durch die für gewöhnlich das Bier abfloss.

Wahrscheinlich war es nicht nötig, den Schaum zu befragen. Alles verlief in geplanten Gängen.

Plötzlich erhob sich vor den Toren der Orakelhöhle großer Lärm. Der Verwalter hob den Kopf. Fragend blickte er sich um. Was ging da vor sich? Doch die Gardisten und der zurückgebliebene Koloss vermittelten ihm eine Form von Sicherheit.

Er war der festen Überzeugung, dass sich alles klären würde. Jedenfalls so lange, bis das Tor aufflog und eine Horde aufgebrachter Zwerge mit erhobenen Hämmern zwischen den goldenen Säulen hindurch in die Orakelhöhle stürmte.

Der Herr aller Zwerge flüchtete sich eilig hinter eine Säule, während die wütenden Zwerge die Gardisten anschrien. Gehetzt schaute er sich um. Keiner seiner Gardisten machte Anstalten, ihm zu Hilfe zu kommen oder sich den Aufrührern entgegenzustellen. Womöglich hätte er die Kupferkrieger doch allesamt hierbehalten sollen. Sie hätten das Eherne Volk gewiss zur Vernunft bringen können. Stattdessen war nur einer der Giganten geblieben, und der … Er wagte einen unsicheren Blick in Trümmerboldts Richtung. Der Koloss stand einfach nur reglos da, bestaunt von den aufständischen Zwergen.

Der Verwalter raufte sich den Bart. Was sollte er nur tun? Das, was hier geschah, konnte doch unmöglich der Wille der Götter sein. Ob er sie um Rat fragen sollte? Er blickte sich um und entdeckte die Treppe, die zu den oberen Stockwerken der Orakelhöhle führte. Im nächsten Moment schon hastete er unbemerkt von der noch immer anschwellenden Meute über die vergoldeten Stufen nach oben.

Er rannte, so schnell er konnte, vorbei an den apathisch herumstehenden Felswehrgardisten, bis er schließlich das dritte Stockwerk und seine kleine Kammer erreicht hatte. Dort stand auf dem Tisch noch immer das vorgekostete Bier. Der Schaum darauf war inzwischen beinahe vollkommen verschwunden.

Aber er würde reichen. In einer solchen Situation musste man mit dem vorliebnehmen, was einem zur Verfügung stand.

Selbst wenn man Durst hatte.

Unten auf der Treppe hörte der Verwalter die tobende Zwergenmenge. Er griff nach dem Humpen, betrachtete ihn einen kurzen Moment lang nachdenklich und leerte ihn dann in einer entschiedenen Bewegung über der Tischplatte aus.

Ein dünner Schaumfilm breitete sich auf dem Tisch aus.

Kleine, blasse Blasen, in denen kaum etwas zu erkennen war. Der Verwalter beugte sich tiefer über den Tisch, so tief, dass seine Nase beinahe den Schaum berührte. Die Götter sprachen verdammt leise. Ausgerechnet jetzt, wo er ihren Rat dringend gebraucht hätte.

Unten in der Orakelhöhle tobte sein Volk. Es hatte bereits die Treppe erreicht und war willens, ihm die Macht zu entreißen, welche die Götter selbst ihm verliehen hatten. Da war so viel Zorn, so viel Unmut. Obwohl er immer nur das Beste für sie gewollt hatte. Und jetzt, wo seine Untertanen ihm das Hammerzepter und die Krone entreißen wollten, schwiegen die Götter.

Vor ihm auf dem Tisch war bloß einfacher Schaum zu erkennen. Keine Botschaft, kein Ratschlag, lediglich blasser, trauriger Schaum. Mit einem wütenden Aufschrei wischte der Verwalter ihn vom Tisch.

Die Götter schwiegen aus Böswillen! Sie wollten ihn sich selbst überlassen! Sie hatten ihn abgeschrieben, sich auf die Seite des Volkes geschlagen und ihn verraten.

Aber das war, wenn er den Gang, in dem er sich befand, zu Ende dachte, die logische Konsequenz. Er wusste, dass er niemandem trauen konnte. Warum hätte er also den Göttern trauen sollen?

Sie hatten das Eherne Volk nach ihrem Vorbild aus dem Fels geformt. Also schlummerte auch in ihnen der Keim des Verrats und der Falschheit. Womöglich hatten sie ihn sogar die ganze Zeit über belogen, ihn mit Hilfe des Schaums verhöhnt.

Aber er würde ihnen beweisen, dass er zu Recht der Herr aller Zwerge war! Der weder Götter noch Orakeldeuter brauchte, um über das Eherne Imperium zu herrschen. Wenn diese Krise durchgestanden war, dann würde er die Götter verbieten lassen.

Von der Treppe her drang der anschwellende Lärm der wild gewordenen Zwerge zu ihm hoch. Der Verwalter aber hörte ihn nicht. Seine kleinen roten Augen huschten im Raum umher. Er biss sich so fest auf die Lippen, dass sie beinahe bluteten, und in seinem Inneren mischten sich Zorn und Verzweiflung zu einem bitteren Sud, der ätzend durch seine Adern pulste.

Mit zusammengepressten Lippen hämmerte der Verwalter

auf die Tischplatte, dass das darauf verschüttete Bier aufspritzte.

Er blickte sich um. Mit ihm im Raum befanden sich sechs Gardisten. Wie lange würden sie die Zwerge aufhalten können?

Warum war Trümmerboldt nicht eingeschritten?

Der letzte verbliebene Kupferkrieger begann, sich in Richtung der Treppe zu bewegen. Die Aufwiegler machten den Weg frei. Staunend und mit offenen Bärten betrachteten sie den Giganten, dessen riesige Füße über den goldenen Boden der Höhle schlurften.

Trümmerboldt, der sich im Inneren des Kriegers befand, schaute sich um. Er sah, wie die aufständischen Zwerge einen Gardisten nach dem anderen entwaffneten. Die Wachen konnten sie nicht aufhalten. Nicht, solange sie sie nicht ernsthaft verletzen durften. Und dem stand das oberste Gesetz der Zwergenheit entgegen. Rücksicht war ein brüchiges Rad auf dem Weg zum Erfolg. Sie konnte alles gefährden. Das war eine der wichtigsten Lehren, die Krugk Trümmerboldt aus dem Schutzgoldgeschäft gezogen hatte. Wenn man sich die Taschen füllen wollte, musste man bereit sein, Beine zu brechen. Und das war eine Entscheidung, die bewusst getroffen werden musste. Denn halbherziges Beinebrechen brachte niemanden weiter. Das war so, als würde man einen Gang graben, ohne das Gold darin mitnehmen zu wollen …

Der tiefschwarze Menhir begann, die Treppe hochzusteigen. Dabei grinste er unter seinem kupfernen Kopfschutz. Was immer geschah, die Felswehr musste das oberste Gesetz der Zwergenheit befolgen und durfte keinem anderen Zwergenartigen etwas antun. Mehr als drohen durften sie nicht. Drohungen, schicke Uniformen und Waffen, die sie nicht benutzen durften – das war die persönliche Leibgarde des Großen Verwalters.

Der Verwalter hörte die aufständischen Zwerge nun schon ganz nahe. Sie mussten das dritte Stockwerk bereits erreicht haben. Sie schrien alle durcheinander. Durch den Türspalt konnte er sie bereits sehen. Helm an Helm, einer nach dem anderen, ein wilder Haufen zornigen Barthaars, der sich von der Treppe in das Stockwerk ergoss.

Die kleinen rot geränderten Augen des Verwalters huschten gehetzt durch den Raum, von einem Gardisten zum nächsten. Ob sie ihn beschützen konnten? Draußen auf der Treppe war zu hören, wie die aufgebrachten Zwerge schreiend, schimpfend und tobend einen Gardisten nach dem anderen überwältigten.

Der ungebändigte Zorn der Zwergenheit schwappte durch das Orakel. Und sein erklärtes Ziel war kein anderer als der Große Verwalter.

Doch die Gardisten machten keinerlei Anstalten, die Waffen zu heben. Sie waren allesamt wie erstarrt vor Schreck. Die Augen des Verwalters weiteten sich vor Entsetzen, als er die ersten Aufrührer vor der Tür seiner Kammer sah.

Er eilte zu einem der Gardisten hinüber, packte ihn bei den Schultern, schüttelte ihn durch und schrie: „Tut doch etwas! Irgendetwas, verdammt!“

Niemand rührte sich. Die Freiwilligkeit der Felswehr endete offenbar bei einem tatsächlichen Konflikt. Ihnen fehlten die lange Erfahrung und die Kühnheit ihrer Vorgänger. Sie waren noch zu jung und zu unerfahren und würden den Verwalter nur beschützen, solange sie selbst dabei keinen Schaden nahmen.

In dieser Situation hatten sie anscheinend beschlossen, ihn weder mit ihrem Leben noch anderweitig zu beschützen. Stattdessen begannen sie unter den fassungslosen Augen des Herrn aller Zwerge ihre Waffen abzulegen und ihre Uniformen auszuziehen.

„Aber das könnt ihr doch nicht tun!“, rief der Verwalter entsetzt. „Ich … ich bin euer Herr! Ihr habt geschworen, mich zu beschützen. Ihr, ihr …“ Ein Ausdruck des Begreifens huschte über sein Gesicht. „Oh, ich verstehe. Feige Weichbärte seid ihr. Allesamt. Nun gut, macht, was ihr wollt, ich brauche euch nicht. Keinen von euch! Ich komme auch allein zurecht.“

Er baute sich vor ihnen zu seiner vollen Größe auf. Dabei glühte in seinen Augen das letzte Fünkchen Würde, das ihm unter dem verfilzten Bart und den dreckigen Fingernägeln noch geblieben war.

In diesem Moment stürmten die Zwerge in die Höhle. Die Felswehrgardisten mischten sich unter die ersten Aufständischen, während die nächsten schon nachdrängten. Innerhalb kürzester Zeit war die Höhle voller Zwerge.

Dann waren laute, mächtige Schritte zu hören, unter denen der Fels erbebte.

Kurz darauf brach Trümmerboldt in seinem Kupferkrieger durch die Tür. Die Zwerge traten auseinander, bildeten eine Schneise und verharrten in respektvollem Abstand, während der schimmernde Gigant auf den Großen Verwalter zuschritt.

Der Verwalter atmete auf. Er glaubte sich in Sicherheit.

Als Trümmerboldt näher kam, postierte er sich neben ihn und rief den Aufrührern zu: „Nun, Zwerge, ihr seht, ich stehe unter dem Schutz höherer Mächte. Dieser kupferne Koloss ist das Vermächtnis Wutrich Pilzgrimms, und er wurde geschaffen, um das Imperium und seinen Herrscher zu verteidigen! Gegen ihn vermögt ihr nicht zu bestehen. Wie viele ihr auch sein mögt. Kehrt zurück in eure Höhlen, geht eurer Arbeit nach, und ich werde euch verzeihen. Wenn ihr jedoch mit eurer

Revolte fortfahren wollt, dann werde ich ihm den Befehl geben, euch im Dutzend in die Hohe Höhle zu senden!“

Seine Stimme war lauter geworden, und am Ende seines Vortrags hatte er beinahe zu seiner alten Sicherheit zurückgefunden. Im nächsten Moment allerdings packte Trümmerboldt den Verwalter überraschend am Schlafittchen und hob ihn hoch, sodass er hilflos einen Bart über dem Boden in der Luft zappelte. Ungläubig starrte er in die Kristallaugen des metallenen Ungetüms. Und dann erklang aus dessen Inneren, beinahe wie aus einer anderen Welt, laut die metallen verzerrte Stimme Krugk Trümmerboldts: „Zwerge! Der Menhir ist mit euch! Er weiß, dass der Verwalter seine Untertanen verraten, ihre Gesetze geschmäht und ihren Glauben verhöhnt hat. Doch fürchtet euch nicht. Der Menhir ist auf eurer Seite, und darum übergibt er euch den Großen Verwalter, damit ihr über ihn richten könnt.“

Einer der Aufrührer meldete sich zu Wort: „Aber was soll dann geschehen?“

Mit donnernder Stimme sprach Trümmerboldt weiter: „Der Menhir hat die Zukunft der Zwerge gesehen. Denn während der Verwalter mit Schaum und Gold Frevel trieb, hat der Menhir zu den wahren Göttern gesprochen: Euch ist bestimmt, unter kupfernen Königen zu dienen, die das Eherne Volk zu neuem Ruhm führen werden.“

Die kupfernen Könige waren dem Geist Felsigk Klammgluths entsprungen. Er hatte sie spontan ersonnen, nachdem sie die Rüstungen in der zweiten verborgenen Kammer gefunden hatten, und sie in den Plan des Zwielichts eingebaut. Und ihre Herrschaft begann in ebendiesem Moment, in dem die Menhire und das Zwergische Zwielicht das kupferne Zeitalter einläuteten.

Trümmerboldt hatte seinen Text genauso aufgesagt, wie

Klammgluth es ihm auf dem Weg aus der verborgenen Kammer beigebracht hatte. Und er hatte auch vorhergesehen, welche Frage als Nächstes folgen würde.

„Und was soll mit dem Verwalter geschehen?", fragte einer der Aufständischen.

Auch darauf wusste Trümmerboldt eine Antwort. Und durch die kupferne Hülle klangen seine Worte bedeutsamer als alles, was die Zwerge je gehört hatten: „Die Zeit der Verwalter ist vorbei. Kein Zwerg wird je wieder das Eherne Imperium im Namen der Götter verwalten." Der Verwalter, der immer noch hilflos in der Faust des Ungetüms hing, blickte den Koloss entsetzt an. Trümmerboldt fuhr fort: „Doch die kupfernen Könige bestimmen, dass ihm kein Leid widerfahren soll, denn er war einst ein Vertrauter der Götter und weiß um ihre Geheimnisse." Der Große Verwalter atmete sichtlich auf. Doch Trümmerboldt war noch nicht fertig. Denn Klammgluth hatte an alles gedacht. „Darum sei verfügt, dass der Große Verwalter seine Würde behalten, zum Anführer der Begnadeten Bewahrer ernannt und fortan in ihren geheimen Quartieren sein Dasein fristen soll!"

Von einem Moment auf den anderen war die Erleichterung aus dem Gesicht des Großen Verwalters verschwunden. Krugk Trümmerboldt hob ihn hoch wie eine Trophäe, damit das Eherne Volk ein allerletztes Mal seinen einstigen Herrn betrachten konnte.

KAPITEL 11

IN DEM GEKLETTERT, EIN BIERSCHACHT ENTDECKT SOWIE SCHLUSSENDLICH ABGESTÜRZT WIRD UND DIE KUPFERKRIEGER MIT HILFE DER SCHWERKRAFT AM GRUND VON ALLEM ANGELANGEN

Bragk Nattergriff stand zusammen mit dem Schicksalszwerg in der Höhle des Schraubers und starrte in den über ihm gähnenden Bierschacht.

Er maß knapp drei Zwerg im Durchmesser und reichte vom Grund der Höhlen, wo sie standen, bis ins Innere des Imperiums hinauf. Dazwischen mussten so viele Ebenen liegen, dass der Bierschacht in seiner ganzen Länge gewiss ein oder zwei Gang messen musste. Wahrscheinlich würde er irgendwo im Dunkeln abknicken, womöglich sogar mehrmals, eine verwinkelte Felsrutsche, damit die Bierfässer nicht ungebremst hinunterdonnerten.

Einige Fässer waren an der Wand in der Nähe aufgestapelt. Damit sie den Weg hinunter unbeschadet überstanden, wurden sie komplett aus Metall gefertigt. Eine Reihe eiserner Fässer, die im Notfall sogar einem Stahlschleuderangriff standgehalten hätten.

Zumindest würden sie diese Fässer so weit aufstapeln können, dass sie von unten her in den Schacht hineinklettern konnten. Damit wäre bereits der erste Schritt getan. Danach aber würden sie Seile und Haken brauchen.

Nattergriff grübelte kurz nach und ging dann zu dem Schrauber hinüber, der neben Glimmboldt an der Wand hockte. Sie hatten ihm inzwischen die Fesseln abgenommen. Nattergriff nahm die Seilrollen von den Schultern des Zwergs und durchsuchte seine Taschen. Dann eilte er in die angrenzende Werkstatthöhle, um zu schauen, ob es noch mehr gab, das ihnen auf dem Weg nach oben von Nutzen sein konnte.

Kurz darauf kehrte er zu den anderen zurück und legte Haken und Seile nebeneinander auf den Boden, damit sie sich einen Überblick verschaffen konnten.

Zusammen mit denen, die sie zuvor benutzt hatten, besaßen sie nun insgesamt neun Seile, die aneinandergeknotet vielleicht einen halben Gang lang waren. Darüber hinaus verfügten sie über dreißig Haken. Und das für sieben Zwerge. Das war kaum zu schaffen. Selbst wenn der General nicht blind, der Priester nicht tausend Jahre alt und zwei von ihnen nicht schwachsinnig gewesen wären. Sie würden mehr als zwei Schichten lang klettern müssen und hätten außerdem wahrscheinlich keine Gelegenheit, sich auszuruhen.

Nattergriff kam ein Gedanke. Er blickte von der Ausrüstung auf und wandte sich an die anderen: „Ich schlage vor, dass ich mich zunächst einmal zusammen mit dem Ferkelbändiger allein auf den Weg mache. Wir sind die Kräftigsten. Wir können den Transporter mitnehmen. Wartet drei Schichten lang und verhaltet euch ruhig. Dann benutzt den Transporter, um nachzukommen."

Der Allerhöchste schaute ihn nachdenklich an.

„Können wir dir vertrauen?"

Nattergriff lachte leise auf.

„Lass mich einen Moment überlegen … Ich bin ein Dieb, und ihr habt nicht nur meinen Lebenstraum, sondern auch den meines Oheims zerstört. Außerdem ist er euretwegen inzwischen wahrscheinlich ermordet worden. Also insgesamt würde ich sagen: ja."

Fazzgadt war nicht nach Lachen zumute.

„Ich komme auch mit", sagte er. „Falls der Dieb uns verraten will, bekommt er es dann zumindest mit zweien von uns zu tun."

„Fazzgadt, bist du sicher, dass du das willst?“, fragte Blechboldt. „Du bist nicht mehr der Jüngste. Und wir werden uns immer nur für ein paar Schläge ausruhen können, während wir an einem Seil an einem Haken baumeln.“

„Lass das meine Sorge sein. Solange der Hohepriester hier unten ein Auge auf Glimmboldt hat.“ Fazzgadt sah den Allerhöchsten fragend an, der ihm ruhig zunickte.

„Das werde ich“, sagte er. „Versprochen.“

„Gut, dann rüstet euch aus“, sagte Nattergriff an Blechboldt und Fazzgadt gewandt. „Haken und Taschen, zwei Hämmer und die Seile. Wir sollten keine Zeit verlieren. Ich nehme den Transporter.“

„Oh nein, das tust du nicht“, entrüstete sich Fazzgadt laut.

„*Ich* werde den Transporter nehmen“, sagte Blechboldt bestimmt und riss den Zylinder an sich. Der Meisterdieb lächelte milde.

„Gut, dann nimm du ihn. Er wird dir beim Klettern viel Freude machen.“

Blechboldt lächelte ebenfalls.

„Mehr, als wenn ich dich mit ihm davonklettern sehe!“

Die anderen Zwerge halfen ihnen dabei, die Ausrüstung anzulegen. Sie konnten nur gemeinsam von hier fort. Sie mussten einander helfen. Und sollten Nattergriff, Blechboldt und Fazzgadt nicht durchkommen, wären die anderen hier unten verloren …

Hoch über dem Schicksalszwerg erreichten die drei Kupferkolosse die Brauhöhle Brimmh Bitterbräus.

Sie klopften nicht an. Stattdessen riss Klammgluths kupferner Fuß mit einem mächtigen Tritt die Tür aus den Angeln und schleuderte sie mit lautem Donnern in die Brauhöhle, wo sie zwischen den riesigen Bottichen am Boden aufkam.

Wurzelmeister Bitterbräu stand auf einem eisernen Steg über einem der Bottiche und starrte den Kupferkriegern fassungslos entgegen. Er hatte schon viele seltsame Maschinen gesehen, aber diese hier waren wahrhaft sonderbar.

„Bei den Göttern!", hauchte er. „Wer … wer oder was seid ihr? Und was fällt euch ein, auf derart unverschämte Weise meine Brauhöhle zu betreten?"

Klammgluths Stimme klang laut und blechern, als er antwortete: „Wir sind der Beginn einer neuen Schicht. Das Ende dessen, was war. Wir sind der Beginn des kupfernen Zeitalters."

Nachdenklich kratzte sich der Braumeister am Kinn.

„Ist das so etwas wie der Neue Stahl?", fragte er. Er erinnerte sich offenbar noch gut an den Ärger, den das Eherne Volk mit diesen Sektierern gehabt hatte.

Klammgluth lachte auf.

„Oh nein, Zwerg. Der Neue Stahl ist geschmolzen, vergangen unter dem Ansturm des Schicksalszwergs. Wir sind die Zukunft!"

Bitterbräu nickte, schien jedoch von den Worten des metallenen Giganten nicht sonderlich beeindruckt, und Zorn schwang in seiner Stimme mit, als er Klammgluth antwortete: „Schön. Ihr seid nicht die erste Zukunft, die ich sehe. Wie genau sieht sie aus, diese Zukunft? Wollt ihr euch etwa vergewissern, dass mein Bier tatsächlich nicht schäumt? Oder hat der Verwalter inzwischen neue Ideen geäußert? Soll das Bier vielleicht bunter werden? Oder soll man es mit dem Messer schneiden können? Hat er euch geschickt? Ist das die Zukunft? Die Bierpolizei des Großen Verwalters? Langsam wird es mir nämlich wirklich zu blöde! Bei Borngrolls Hammer, ich hätte etwas Vernünftiges lernen sollen. Schieferspringer entlausen oder Blutegel mästen …"

„Schweig, Zwerg!", donnerte Klammgluths metallene Stimme ein weiteres Mal durch die Höhle, so laut, dass sich die Oberfläche des Biers in den Bottichen kräuselte.

Klammgluth hob den Arm, drückte auf den Abzug und feuerte zwei Schüsse mit seiner Stahlschleuder ab. Ploppend entluden sich die Käfer und die Kugeln prallten direkt zu Füßen des Wurzelmeisters von dem metallenen Steg ab.

Bitterbräu machte einen großen Satz nach hinten.

„Verdammt, du hättest mich treffen können!", rief er.

Klammgluth bewegte den Arm, sodass die darauf montierte Waffe auf den Kopf des Braumeisters zielte. „Fürwahr, und das kann ich noch immer, wenn mir danach ist."

Bitterbräu schluckte. Seine Beine begannen zu zittern, während Klammgluth weitersprach: „Es wird also das Klügste sein, wenn du dafür sorgst, dass mir nicht danach ist, noch einmal zu schießen."

Der Braumeister hob abwehrend die Hände.

„Schon gut, schon gut. Und was soll ich dafür tun? Deinen Bart frisieren, deinen Helm putzen? Tsss. Wenn ich in einem solchen Eimer stecken würde, hätte ich auch eine große Klappe."

Einen kurzen Moment lang zuckte Klammgluths Finger zum Abzug. Dieser Zwerg machte ihn wütend. Schließlich war es der Auftragsmörder, der den Braumeister rettete. Mit einem leisen Klicken öffnete sich Eisengilbs Rüstung, und er löste sich aus den Lederschlaufen im Inneren des Kolosses und kletterte auf den groben Boden der Brauhöhle hinab.

„Diese Eimer brauchen wir nicht", sagte er.

Der Wurzelmeister starrte ihn verwundert an. Dann vollführte der Zwerg zwei Sprünge auf den Rand eines der Bottiche und von dort aus auf das Geländer des Stegs, und dann hatte Brimmh Bitterbräu bereits eine Klinge am Hals.

„Also, Zwerg, bist du bereit, der Zukunft zu dienen?" Die Stimme des Auftragsmörders klang eiskalt.

„Für den Moment, ja …“, murmelte der Bierbrauer trotzig.

„Dann sprich! Der Bierschacht des Schraubers. Wo befindet er sich?“

Bitterbräus Augen verengten sich.

„Oh nein, das werde ich euch nicht verraten. Niemals. Und wenn ihr mich tötet.“

Der Druck des Messers verstärkte sich. Der Auftragsmörder suchte Klammgluths Blick hinter den durchsichtigen Kristallaugen im Kopf des Kolosses. Der Herr des Zwergischen Zwielichts gab ihm ein kurzes Zeichen. Mit einer blitzschnellen Bewegung trennte der Auftragsmörder dem Wurzelmeister den Bart vom Kinn.

Ungläubig sah Bitterbräu sein Barthaar in den Bottich zu seinen Füßen fallen, während Klammgluths Stimme metallen von den Wänden widerhallte: „Da das Töten innerhalb des Imperiums in Zukunft etwas mehr an Bedeutung gewinnen wird, ist es vielleicht keine schlechte Idee, schon einmal damit anzufangen. Was sagst du dazu, Eisengilb?“

Der Auftragsmörder grinste schmutzig und packte den Braumeister fester.

„Darf ich das als Auftrag verstehen?“, fragte er.

Klammgluth antwortete ohne zu zögern: „Ich denke, das liegt ganz bei diesem störrischen Bierbrauer.“

„Ihr seid verrückt.“ Unter Bitterbräus Brauhelm kamen einige Schweißtropfen zum Vorschein.

„Nein, Zwerg, wir sind nicht verrückt, wir sind die Zukunft“, erwiderte Klammgluth. „Und du, Brimmh Bitterbräu, kannst dich in diesem Moment entscheiden, ob du sie erleben willst. Oder zumindest, wie viel von dir sie noch erlebt …“

Der Auftragsmörder setzte das Messer am linken Ohr des Braumeisters an. Der jedoch schien eindeutig der Meinung zu sein, dass mit seinem Bart genug gestorben war, und entschloss sich umgehend, der ihm gegenüberstehenden Zukunft anzuvertrauen, dass sich der Bierschacht des Schraubers unter einem der Bottiche befand. Und nachdem der Auftragsmörder seine Zähne ein wenig umsortiert hatte, teilte er ihnen auch noch mit, unter welchem. Klammgluth und Kiesgrimm machten sich in ihren Rüstungen sogleich daran, den Boden des Bottichs aufzubrechen.

Währenddessen fesselte Krummkhorn Eisengilb Brimmh Bitterbräu und steckte ihn in ein Bierfass.

Und dann lag er vor ihnen: der Bierschacht des Schraubers, ein gähnendes schwarzes Loch, drei Zwerg im Durchmesser, ein schräg in die Tiefe führender Tunnel, der Weg ins Herz der Welt, der zum Undenkbaren führte …

Felsigk Klammgluth hielt einen Moment lang inne und wartete, bis auch der Auftragsmörder wieder in seine Rüstung hineingeklettert und zu ihnen gestoßen war.

Dann sagte er in feierlichem Ton: „Macht euch bereit. Wir haben einen Priester zu töten, Rache zu nehmen und das Undenkbare zu vollbringen."

Sie nahmen um den Schacht herum Aufstellung. Klammgluth fuhr fort: „Nehmt euch in Acht. Wir wissen nicht, wie der Schacht verläuft. Aber wenn ich mich nicht irre, dann hat Wutrich Pilzgrimm diese Kupferkrieger eigens dafür gebaut, damit man mit ihnen bis zum Undenkbaren vordringen kann. Dieser Erfinder hat den Schacht und die meisten Fallen des gemeinen Ganges gebaut und danach diese Rüstungen entwickelt. Wenn mich nicht alles täuscht, sind sie der Schlüssel zu allem."

Er nickte Kiesgrimm und Eisengilb zu. „Ich gehe zuerst."

Mit diesen Worten schritt er über den Rand des Abgrunds und war einen Schlag später schon in der gähnenden Finsternis verschwunden.

Nattergriff, Eisenbart und Blechboldt waren noch nicht weit gekommen.

Unter sich konnten sie immer noch die Höhle erkennen, in welcher der Hohepriester, der blinde General, Glimmboldt und der Schrauber standen und ihnen hinterhersahen, wie sie sich langsam, Haken um Haken, emporzogen.

Nattergriff kletterte mit dem einzigen Leuchtkäfer voran.

Direkt neben ihm schlug Blechboldt einen weiteren Haken in die Wand. Dabei beobachtete er den Meisterdieb genau, und seinem Blick war anzusehen, dass er den Haken am liebsten in den Meisterdieb geschlagen hätte. Farrnwart Blechboldt war nachtragend wie eine Erzferkelmutter und hatte Nattergriffs Anfeindungen wegen des Hammerschlags nicht vergessen.

Blechboldt zurrte das Seil am Haken fest und zog sich hoch. Über seiner Schulter trug er die lederne Tasche des Allerpriesterlichsten mit dem magischen Transporter.

Nattergriff entging Blechboldts Blick nicht, und er wagte die Flucht nach vorn.

„Weißt du, ich hatte früher auch eines", sagte er.

„Was meinst du?", fragte Blechboldt mit gepresster Stimme.

„Ein Erzferkel. Sie sind sehr klug."

„Oh ja, das sind sie …", sagte Blechboldt nun schon etwas versöhnlicher gestimmt.

„Eigentlich wollte ich früher selbst einmal Ferkelbändiger werden", sagte der Meisterdieb. „Aber Silberkies hatte anderes mit mir im Sinn. Er wollte, dass ich zusammen mit Klammgluth das Zwielicht am Leben hielt."

„Wirklich?"

„Wenn ich es dir doch sage …"

Plötzlich hörten sie weit über sich ein lautes Rumpeln.

„Was war das?", fragte Blechboldt.

„Vielleicht ein Tier?", erwiderte der Meisterdieb.

Fazzgadt, der wegen seiner Leibesfülle und seines Alters etwas zurückgefallen war, rief zu ihnen hoch: „Was, zum Rost noch eins, ist das gerade gewesen?“

Es rumpelte wieder, dieses Mal lauter.

Nattergriff brüllte: „Verdammt, das ist kein Tier! Hört doch! Das ist Metall! Sie schicken Fässer oder so etwas runter!“

Aufgeregt schrie Blechboldt seinen Begleitern zu: „An die Wand, drückt euch an die Wand!“ Und dann rief er nach unten: „Priester, ihr müsst vom Ausgang des Schachts weg!“

Das Rumpeln schwoll an und näherte sich ihnen immer schneller.

Am Grunde des Schachts stieß der Priester die anderen beiseite. Nattergriff, Eisenbart und Blechboldt drückten sich so eng an die Wand, wie es ihnen möglich war.

Im spärlichen Widerschein des Leuchtkäfers, den Nattergriff in der Hand hielt, schälte sich vor ihnen ein riesiges, glänzendes Ungetüm aus dem Dunkeln. Es rasselte an ihnen vorbei und schlug kurz darauf scheppernd unten am Boden der Höhle auf. Sie hatten nicht erkennen können, was genau es gewesen war. Aber es war riesig gewesen. Größer als ein Zwerg. Und mit Sicherheit kein Fass.

„Beim Heiligen Hammer! Was war das?“ Nattergriff warf einen kurzen Blick nach unten und sah gerade noch, wie das metallene Ungetüm sich zur Seite und aus seinem Sichtfeld rollte.

Dann schrie Blechboldt ein weiteres Mal auf: „Hört doch, hört!“

Sie lauschten in die Dunkelheit. Über ihnen begann es von Neuem zu rumpeln.

„Was immer das war, es war nicht das Einzige! Drückt euch an die Wand! Schnell!“, rief Blechboldt.

Wie schon zuvor schoss ein zweites metallenes Etwas aus

der Finsternis auf sie zu und raste an ihnen vorbei. Das Ding knallte einen knappen Bart über Nattergriffs Helm gegen eine Wand des Schachts, prallte davon ab und schlug gegen die gegenüberliegende Wand, sodass Blechboldt von seinem Haken abspringen musste, um nicht getroffen zu werden.

Als das zweite Ding am Grund aufschlug, baumelte der Ferkelbändiger fluchend an seinem letzten Haken.

„Habt ihr das gesehen?", rief er den anderen zu. „Verdammter Kies noch eins! Es hatte Arme und Beine!"

Nattergriff deutete nach oben.

„Und was immer es ist, es ist nicht allein!"

Über ihnen erklang ein weiteres Rumpeln.

Es war abzusehen, dass das nächste Ungetüm den frei in der Luft hängenden Blechboldt voll erwischen würde. Wenn nicht direkt, dann doch das Seil, das ihn mit sich in die Tiefe reißen würde.

Mit schreckensgeweitetem Blick starrte der Ferkelbändiger in das Dunkel des Schachts hinauf.

Fazzgadt reagierte sofort. Er ließ sich einen Haken zurückfallen, streckte den Arm aus und reichte Blechboldt die Hand.

Der Ferkelbändiger blickte zu ihm hoch und versuchte verzweifelt, seine Hand zu fassen zu bekommen.

Aber er konnte sie nicht erreichen.

Das Rumpeln schwoll weiter an. Dieses Mal war es von lautem Krachen begleitet. Offenbar wurde dieses Ungetüm noch stärker durch den Gang gewirbelt als die beiden anderen zuvor.

Fazzgadt streckte sich noch ein Stück mehr, um Blechboldt zu fassen zu bekommen.

Hoch über ihnen war bereits das Funkeln herabrasenden Metalls zu sehen.

Fazzgadt schloss die Augen.

In diesem Moment ließ sich Blechboldt fallen, in der Hoffnung, so dem herandonnernden Unheil noch entgehen zu können. Mit einem Aufschrei landete er unsanft auf dem Boden der Höhle.

Hinter ihm raste das dritte Objekt zu Boden.

Fazzgadt und Nattergriff wechselten einen Blick.

Sie hatten nicht einmal sehen können, ob es dem Ferkelbändiger gelungen war, sich zur Seite zu rollen.

„Was jetzt?“, rief Fazzgadt verzweifelt.

„Weiter!“, brüllte Nattergriff.

„Aber der Transporter. Blechboldt hat ihn bei sich.“

„Das ist nicht unser Problem!“

Fazzgadt schaute Nattergriff an. Der Höchste der Hohen hatte recht gehabt. Sie konnten dem Meisterdieb nicht trauen. Er würde sie bei der nächstbesten Gelegenheit im Stich lassen, denn er war kein Teil von ihnen. Er war ein feiger Dieb, ein legendärer feiger Dieb, der nicht zum Schicksalszwerg bestimmt war. Wütend schrie Fazzgadt ihn an: „Deines vielleicht nicht. Aber ich bin Teil des Schicksalszwergs. Und mein Zögling ist dort unten. Ich gehöre zu diesen Zwergen. Und ich habe nicht vor, sie zu verraten.“

Er warf Nattergriff einen letzten zornigen Blick zu, spuckte aus und begann, ohne ein weiteres Wort hinabzuklettern.

Der Meisterdieb blickte ihm mit einem Schulterzucken nach.

Er schuldete diesen Zwergen nichts.

Keinem von ihnen.

Am Boden des Schachtes sah er, wie sich der metallene Unhold zur Seite wälzte. Zumindest kam darunter kein zerquetschter Ferkelbändiger zum Vorschein. Er wusste nicht, was für metallene Ungetüme das waren, aber es waren mindestens drei gewesen, und sie würden die Lage dort unten nicht unbedingt einfacher machen.

Kurz darauf hallte aus der Höhle des Schraubers ein Knall zu ihm empor. Dann ein weiterer. Und noch einer. Nattergriff erkannte sie sofort. Er hatte in seinem Leben vor mehr als einer Stahlschleuder fliehen müssen, die er in irgendeiner Schatzkammer mit irgendeinem Fallstrick ausgelöst hatte.

Eine Kugel hatte er sogar noch im Bein.

Nein, wenn dort unten auf Blechboldt und die anderen geschossen wurde, dann wollte er noch weniger zu ihnen gehören als ohnehin schon.

Und dann vernahm er Schreie. Er erkannte die Stimmen des Generals und Blechboldts und dann die Glimmboldts und des Hohepriesters. Es klang, als ob sie von den metallenen Unholden überwältigt wurden.

Er sah, wie Fazzgadt in diesem Moment am Ende des Schachts ankam, sich an den untersten seiner Haken klammerte und vorsichtig in die Höhle hineinspähte. Dabei löste sich ein wenig Geröll aus der Schachtwand und fiel prasselnd zu Boden. Und was der Meisterdieb dann sah, raubte ihm beinahe den Atem: Eine riesige, kupferne Pranke erschien unterhalb des Schachtrands, packte den dort an der Wand hängenden Fazzgadt und riss ihn in die Höhle hinab.

Nattergriff schluckte.

Und wenn er den Rest seines Lebens als Latrinenbrenner verkleidet unter den haarigen Ärschen des Ehernen Volkes arbeiten musste, das war immer noch besser, als sich von den Stahlschleudern irgendwelcher Kupferungetüme durchlöchern zu lassen.

Entschlossen drehte sich Nattergriff um, schlug mit dem Hammer den nächsten Haken in die Wand und machte sich daran, weiter nach oben zu klettern.

INTERMEZZO

Während die Zwerge die Orakelhalle der Schaumdeuter plünderten, hatte Krugk Trümmerboldt einige standhafte Offiziere der Felswehr um sich versammelt. Es waren nur noch wenige. Die meisten hatten ihre Rüstungen abgelegt und sich unter die rebellierenden Zwerge gemischt, die das Gold vom Boden und den Säulen der Höhle abrissen. Sie hatten die Fässer mit Orakelbier aufgebrochen und hängten nun ihre Bärte hinein, soffen sich grölend voll oder planschten sturztrunken in den Fässern herum.

Trümmerboldt hatte den gefesselten und geknebelten Verwalter von den Offizieren in die geheimen Quartiere der Bewahrer hinabschaffen lassen.

Nun stand er allein hoch über dem Orakel und beobachtete die aufständische Zwergenrotte.

Spätestens als sich die ersten Zwerge lallend auf das Orakelgold erbrachen, war es mit der göttlichen Würde der Halle vorbei.

Aber dafür gab es Gold, Bier und Krawall.

Die Zwerge waren zufrieden.

Trümmerboldt betrachtete in seiner Rüstung das Geschehen von der Galerie des obersten Stockwerks aus. Um ihn herum stand ein halbes Dutzend Felswehroffiziere. Hinter den Kristallgläsern im kupfernen Helm seiner Rüstung flog der Blick des Schutzgolderpressers über die tobende Zwergenmeute.

Das waren also die Untertanen der kupfernen Könige, über die er, Krugk Trümmerboldt, zusammen mit Felsigk Klammgluth und Harrm Kiesgrimm fortan herrschen würde.

Es war ein merkwürdiges Gefühl.

Wie würde es wohl weitergehen?

Auf jeden Fall, und so viel war sicher, würden mehr Beine gebrochen werden als früher.

Und genau das war seine Aufgabe. Ebenso wie das Steuereintreiben, für das er sich vom Schutzgolderpressen nicht einmal sonderlich umstellen musste.

Der Rest war Klammgluths und Kiesgrimms Angelegenheit. Für Trümmerbruch war es vollkommen in Ordnung, dass er die Macht mit den beiden anderen Menhiren würde teilen müssen. Er wusste, dass er nicht viel mehr konnte, als Beine brechen und Dinge zerschlagen.

Und allein damit ließ sich auf längere Sicht kein Volk regieren. Es brauchte noch einiges mehr. Audienzen, Verhandlungen, Rechtsprechung, den ganzen unnötigen Ballast, der am Steuereintreiben und Beinebrechen mit dranhing. Den würden in Zukunft die beiden anderen Menhire übernehmen. Und das war gut so.

Im Moment waren die Zwerge am Grund der ehemaligen Orakelhöhle noch mit sich selbst beschäftigt. Das Plündern, Raufen und Danebenbenehmen würde noch ein oder zwei Schichten andauern. So lange würde Krugk Trümmerboldt das Imperium schon am Laufen halten.

Und wenn Klammgluth wieder zurückgekehrt war, würde dieser sicher einen Plan haben, wie sich die Herrschaft der kupfernen Könige über das Eherne Volk gestalten sollte …

KAPITEL 12

IN DEM DER SCHICKSALSZWERG DEN KUPFERKRIEGERN UNTERLIEGT, DER STEIN SICH ALS LÜGNER ENTPUPPT UND SICH WUTRICH PILZGRIMMS GENIE OFFENBART

Der Schicksalszwerg und der Schrauber saßen gefesselt an der Wand der Höhle. Vor ihnen standen die drei leeren Metallkrieger, aus denen inzwischen Klammgluth, Kiesgrimm und Eisengilb herausgestiegen waren.

Diese wirkten zwar noch etwas benommen von dem Sturz, hatten ihre Opfer aber problemlos überwältigen können.

Kiesgrimm hatte einige Werkzeuge des Schraubers zusammengesammelt und überprüfte nun die Kupferrüstungen auf etwaige Beschädigungen.

Bevor sie sich mit den Kupferkriegern in den gemeinen Gang wagten, wollten sie sicherstellen, dass diese intakt waren.

Doch Wutrich Pilzgrimm schien tatsächlich an alles gedacht zu haben. Es gab keinerlei größere Schäden. Lediglich eine Feuerschleuder war aufgebrochen und der dazugehörige Flammfackelflügler entkommen. Aber die schützende Hülle der Rüstungen war unversehrt. Wenn Wutrich Pilzgrimm sie tatsächlich mit dem Ziel gebaut hatte, die Fallen des gemeinen Ganges zu überwinden, dann würden sie genau das tun.

Kiesgrimm blickte zu Klammgluth hoch und nickte.

„Keine nennenswerten Schäden, Klammgluth."

Der Herr des Zwergischen Zwielichts war zufrieden.

„Gut. Wir werden gleich weiterziehen. Lass mich nur noch kurz mit unseren Freunden plaudern." Er schritt vor den Gefangenen auf und ab und schaute jedem von ihnen in die Augen. „Bevor ich nämlich das Zwergische Zwielicht mit dem Undenkbaren krönen kann, muss ich ihnen noch ein paar Fragen stellen. Also, warum seid ihr noch nicht dort? Und wo ist Nattergriff?“

Glimmboldt und der ehemalige Schrauber gluckten vergnügt.

Die anderen – Blechboldt, der sich bei dem Sturz aus dem Bierschacht einen Arm gebrochen hatte, Fazzgadt, den Kiesgrimm aus dem Schacht gepflückt hatte, und der Hohepriester – schwiegen.

Klammgluth warf den stummen Zwergen einen verächtlichen Blick zu.

„Ist das das Einzige, was ihr dazu zu sagen habt? Wer sind diese beiden Wirrbärte?“

Die Zwerge antworteten nicht.

„Nun, wenn mir niemand sagen kann, wer sie sind, dann wird sie wohl auch niemand vermissen“, knurrte Klammgluth. Mit zwei Schritten war er bei einem der Kolosse, griff in seinen Arm und richtete eine Stahlschleuder auf Glimmboldt.

„Er ist mein Zögling“, murmelte Fazzgadt kleinlaut.

„Und der andere?“

„Er war einmal der Schrauber, der die Fallen des gemeinen Ganges gewartet hat“, antwortete der Hohepriester.

„Wie bitte? Was ist passiert?“, fragte Klammgluth.

„Er hat einen Hammer auf den Helm bekommen.“

Klammgluth blickte dem Schrauber in die Augen. Dann lachte er laut auf.

„Das ist unglaublich. Ihr Blödbärte habt seinen Kopf tatsächlich komplett geleert. Jedes Geheimnis, jedes Wissen, das er einmal besessen haben mag, ist verloren. Das ist köstlich! Als ob der alte Pilzgrimm es gewusst hätte.“

Kiesgrimm, der seine Werkzeuge zusammengesammelt hatte, schaute ihn verwirrt an: „Wie meinst du das, Klammgluth?“

„Die Kupferkrieger!“, entgegnete Klammgluth. „Dieser alte Erfinder hat tatsächlich einen Zweitschlüssel geschmiedet. Für den Fall, dass das Wissen des Schraubers verloren geht. Und jetzt, da er nur noch ein stammelnder Kieskasper ist, sind sie der einzige Weg in das Undenkbare …“

Er betrachtete die Rüstungen, die schimmernd vor ihm standen, und lachte.

„Sie sind der einzige Schlüssel. Und sie gehören uns!“

Krummkhorn Eisengilb trat vor, zog langsam eine seiner Klingen aus der Scheide und wandte sich an Klammgluth.

„Herr, darf ich jetzt meine Arbeit machen?“

Der Herr des Zwergischen Zwielichts schaute die Gefangenen an. Sein Blick blieb auf dem Allerhöchsten ruhen. Lächelnd hob er den Kopf.

„Du kannst ihn erledigen. Gleich, nachdem das Undenkbare vollbracht ist. Dann werde ich mich auch meines alten Freundes Fazzgadt Eisenbart annehmen und ihm seinen eigenen Bart zu fressen geben.“

Er grinste böse. Der Hohepriester richtete sich in seinen Fesseln auf und funkelte ihn würdevoll an.

„Ihr solltet euch gut überlegen, ob ihr mich wirklich töten wollt“, sagte er. „Der Ewige Schmied ist auf meiner Seite.“

Felsigk Klammgluth lachte leise.

„Ist er das? Hast du womöglich gar mit ihm gesprochen?“

„Genau das habe ich. Er hat sich mir manifestiert, um dem Schicksalszwerg den Weg zu weisen“, verkündete der Höchste der Hohen im Brustton der Überzeugung.

„Er hat sich *was*?“

„In einem Stein.“

Jetzt war es plötzlich an Kiesgrimm, laut loszulachen.

„Ach ja? Ein Stein? Etwa ein kleiner, rauer, roter? Fast so groß wie eine Zwergenfaust?“

Dem Hohepriester entglitten die Gesichtszüge.

„Ja, woher weißt du …?"

Kiesgrimm amüsierte sich königlich.

„Er hat euch angelogen. Der Stein hat euch ganz einfach angelogen!"

Fassungslos starrte der Priester zu Boden.

„Aber warum? Wie kann das …"

Kiesgrimm zog den Tabaksbeutel mit dem Gottkraut hervor, den er in der Kammer des Kommandanten in Vorrngarth an sich genommen hatte.

„Glaub mir, Alter, ich weiß es. Weil dieser Stein mir gehört. Ebenso wie alle anderen seiner Art."

Klammgluth trat zu ihm und packte den schwärzeren Menhir bei der Schulter.

„Wovon redest du da, Kiesgrimm?"

Der Angesprochene eilte zu der Tasche des Priesters hinüber, öffnete sie, zog den Stein heraus und reckte ihn triumphierend empor.

„Dieser Stein ist es, den Nattergriff mir gestohlen hat. Er ist der Grund, warum ich den Dieb finden wollte. Ich habe schon in Vorrngarth geahnt, dass der Hohepriester ihn hat. Warum sonst hätte er Gottkraut bei sich tragen sollen?"

Klammgluth blickte ihn genauso verständnislos an wie die anderen, und Kiesgrimm fuhr, den Stein in der Hand wiegend, fort: „Es ist ein Seelenstein, der vor hunderten Jahren während der Magierkriege entstanden ist. Es hat nie viele von ihnen gegeben. Diese Steine sind in der Lage, die Seele eines Zwerges einzufangen, bevor er in die Hohe Höhle eingeht. Mit ihrer Hilfe erhofften sich die Zauberkundigen seinerzeit, Unsterblichkeit zu erlangen." Die Zwerge blickten einander verwundert an, und Kiesgrimm erklärte ihnen die Funktionsweise der Seelensteine: „Ein solcher Stein muss nur nahe genug bei einem sterbenden Zwerg sein, wenn dieser verbrannt wird und seine Seele sich aus seinem Bart löst. Dann nimmt der Stein die Seele in sich auf."

„Ich glaube, ich habe schon einmal davon gehört", sagte Klammgluth. „Silberkies hat mir einst eine solche Geschichte erzählt. Aber ich dachte, die Steine wären alle vernichtet worden."

Kiesgrimm nickte.

„Das sind sie auch. Alle bis auf sechs. Und in denen habe ich während der letzten fünfhundert Jahre die Seelen der bedeutendsten Zwerge eingefangen."

Klammgluth schüttelte ungläubig den Kopf.

„Wie hast du das gemacht, du gerissener Schweinehund?"

„Ich habe Geschäfte mit dem Ersten Totensenker gemacht. Wann immer einer unserer Helden ins Feuer einging, stand ich mit einem solchen Stein in der Hand daneben …"

Klammgluth lachte laut auf. Der Allerüberhöchste aber war vollkommen fassungslos.

„Der … der Stein hat mich ernsthaft belogen?", stammelte er.

Fazzgadt musste grinsen.

„Ts, na so was. Sich von einem Stein belügen zu lassen. Wie blöd muss man sein?"

„Halt den Mund, du hast ihm auch geglaubt", zischte ihm der Hohepriester zornig zu.

Blechboldt schüttelte mit schmerzverzerrtem Gesicht den Kopf und flüsterte: „So ein verlogenes Stück Stein. Es ist unglaublich. Selbst den Steinen kann man heutzutage nicht mehr trauen."

Klammgluth hielt sich den Bauch und konnte gar nicht mehr aufhören zu lachen.

Als er sich schließlich wieder beruhigt hatte, sagte er: „Gut,

gut, Kiesgrimm, er hat also gelogen, der Stein. Aber sag mal, wessen Seele ruht nun wirklich in diesem Stück Fels?"

Kiesgrimm hob den Stein vor die Augen und drehte ihn in der Hand.

„Das ist es ja gerade", sagte er. „Ich besaß die Seele von Zornigk Gutbruch, dem größten General unserer hehren Geschichte, außerdem die von Heißbart Feuerfaust, dem letzten Magier des Erdclans, und sogar die von unserem vorletzten Verwalter. Aber eben auch die von Wutrich Pilzgrimm, dem größten Erfinder, der je im Inneren der Gänge wandelte. Und was tut Nattergriff, dieser drecksbärtige Schurke? Stiehlt mir tatsächlich meinen Pilzgrimm!" Kiesgrimm spie wütend aus. „Ein seltsamer Zufall, nicht wahr? Ausnahmslos alles, was hier geschieht, scheint mit diesem Erfinder zu tun zu haben …"

Dann zog er einen Beutel von seinem Rücken und stopfte Stein samt Tabak hinein.

Kiesgrimms Worte erinnerten Klammgluth an die ungleich wichtigere Frage, die er den Gefangenen gestellt hatte.

„Genau, kommen wir doch noch mal zu dem drecksbärtigen Schurken zurück", sagte er. „Wo steckt Bragk Nattergriff? Er ist schließlich mit euch geflohen. Nicht, dass wir ihn jetzt noch brauchen, aber entkommen sollte er uns ja auch nicht, hm?"

Niemand antwortete.

„Gut. Wenn ihr es so wollt", fuhr Klammgluth fort. „Ihr solltet allerdings wissen, dass ihr nicht viel Gnade zu erwarten habt, wenn wir euch wieder hinaufbringen sollten."

„Der Verwalter wird uns anhören", stieß der Allerhöchste empört hervor.

„Das bezweifle ich", erwiderte Klammgluth wenig beeindruckt. „Der Verwalter ist gestürzt. Von dieser Schicht an herrschen die Kupferkönige im Zeichen des Zwergischen Zwielichts über das Eherne Volk!"

„Kupferkönige … Tss.“ Fazzgadt verdrehte die Augen. Er hatte den Bart langsam gestrichen voll von Verschwörern mit seltsamen Namen.

Klammgluth versuchte es noch einmal: „Ihr solltet uns besser sagen, wo er ist. Dann könnt ihr euch den Steinbruch aussuchen, in dem ihr den Rest eures Lebens fristen werdet.“

Noch immer antwortete ihm niemand.

„Gut, dann werden wir euch später wohl allen die Bärte anzünden müssen. Sobald wir das Undenkbare erreicht haben …“ Er richtete sich auf und nickte seinen beiden Begleitern zu. „Also los. Wir werden nun vollbringen, was noch kein Zwerg vor uns vollbracht hat. Dann kommen wir wieder und werden darüber beraten, was mit denen von euch geschieht, die noch am Leben sind, wenn Eisengilb seine Arbeit getan hat.“

Auf Klammgluths Zeichen hin stiegen die drei wieder in ihre Rüstungen, erweiterten mit einigen Schlägen ihrer metallenen Unterarme den Türrahmen und verließen die Höhle des Schraubers in Richtung des gemeinen Ganges, an dessen Ende sie das Undenkbare erwartete.

Die Gefangenen, die an der Wand neben der Tür lehnten, sahen die kupfernen Giganten behäbig davonstapfen.

„Was sollen wir jetzt tun?“, flüsterte Fazzgadt verzweifelt.

Der General schüttelte den Kopf.

„Wenn ich das alles richtig verstehe, könnt ihr ihnen nur dabei zusehen, wie sie das Undenkbare vollbringen.“

„Das darf doch nicht wahr sein. Soll denn alles umsonst gewesen sein?“, schimpfte der Allerhöchste, der das Ganze insgeheim immer noch für einen überaus verschachtelten Plan der Götter hielt. Womöglich hatte der Stein sie ja auch im Auftrag des Ewigen Schmieds belogen …

„Mach dir nichts vor, Alter, es war von Anfang an eine verlorene Sache“, presste Blechboldt mit schmerzverzerrtem Gesicht hervor. „Dein Stein hat uns über den Amboss gezogen. Wir hätten ihm nie folgen dürfen."

„Aber was ist mit der Prophezeiung?", gab der Hohepriester zu bedenken.

Langsam wurde es Fazzgadt nun wirklich zu felsig: „Was scheren mich eure Prophezeiungen? Irgendetwas passiert, dann passiert etwas anderes, dieses geht unter, jenes ist verloren. Ich bekomme Knoten im Bart, wenn ich nur daran denke."

„Die Knoten in deinem Bart sind unser geringstes Problem, Fazzgadt", murrte der General. „Wenn es wirklich stimmt, dass das Zwergische Zwielicht die Macht über das Imperium übernommen hat, dann steht uns das finsterste aller Zeitalter bevor."

„Schaut nur, sie sind schon am gemeinen Gang!", sagte Blechboldt, der direkt am Eingang der Höhle lehnte. Von dort aus konnte er nach draußen sehen, wo die Kupferkrieger nun in einiger Entfernung Aufstellung vor dem Gang nahmen.

Fazzgadt rutschte näher heran. „Sieh mal, sie zögern", sagte er.

Blechboldt nickte.

„Natürlich zögern sie. Sie stehen nur einen Schritt davor, mit voller Absicht in die tödlichsten Fallen zu tappen, die je ein Zwergenhirn ersonnen hat. Und dabei müssen sie auf ein paar Rüstungen vertrauen, die älter sind als sie selbst."

Die beiden Menhire und der Auftragsmörder standen in ihren Rüstungen direkt an der Schwelle zum gemeinen Gang. Die drei stritten miteinander, wer als Erstes den Gang betreten sollte. Dann aber setzte Kiesgrimm, von Klammgluth angetrieben, seinen Fuß auf die erste Steinfliese.

Diese zerbrach unter seinem massigen Kupferfuß und im nächsten Moment schnappte darunter ein riesiges mechanisches Eisenmaul mit gewaltigen Zähnen hervor. Jedem gewöhnlichen Zwerg hätte es die Beine abgetrennt. Von dem Körper des Kupferkriegers aber prallte die furchtbare Vorrichtung einfach ab. Kiesgrimm lachte befreit auf.

Als Nächstes schickte Klammgluth den Auftragsmörder in den gemeinen Gang. Er war weniger zurückhaltend als der schwärzere Menhir. Er trat auf die erste Fliese und sprang gleich weiter zur nächsten. Ein gutes Dutzend Pfeile zersplitterte an seinem Brustpanzer. Kurz darauf öffnete sich über der zweiten Platte die Decke und eine milchig weiße Flüssigkeit tropfte zäh daraus hervor, die an dem beschichteten Kupferpanzer herabfloss, ohne eine Spur darauf zu hinterlassen, dafür aber faustgroße Löcher in die Steine am Boden ätzte.

Eisengilb schaute sich um und nickte Klammgluth zu. Dieser war es zufrieden und betrat im nächsten Moment selbst das Labyrinth.

Als Erstes löste er einen Mechanismus aus, der aus einer der Seitenwände mit Hilfe einiger Stahlfedern und immenser Gewalt ein gutes Dutzend blassschwarzer Giftegel in Richtung des Eindringlings schleuderte. Hätten sie auch nur ein Stückchen Haut berührt, wäre Klammgluth zwei Schlag später tot gewesen. So aber zerplatzten die Tiere nur auf den Rüstungen oder an der gegenüberliegenden Wand, und Klammgluth bekam Gelegenheit, eine weitere Falle auszulösen. Eiserne Stacheln, die vermutlich vergiftet waren, schoben sich aus der Bodenplatte, auf die er als Nächstes trat, scheiterten jedoch an dem Kupferfuß seiner Rüstung.

Angesichts der unzweifelhaften Überlegenheit der Kupferkrieger gegenüber den gesammelten Fallen aller zwergischen Zeitalter begann Felsigk Klammgluth laut zu lachen. Zwei Fliesen später stimmten Kiesgrimm und Eisengilb mit ein. Dann schritten sie zu dritt voran, bemüht, jede einzelne Falle des gemeinen Ganges mit einem beherzten Tritt unschädlich zu machten. Ihr triumphierendes Gelächter mischte sich mit dem

Lärm von Explosionen, zersplitternden Spießen, berstenden Eisengreifern und dem Tosen von Flammenwerfern.

Der gefangene Schicksalszwerg sah die drei in einer blassgrauen Rauchwolke verschwinden, aus der immer noch deutlich ihr Lachen zu hören war, das zwischendurch immer wieder von Knallen, Sirren und Zischen übertönt wurde.

Der Allerüberhöchste schlug die Augen nieder. Zum ersten Mal, seit sie losgezogen waren, war nun offenbar auch er der Meinung, dass es keine Hoffnung mehr gab.

„Es wird ihnen gelingen“, sagte er niedergeschlagen. „Sie werden das Undenkbare erreichen, und es wird ihnen gehören. Sie werden ihre gottlosen Hände auf den heiligsten Schatz der Zwergenheit legen, und niemand wird sie aufhalten können. Sie werden die Götter verhöhnen und das Zwergische Zwielicht wird im Ehernen Imperium herrschen.“

„Ich bin froh, dass ich all das nicht mit ansehen muss“, sagte der blinde General. „Aber was zum Teufel ist dieses Undenkbare eigentlich, dass jeder es unbedingt haben will?“

Der Hohepriester schüttelte bedauernd den Kopf.

„Niemand weiß es genau, Flammrank. Der Verwalter und ich sind die Einzigen, die den wahren Namen des Undenkbaren kennen.“

Fazzgadt verdrehte einmal mehr die Augen.

„Das wird ja immer schöner“, sagte er. „Gemeiner Gang, kryptische Kammer, das Undenkbare, und jetzt hat es auch noch einen wahren Namen? Habt ihr nichts anderes zu tun, als euch alberne Namen auszudenken, oder was?“

Der Höchste winkte ab. „Es geschah einzig zum Schutz des Ehernen Volkes. Wir wollten die Wahrheit verschleiern, in Worten und Formeln verbergen, damit sie in Vergessenheit gerät.“

Blechboldt nickte.

„Das kenne ich. Ihr redet so viel, dass ihr vergesst, worum es geht. Mit Erzferkeln hat man es da einfacher."

Fazzgadt schnaubte und spie aus.

„Na, wenn die mal reden, dann gibt es auch nur Ärger!"

Der Hohepriester fuhr unbeirrt fort: „Es ist uns gelungen. Über die Generationen ist die Wahrheit in Vergessenheit geraten, ist hinter die Worte gerutscht, und der wahre Name des Undenkbaren ist aus den Mythen und Legenden verschwunden. Nur der Verwalter und ich kennen ihn noch."

Der General beugte sich zu ihm hinüber.

„Wie heißt dieses Ding denn nun? Wir sind auserwählt, verdammt noch eins. Und wahrscheinlich werden wir auch noch zusammen in den Kies beißen. Da wäre es nur gerecht, wenn wir wüssten, wofür wir das tun!"

Der Allerhöchste nickte.

„Du hast recht. Das sind die Götter euch schuldig. Das Undenkbare ist in Wahrheit etwas, das wir vor Urzeiten gefunden haben und das alles um uns herum zerstören könnte: das abartige Artefakt. Dieses Artefakt ist der Schlüssel zu einem neuen Zeitalter, und wer immer diesen Schlüssel besitzt, wird Verderben und …"

Fazzgadt verdrehte schon wieder die Augen.

„Untergang", fiel er dem Hohepriester ins Wort. „Wahrscheinlich Untergang. Es ist immer Verderben und Untergang. Egal, ob es nun ein abartiges Irgendwas oder ein furchtbarer Felsen ist. Und wer hat das jetzt schon wieder prophezeit? Der tanzende Troll?"

Der Hohepriester funkelte ihn wütend an. Unter anderen Umständen hätte er wahrscheinlich drohend den Finger gehoben.

„Du solltest dich vorsehen, Fazzgadt", sagte er. „Meinst du nicht, dass etwas, das Hunderte von Jahren von einer solchen

Vielzahl von Fallen gesichert vor den Zwergen verborgen wurde, womöglich doch eine gewisse Gefahr für das Imperium darstellen könnte?"

„Mag sein", erwiderte Fazzgadt. „Aber warum muss man so viel drum herumprophezeien? Das ärgert mich. Und mir ist egal, wie es heißt. Ich für meinen Teil würde, wenn es denn schon sein muss, gerne in Ruhe untergehen. Und zügig, wenn möglich, ich habe nämlich inzwischen keine Lust mehr."

Der General nickte zustimmend.

„Im Großen und Ganzen würde ich mich Eisenbart anschließen", sagte er.

Der Allerhöchste schaute die beiden entsetzt an.

„Ich hätte mich nie von meinen Ferkeln trennen dürfen", ließ sich nun auch Blechboldt vernehmen. „Aber wenn mich nicht alles täuscht, wird unser Untergang nicht mehr lange auf sich warten lassen."

„Sie werden sich dieses alberne Artefakt schnappen, und dann kommen sie zurück und überlegen sich, was sie mit uns machen", sagte Fazzgadt resigniert. „Bei einigen wissen sie es schon. Und wenn sie dann schon einmal dabei sind …"

Blechboldt schaute ihn an.

„Du meinst …"

Fazzgadt nickte mit ernster Miene.

„Nach dem, was ich gesehen habe, glaube ich, dass das Zwergische Zwielicht weniger Rücksicht auf seine Untertanen nehmen wird als der Große Verwalter."

„Das ist vollkommen richtig, Zwerg!"

Die Stimme kam von oben.

Verwundert drehten alle die Köpfe in Richtung Bierschacht, aus dem in eben diesem Moment ein wohlbekanntes Gesicht auftauchte. Es war Bragk Nattergriff. Er sprang aus dem Schacht und lief zu den Werkzeugen des Schraubers hinüber.

„Wenn Klammgluth und das Zwielicht tatsächlich die Herrschaft an sich gerissen haben, dann wird bald ebenso viel Blut wie Bier in den Gängen fließen“, sagte der Meisterdieb. „Ich weiß, wie er denkt. Und glaubt mir, hätte ich gewusst, dass er kurz davorsteht, die Macht zu ergreifen, dann wäre ich lieber in Vorrngarth geblieben.“

Die Gefangenen blickten einander an. Die Worte Harrm Kiesgrimms fielen ihnen wieder ein. Es war Nattergriff, der den sprechenden Stein gestohlen und aus Kiesgrimms Schatzkammern in die Höhlen gebracht hatte! Er war es, dem sie den ganzen Schlamassel zu verdanken hatten.

„Du hast den Stein gestohlen, du vermaledeiter Klemmfinger. Das ist alles deine Schuld“, zischte der General zornig.

Nattergriff, der in den Werkzeugen herumwühlte, verstand nicht.

„Was meinst du, Flammrank? Warum so unmutig? Ich …“

„Er meint den verschissenen Stein, der uns alle hierhergebracht hat“, brummte Fazzgadt übellaunig.

Nattergriff stutzte kurz und zog die Stirn kraus.

„Der Stein, von dem ihr die ganze Zeit redet? Hört mal, Brüder, ich weiß nicht mal, wie dieses Ding aussieht. Ich denke, ihr solltet etwas netter sein, wenn ich hier schon wieder runterkomme, um euch zu befreien!“

„Du hast ihn Kiesgrimm gestohlen“, stieß Blechboldt mit schmerzverzerrtem Gesicht hervor.

Jetzt hielt Nattergriff inne.

„*Der* Stein? Dieser kleine rote Würfel?“ Er lachte leise auf. „Das darf doch nicht wahr sein. Den hab ich doch bloß mitgenommen, weil es sonst nichts gab.“

Die anderen begriffen nicht. Der Höchste, den die Wahrheit über den verlogenen Stein am meisten mitgenommen hatte, schaute den Dieb verwundert an.

„Wie meinst du das, weil es sonst nichts gab?"

„Na ja, dieser Kiesgrimm hat drei Schließhöhlen. Ich hatte mir die bestgesicherte ausgesucht. Bei den Fallen und Schlössern, mit denen diese Höhle gespickt war, hatte ich zumindest mit dem Geheimnis des selbstgrabenden Ganges gerechnet, mit dem Allesspalter oder wenigstens mit einem der legendären goldscheißenden Käfer. Und dann waren da bloß diese schäbigen Steine …"

„Deshalb wusste der Stein also von deiner Allergie", sagte der Hohepriester. „Weil er bei dir war und alles gesehen und gehört hat. Er kannte dich, weil du ihn gestohlen hast." Der Höchste schüttelte ungläubig den Kopf.

Nattergriff zuckte mit den Schultern.

„Nun ja, und nachdem dieser Raubzug alles andere als günstig verlaufen war, hab ich eben einfach eines von diesen Drecksdingern mitgenommen, um Kiesgrimm zu foppen. Aber das Ding war so sinnvoll wie ein Hammer ohne Kopf. Ich hab's weggeworfen."

„Weggeworfen?" Der Höchste blickte ihn ungläubig an, beinahe als ob irgendein Teil von ihm immer noch daran glaubte, dass der Stein doch ein Gott war. „Aber wie ist er dann zu mir gekommen? Ich hab ihn in meiner Kapuze gefunden. Wie …"

Der General lachte auf.

„Irgendeinen Dummen wird er schon gefunden haben, den er beschwatzen konnte. Vielleicht hat er einer Horde Mistkäfer gesagt, er wäre der mystische Mistkäfer. Und die haben ihn dann zu dir gebracht. Was auch immer, dieser Stein ist ein chronischer Lügner. Und wir sind sicher nicht die einzigen Blödbärte, die auf ihn hereingefallen sind."

Sie schwiegen betreten und Nattergriff suchte weiter.

Schließlich fand der Dieb zwischen den Werkzeugen ein Messer und kam damit zu den Gefesselten hinübergeeilt.

„Stein hin oder her, egal, wer er ist, das Problem sind diese riesigen Kupferdinger. Wenn ihr frei seid, dann können wir sie womöglich noch aufhalten …"

Blechboldt schüttelte den Kopf.

„Aufhalten? Hast du sie gesehen? Ein einstürzender Stollen könnte diese Dreckskerle nicht aufhalten!"

Nattergriff nickte nachdenklich.

„Ich gebe zu, dafür muss ich mir noch etwas einfallen lassen, aber mit etwas Glück …" Er beugte sich zum Allerhöchsten hinab, um dessen Fesseln durchzuschneiden, als Fazzgadt den Kopf in Richtung des gemeinen Ganges wandte und laut ausrief: „Bei den Altvorderen und dem heiligen Hammer! Schaut nur! Was zum Rost ist *das*?"

Alle folgten seinem Blick.

Von Klammgluth, Kiesgrimm und Eisengilb war noch nichts zu sehen. Aber was immer sie im Inneren des Ganges getan hatten, hatte eine sehr eigentümliche Reaktion hervorgerufen, welche die Gefangenen nun aus einiger Entfernung am Ausgang des Ganges beobachten konnten.

Bis auf Glimmboldt, der gelangweilt an seinen Fesseln zu nagen begann, und den Schrauber, der angestrengt versuchte, beide Augen auf seine Nasenspitze zu richten, konnte keiner sich dem Anblick entziehen: Dünne blaue Blitze tosten aus dem Gang hervor. Sie verursachten keinerlei Geräusche, aber ihre vernichtende Gewalt war förmlich zu spüren.

Kaum dass Nattergriff alle Fesseln gelöst hatte, erhoben sie sich und schlichen vorsichtig zum Gang hinüber.

Und dann erkannten sie den Ursprung der Blitze.

Am Ende des verwüsteten Ganges, in dem die Reste der ausgelösten Fallen rauchten, sahen sie die Tür zur kryptischen Kammer. Die Kupferkrieger hatten sie aus den Angeln gerissen und waren hineingegangen. Aus ihrem Inneren züngelten ihnen die Blitze entgegen. Selbst auf die Entfernung war die unglaubliche Energie noch zu spüren.

Blechboldt rieb sich den lädierten Arm und blinzelte in das grelle, elektrisierende Blau.

„Beim Schmied!“, rief er. „Ich weiß, was das ist, das … ist Blitzkäferessenz!“

„Blitzkäferessenz?“ Fazzgadt runzelte die Stirn, und auch die anderen sahen den Ferkelbändiger fragend an. Ohne den Blick vom gemeinen Gang und dem fesselnden Schauspiel der tanzenden Blitze abzuwenden, versuchte Blechboldt, es ihnen zu erklären.

„Wir benutzen Blitzkäfer, um tollwütige Erzferkel zu betäuben. Ein einzelner Käfer reicht für ein ausgewachsenes Tier aus und unter Umständen sogar für einen Zwerg. Aber das da … das muss die Essenz von Hunderten von Käfern sein!“

In diesem Moment sahen sie eine der kupfernen Gestalten aus der Kammer heraustorkeln. Aus dem Inneren der Rüstung stieg Rauch auf, und der Geruch verbrannten Fleisches hing in der Luft und wurde bis zu den Gefangenen herübergeweht. Dann kippte der Koloss nach vorn und schlug scheppernd auf dem Steinboden auf.

Kurz darauf sahen sie den zweiten kupfernen Koloss in den Gang hinauswanken und zusammenbrechen.

Mit offenen Bärten staunten die Zwerge über das, was im Schein des zuckenden blauen Lichtes vor ihren Augen geschah. Dann erst schien Blechboldt wirklich zu begreifen.

„Beim großen Geröll, dieser Pilzgrimm muss wahrhaft ein Genie gewesen sein!“, rief er.

Fazzgadt und der Allerhöchste blickten den Ferkelbändiger fragend an. Und der war so begeistert von seiner Erkenntnis, dass er sich nicht zweimal bitten ließ.

„Kupfer!“, sagte er. „Um die tollwütigen Tiere zu betäuben,

benutzen wir Kupferrohre, in denen die Blitzkäfer stecken. Das Metall überträgt ihre Kraft und leitet sie weiter. Mit diesen Rohren lässt sich ihre Kraft gezielt freisetzen. Die Griffe muss man freilich mit Leder umwickeln, damit man das Ganze nicht selbst abbekommt."

Der Höchste versuchte, den Worten des Ferkelbändigers zu folgen. Sein Blick fiel auf die am Boden liegenden Kolosse, und auch er begriff.

„Du meinst …?"

„Genau! Pilzgrimm hat die Kolosse tatsächlich gebaut, damit sie die Fallen des gemeinen Ganges überwinden. Aber für den Fall, dass sie in die falschen Hände geraten, hat er vorgesorgt. Und zwar mit Blitzkäferessenz in der kryptischen Kammer!"

Der Priester nickte.

„Und das Kupfer leitet die Blitze ins Innere der Rüstungen. Diese Ungetüme waren gegen jede einzelne Falle gefeit. Bis auf die letzte. Denn die waren sie selbst …"

Blechboldt nickte. Dabei schien er seinen gebrochenen Arm beinahe vergessen zu haben.

„Er war wirklich ein verdammtes Genie, dieser Pilzgrimm", sagte er bewundernd.

INTERMEZZO

Begleitet von den Mitgliedern der freiwilligen Felswehr erreichte der gefesselte Verwalter das geheime Quartier der Bewahrer. Um in den Gängen kein Aufsehen zu erregen, hatten sie ihm einen Sack über den Kopf gezogen, unter dem er sich so seine Gedanken gemacht hatte.

Er hatte recht daran getan, niemandem zu trauen. Die ganze Zeit über hatte er es gewusst. Und am Ende war es der tiefschwarze Menhir gewesen, der ihn verraten hatte. Womöglich hätte er noch einen vierten Menhir gründen sollen, der den dritten hätte überwachen können. Aber über kurz oder lang hätte der ihn auch verraten. Nein, er hatte zu Recht allen misstraut. Seinem Volk, seiner Garde, seinen Orakeldeutern und selbst den Göttern. Er würde diesen Weg weitergehen. Und wenn er am Ende sich selbst misstrauen musste.

Das geheime Quartier der Begnadeten Bewahrer lag unter der Ebene des Verwalters, am Ende eines ebenso geheimen Ganges, wo die kleine Gruppe nun an einer zweiflügeligen, niedrigen Steintür anlangte, die von zwei Gardisten bewacht wurde.

Der Anführer der Bewacher des Verwalters wandte sich an die beiden: „Hier kommt ein weiterer Zwerg, der dazu bestimmt ist, inmitten der Bewahrer die Geheimnisse der Zwergenheit zu hüten."

„Langsam wird es voll in dem Quartier", sagte einer der Wächter, während er das Tor aufschloss.

Sein Gegenüber aber winkte ab.

„Mach dir keine Sorgen. Ich glaube, das ist jetzt wirklich der Letzte."

Murrend öffnete die Wache das Tor und ließ die kleine Gruppe ein.

Hinter dem steinernen Tor befand sich eine Halle mittlerer Größe. Sie wurde von drei riesigen bauchigen Säulen gestützt, die jeweils einen Durchmesser von gut zehn Zwerg hatten. All das aber ließ sich zunächst nur erahnen, da es in der Halle vollkommen dunkel war und das einzige Licht vom Gang vor der Tür ins Innere fiel.

Genauso war es auch gedacht gewesen. Denn im Dunkeln ließen sich Geheimnisse am besten bewahren. Aus der Dunkelheit drang das leise Flüstern von zahlreichen Stimmen. Es war nicht zu verstehen, was sie sagten, aber es waren viele. Zwerge, deren Worte niemals bis vor die Tür der Höhle dringen würden.

Die Begnadeten Bewahrer.

Der Anführer der Felswehrgardisten herrschte die Türwächter an: „Holt den Eisenhauer. Ich möchte hier nicht länger bleiben als nötig."

Wenige Schläge später tauchte aus dem Gang vor dem Tor ein buckliger Zwerg mit Hammer, Amboss und einer magischen Esse am Gürtel auf. Auf seinem Rücken trug er eine metallene Kiepe, in der einige Stränge vorgeglühten Eisens glommen.

„Hier, Schmied. Das wird der letzte Bewahrer sein." Der Anführer der Gardisten deutete auf den gefesselten Verwalter in ihrer Mitte.

„Das will ich doch hoffen", knurrte der Schmied. „Machen auch so schon genug Arbeit, diese Geheimniskrämer."

Missmutig ergriff der bucklige Schmied die ihm dargebotene Fackel und betrat die Höhle, in der die Begnadeten Bewahrer sie erwarteten.

Im nächsten Augenblick erhellte das Licht der Fackel den Raum, und hunderte Zwerge waren zu erkennen, die nebeneinander und übereinander an die Säulen und Wände der Halle geschmiedet waren.

Unter ihnen waren auch Schnappsagk Silberkies, der Steinhauer des Verwalters, die Schaumdeuter und jene zweihundert Zwerge, die kürzlich erst die goldene Orakelhöhle errichtet hatten. Sie alle waren hier unten. Alle, die der Verwalter innerhalb der letzten paar Schichten hier hinuntergeschickt hatte. Die Gefangenen blinzelten in das Licht der Fackel. Ihre Augen hatten sich längst an die ewige Dunkelheit in der Höhle gewöhnt. Sie waren vom Großen Verwalter hierhergeschickt worden, damit sie in dieser Höhle die großen Geheimnisse der Zwergenheit bewahrten. Und sie machten ihre Sache wirklich gut. Keines ihrer Geheimnisse drang nach draußen.

Die Gardisten suchten eine freie Stelle für den Verwalter und fanden schließlich eine im oberen Bereich der mittleren Säule. Während der Schmied sich eine Leiter suchte und das Eisen vorbereitete, wurde dem Verwalter der Sack vom Kopf gezogen.

Im spärlichen Licht der Fackel erkannten ihn erst nur wenige der Zwerge, die an den Wänden der Höhle hingen. Dann aber begann die ungeheuerliche Neuigkeit die Runde zu machen. Das Raunen und Flüstern wurde hässlicher, bösartiger.

Der Verwalter blickte sich um und schenkte dem geballten Zorn, der ihm von den Wänden der Halle entgegenschlug, keine weitere Beachtung.

Stattdessen richtete er das Wort an die Gefangenen: „Bewahrer, ich bin stolz auf euch. Ihr erfüllt eure Aufgabe hervorragend."

Von irgendwo oben hallte eine entrüstete Stimme zu ihm herab: „Hervorragend, Verwalter? Wir sind Gemüse, das an diesen Wänden verrottet!"

Ein anderer schrie von der gegenüberliegenden Seite der Halle: „Er hat recht! Man füttert uns mit Pilzen auf Stöcken und nimmt uns nicht mal von der Wand, wenn wir pissen müssen!"

Der Verwalter sprach unbeirrt weiter: „Ich bin aber nicht nur hier, um euch zu belobigen, nein, von heute an werde ich selbst den Oberfehl über euch innehaben!"

Von einer der Säulen hallte es verächtlich zu ihm hinab: „Oberbefehl? Was willst du uns denn befehlen, du verdreckter Arschbart? Hängt gerade? Zappelt nicht so?"

Von den Wänden ertönte ein schwaches, spöttisches Lachen.

Die Felswehrgardisten hatten sich inzwischen ebenfalls eine Leiter geholt und schafften den Verwalter nun zum oberen Ende der mittleren Säule, während dieser laut weiterredete: „Meine erste Amtshandlung als oberster Bewahrer wird es sein, euch alle um einen Rang zu befördern."

Das Raunen von den Wänden schwoll an.

„Nein, dankt mir nicht, ihr habt es euch verdient", sagte der Verwalter.

Dann begann der Schmied, hoch über den anderen Bewahrern und außerhalb ihrer Spuckweite, Arme und Beine des Verwalters an den Fels zu schlagen und stählerne Bolzen durch die Stahlmanschetten in den Fels zu treiben.

Die Hammerschläge übertönten das gehässige Flüstern der Bewahrer, hallten von den Wänden wider und mischten sich mit den Geheimnissen der Zwergenheit.

Und dann war es vollbracht.

Der Verwalter betrachtete seine Fesseln und nickte dem Schmied zufrieden zu.

„Gute Arbeit, Eisenhauer. Weiter so."

Der Schmied verzog das Gesicht, schüttelte fassungslos den Kopf und stieg die Leiter wieder hinab.

Unten angekommen sagte er zu einem der Gardisten: „Er ist verrückt. Knallverrückt. Und dieser Zwerg hat uns mehr als hundert Jahre lang regiert? Ich kann es nicht glauben. Da will man doch lieber ein Troll sein.“

Sein Gegenüber warf noch einen kurzen Blick auf den Verwalter und nickte dann. Gemeinsam wandten sie sich zum Gehen, während der ehemalige Herr der Zwerge wieder zu den Bewahrern sprach.

„Eines solltet ihr wissen, bevor unsere fruchtbare Zusammenarbeit beginnt: Ich respektiere eure Arbeit.“ Er machte eine kleine Pause, und seine Augen verengten sich zu schmalen Schlitzen. „Aber ich traue keinem von euch!“

Die Zwerge an den Wänden stöhnten leise auf.

Mitsamt der Fackel verließen der Fesselschmied und die Gardisten die Höhle der Begnadeten Bewahrer und ließen sie mitsamt ihren Geheimnissen und dem Großen Verwalter im Dunkel ihres geheimen Quartiers zurück.

KAPITEL 13

IN DEM DAS UNDENKBARE LETZTENDLICH DENKBAR WIRD UND ALLES IRGENDWIE ZU ENDE GEHT

Gemeinsam mit Nattergriff stand der Schicksalszwerg am Rand des gemeinen Ganges. Sie hatten Blechboldts Arm notdürftig geschient und betrachteten nun schweigend die Reste der zahllosen tödlichen Fallen, welche die kupfernen Kolosse zurückgelassen hatten.

„Dann ist es jetzt also so weit?“, fragte Flammrank und durchbrach damit die Stille.

„Ja, General. Das Undenkbare steht kurz davor, erreicht zu werden.“ Der Meisterdieb nickte bedächtig. Sie schauten einander an, dann nickte der Allerhöchste Nattergriff lächelnd zu.

„Es ist dein Triumph, Nattergriff“, sagte er.

Der Meisterdieb senkte kurz den Kopf, dann atmete er tief ein und ging los. Langsam schritt er durch die Trümmer der Fallen, vorbei an zersplitterten Pfeilen und Speeren, verkohlten Steinen, toten Spinnen, zerplatzten Egeln und zahllosen Einschusslöchern in den Wänden. Er achtete darauf, nur auf die Platten mit den bereits ausgelösten Fallen zu treten, für den Fall, dass die Kupferkrieger eine übersehen hatten. Seine Augen glänzten bei dem Gedanken daran, dass er in wenigen Momenten seine Hand nach dem Undenkbaren ausstrecken würde.

In kurzem Abstand folgten ihm auch der Schicksalszwerg und der verwirrte Schrauber in den Gang, staunend über die Verwüstung, die die Kupferkrieger angerichtet hatten.

Kurz darauf hatte Nattergriff die Tür am Ende des Ganges

erreicht. Er stieg über Felsigk Klammgluth und Harrm Kiesgrimm hinweg, die grausig verbrannt und tot in ihren unbeschädigten Rüstungen hingen, durchschritt die Tür und betrat eine kleine Höhle aus weißem Marmor. Die kryptische Kammer. Irgendwo in der gegenüberliegenden Ecke lag der letzte Kupferkoloss mit Krummkhorn Eisengilb darin.

An der Stirnseite des Raumes, gegenüber der Tür, stand ein massiver goldener Altar, der mit einer eigentümlichen Substanz beschichtet zu sein schien und um den herum einige Bodenfliesen zerbrochen waren. Wahrscheinlich war darunter die Blitzkäferessenz verborgen gewesen. Im unteren Bereich befanden sich an den Ecken des Altars eigentümliche, nach unten gebogene Haken, deren Sinn sich vom bloßen Anblick her nicht erschloss. Der obere Teil des Altars endete schließlich in einem kristallenen Aufbau. Und darin lag es: das Undenkbare.

Obwohl sich Nattergriff nicht ganz sicher war, worum es sich dabei handelte.

Es bestand aus Leder. Zumindest sein Deckel. Im Inneren schien es aus zahllosen Schichten dünnen Stoffes zu bestehen, die zwischen den ledernen Deckeln klemmten.

Etwas Derartiges hatte der Meisterdieb noch niemals gesehen.

Und er konnte sich beim besten Willen nicht vorstellen, wie man mit diesem Ding Wasser in Bier und Stein in Gold verwandeln oder andere Wundertaten vollbringen sollte. Und genau das war, wenn man den Legenden Glauben schenken konnte, der Zweck des Undenkbaren.

Aber das spielte zunächst keine Rolle. Denn was immer es war. Es war das Undenkbare. Und er hatte es gefunden.

Hinter ihm betraten nun auch die anderen die Kammer.

Der Allerhöchste war als Erster bei dem Meisterdieb. „Beim großen Geröll. Das abartige Artefakt!“ Ehrfürchtig bestaunte er das merkwürdige Objekt. Dann drängte sich auch Fazzgadt an die Kristallvitrine.

„Was zum Eimer ist das?“, wollte er wissen.

„Frag mich nicht. Ich habe so etwas noch nie gesehen“, erwiderte Nattergriff, ohne dabei den Blick von dem Ding abzuwenden.

Nun trat auch Blechboldt zu ihnen und betrachtete den rätselhaften Gegenstand.

„Vor allem, wie holen wir es da raus?“, fragte er.

„Ich habe keine Ahnung.“ Nattergriff schüttelte den Kopf und schritt nachdenklich um den Altar herum. Er hatte ihn halb umrundet, als ihn plötzlich ein heftiger Schlag von den Füßen fegte. Er überschlug sich und blieb bewusstlos zwischen Glimmboldt und dem Schrauber am Boden liegen.

Und hinter dem Altar erhob sich, helmlos, das Gesicht halb verbrannt, ein Auge blind, der Bart verkohlt und auf kleine glühende Stoppeln zusammengeschrumpft, mit rußiger Rüstung und Brandblasen auf den nackten Armen: Krummkhorn Eisengilb, der Auftragsmörder.

Ungläubig starrten die Zwerge ihn an.

Eisengilb grinste böse und machte einen Schritt auf sie zu.

„Ganz recht“, sagte er. „Ich habe mich in all den Jahren nicht nur gegen Gifte immunisiert, sondern auch öfter mal in Blitzkäfernester gefasst. Ich sterbe nicht so schnell wie andere Zwerge. Außerdem habe ich einen Auftrag zu erledigen. Und ich wäre ein schlechter Auftragsmörder, wenn ich sterben würde, bevor ich ihn zu Ende gebracht habe. Denn ich habe noch nie bei einem Auftrag versagt!“

Langsam zog er eines seiner Messer aus dem angesengten Brustgurt. Die Zwerge waren wie gelähmt vom fürchterlichen Anblick dieses Zwergs. Er schenkte ihnen ein schiefes Lächeln. Blut tropfte von seiner Unterlippe.

„Ganz im Vertrauen, dieser Beruf ist nicht leicht. Bisher haben die wenigsten Zwerge die Vorteile eines ordentlichen Mordauftrags erkannt.“ Er hob das Messer und näherte sich dem Allerhöchsten, der ihm fassungslos entgegenstarrte. „Ich will ehrlich sein, Priester. Du bist mein erster Auftrag. Und da möchte ich verständlicherweise das Beste draus machen.“

„Aber du hast doch gesagt, dass du noch nie bei einem Auftrag versagt hast?“, stammelte der Hohepriester verwirrt.

„Das widerspricht sich ja auch nicht, oder?“

Eisengilb grinste wild. Die Gefährten wussten, dass sie keine Chance hatten. Dieser Zwerg war eine Kampfmaschine. Eine tödliche, präzise Waffe. Und sie waren vollkommen unbewaffnet. Ohne dass ihn jemand hätte aufhalten können, trat der Auftragsmörder direkt vor den Höchsten der Hohen und schob ihm die Klinge unter den Bart.

Dann drehte er sich zu den anderen Zwergen um und zwinkerte ihnen mit seinem gesunden Auge zu.

„Und euch möchte ich bitten, allen zu erzählen, wie hervorragend ich meine Aufgabe allen Widrigkeiten zum Trotz erledigt habe …“

Er bemerkte den kurzen Blick nicht, den Fazzgadt Lunt Glimmboldt zuwarf. Und als Eisengilb sich wieder umdrehte, um dem Allerhöchsten die Kehle durchzuschneiden, deutete Fazzgadt auf den Auftragsmörder und rief seinem Ziehsohn zu: „Jetzt, Glimmboldt, fass!“

Verwundert fuhr der Mörder herum und blickte plötzlich in einen weit aufgerissenen Zwergenmund mit bedrohlich funkelnden, stählernen Zähnen darin.

Es war das Letzte, was er sah.

Kurz darauf erlangte der Meisterdieb das Bewusstsein wieder. Und als sie ihm auf die Beine geholfen hatten, machte er sich ohne Umschweife an die Untersuchung der kristallenen Vitrine.

Fazzgadt tätschelte Glimmboldts Helm und streichelte seinen blutbesudelten Bart, während der kleine Wirrbart vergnügt gluckste.

Nattergriff griff sich nachdenklich an den Bart. Es schien tatsächlich keine Möglichkeit zu geben, das Artefakt aus dem Inneren der Vitrine zu bergen. Die einzige Schwachstelle schien die Kristallummantelung. Also eilte Nattergriff in den Gang hinaus und kam kurz darauf mit einem großen Stein wieder, den eine der Sprengfallen aus der Gangwand gebrochen hatte.

Er stellte sich vor der Vitrine auf, hob den Stein über den Kopf und schmetterte ihn mit aller Kraft auf das Kristallglas.

Mit dem einzigen Ergebnis, dass der Stein davon abprallte und beinahe den General von den Füßen gefegt hätte, wenn Fazzgadt ihn nicht geistesgegenwärtig aus dem Weg gestoßen hätte.

Nattergriff versuchte es noch einmal und noch einmal. Schließlich hob er einen Arm des am Boden liegenden Kupferkolosses auf, zielte auf die Vitrine und zog den Abzug der Feuerschleuder durch. Der Dorn im Inneren der Schleuder wurde in den ungeschützten Unterbauch des Flammfackelflüglers gerammt, und dieser spie sein Drachenfeuer direkt auf die schimmernde Fläche. Doch ohne Erfolg. Der Meisterdieb versuchte es dennoch wieder und wieder.

Bis Farrnwart Blechboldt, der Ferkelbändiger, ihn am Arm packte.

„Warte, Nattergriff, ich glaube, ich weiß, wie wir an das Artefakt herankommen können."

„Ach, und wie?", fragte der Meisterdieb spöttisch. „Hast du vielleicht ein dressiertes Ferkel, das Schlösser knacken kann, oder so etwas?"

„Nein, aber ich beginne langsam, Pilzgrimms Denkweise zu verstehen“, gab Blechboldt zurück. „Er hat die Kolosse konstruiert, damit sie durch den Bierschacht gelangen und die Fallen überwinden können, die er gebaut hatte. Was, wenn er auch diesen Altar geschaffen hat? Was, wenn das alles zusammenhängt?“

„Natürlich hängt das alles zusammen. Aber was hat das mit diesem Ding zu tun?“, fragte Nattergriff verständnislos.

„Vielleicht kann man es gar nicht öffnen. Vielleicht muss man es im Ganzen hier rausschaffen.“

Nattergriff schüttelte energisch den Kopf.

„Im Ganzen? Hast du am falschen Kiesel gelutscht, oder was? Weißt du, wie schwer dieser Altar ist?“

Blechboldt lächelte.

„Du hast natürlich recht, aber schau doch, was wir hier haben …“

Er deutete auf den am Boden liegenden, unbeschädigten Kupferkrieger. Der Meisterdieb betrachtete ihn eingehender. Und dann entdeckte er die massive metallene Öse etwa in Hüfthöhe des Kolosses, die zu einem der vier nach unten weisenden Haken im unteren Bereich des Altars zu passen schien …

Sollte das tatsächlich die Lösung sein? Hatte Wutrich Pilzgrimm all das tatsächlich so geplant? Sollten die Kolosse das Mittel sein, mit dessen Hilfe sie den Altar hier heraustragen konnten? Allerdings waren es vier Haken und nur drei Kolosse, sodass sie davon ausgehen mussten, dass ein Koloss fehlte. Doch mit etwas Glück würde es vielleicht auch so funktionieren.

Fazzgadt und Blechboldt liefen zum Ende des gemeinen Ganges, zerrten mit Mühe die leblosen Menhire aus den Rüstungen und kletterten hinein. Nattergriff stieg in die des Auftragsmörders. Dann traten sie an den Altar und legten ihre riesigen Kupferpranken darauf.

Tatsächlich vermochten die Kolosse den massiven Altar beinahe mühelos emporzustemmen, wobei die mechanische Kraft der Rüstung sogar Blechboldts gebrochenen Arm kompensierte.

Staunend sah der Allerhöchste ihnen dabei zu.

Dann ließen die drei die Haken des Altars langsam in die Ösen gleiten und bewegten sich mit ihm in Richtung Ausgang.

Wegen des fehlenden vierten Kupferkriegers schwankten sie ein wenig. Doch es funktionierte.

„Pilzgrimm hat es tatsächlich so geplant", murmelte der Hohepriester.

Langsam ging er zu der Leiche Harrm Kiesgrimms hinüber, bückte sich und zog dessen Tasche hervor. Er öffnete sie und holte den Stein heraus.

„Du hast all das geplant", sagte er an den Stein gewandt. „Vor Hunderten von Jahren, in allen Einzelheiten. Aber wenn wir beide hier raus sind, werden wir trotzdem ein Steinchen miteinander zu klopfen haben! Von wegen Ewiger Schmied …"

Er legte den Stein in die Tasche zurück und suchte nach dem Beutel mit dem Gottkraut. Er wollte bei Gelegenheit ein Pfeifchen rauchen und dem Stein die Meinung sagen. Doch vom Gottkraut und dem Beutel war nur noch ein rauchendes Aschehäuflein übrig. Ein Blitz hatte den Beutel zerrissen. Der Höchste schüttelte den Kopf, schlang sich die Tasche mit dem Stein um die Schulter, nahm dann Glimmboldt und den General bei der Hand und verließ die kryptische Kammer. Dümmlich grinsend folgte ihnen in einigem Abstand der Schrauber.

Am Ende des Ganges angekommen setzten Nattergriff, Blechboldt und Fazzgadt mit Hilfe der Kupferkrieger den Altar mitsamt Artefakt ab.

Metallen klang Nattergriffs Stimme aus dem Inneren des

Kupferhelms hervor: „So weit, so gut, aber wie sollen wir das Ding den Schacht hinaufbringen?"

Fazzgadt röhrte metallen zurück: „Du hast recht. Das dürfte so gut wie unmöglich sein."

Blechboldt blickte sich um. Sein Blick glitt über den gemeinen Gang und die Überreste der Fallen, dann drehte er sich um und betrachtete das brodelnde Magma, das durch die Mitte der Höhle floss.

„Ich glaube, das müssen wir nicht."

„Ach?", entgegnete Fazzgadt spöttisch. „Es wird von selber fliegen, oder was? Hat dieser Pilzfisch diesem Teil vielleicht ein paar Flügel eingebaut? Müssen wir womöglich bloß noch den richtigen Hebel finden, und dann flattert es los?"

„Nein." Der Ferkelbändiger grinste vielsagend.

„Was dann, zum Rost noch eins?", brüllte Fazzgadt wütend.

Blechboldt klang sehr ernst, als er sich an seine Gefährten wandte: „Hört mir zu. Wir werden nicht zurückkehren. Warum sollten wir auch? Wir gehören nicht mehr zum Ehernen Volk. Wir sind so gut wie entzwergt und wissen nicht einmal, wie die Machtverhältnisse dort oben sind. Sie werden uns allenfalls töten oder wegsperren. Auch das hat Pilzgrimm vorausgesehen …"

„Schön und gut", erwiderte Fazzgadt ungeduldig. „Pilzwicht war ein verdammt vorausschauender Zwerg. Aber ich frage dich, Ferkelbändiger, was wir jetzt tun sollen? Pilze züchten und hier unten den Rest unseres Lebens fristen?"

„Nein, Eisenbart", erwiderte Blechboldt ruhig. „Wir werden das Imperium verlassen. Und zwar in diese Richtung."

Er hob den kupfernen Arm und deutete auf die glühende Magmafläche in der Mitte der Höhle.

Die anderen folgten mit den Blicken seinem Arm.

„Du willst durch das Urblut?", fragte Fazzgadt wenig begeistert. „Das flüssige Feuer? Auf die andere Seite des Abgrunds?

Du willst dorthin fliehen, wo die Entzwergten hausen? Komm zu dir, Ferkelbändiger! Die fressen ihre Toten! Manchmal sogar, wenn sie noch am Leben sind!"

Blechboldt schüttelte entschieden den Kopf.

„Hört zu, alles, was Pilzgrimm geplant hat, hat funktioniert. Denkt doch mal nach. Es passt alles zusammen. Diese Kolosse sind, ebenso wie der Altar, mit einer Substanz beschichtet, die sie unempfindlich gegen Hitze macht. Und ich wette, dass sie sogar ein Bad in glühendem Magma überstehen würden."

„Wir sollen durch den Magmasee hindurchlaufen?", fragte Fazzgadt entgeistert.

„Nein", erwiderte Blechboldt. „Ich glaube, wir müssen diese Kupferkrieger als Floß verwenden."

Mit diesen Worten ließ Blechboldt seine Rüstung aufschnappen.

Der Allerüberhöchste nickte nachdenklich.

„Wer will, kann gerne hierbleiben. Ich jedenfalls werde Blechboldt folgen."

Fazzgadt öffnete seine Rüstung und kletterte schimpfend hinaus. „Ihr seid verrückt. Die werden uns fressen."

Der General nickte dem Hohepriester zu.

„Ich werde auch mitgehen", sagte er.

Fazzgadt verdrehte die Augen.

„Und ich nehme an, die beiden Wirrbärte wollen sich auch gerne fressen lassen …"

Blechboldt, der Hohepriester, der blinde General, Glimmboldt und der Schrauber standen geschlossen beieinander. Und dann gesellte sich auch noch Nattergriff hinzu.

Nachdenklich betrachtete Fazzgadt die kleine Gruppe und spie aus.

„Also gut. Zumindest werden wir dann alle in einem Topf landen."

Sie machten sich zusammen an die Arbeit. Tatsächlich erwiesen sich die Ösen, in denen der Altar steckte, als beweglich, sodass er selbst dann aufrecht blieb, als sie die Kolosse zu Boden legten und mit vereinten Kräften mühsam zum Rand der Felszunge schoben.

Als sie die kupfernen Ungetüme genauer untersuchten, entdeckten sie wenig später, dass sie deren Beine abmontieren und im Magma als Ruder benutzen konnten.

Eilig befreiten sie die Tiere aus den Waffen. Die Käfer und Spinnen krabbelten hastig davon, während die Drachen verschreckt in die Höhe flogen. Und dann war es so weit: Drei kupferne Kolosse, mit dem goldenen Altar und dem abartigen Artefakt in ihrer Mitte, lagen am Ufer des brodelnden Magmasees, bereit, den Schicksalszwerg und die beiden Wirrbärte in eine andere Welt hinüberzubringen.

Wegen des fehlenden vierten Kolosses war das Ganze allerdings immer noch eine recht wackelige Angelegenheit. Die sieben Zwerge mussten sich gut verteilen, damit das seltsame Floß nicht kenterte, sobald es ablegte und in der Glut des Magmas in See stach.

Der Hohepriester und Fazzgadt hielten den Schrauber und Glimmboldt fest. Blechboldt und Nattergriff standen an den Rudern. Seinem geschienten Arm zum Trotz war der Ferkelbändiger immer noch eine bessere Wahl als ein Tausendjähriger, ein Blinder oder einer der beiden Dünnbärte.

Sie versicherten sich mit einem kurzen Blick, dass alle bereit waren, und stießen sich dann vom Ufer ab.

Langsam trieben sie in die glühende Weite hinaus.

Unter ihnen brodelte es, das Atmen fiel ihnen in der Hitze schwer.

Immer wieder fingen ihre Bärte von fliegenden Funken Feuer, sodass sie sie hastig mit den Händen löschen mussten.

Die Kolosse aber hielten der Hitze stand.

Obwohl die Lederriemen und nichtmetallenen Vorrichtungen in ihrem Inneren langsam verbrannten und die kupferne Oberfläche ganz allmählich unerträglich heiß wurde.

Doch die sieben Zwerge ließen sich nicht beirren.

Entschlossen tauchten Fazzgadt und Blechboldt die Ruder in das Magma und trieben das Floß voran.

Der Höchste zog den Stein hervor und wog ihn in der Hand. Man sah ihm an, dass er einen Moment lang überlegte, den Stein, der an allem schuld war, einfach dem Magma zu überantworten. Letzten Endes entschied er sich jedoch dagegen und ließ ihn zurück in seine Tasche gleiten.

Die Gefährten warfen noch einen letzten Blick auf das Ufer, den Eingang des gemeinen Ganges und die schwelenden Reste der Fallen.

Sie empfanden eine eigentümliche Form des Triumphs, der sich nicht wie ein Sieg anfühlte …

Sie hatten das Gedächtnis des Hohepriesters verloren und den Willen eines verlogenen Steins erfüllt, hatten das Undenkbare vollbracht und noch Hunderte Jahre nach seinem Tod den Genius eines zwergischen Erfinders erkannt. Darüber hinaus besaßen sie nun das abartige Artefakt, mit dem jedoch keiner von ihnen etwas anzufangen wusste. Und ob die Götter irgendetwas damit zu tun hatten, wusste keiner von ihnen. Aber das war inzwischen auch egal. Obwohl die meisten von ihnen in ein friedliches Leben hatten zurückkehren wollen, standen sie nun im Begriff, das Eherne Imperium zu verlassen und nicht mehr länger Zwerge unter Zwergen zu sein.

Und der Schicksalszwerg träumte von dem, was sein würde. Von Erzferkeln, Drachen, ehrlichen Göttern und einer Welt ohne Prophezeiungen. Für die Gefährten war es das Ende der Welt, wie sie sie gekannt hatten. Doch zugleich war es auch der Beginn einer neuen, die irgendwo am anderen Ufer des Magmasees liegen musste.

Und in dieser Gewissheit wurden Eisenbart, Blechboldt, Flammrank, der einstmals Höchste der Hohen, Glimmboldt, der Schrauber und der Meisterdieb mit glühenden Hinterteilen und glimmenden Bärten von der rot schimmernden Dunkelheit verschluckt …

LESEPROBE

ALFRED BEKKER
DRACHENFLUCH

„Dein wahrer Name ist Rajin, auch wenn die Zeit noch nicht gekommen ist, da du ihn offenbaren solltest!“

Worte, gesprochen in einer Sprache, die der junge Seemammutjäger außer in seinen Träumen nie gehört hatte.

Wie oft hatte Rajin diese Stimme schon vernommen und dazu das Gesicht das weißbärtigen, mandeläugigen Weisen vor sich gesehen, dessen Namen er kannte, obwohl er sich nicht erinnern konnte, ihm je begegnet zu sein: Liisho. Wie in einem Tagtraum sprach der Weißbärtige zu ihm. Sein Kopf war kahl und seine Züge von einer so ernsthaften Eindringlichkeit, dass sich Rajin ihrer Magie nicht zu entziehen vermochte.

„He, Bjonn! Träumst du?“, herrschte ihn jemand an.

Bjonn Dunkelhaar – so hieß Rajin bei den Menschen des Winterlandes, einer Insel im äußersten Nordwesten des Seereichs der Seemannen. Dort war er aufgewachsen, unter Seefahrern, Fischern und den Jägern der Seemammuts, die vier- bis fünfmal so groß waren wie die größten Langschiffe.

Ein Ruck ging durch Rajin.

Er trug Kleidung aus Fell, und ein Schwert steckte in einer Lederscheide, die er über den Rücken gegürtet hatte, wie es im Seereich weit verbreitet war. Das blauschwarze Haar fiel ihm bis über die Schultern, und seine Augen waren mandelförmig und dunkel. Dass in seinen Adern nicht das Blut der Seemannen fließen konnte, war ihm schon früh klar gewesen, denn deren Haare waren blond oder rot und ihre Haut deutlich heller, während Rajins Gesicht einen sanften Braunton aufwies.

Wulfgar Wulfgarssohn, ein rotblonder Hüne von vierzig Jahren, dem der Bart bis unter die Augen wuchs, hielt Rajin eine Harpune hin. Rajin nahm sie an sich. Mit zwanzig anderen Männern standen sie an der Reling der „Stoßzahnsammler", einem Langschiff, das speziell für die Jagd auf die Seemammuts konstruiert worden war, was sich unter anderem in den Holmen zur Befestigung der Harpunentaue zeigte.

„Was ist los, Sohn Bjonn?", fragte Wulfgar. Er pflegte Rajin seinen *Sohn Bjonn* zu nennen, obwohl jeder sehen konnte, dass sie von Natur her nicht Vater und Sohn sein konnten und weder Wulfgars Gemahlin noch eine seiner Nebenfrauen oder Mägde als Mutter in Frage kamen, denn keine von ihnen hatte Mandelaugen oder blauschwarzes Haar.

Wulfgar kümmerte das nicht. Er hatte Rajin als seinen legitimen Sohn angenommen und ihn Bjonn genannt. Die meisten Kinder erreichten ohnehin nicht das Erwachsenenalter, ganz zu schweigen von den Gefahren, die danach das karge, raue Leben auf Winterland für sie bereithielt. Da war es besser, mehr Söhne zu haben als weniger, ganz gleich, ob man sie selbst gezeugt oder ob man sie in einem mit Pech abgedichteten Korb gefunden hatte, den offenbar die See an die winterländische Küste gespült hatte.

Ein Geschenk des Meeresgottes Njordir – als das hatte man den Jungen unter den Kapitänen von Winterborg damals angesehen. Und da Wulfgar es gewesen war, der dieses Geschenk gefunden hatte, war jeder Zweifel daran, dass ihm diese Gabe Njordirs zugedacht gewesen war, abwegig.

Wulfgars meergrüne Augen verengten sich. Die „Stoßzahnsammler" schwankte im eher sanften Rhythmus der Wellen. Die See war für die rauen Verhältnisse des Nördlichen Meeres sehr ruhig. Kein Wunder, es war Sommer. Dann wurden die Winde milder, und das Eis zog sich an der winterländischen

Küste einige Meilen ins Landesinnere zurück, sodass die Insel für ein paar Monate von einem grünen Saum umgeben war, der aus der Ferne wie ein schimmerndes Band erschien.

Das Wetter war wie geschaffen für die Jagd auf die Seemammuts ...

„Sind es wieder die Träume?“, fragte Wulfgar besorgt.

„Es ist vorbei.“

„Habe ich es doch geahnt ...“

„Vater!“

„Es sind wieder die Traumgesichter, über die du nicht sprechen kannst und die dir der Meeresgott eingegeben haben muss, als du draußen auf dem Meer herumgetrieben bist!“

„Es ist vorbei!“, versicherte Rajin noch einmal und diesmal energischer. Er hatte einmal als kleiner Junge versucht, sich Wulfgar anzuvertrauen und über das zu sprechen, was er in seinen Gedanken vor sich sah. Über die Stimme, die er hörte, und das Gesicht des weißhaarigen Alten mit dem kahlen Kopf, dessen Augen wie ein Spiegelbild seiner eigenen Augen auf ihn wirkten. Zumindest hatten sie die gleiche Form, und auch die dunkle Farbe stimmte überein.

Aber Rajin hatte nicht ein einziges Wort hervorgebracht. Obwohl er als sprachgewandt galt und das Seemannische ihm wie eine Muttersprache beigebracht worden war, hatte er keine Worte für das gefunden, was hinter seiner Stirn mitunter vor sich ging. Als ob ein Bann es verhinderte.

Ebenso war es ihm unmöglich, Wörter aus der gleichermaßen vertrauten wie vollkommen fremden Sprache nachzusprechen, die der Weise Liisho in seinen Träumen verwendete. Für jedes Wort, das man ihm in der Sprache der Seemannen von Winterland beigebracht hatte, wusste er eine Entsprechung in der Sprache Liishos – und doch war er nicht fähig, auch nur eines dieser Wörter über die Lippen zu bringen.

Dasselbe galt für den Namen, den die Traumgestalt Liisho als seinen wahren Namen bezeichnete. *Rajin …*

Es hatte Zeiten gegeben, da hätte er diesen Namen am liebsten laut herausgeschrien, weil er sich davon eine Befreiung von den Dämonen erhofft hatte, die in seinem Kopf zu spuken schienen. Aber er war nicht dazu imstande gewesen. Eine unheimliche Kraft hatte verhindert, dass der Name „Rajin" über seine Lippen kam.

Er versuchte, die Gedanken an den weißbärtigen Liisho und seine teilweise rätselhaft bleibenden Worte für den Moment aus seinen Gedanken zu verbannen. Es war ein denkbar schlechter Augenblick dafür, sich von den sprechenden Dämonen in seinem Kopf ablenken zu lassen.

Rajin blickte gespannt auf die graue Wasseroberfläche. Sie war ruhig. Verdächtig ruhig. Jeden Augenblick konnte sie sich plötzlich teilen und ein wahrer Koloss daraus hervortauchen. Seemammuts hatten Hauer so lang wie drei Männer. Wie kunstvoll gewundene, vorne spitz zulaufende Dornen sahen sie aus, und ein einziger von ihnen bestand aus mehr Elfenbein, als es ein halbes Dutzend Elefanten mit sich herumtrug, die es in einigen tiefer gelegenen Gebieten des Luftreichs Tajima sowie im gesamten Osten von Feuerheim gab.

Wenn sich der Koloss unter der „Stoßzahnsammler" emporhob, waren Schiff und Besatzung verloren. Das Wasser war so kalt, dass jeder innerhalb weniger Herzschläge in den eisigen Fluten erfrieren würde. Rajin konnte schwimmen. Es war ihm angeboren, wie er irgendwann einmal festgestellt hatte, als er im Alter von acht Jahren mit anderen Jungen seines Alters in einem der von heißen Geysiren gespeisten Warmwasserseen gebadet hatte, die es auf Winterland gab.

Viele der winterländischen Seefahrer lehnten es ab, das Schwimmen überhaupt zu erlernen. Diese Fähigkeit verlängerte in ihren Augen letztlich nur das Leiden dessen, der über Bord ging und dem Tod unrettbar ausgeliefert war. In so einer Situation war es ihrer Ansicht nach besser, sich einfach nur mit offenen Armen vom Meeresgott Njordir empfangen zu lassen. Zumindest ersparte es einem die Qual eines Überlebenskampfes, der schon wenige Meilen von der Küste entfernt vollkommen aussichtslos war.

Das Seemammut, dem Wulfgar Wulfgarssohn und die Mannschaft der „Stoßzahnsammler" schon seit einem Tag und einer Nacht hinterherjagten, war bereits geschwächt. Hunderte von Pfeilen steckten in seinem Rücken. Pfeile, die mit dem Gift der winterländischen Eisspinne getränkt waren.

Es gab kein stärkeres Gift als dieses. Auf einen Menschen wirkten schon kleinste Mengen tödlich, und angeblich hatten es im Ersten Äon sogar die Riesendrachen gefürchtet.

Auf das Seemammut wirkte es natürlich nur allmählich. Es lähmte seinen gewaltigen Körper nach und nach, machte es träge und ließ es schließlich das Bewusstsein verlieren und regungslos an die Oberfläche treiben. Aber bis dahin standen den Schiffsbesatzungen zumeist ein oder zwei Tage des Kampfes und der Verfolgung bevor.

Im Delirium schlug das gewaltige Monstrum um sich und war häufig genug ein blindwütiger, zerstörerischer Gegner. Selbst die größten, fast hundert Mannlängen messenden Langschiffe der Seemannen konnten durch einen einzigen Flossenschlag zerteilt werden. Die Spanten waren gegenüber dieser Gewalt nicht widerstandsfähiger als Papier, das neuerdings das althergebrachte Pergament als Schreibmaterial zu ersetzen begann, seit es die seemannischen Handelsschiffe aus den Ländern des Südens herbeischafften. Selbst der Hauptsteven eines Drachenschiffs war nichts weiter als ein dünner, trockener Ast, wenn ein beiläufiger Flossenschlag ihn traf.

Rajin hatte das bereits mit angesehen. Den betreffenden Besatzungen war meist kaum zu helfen, da es unmöglich war, sich dem Seemammut weit genug zu nähern, um sie an Bord nehmen zu können, bevor sie ertrunken oder erfroren waren. Oft wurden sie jedoch auch von den Beißern bei lebendigem Leib gefressen – etwa handgroßen Fischen, die in Schwärmen den Seemammuts folgten und normalerweise die quallenartigen Parasiten von der dicken Haut der Meeresriesen knabberten. Aber die drei Reihen nagelspitzer Zähne verhakten sich auch gerne in das Fleisch anderer leicht erreichbarer Beute, die sie für Aas hielten. Und ein Ertrinkender gehörte durchaus dazu. Das Wasser färbte sich dann blutrot …

Bei der Jagd auf ein Seemammut mit schon mehreren vergifteten Pfeilen im Leib kam es auf das Geschick des Kapitäns an. Er musste richtig einschätzen, wie agil das Ungeheuer in der Tiefe noch war und wann es zum Atmen an die Oberfläche kam. Die Beißer-Schwärme waren an der Wasseroberfläche oft als wimmelnde Bewegung auszumachen, die das Wasser kräuselte. Wenn dies geschah, stieg das Seemammut im nächsten Moment aus den Fluten hervor.

Und genau das war in diesem Moment der Fall.

Ein erfahrener Kapitän konnte ungefähr abschätzen, wo das Ungeheuer auftauchen würde, aber ein gewisses Risiko war immer dabei.

Die wirbelnden Bewegungen der Beißer waren deutlich auszumachen – und zwar auf einer Breite, die fast fünf Schiffslängen entsprach.

„Bei Njordir! Selbst unter den riesenhaften Ungeheuern muss dies noch ein wahrer Gigant sein!“, stieß Sven Blauauge hervor, der Steuermann der „Stoßzahnsammler“ der ebenso gespannt wie alle anderen auf die Wasseroberfläche starrte. Das Segel hing schlaff im lauen Wind. Die Seile waren gelöst.

Während sich zwanzig Harpuniere im vorderen Teil des Schiffs positioniert hatten, saßen fünfzig weitere zumeist hellbärtige und langhaarige Seemannen auf den Ruderbänken, jederzeit bereit, mit der Kraft ihrer Arme kleinere Kurskorrekturen vorzunehmen. Das Leben der Mannschaft konnte davon abhängen, dass sie sich schleunigst in die Riemen legte, um mit einigen Ruderschlägen dem Meeresriesen auszuweichen, falls sich der Kapitän in seiner Einschätzung über die Stelle, an der das Ungeheuer auftauchen würde, geirrt hatte.

Und falls der Riese doch noch munterer war, als es die Menge des durch die Pfeile verabreichten Gifts eigentlich vermuten ließ, und das Seemammut nach einem tiefen Atemzug einfach das Weite suchen wollte, standen zwei Männer bereit, um sofort die Segeltaue wieder strammzuziehen, sodass das Schiff Fahrt aufnehmen und das Monstrum verfolgen konnte.

Die Beißer ließen das Wasser an manchen Stellen regelrecht aufspritzen, so sehr waren sie in Aufruhr. Wenn in dieser Situation ein Mann über Bord ging, hatte er keine zehn Herzschläge mehr zu leben, während derer er sich in ein blutiges Stück Fleisch verwandelte.

Es war kein gutes Zeichen, dass die Beißer so munter waren, ging es Rajin durch den Kopf. Mit fünfzehn Lenzen war er zum ersten Mal auf einem von Wulfgars Schiffen auf Seemammutjagd mitgefahren und hatte inzwischen genug Erfahrung gesammelt, um derlei Zeichen richtig deuten zu können. Wenn die Beißer ruhiger waren, bedeutete dies, dass sie sich überwiegend in die quallenartigen Parasiten verbissen hatten, die sich zu Tausenden auf der Haut des Seemammuts festgesetzt hatten. Nur ein kleiner Teil von ihnen schwamm dann noch frei im Wasser. Bewegte sich das Seemammut aber noch recht munter, zog es die Mehrheit der Beißer vor, erst einmal abzuwarten, denn im Eifer des Gefechts konnte das Ungeheuer mit einem Flossenschlag, der gegen den eigenen Körper klatschte, auch gleich Hunderte von Beißern zerquetschen.

Die Anzahl der Giftpfeile, die Wulfgar hatte abschießen lassen, war groß genug, aber gerade bei sehr großen Seemammuts war oft schwer einzuschätzen, wann die Wirkung einsetzte.

Das Wasser verdunkelte sich, und die Beißer verschwanden; der gewaltige Körper des Seemammuts drängte sie bei seinem Aufstieg zur Seite. Augenblicke später teilte sich das Wasser, und es war, als ob eine kleine, von festgesaugten Quallen und Muscheln übersäte, pockennarbige graue Insel aus der See aufstieg.

Alfred Bekker

DRACHENFLUCH

Die Drachenerde-Saga 1

Roman

Die magische Welt der Drachen

Seit Urzeiten ist das Drachenland die Heimat der mythischen geflügelten Geschöpfe, die von den Drachenreiter-Samurai gehütet werden. Doch der Frieden im Land wird empfindlich gestört, als sich der grausame Tyrann Katagi des Drachenkaiserthrons bemächtigt und selbst vor Mord nicht zurückschreckt, um seine Macht zu festigen. Der junge Rajin ist der wahre Thronfolger des Landes und der Einzige, der es mit dem Usurpator aufnehmen kann. Doch dazu muss er einen verschwundenen magischen Ring finden, mit dessen Hilfe die Drachenkaiser einst über die feuerspeienden Ungeheuer geboten. Und über diesen wacht der mächtige Urdrache Yyuum …

»Die Fans von Sternenfaust, Ren Dhartz und Jerry Cotton kennen und schätzen Alfred Bekkers klaren und fesselnden Schreibstil.«
Fantasyguide.de

400 Seiten, Trade Paperback
ISBN 978-3-8025-8163-2

www.egmont-lyx.de

EGMONT LYX
Verlagsgesellschaften